山脚下的女人

田　粟◎著

人民日报出版社

图书在版编目（CIP）数据

山脚下的女人／田粟著．—北京：人民日报出版社，2016.5

ISBN 978－7－5115－4107－9

Ⅰ.①山… Ⅱ.①田… Ⅲ.①长篇小说—中国—当代
Ⅳ.①I247.5

中国版本图书馆 CIP 数据核字（2016）第 192480 号

书　　名：**山脚下的女人**
作　　者：田　粟

出 版 人：董　伟
责任编辑：周海燕
封面设计：墨　航

出版发行：人民日报出版社
社　　址：北京金台西路 2 号
邮政编码：100733
发行热线：（010）65369527　65369846　65369509　65369510
邮购热线：（010）65369530　65363527
编辑热线：（010）65369518
网　　址：www.peopledailypress.com
经　　销：新华书店
印　　刷：北京欣睿虹彩印刷有限公司

开　　本：710mm×1000mm　1/16
字　　数：310 千字
印　　张：18
印　　次：2017 年 1 月第 1 版　　2017 年 1 月第 1 次印刷

书　　号：ISBN 978－7－5115－4107－9
定　　价：49.80 元

一

清晨6点10分，陈望娣坐上了开往春城的客车。她凝望着窗外闪烁的树影，神情平静却又透出一丝憧憬；尽管前方并非那么的清晰，但毕竟已对昨天释然，这对她而言已是莫大的勇气。她深深地呼吸了一口气，像是解脱，但更像是欣慰。她双臂下意识地夹了一下那依旧丰满的胸部，仿佛嗅到了自己的清香和洁净……

回想当初，陈望娣无论如何也不会料到，她慎重选择的婚姻竟为自己带来大半生的不幸和艰辛。在几十年的煎熬中，人生里第一次做出重大决定时的情形时常浮现在她脑海里——尽管那个决定跟她的婚姻没有多大关系。

那年，陈望娣刚满17岁，念高中一年级……

南粤的春天阴冷而潮湿，那天清晨，蓝石乡更是沉浸在一片雨雾之中，虽然只是毛毛细雨，连亘的山群就像一片巨大的荷叶，一滴一滴地把雨水接住，汇聚成潺潺小溪，绕着山村哗哗地流。

陈望娣心情沉重地站在自家的窗前，愁愁地凝望着那片雨雾。父亲患了腿病，需要截肢，由母亲陪同到省城医院做手术去了。母亲在医院照顾父亲，料理家务，照看弟弟、妹妹的责任自然就落在她肩上了。她并不是因为家务而愁闷，她担心的是父亲和家里日后的生计。

一个念头突然涌上心头，她不禁打了一个寒颤。

陈望娣所在的向阳县有近百万人口，全县有三所高中。那时，能念高中的学生少之又少，一来是因为学校稀缺，门槛高，竞争激烈；二来是许多家庭特别是农村人家因为经济困难，供不起孩子读书，以“读书无用论”为由，小小的就把孩子扔到生产队当了劳力，挣工分养家。陈望娣是当时蓝石乡能上高中的为数不多的学生之一，在乡里也算是“小小名人”。

父亲住院的头几天，陈望娣和弟弟、妹妹每天都早出晚归。黎明5点多，陈望娣就从床上爬起来，洗几个红薯放在锅里煮，这是三姐弟的早餐和午餐；之后，把隔夜煮好的红薯藤兑上水、撒几把米糠，把母猪和那头肉猪喂了；接着是放鸡。

陈望娣用水把米糠和好，用木盘端着来到鸡笼前。两只竹笼，大大小小十多只鸡。见有人靠近，鸡笼里的鸡早已焦躁不安地来回窜动，有的从笼眼里挤出头来，企图从那个小小的笼眼获得优先出笼吃食的机会，不料却被卡得进退不得，痛苦地挣扎着。

陈望娣把鸡笼的门打开，鸡群兴奋地拍打着翅膀汹涌而出，奔向那装着米糠的木盘，有的因为速度过快摔跌了好几跤。鸡内一圈外一圈地围着木盘，争先恐后地狼吞虎咽着，时不时仰起脖子，吃力地一伸一缩，使劲把卡在脖子里的米糠往下挤，以便能多吃些。那个被卡在笼眼里的鸡却在笼里焦急而徒劳地挣扎着。陈望娣上前敲了一下那鸡的小脑壳，责怪道："笨鸡！就你最馋！"然后轻轻地把它退了出来。一旦脱身，那鸡便疯了似的扑向那吃食的同伴，整个跳进了木盘里，巴不得一口把米糠全吃到肚子里。

忙完了，雨也消停了，红薯也熟了，陈望娣把弟弟、妹妹叫醒，在他们书包里各放3根红薯，自己留两根。整理妥当，就带着他们上学去了。

妹妹读初一，弟弟读四年级，三所学校都在一处，所以姐弟三人正好同行。

去学校的路上要经过一条沙河。水位还没涨，用不着渡船。姐弟三人来到河边，脱掉布鞋，蹚水过河。河水刺骨的冷，上得岸来，弟弟冻得仍在打颤。三人在草地上把脚上的水搓干，穿上鞋。弟弟的鞋破了个大洞，大脚趾红红地露了出来。陈望娣若有所思地瞅了一眼，领着他们继续朝学校走去。

陈望娣不仅长得好看，她成熟温和的性格也深受同学和老师的喜欢，所以，大家都很愿意跟她相处，觉得很安全。那些爱耍嘴皮子的调皮男生，在她面前，都会情不自禁地变得正经许多。

陈望娣个子高，座位排得挺靠后，在她座位的前后都是男生。正后面的一个男生长得白白净净的，很英俊，成绩也好。每次回头，陈望娣几乎总能碰见他那腼腆而含情的目光。前面的一位男生，各方面都很普通，总是有事没事地想找陈望娣搭话，而一旦搭话成功，却又紧张得语无伦次。

班主任是一位50岁开外的老头，看上去干干净净的，头发花白且粗，像铁丝般；一张斯文的脸，点缀着几块小小的黄斑。身体很好，每天天没亮就爬到半山腰耍太极。身体好火气就旺，几乎全班同学都被他训斥过，却惟独陈望娣没被训过。第一学期刚开学不久，他曾经到陈望娣家家访，呈现在他眼前的是两间阴暗的小屋，又窄又潮湿；这样的家庭要供养三个小孩读书，负担显而易见。

下午最后一节课还没完，望娣就迫不及待地往家里赶。由于小学、初中放学较早，弟弟、妹妹已先行回家了。陈望娣回家后的第一件事就是给弟弟、妹妹做饭。平日父母在家，姐妹三人中午都能回来吃妈妈做的饭，然后再匆忙赶回学校上下午的课，现在就不行了，只能早上出门时带些红薯之类的干粮，中午将就着吃。

半点钟工夫，晚饭就做好了，主食是白米饭，菜只有大白菜和酱油蒸葱头。虽然母亲出门时曾经交代说要节约，因为这个家已经连续3个月超粮了，但看着弟弟饥肠辘辘的样子，望娣还是禁不住多下了半筒米。

正在长身体的弟弟饭量本来就大，加之平时缺少油水，如今又两餐作一餐吃，一大盘米饭，就着葱汁酱油，香喷喷的，一转眼就吃个精光。

陈望娣总是最后一个吃饭，既为了便于收拾碗筷，也可以根据弟弟、妹妹的饭量来调节自己的饭量，在她心里弟弟妹妹永远是优先考虑的，绝不能让他们饿着。趁弟弟、妹妹吃饭的时候，陈望娣先把猪喂了，然后喂鸡并把它们引入竹笼关好。当她忙完时，弟弟、妹妹也已吃完饭了，正围着饭桌在昏暗的煤油灯下做作业。

陈望娣在自己衣服上搓干了手，端着碗，挨着弟弟坐下，一边吃饭，一边瞅着弟弟写作业。

“姐，我以后中午不想吃红薯，想吃饭。”弟弟放下笔，在菜盘里捻起一个葱头，仰着脖子送进嘴里，嚼着说。

“我也想吃饭。”一旁的妹妹一边埋着头写作业一边帮腔道。

陈望娣静静地吃着中午剩下的半截红薯，沉默了一会儿，说：“我明天跟老师请几天假吧，反正家里的牲口也要人照顾。”

吃完饭，陈望娣把碗筷收拾好，扫了扫厨房地板，带上妹妹，提着马灯到菜地割薯苗——这是第二天的猪食。

到了番薯地，陈望娣弯下腰利索地割起了薯苗，妹妹提着马灯紧随着。“姐，爸妈什么时候回来？”妹妹问道。

“得看爸爸的病情，也许还要等十来天吧。”陈望娣微微地喘着气答道。

“爸爸的腿不能走路了，以后咋办呢？”妹妹忧虑地说。

陈望娣没有回答，继续埋头割她的薯苗。

很快就割好了两捆薯苗。陈望娣挑起薯苗，妹妹提着马灯在前面引路，姐妹俩一前一后地往回走。

起风了，伴随着初春嘈杂的虫声，昏暗恍惚的马灯下，妹妹单薄的身影，如一枝飘零的瘦竹，拽得陈望娣一阵心酸。

那个念头再次掠过陈望娣的脑海——虽然是那样的不愿、那样的无奈。最近，这念头一直在折磨着她，令她寝食不安，她实在不甘心就这么轻易地放弃。今夜她又失眠了。

第二天上午，陈望娣带着布满血丝的双眼匆匆来到学校，把请假条递给了班主任。班主任神情凝重地望着那张字迹清秀的字条，叹了口气，说："在家里抽点空看看书，不要荒废了，有什么需要帮忙的，回来找我们，希望你能早日回校完成学业。"

陈望娣没有回答，在她的眼神里，哪怕是一点附和的意思也没有，脸上流露出一种轻松的，甚至是如释重负的表情。

班主任站在窗前，望着陈望娣远去的背影，他似乎预感到了什么。而事实证明他的预感是对的，陈望娣的这一走，就再也没回学校了。

不上学了，陈望娣就可以一心一意地照顾这个家，照顾弟弟、妹妹了。但当全部时间都投入去打理这个家的时候，她又觉得时间空余得很。

一天，做完所有的家务后，突然无所事事起来，她坐在床边，翻弄着高中的语文课本，发现所学的似乎都忘了，许多东西只有当映入眼帘方能恍然记起，心中无限惋惜，忽然萌发重新抓住的冲动，但又有何意义呢！陈望娣叹了口气，深深地闭上了双眼。房间死般寂静，耳根吱吱嗡嗡地响。突然，陈望娣记起一件事——给弟弟买双鞋。

"对，给弟弟买双鞋去。"母亲走的时候留下十多元钱给她做家用，她有权支配这笔钱。陈望娣兴奋地从床上弹了起来，打开衣柜，小心翼翼地从衣柜底层取出那套灰蓝色"德卡"布料的衣服，这套衣服是她考上高中时爸妈给她做的，当时她就穿着这套衣服参加开学典礼，那是她一生中最幸福最兴奋的时刻。她平时很少穿这套衣服，舍不得，总是压在衣柜底下，好生保管着。今天，她要穿着这套衣服去逛百货。

在村子东面大概5里处有一个长途汽车站，广汕公路就从这里经过。跟这个汽车站一起的还有一家国营茶楼、一间邮电所、一间咸杂店和一家百货商店。这里不仅是长途客货车休息补给的驿站，还是附近乡村村民、学校学生购物、休闲的唯一去处。村里人农闲时都喜欢到这里来转悠转悠，跟店员彼此都很相熟。百货店的商品虽然算不上丰富，但那花花绿绿的布料、发夹和小镜子总能吸引爱美的姑娘，至于男人，他们都喜欢到咸杂店里抽烟、聊天。夏天，有的干脆在店外的梧桐树下朝马路坐着，扇着草帽，看来往的车辆，和那些漂亮、干净的城里人。这时候，这里就成了他们看世界的一个窗口。

陈望娣沿着河堤兴冲冲地朝着汽车站走去，一边走，一边盘算着要买的东西：除了给弟弟买双鞋之外，陈望娣还想为自己和妹妹买个镜子和一些发夹、皮筋。

这是一条熟悉的路，一边是清清的河，一边是满满的庄稼。河堤长着厚厚的草皮，被人们踩出两条时而平行、时而交错的小径。路上要经过一处坟地，那里有两棵大树，突兀的树顶总有几只乌鸦停在上面沙沙地叫。每次经过这里，陈望娣总是不由自主地加快脚步，不时回头张望，生怕身后有什么东西跟着。

过了河，远远就看见马路边梧桐树下那排瓦房，陈望娣要去的百货店就在那儿。建筑已显陈旧，原本红色的瓦，已被风雨熏成了黑色；外墙青砖上毛茸茸的白色芒硝随处可见；薄薄的水泥地板几经修补，处处坑洼。尽管如此，跟当地村民的住宅比起来，这仍不失为堂堂大屋。

进了百货店，陈望娣径直朝摆放鞋子的柜子走去，柜子里面摆放着塑料凉鞋和布鞋，鞋上明显有一层薄薄的灰尘。布鞋有两种，一种是黑色灯芯绒面料的，称绒鞋；另一种是草绿色帆布面料的，这就是当时最流行的“解放鞋”。

陈望娣估计了一下尺寸，然后让售货员取了一双“解放鞋”。陈望娣先把鞋在自己脚上比度了一下，问：“这双鞋多少钱？”

“2 块 1 毛钱。”售货员回答说。

“这么贵？”陈望娣不敢相信自己的耳朵。这差不多是妈妈一个月的工分。陈望娣犹豫了。

售货员瞅了陈望娣一眼，没有说话。

这时同村的一位大婶走了进来，一见到陈望娣，就抓着陈望娣的手，用哀伤的语气问起陈望娣爸爸的病情来。

陈望娣的心被大婶的同情狠狠地扎痛，正如本已包扎的创伤被突然粗鲁地撕开。刹那间，陈望娣又意识到了自家的凄凉与困苦。

“都这景况了，还浪费钱，真不懂事！”陈望娣心里自责道。她把鞋还给了店员，红着脸，匆匆走出了百货店。

但没走多远，陈望娣渐渐地放慢了脚步：“我只是想给弟弟买双鞋而已，怎能算是浪费钱呢？而且弟弟的鞋确实已破得可怜，弟弟可是全家的宝贝，给他买双鞋应该不算过分啊！”这么想，陈望娣自责的心忽又平复了许多，甚至徘徊着又回到了店门口。“唉，算了吧！不就是破了个洞吗？拿去给修鞋的补一补吧！”陈望娣最终还是掉头回家了，什么也没买。

二

半个月后的一个星期六下午，爸妈要回来了。陈望娣向生产队借了一辆平板推车，领着弟弟妹妹早早来到车站等候。他们立在梧桐树下，焦急地望着广州方向来的客车，饱尝了“过尽千帆皆不是”的焦虑，在一次次的兴奋与失望后，已经有点麻木了。弟弟蹲在地上玩起了沙子，妹妹也拿着一根小木棒在树干上刻画起来。

不知过了多久，一辆黄白色的客车摇晃着进了车站，停住。随着车门的“嘎”一声打开，一名女乘务员把两袋行李提下车，转身又跳上车去，和一位中年妇女一起搀扶着一名男子慢慢挪下车。

“爸爸!”陈望娣最先看见并大喊一声，冲了上去，妹妹跟了上来，弟弟也提着裤子跑了过来。

父亲的一只手搭在母亲的肩膀上，另一只手夹着拐杖，在乘务员的帮助下，艰难地下了车。三姐弟一边喊，一边围了上来。

陈望娣几乎不敢承认，眼前这个干瘦如柴，右脚吊着半截裤脚，浑身散发着医院特有的药水气味的人，就是他们曾经山一样父亲。

陈望娣不敢正视父亲那半截裤脚。她紧紧地托着父亲的手臂。仅一个来月的时间，这双曾经力大无比的铁钳般的手，如今形如枯槁；这个曾经铁塔般的身躯，现在就剩一个空架子。以前，只要一靠近父亲的身体，就有一种慈祥、温暖的感觉，如今贴得这么近，感觉到的却只是父亲颤抖而艰难的呼吸。往常父亲总是用一种关爱、欣赏而略带自豪的眼神注视着他们姐弟，而今父亲的目光已萎缩，看到的只有彷徨与绝望。

可怜的父亲已经坍塌了，从精神上和肉体上。陈望娣禁不住一阵心酸，泪水刹地涌了出来。

妹妹也哭了，弟弟的眼睛却在父亲的脸上和那半截裤脚间来回移动。

母亲消瘦和憔悴得也很明显。他们把父亲和行李一起放上板车，妹妹也坐了上去，在旁扶住父亲，陈望娣在前面拉，母亲和弟弟跟在后面推，一路颠簸，把父亲接回了家。

父亲的病完全改变了这个家的一切。

陈望娣已决定不再上学了。虽然班主任曾经不止一次到她家，跟她谈过，也跟她的父母谈过，希望她能回校完成学业。父亲在一旁痛苦地低着头，没有说话；母亲用粗糙的手背擦着干瘪的额头上的汗，一再坚持说要女儿继续读书。但陈望娣心里非常清楚，母亲那每天1角8分钱的工分是养活不了一家的，更何况是一个有三个小孩读书和一个残疾人的家。因此，她的态度非常的明确和坚定……

虽然不满18岁，但生产队考虑到她家的实际困难，特准她提前一年参加劳动，成为一名正式的生产队员，每天赚取1角8分钱的工分，养家糊口。没过多久，妹妹也辍学了，她家以父亲的名义把生产队一群牛的放养工作承包下来给妹妹做，每天可以赚取8分钱的工分。这样一来，陈望娣家就有3个劳动力了。

刚开始，父亲的起居还需要人照顾，但慢慢地，他熟悉了拐杖的使用，不仅可以自行料理起居，还可以做一些轻便的家务，如做饭、喂猪、喂鸡等，有时甚至可以走到村头榕树底下和大伙聊天。

随着时间的流逝，失去了腿的阴影在父亲的心里渐渐散去，父亲的脸上偶尔也能绽出一丝难得的久违的笑容，虽如昙花一现，但对家人却是莫大的安慰。见到父亲的笑容，大家都开心地松了一口气。

三

时光飞逝，转眼已是深秋。忙碌的秋收之后迎来了一年中最悠闲的时光，此时气候宜人，正是青年们寻找恋爱的时节。经过一年的磨练，陈望娣稍微晒黑了，显得成熟了，更增添了几分女人的风韵，把村里的小伙子们迷得如蜂恋花，但大多数都觉得高攀不上，望而却步，只痴痴地想：她会嫁给谁呢？谁能有这个艳福呢？

劳动时，社员们打发时间的主要方式是彼此开玩笑、耍嘴皮子，而陈望娣几乎每次都会成为大家玩笑的主要对象。当人们拿她来开心时，陈望娣总是大方地微笑着，也不搭话，任凭他们讲，只有当他们谈论到一些涉及夫妻、男女的话题时，才会忍不住涨红着脸，收敛起笑容。

“别不好意思，那事会有瘾子，等结了婚有了第一次之后，准保你馋得追着男人要！”一天，大伙蹲在麦地里除草，全村最泼辣的张嫂，一手叉腰，另一只手捂住那个笑得像猪一样的大嘴，淫味十足地嚷道。

“别这么不正经，人家可是个姑娘，没你那么不要脸！”王大婶总是扮演着主

持公道的角色。

“要么给你介绍一个,阿牛、阿生,或者是肥吉,怎样?”张嫂仍不肯住嘴,指着旁边那几个一味低头傻笑的小伙说。

“人家望娣可是要嫁城里人的。”英姐在旁插嘴说。

“是吗?要什么条件,跟姐说,我有个表妹在省城工作,我让她给你介绍一个。”李姐抓住这个难得的机会神气地把城里的亲戚关系抖搂出来。

是啊,要嫁什么样的人,这个问题是陈望娣从未想过的,因为她压根就没有考虑过结婚的事情。但不知从什么时候起,她心底里开始有了一个挥之不去的影子:一身灰色唐装,白净清秀,一副黑边眼镜,干净、斯文。每当心里浮现这个影子,就有一股温存与安详。至于这个影子是什么时候开始出现的,是从哪里来的,却连她自己也说不清楚。

村里有个年轻人,叫泥头,21岁,普普通通的一个人。泥头有个妹妹,与陈望娣的妹妹同龄,而且关系很好。和其他小伙一样,泥头对陈望娣已朝思暮想多时。他很快意识到他妹妹与陈望娣的妹妹的关系将是他亲近陈望娣的便利条件。于是,泥头暗暗地谋划着他的美人梦。

找妹妹成了泥头往陈望娣家跑的借口,有时尽管明知妹妹不在,但还是装模作样地边走边喊,一直来到陈望娣家。没找着妹妹,就坐下来跟陈望娣的爸爸拉家常,专挑贴心话讲。陈望娣的爸爸自从残疾以后,内心一直很自卑,生怕别人瞧不起自己,泥头一副恭维者的面孔,让他如沐春风,即使明知泥头讲的是溜须话,但还是很受用,听得很舒服,希望他常来。

“泥头这小伙子真不错,”陈望娣的爸爸开始在家人面前评价起泥头来了。爸爸是一家之主,爸爸喜欢的人,自然也得到全家人的欢迎。就这样,渐渐地,泥头成了陈望娣家的常客,而且来得越来越频繁,越来越无需理由了,还经常捎些小东西过来。

陈望娣的父母是明白人,他们很清楚泥头的用意,不过他们对泥头真还喜欢:黑黑实实,人勤快又踏实,家缺少的正是这样的帮手。起初他们以为女儿也喜欢泥头,想着早晚是自己的半个儿子,因此也就不客气了,大事小情能使唤就使唤,反正泥头也乐意。

年近岁末,陈望娣家饲养得那头肉猪已长成近二百斤,是时候出售了。国家有规定,各家各户饲养的家禽牲畜一律都由供销社统购统销,所以陈望娣家的猪也必须拉到镇上去卖给供销社。于是他们又向生产队借了那辆平板车——就是那天他们把陈望娣的父亲从车站拉回来的那辆,准备把猪送到供销社去。泥头闻风而至，勇当车夫。

到镇上有十多里的路，沿着山边公路走，泥头在前面拉，陈望娣和她妈妈、妹妹在后面推。路是泥路，坑坑洼洼，很不好走。泥头穿着一件白色背心，两手紧握车把，肩上搭着一根粗麻绳，吃力地拖着，麻绳深深地吃住他的肩膀，磨出几道鲜红的痕。尽管是初冬时节，早已凉风嗖嗖，但泥头仍汗流浃背，黑黝黝的肌肉在日光下像涂了油似的闪闪发亮。陈望娣她妈真是越看越喜欢。陈望娣心里也萌发了几分怜爱。

他们来到供销社，在供销社同志的哼哼指指下把猪过了磅，然后到另一个窗口办理结算手续。陈望娣她妈从开始到结束都一直赔着笑脸，小心翼翼地讨好那些同志，生怕他们少秤或少算了似的。陈望娣在旁虽然看不过眼，但终究没有吱声。

这是一笔大收入，陈望娣她妈蘸着口水把钱点了两遍，取了些零的出来，其余的揣入怀里。他们在镇上兜了一圈，买了些咸杂，陈望娣还拿主意给弟弟买了双绒鞋，然后大家有说有笑地回家了。

卖了猪可是件大事，是要加菜庆祝的。那个时候物资短缺，一般只有逢年过节才由生产队统一加菜。所谓的加菜，就是有肉吃。当时市场上基本没有鱼肉买卖，即使有也得由食品站凭肉票定点限量供应。平时想吃肉，就指望生产队的组织加菜了，杀头猪各家分点猪肉、鱼塘里圈点鱼，又或是有老耕牛冬天里冻死了，宰了分点牛肉牛骨等。但这样的机会是很少的，一年里也没几次，是一件大事。因此每逢队里加菜，社员一般都会通知最亲的亲戚，让他们带上小孩来吃块肉。

陈望娣的母亲向来勤快、精打细算，平时养猪又养鸡，所以家里偶尔也会有只鸡杀杀，让小孩解解馋。今天，她特别高兴，把最大的那只阉鸡杀了，做成几道菜，留泥头吃饭，那热情，俨然已把泥头当成了准女婿。这一点泥头也觉察到了，不禁飘飘然起来，不把自己当外人了。不过，他们都仿佛忽略了陈望娣本人的意见！

四

泥头对陈望娣的追求传开后，那简直是一石激起千层浪，小伙子们对泥头别提有多嫉妒多怨恨！

“他算什么东西?! 什么时候轮到他?!”他们愤愤不平地骂。这种怨恨是如此的深,仿佛泥头占用了不该占有的东西,并且损害了他们的利益,以至于有人要用行动来宣泄内心的愤懑和不满。

一天晚上,当泥头从地里劳作回来,路过一片竹林时,林子里忽然飞出一块砖头,“啪”的一声,沉沉地打在他的肩膀上。泥头“哎哟”一声,捂着肩膀朝着砖头飞来的方向追去。当他追出竹林时,只见两个人影飞快地消失在夜色之中。第二天这件事就在村里炸开了,说有人因为妒忌泥头所以给了他一砖头。

不过,泥头虽然挨了一砖头,却得到了陈望娣的同情。陈望娣认为泥头是因为她才遭人暗算的,觉得对不起泥头,对他平添了几分愧疚。

但,随着泥头与自己越走越近,陈望娣心里越来越感到一种压力,一种不踏实的感觉,以至于常常被一种焦躁不安所笼罩。她明知自己与泥头关系已走得太近了,超乎了寻常,心里很不愿意接受这件事。但另一方面,她几乎已经不能拒绝泥头的靠近,每次泥头来约她,心中虽然掠过一丝理智,觉得应该拒绝,却又怕伤害对方。

随着交往的日益频繁,泥头对陈望娣的渴望日趋强烈,每当想起陈望娣那丰腴的躯体,他就忍不住热血沸腾,胸口好像有一把熊熊烈火在燃烧,一种占有的欲望把他的心肺都撕裂了! 他害怕别人把她抢走,这种害怕与占有的欲望一样强烈、一样使他寝食不安。他迫不及待地想占有她,拥有她的全部。但之所以迟迟没有下手,是因为把握不准陈望娣的想法,他怕过早的冲动会把对方吓跑,影响甚至提前结束他们的关系。接下来发生的事恰好印证了他的担忧。

这是初夏的一个夜晚,皎洁的月亮把大地照得如同白昼,凉风吹在刚洗过冷水澡的身体上,非常舒畅,催动着蠢蠢的春心。泥头与陈望娣肩并肩坐在河堤上,看着河水的粼光,享受着清风、月色与虫鸣。

泥头偷偷地盯着陈望娣的脸,那睫毛、耳廓,那唇、那隆起的胸。他的心揪得难受,手大胆地试探地碰了一下陈望娣的手臂。没有反应。于是更大胆地贴上去。依然没有反应。他的心跳得厉害,脑袋一片空白,手沿着她的裤腰搂了过去。还是没有反应。难道就这么容易? 泥头的心简直爆裂了,疯狂地扑了上去,把陈望娣紧紧压在下面,粗笨地亲她的脸,双手从她的胸一直摸到腰部。

正当泥头要解开她的裤带时,陈望娣抓住了他的手,是那样的坚决,没有半点商量的余地。泥头只好放弃那个最渴望的地方。但箭已在弦,他如饥如渴地抱着那个朝思暮想的身体,趴着、折腾着,喘着气,最后是一阵轻松,如泄气的皮球,瘫在那个软绵绵的身体上。

过了一会儿，陈望娣轻轻把他推开，坐起来，理了理蓬乱的头发，她觉得裤子黏糊糊的难受，站起来往回走。泥头耷拉着脑袋，一声不响地跟在后面，裤裆从里面一直湿到外面。

回到家，家人都睡了，在微弱的灯下，陈望娣发现自己的裤子上有一摊痰一样的东西，她撕了一张日历纸想把那东西擦掉，却越擦越黏糊，而且发出难闻的腥臊，她一阵恶心，差点呕吐出来。她紧皱眉头，盯着那摊东西，脑袋回想起刚才泥头狗一样的动作，越想越恶心，越想越鄙视。“我都成什么东西了?!”她狠狠骂了自己一句。

第二天泥头没敢露脸。第三天泥头灰溜溜地出现在陈望娣家门口，陈望娣冷冰冰地没看他一眼，取了顶凉帽，自个儿出去了。陈望娣的父母不知道发生了什么事，尴尬地赔着笑脸，招呼泥头坐。

陈望娣已决定与泥头断绝关系了，无论泥头怎样费尽心思，怎样努力，也不管陈望娣的父母怎样苦口婆心，都始终未能改变事实。不过，这件事成了陈望娣人生中无法抚平的一块伤痛，每逢想起都使她陷入深深的自责与愧疚之中。

五

光阴似箭，经过一家人两年的勤俭，陈望娣家的生活已开始有所起色，不仅还清了父亲治病时欠下生产队的钱，而且还盖起了一栋三间的泥砖瓦房。其实，那时盖房子并没有花太多的钱:砖是乡亲们帮忙用泥巴打成的泥砖，沙子是自己在河里捞的，木头也是自己山上砍回来的松树；只是在买瓦、买石灰，工人工钱以及请帮忙的乡亲们吃饭等方面花了些钱。新房子建起之后，住的环境比以前宽敞明亮多了。陈望娣姐妹俩把房子收拾得干干净净，墙上贴了几幅诸如《井冈山会师》、《秋收起义》等彩画，热热闹闹地过起日子来。

这年，陈望娣不知不觉已 20 岁，正所谓男大当婚，女大当嫁，在农村，20 岁的姑娘也该有个对象了。那个时候，男婚女嫁还是以说媒为主。

媒人婆拿着大葵扇从东家摇到西家，给那些她们自认为般配的、门当户对的家庭说媒提亲。谁都要结婚娶媳妇，都希望媒人婆给介绍一个好对象，所以那时谁都不敢得罪媒人婆，不但不敢，还要讨好她们，要不然没准讨不到老婆，可要打一辈子光棍啰。同时，由于大家都是乡亲，对象介绍不好，不仅会被怨恨，还会坏了名声，而且结婚后，小两口一旦发生吵闹，更会找上门来哭诉，手尾很长、很烦人！所以，除了个别骗吃骗喝的恶媒外，其他大部分媒人婆都还是相当谨慎的，特别讲究各种条件的对称，如家庭成分、人品等。

当时，农民被划分为 4 个成分：地主、富农、中农、贫农。贫农是最好的成分，是一个光荣的阶级，贫农是瞧不起地主、富农的，更别说做亲家了。人品也很重要，只要她们认为父母或本人的品行、名声有问题的，她们也都一般不予牵线。由于与泥头的那段往事，当时陈望娣就深受诟病，特别是上了年纪的人，他们觉得陈望娣是一个不正派的人，所以，没人愿意上门提亲。

父母虽然不希望女儿过早出嫁，但 20 岁的女儿还没有对象，他们心里没少担心。不过，陈望娣本人却并不焦急，与泥头的那段关系所留下的阴影，使她对异性有一种强烈的抗拒，她再也不能随便地接受一个异性的靠近了，尽管期间有不少同村或邻村的小伙子向她或明或暗地投送秋波。

这年秋收刚完，按公社的指示，他们周围几个大队的青年开到一个叫担澳的地方支援当地建设一个小型水库，在那里陈望娣遇见了她的高中同学，就是当年坐在她后面的那个小白脸。

那天，挑了一个上午的泥之后，在工地上开中饭。满身汗味、泥尘的小伙子和姑娘们饥肠辘辘地端着饭盘围着木桶盛饭。他在她的前面，开始时大家都没留意到对方。轮到他时，他礼貌地先帮她盛饭。她抬头说谢谢时才发现原来是他。他乡逢故人，说不出的喜悦和亲切。陈望娣心中沉寂多年的琴弦被怦然拨动了。

他们俩端着饭盘肩并肩坐在同一个石块上，边吃边聊，短短午饭时间，有说不尽的话。临了，两人余兴未消，互通了营房号。

当天晚上他们就约会了。月光下，陈望娣不时地偷偷打量着眼前这位曾经触动过她的心弦的同窗：还是那么俊，白净清瘦的瓜子脸，标准的南方体型。

他叫刘青岚，比陈望娣小半岁，新风大队人。从谈话中得知，刘青岚有四兄弟，两个姐姐，兄弟中他排第二，父亲是新风大队的大队书记，家庭条件还算不错。

其实，高中时候，打第一次见面，刘青岚对陈望娣就一见如故，陈望娣的辍学，使他陷入了极度的失落。他曾多次萌发前去找寻陈望娣的冲动，只是觉得那样做实在太冒失而只好作罢。高中毕业后，刘青岚参加了生产队的劳动，据说乡小学准备聘请他当民办教师。

两颗曾经相互倾慕的心在他乡重逢，很快就堕入了爱河。这种爱遇给了他们无穷的动力和精力，使他们在劳动的时候总觉得有使不完的劲，一天辛劳下来，别人都累得蒙头大睡，而他们却绕着那座光秃秃的山不知疲倦地走了一圈又一圈。

陈望娣岁数比刘青岚大，平时以姐姐自居，处处呵护着刘青岚，刘青岚非常享受这种“姐弟”式的爱，时不时亲着陈望娣的耳根轻轻喊“姐”，更惹来“姐姐”的疼。

一天晚上，他们依旧绕着那座山悠悠地转。天空布满了星星，月色不太好，吹着阵阵的山风。他们走到一棵矮树旁，刘青岚把陈望娣紧紧地挤在树上，贪婪地吸着对方的嘴。两个人都喘着气。这时刘青岚的手伸向陈望娣的裤腰，要解开她的裤带，这已经不是第一次了。陈望娣紧紧抓住他的手，恳求说：“求求你，不要！”虽然很不情愿，但刘青岚还是把手移开了。陈望娣轻轻捏了一下刘青岚的脸，柔柔地笑着说：“结婚那天才可以。”

工程进行了将近两个月，临近春节，虽然有些收尾工作还没完成，但上级已同意安排支援人员回家过节了。

回家的头一天晚上，大家忙着整理行装，到处一片凌乱。陈望娣把自己的行李收拾好后，来到刘青岚的营房。刘青岚仿佛对收拾行囊束手无策。只见他一手拿着饭盘、筷子，另一只手拿着两本破书，在床边来回磨蹭，一点东西都没有收拾。

陈望娣见了，忍不住“扑哧”一笑，嘴里轻责道：“你真是个书呆子！”心中却平添几分怜爱，麻利地帮刘青岚把行李打点好。

收拾妥当后，他们又来到那座小山包下，最后一次踏着那条熟悉的路。天气有点寒，月色朦胧；菜地里不时传出老鼠吱吱的响声；风轻轻地吹在脸上，凉冰冰的。他们的心就像风一样清爽。彼此已无需太多的话语了，他们手牵着手，默默地踱着，脚踩在泥土上发出的吱吱声清晰可闻；他们心中充满眷恋，眷恋这条陪伴他们走过美妙时光的路！

“春节的时候你一定要记得来我家哈！”刘青岚说。

“干吗不是你来我家？”陈望娣调皮地反问道。

刘青岚想了想，说：“那好，年前我去你家，过年年初六你来我家。”

陈望娣没有说话，大概是默许了。

第二天，各乡青年轮候坐集体安排的车回家，有客车、有卡车，也有拖拉机，总之能用上的都用上了。由于人多车少，只能分批走，刘青岚早上就走了，陈望娣他们乡的青年安排在下午走。送走了刘青岚，陈望娣忽然感到一种莫名的失落和惆怅，她独自一人跑到附近镇上去买了些糖果饼干准备带回家，还给弟弟、妹妹买了袜子。支援的这些日子，由于工作辛苦，补助还比较高，每天能拿到近3毛钱的工分。陈望娣很省，这些补助平日基本没怎么花，都一直攒着，但给弟弟、妹妹买东西她却不吝惜。

六

回到家已是很晚。姐姐回来了，表现最开心的莫过弟弟、妹妹了，有吃的，又有袜子。母亲却在一旁默默地打量着陈望娣的脸，眼神里充满了疼爱，女儿长这么大还是头一回离家这么长时间，怎叫她这个做妈的不牵挂呢?！爸爸当然也很高兴，只是很难从他的脸上看出来。

陈望娣还没来得及把刘青岚的事情告诉母亲，母亲却已从外人那里听回了消息。

几天后的一个晚上，陈望娣坐在床边梳理着刚刚洗过的头发，母亲静悄悄地走了进来。

“妈，还没睡啊?”陈望娣回头看了母亲一眼，说。

母亲挨着陈望娣坐下，轻轻地捋着陈望娣乌黑的发梢，端详着那张没有擦干水珠的脸。过了许久，突然问道：“听别人说你水利的时候认识了一个小伙子，是吗？他人怎么样呀?”

陈望娣很是惊诧，她快速地瞟了母亲一眼，尽量装出一副漫不经心的样子说：“哦！是我高中时候的同学，人还可以吧！”

“他家庭情况怎样？兄弟多不多？有没有负担?”母亲眯起眼睛注视着陈望娣，继续问道。

陈望娣对母亲的这种抄家式的盘问很是抗拒！她之所以迟迟没有把刘青岚的事情告诉母亲，一方面是感觉别扭，一时不知从何说起；而另一方面担心的正是母亲的这种啰嗦，她总是煞有介事地提醒她注意一些她觉得非常难堪的问题，这些问题她既不能附和认可，又不能反驳，使她难以应对。母亲要了解对方的家庭情况，尤其是经济状况，目的是很明显的，这又是让陈望娣感到难堪的。就陈望娣本人来讲，从情感上她希望找一个精神上能与她交流的人过日子，但同时又不得不考虑对方的家庭条件，不是为了自己，而是为了父母，为了弟弟妹妹，因为，他们实在穷怕了！但这个问题一旦被点出来，又使她感觉恼羞，甚至失去了耐性，哪怕是这么简单的问题，也不愿意回答，爱理不理地搪塞打发着母亲。

母亲问了半天没有打听出什么，只好悻悻离去。看着母亲孱弱的背影，陈望娣很是内疚，眼睛湿湿地可怜起母亲来。

第二天，陈望娣和母亲把家里的被套、蚊帐装了一箩筐，抬到河边，准备洗干净了过年。趁这个当儿，陈望娣把刘青岚的事一五一十地跟母亲说了，并谈了自己的看法。母亲很满意对方的条件，她一边洗东西，一边侧侧地看着陈望娣，觉得女儿长大了，成熟了，心中充满了喜悦和慰藉，一颗沧桑的心，如同飘零江面的一片叶子，终于找到可以依靠的岸；又如飘荡的云，终于觅得了归宿的山坳。整个上午，母亲一直小心翼翼地就着女儿讲话，表现出极度的信任与依赖。可怜天下的母亲，她们是多么的刚强，却又是如此的柔弱。当她们的儿女仍然弱小时，她们会不顾一切地、无微不至地照顾他们，她们敞开宽阔的胸怀，勇敢而无私地庇护他们。一旦她们发现自己的子女长大成人了，可以独挡风雨时，她们却又收敛起刚毅，愿意依附他们，自豪而心甘情愿地做他们的奴仆，听从他们的使唤。

河水弯弯、清澈见底，两个女儿在河中使劲地搓洗着被子。多少年来，这条河是她们生活中密不可分的一部分，而她们也已成了河流的一段故事。当河水轻轻滑过她们的肌肤时，她们的心中也在缓缓地流淌着一条属于她们自己的河。

在征得父母的同意后，陈望娣和刘青岚约定了一个日子。这天，刘青岚如约而来。

由于是第一次上门，刘青岚把自己收拾得整整齐齐的，提着一只鸡和一只鹅，同时还领着同村的一个小伙来壮胆。

陈望娣也约了同村最要好的姐妹陈雪梅来作陪。陈望娣和母亲在厨房忙活，准备饭菜；父亲则在厅堂招呼客人。

她们把刘青岚带来的鸡和鹅都杀了，做了一桌丰盛宴席。

这次会面很成功，父母对这个未来女婿很满意，不仅是因为刘青岚一表人才，知书达理，也因为他的家庭条件。陈望娣父母一直担心着一件事，就是他们的独苗儿子。在农村，兄弟少是会受欺负的，更何况他们家从陈望娣的爷爷那一代起就已经是单传，势单力薄，他们担心儿子长大后，连个照应都没有，难免受人欺凌。现在刘青岚有四兄弟，而且父亲是大队书记，可谓门面之家，对上这门亲，估计就没人敢欺负他们了！

春节很快就到了，年初六这天，陈望娣第一次来到刘青岚家，随同的还有弟弟和陈雪梅。刘青岚远远在村头迎接她们。

这是一栋六间的连排青砖瓦房，依山面河，一字排开，有独立宽敞的厨房，门前铺了两米多宽的红砖地板，左右两侧有几棵看上去树龄很长的龙眼树和石榴树，屋后是郁郁葱葱的竹子和果林，有荔枝、柚子、石榴等。

走进客堂，地板是红色的防火砖，雪白的墙壁，两侧墙上挂着马克思、恩格斯、列宁和毛泽东等的画像，正中挂了一副井冈山会师的大彩画，画前是一张八仙桌，上面醒目地摆放了一台晶体管收音机和两个红色暖水瓶。两边墙角，一边放着一架"永久牌"自行车，另一边放了一台蝴蝶牌缝纫机。

见过刘青岚的父母、姐姐后（两个姐姐是专程回娘家见一见未来弟媳的），刘青岚带着陈望娣她们屋前屋后参观了一遍，然后回到客堂就座。桌子上早已摆满了诱人的春节糕点。刘青岚抓了一把油角塞到陈望娣的弟弟手里，说道："吃！"

上次陪同刘青岚去陈望娣家的小伙也在场，他叫刘冠华。刘冠华对陈雪梅也是一见钟情，不断地给陈雪梅斟茶献殷勤，但陈雪梅的心思似乎并不在他身上，这一点从她望着刘青岚时的眼神可以看出，只是等到她也许是清醒后，才开始注意到刘冠华对她的意思。尽管如此，陈雪梅对刘冠华还是没有太大的意思。不过，陈望娣一开始就有意要找个姐妹来做伴，想着如果有个好姐妹和她一同嫁过来，做个邻居，不仅平时有个说心里话的人，生活上也好有个照应。所以她花了不少心思撮合陈雪梅和刘冠华，并最终也促成了他们的恋爱。

农村婚嫁很在意男女双方的年龄，男的一般不会找比自己年龄大的女人做老婆。所以，见面前刘青岚一直不敢把陈望娣比自己大半岁的事实告诉父母，怕父母反对。但刘青岚相信，只要爸妈见过陈望娣，他们是肯定会喜欢陈望娣的，因此他就采取了一种先入为主的方法，见了面再说。

果然，陈望娣成熟、稳重的言谈举止和端庄的长相给刘青岚的父母、姐姐留下了深刻的印象，虽然刘青岚的母亲在得知陈望娣比刘青岚大半岁后，噘了噘嘴，刚想开口说什么，但马上就被老伴咳嗽一声制止了。

当天下午，饭后，刘青岚的父母兴致勃勃地要留陈望娣她们过夜，无论如何也不让她们走。拉扯了半天，最后还是陈雪梅有办法，她偷偷地扯了一下陈望娣的弟弟，轻轻地说："赶紧哭！"陈望娣的弟弟一紧张，真的"哇"一声哭了出来。见此，刘青岚的父母只好作罢。出门时，刘青岚的父亲轻轻地拍了一下陈望娣弟弟的屁股，笑着说："下次再这样子就不让你来了！"

七

见过了双方父母，关系也就确定下来了，按理也该谈婚论嫁了。但由于弟弟、妹妹年纪尚小，陈望娣本人及其父母都不希望她太早结婚。刘青岚倒是迫不及待想把陈望娣娶过去，只是哥哥还没成家，按风俗做弟弟的是不能抢先的，所以也只好按捺着性子等着。

刘青岚的哥哥叫刘水根，长得满脸憨厚，看上去甚至有点木讷，见了姑娘就低头，鼓着眼，一脸严肃地盯着地上看。村里人背地里都叫他傻根，他对此却一无所知，还自我感觉良好，见人就微笑，以为这样人们对他就会有好的评价。刘水根找对象要求还蛮高，身材要好，皮肤要白皙、漂亮。为此，父母操心不少。以水根的人才，条件好的姑娘都不会愿意嫁给他，而条件差的，他又看不上，所以虽然老大不小了，始终没找到合适对象。那天，见着陈望娣，刘水根被陈望娣标致的样貌吓了一跳，心咚咚地响，从头到尾都不敢正看陈望娣一眼。当晚洗澡，刘水根在洗澡房折腾了半天，出来时一脸虚脱的样子。以后的日子里，刘水根的脑子一直浮现着陈望娣的身子，甚至产生和陈望娣交媾的幻想，但过后又陷入懊悔之中，感觉伤害了弟弟。

四个儿子中，刘水根的婚事是最让父母操心的，作为老大，他娶不了，几个弟弟就不能结婚，陪着他干耗。以他们的家庭条件，讨个老婆是不成问题的，无奈刘水根在选对象问题上就一根筋，一定要长得漂亮的！虽然父母到处托媒给他介绍对象，但要么别人看不上他，要么他不喜欢，每次都不欢而散，父母又气又急，却又奈他不何。

真是事有凑巧，话说横岭大队有一王家姑娘，名叫翠玉，生得身材高挑，细腰丰乳，冰肌玉肤。可是天公弄人，这样一个可人，却偏偏是个病身子，常年需要喝药，也正因如此，所以一直没找对象。媒人婆怕误人子弟，遭人怨恨，不敢给她做媒；而王翠玉本人却自恃长得好，虽有病在身却也不肯随便嫁人。

由于刘水根父母的再三嘱托和刘水根本人的挑剔，在经历过多次碰壁后，媒人婆抱着试一试的心态，把王翠玉这么个人与刘水根的父母提了出来。

“刘书记，我可丑话说在前头，”媒人婆摇着大葵扇，嚼着点心含糊地说，“翠玉这孩子长得那水灵，水根见了准保喜欢，只是身子骨单薄了些，粗重活恐怕就要省着点了。”

按老人家的标准，娶媳妇，身体是最重要的，越粗壮越好，能种庄稼，也好生养！样貌管什么用？又不能当饭吃！因此连连摆手。但是在一旁半天不吱一声的刘水根此时却表现出莫大的热情，傻呵呵地要见见面，还振振有词地说："单薄点怕什么？又不是叫她去驶牛！"把刘父气得干瞪眼，却又拿他没办法，只好向老伴递了眼色，表示同意先见面。

刘水根的母亲站起来一边给媒人婆斟茶，一边说："这样吧，你先把她带来大家见见面，再作定夺吧！"

"是啰！是啰！行不行见见面再说啰！"见刘的父母点头，媒人婆如释重负。

"那就有劳你了。"刘水根的母亲说。

"客气啥，又不是别人，刘书记的事我能不管吗？不过，说实话，换了别人，这种吃力不讨好的苦差我才不掺和呢，谁叫是刘书记您的事呢！"媒人婆媚笑着说。

择了个日子，媒人婆把王翠玉带到刘家，刘水根从外面进来，看见坐在堂上亭亭玉立的王翠玉，挠挠后脑勺，傻笑着吐了两个字："来了？"就再也找不到别的话了，兴奋地跑到厨房帮忙烧火去了。

刘水根这次是看上了。有了媒人婆前面的话，刘水根的父母始终担心王翠玉的身体，但看上去好像又没有想象中的差，而且关键是水根喜欢，所以也就顺其自然了。

刘水根的傻头傻脑和他的结实的身体，给王翠玉一种实在、可靠的感觉，加上刘家的家庭条件，所以，王翠玉及其父母对这门亲事非常的中意。

两家人都合意，婚事一拍即合！中秋送了彩礼，双方父母就着手为他们操办婚事，并于当年春节前把结婚酒摆了。

解决了刘水根的婚事，父母长长地舒了一口气，如释重负。刘水根的父亲祖传懂得中医，是乡里稍有名气的采药好手，经常上山采药给王翠玉调理身子。因此，王翠玉的身体虽然没有太大的改观，但也似乎没有什么大碍，不过还是没能怀上孩子。

八

乡小学聘请了刘青岚为代课老师。乡村校舍非常简陋，青砖、青瓦，外观已露残色；泥土的地板，学生的动作稍微大点，就能卷起阵阵尘土；木板桌子，同桌两个人共坐一条木板凳。

学校前面有一块长方形空地,算是运动场,两头各竖了一个木板拼成的篮球架,篮板的木头已被风雨熏成了灰黑色;球场旁边有一个沙池,是学生们跳高跳远用的——当然也不乏在这里摔跤打滚的。场地虽然简陋,却是学生们的乐园。

学校给刘青岚配了一间小房间,但由于家就在旁边,刘青岚平时都是住家里,房间一般都空着。不过,当陈望娣来了,这间小房间就成了他们温馨的驿站。在家吃完饭,他们就沿着那条小路慢慢走回学校,躲进那个属于他们自己的私密空间里。

时间长了,陈望娣跟其他老师也都熟悉了,其中有两个还是她和刘青岚的高中同学,男的叫袁辰,女的叫李芳,他们高中毕业后双双在这所小学当了民办教师,并恋爱结了婚。

在所有的老师中,陈望娣印象最深的是一个叫谢元的人。谢元是一个下乡知青,30 岁出头,戴一副塑料黑边近视眼镜,长得跟刘青岚一样清秀斯文,但脸上比刘青岚多了几分成熟和刚毅。谢元是所有老师当中与刘青岚关系最好的一个,刘青岚经常请他到家里吃饭。刘青岚的父亲也很喜欢这个不紧不慢,慢条斯理慢理的年轻人。毕竟是大城市里来的,谢元见多识广,而且许多问题都有自己独特的见解。在与这个年轻人的谈话中,刘青岚的父亲可以学到不少知识,增长不少见闻——这是身为大队书记的他所需要的。

刘青岚偶尔也会带陈望娣到谢元宿舍走走。谢元的房间有很多书,诗歌、散文、文学理论等,什么都有。桌面玻璃下压着一张双人黑白照,一个是他,另一个是他从没提起过的姑娘。窗户玻璃上糊了旧报纸,这样窗帘也就省了。两条木头长凳,铺上木板,垫一张草席,这就是床。床紧靠的墙上也糊了报纸,这样一来,被褥就不至于被墙上的石灰泥弄脏。床尾地上放了一张只有半边靠背的木椅子,椅子上放着一个铝饭盘和牙膏牙刷等洗漱用品。房间里只有一把能坐的椅子,每次,刘青岚和陈望娣都紧挨着往床上坐,谢元自己就坐在那把椅子上,侧着身子和他们聊天。陈望娣很喜欢听谢元说话。说话时,谢元时不时会用一种征询的眼神看着她,这使她手足无措,却又心情愉悦。

九

尽管不想让女儿太早出嫁，但在刘家的催促下，加上陈望娣就年龄而言也确实该出嫁了，为了不耽误女儿，陈望娣的父母最后还是点头了。

按风俗，婚嫁大事得去找神婆问个吉凶、择个良辰吉日。神婆就是那些被认为通鬼神、知祸福，能驱鬼邪的人，一般都是上了年纪的女性。陈望娣的母亲把陈望娣和刘青岚的出生年月日交给神婆，让神婆根据他们的生辰八字定个吉辰，并算算他们俩的夫妻缘分，乡里人管这叫"排八字"。神婆闭着眼睛，一五一十地掰着手指算计起来，末了，摇摇头，无奈地说："这两个孩子命理相克呀。"听了这样的话，陈母的心像是被刀捅了一下，既难受又彷徨，陷入进退两难之中。陈望娣的母亲从小就饱受苦难，父母早逝，小小年纪就卖给别人当丫鬟，解放后嫁给了丈夫，丈夫却无缘无故地中年致残，所有这一切使她对命运产生了莫大的恐惧，对宿命说深信不疑。如果刘家只是一个普通家庭，她会毫不犹疑地劝女儿打消这门亲事。但现在她所看到的一切都是那样的美好和诱人，使她难以割舍。在经历了激烈而痛苦的思想争斗后，侥幸心理还是战胜了理智，她决定赌一把，对所有人隐瞒了"排八字"的事情。

婚期如期进行。刘家按照礼单送来了彩礼：200 元现金、60 斤猪肉、60 斤鱼、6 只鸡、6 只鹅、60 斤青菜、20 斤豆腐、20 斤花生油、100 斤大米、120 对酥饼。这些彩礼中，鱼肉米饼是用来招待客人的，200 元现金中有一部分是用来购置嫁妆的。

结婚当日，陈望娣家筵开 40 多席，宴请亲朋好友和村中长老。只见门前屋后，张灯挂彩，爆竹喧天，人声鼎沸，喜气洋洋。有些人平时也许可以很冷漠，甚至相互妒忌和攻击，但宴席上的大碗酒、大块肉能让他们暂时放下前嫌，兴高采烈地坐在一起吃肉喝酒，给婚宴增添了许多热闹。陈望娣家已经很久没有这样热闹喜庆过了，一家人沉浸在前所未有的幸福与满足中。

晚上，送亲时辰到了，本村青年男女组成送亲队伍，后面跟着一群爱热闹的小孩，簇拥着新娘，一路燃放着爆竹，跨过村口石桥，来到河边渡口。刘青岚带的迎亲队伍早已等候在那里。

刘青岚满心欢喜地把陈望娣抱上了自行车，在一片爆竹声中，一行人热热闹闹、浩浩荡荡地回家了。路上，陈望娣温柔地靠在刘青岚的背上，搂着他的腰，感受着丈夫的体温，感受着幸福，憧憬着未来。

回家的路并不很长，也并不陌生，只是日后的路将通往何方？却谁也无法预料。

女儿出门后，陈望娣的母亲躲在房间里偷偷地哭。这本来是嫁女的一道习俗，但白天的热闹忽然冷清了下来，辛苦养育了二十多年的女儿一下子变成了别人家的人，触景伤怀，不禁老泪纵横。

陈望娣对出嫁显得很平静，长期的来往，她早就习惯了刘青岚和他的家人，心里早已把刘青岚的家当成自己的家了，今天的一切只不过是走走形式上而已。陈望娣并没有离开父母和弟弟妹妹的感觉，在心中，这永远都是她的家，父母、弟弟妹妹永远都是她最亲的、不能也不会割舍的人。

刘青岚昨夜兴奋得一宿没睡，这是他盼望已久的日子。虽然交往了这么长时间，但陈望娣一直没有让他尝试禁果，每次亲热最高潮时她都理智地拒绝了他，但他从未责怪过她。他觉得，她的拒绝是天经地义的，这更显示出她的传统与贞操。现在，渴望已久的东西眼看就要到手了，心头欲火烧得他烦躁不安，辗转难眠。

夜已深，人散尽。新房里，陈望娣和刘青岚肩并肩默默地坐在新床上，享受着喧嚣、忙碌与疲惫后的安静。

刘青岚上下打量着眼前的爱人。以前与陈望娣相处，都有一种占有对方的强烈欲望，而每次都因对方拒绝而得不到满足！如今这种满足已触手可得了，而他的内心却变得奇怪的平静。

"睡吧！"陈望娣说，站了起来，大方地脱去外衣。

刘青岚依旧坐在床上，一动不动地看着陈望娣。陈望娣回过头看见刘青岚呆呆的样子，不禁莞尔一笑，把衣服扔向刘青岚，娇斥道："傻子。"

刘青岚的欲火瞬间被她撩起，兴奋地跳到陈望娣跟前，把她抱了起来重重地往床一放，猴急地扒开她的内衣。陈望娣一边咯咯地笑，一边轻声地："嘘！轻点。"伸手要去关灯。刘青岚抓住了她的手，不让她关灯。

刘青岚要好好地仔细地看看她的爱人，看看这个令他梦寐以求、焚身似火的身子，结果仿佛有点失落。事情往往都是这样，越是看透彻了，越是觉得简单索然。

刘青岚轻轻地舒了口气，直到今天他总算把女人看透了，在衣服里面玲珑剔透的身躯，除去衣服后原来也就这么回事。

"就这么简单？"他心里暗自发笑。

陈望娣有点不耐烦了，砰地翻起身子，把刘青岚压在下面，狠狠地胳肢他，将他从茫然中唤醒，行使他的权利，满足他的欲望……

这个晚上他们睡得很香，两个赤裸的身体在初春犹寒的被窝里紧紧地缠在一起，整晚都是温柔的梦，和新被子散发的太阳的清香。

就在陈望娣结婚的当年，陈雪梅也嫁给了刘冠华。

十

嫁入刘家后，刚开始时，陈望娣还是有点拘谨，家里事务不知该如何着手。手头上有活干还好，可以心安理得地埋头干活；没活时就难受得别扭，坐立不安，总怕别人误会自己在偷懒，忐忑地坐在房间不敢出来走动。但慢慢熟识之后，知道该干什么、该怎么干，完全掌握了主动权，里里外外的也就得心应手、忙闲自如了。

陈望娣的麻利与能干随着对这个家庭的熟悉慢慢地显露出来并派上了用场。在这个大家庭里，刘父忙于乡里的事务，甚少过问家里的事情，刘母是地主家出身，养尊处优惯了，担当不了烦杂的家庭细务，大哥憨厚老实，大嫂体弱多病，当家的事正好就落在陈望娣肩上了。大小琐碎事务，从钱粮管理，到伙房饭菜均由陈望娣一手打理。陈望娣的厨艺虽然不是很好，但她做的菜让大家尝到了一种新鲜的口味，大家都喜欢吃她做的菜。

结婚以前，刘青岚和两个弟弟都要自己洗衣服，现在陈望娣把他们换洗的衣服全都包了下来。两个小叔对这个漂亮能干的嫂嫂是赞不绝口、推崇有加！

当时每家每户都有一块自留地，陈望娣嫁过来之前，刘家那块自留地基本是荒着的。如今，陈望娣在参加完生产队的工作之余，起早摸黑，把那块自留地经营得生机盎然，上面种满了绿油油的蔬菜，除了自家吃，还能卖。

刘青岚不爱管事，每天放学回家，吃完晚饭以后，就散步回学校，批改作业、备课，和其他老师聊天喝茶，有时还能吃点陈望娣为他们弄的炒花生。晚上回家睡觉时，如果时间早的话就坐在桌前看一会儿书或是逗陈望娣说说话。农村忙碌的生活方式使他们过早地结束了新婚的燕昵和浪漫。和其他无数农村夫妻一样，从结婚那天起，从第一次肉体交融的那一刻起，他们已把对方当成亲人了，他们以亲情取代爱情，维系他们的正是这种传统而根深蒂固的婚姻观。

“袁辰和李芳那两口子又吵架了。”刘青岚坐在床沿上，擦着自己刚洗过的湿漉漉的脚说。

“真是的！也不知他们为个啥，有这么多来吵?！还是同学呢！”陈望娣刚忙完，洗了澡，在镜子前涂抹着面油，轻轻地揉着脸应道。

刘青岚以前曾多次跟她讲过袁辰夫妻吵架的事，因此对陈望娣来说这已经不是新鲜事了。

“欸，你说他们结婚都快三年了，怎么还不要小孩?”刘青岚好奇地说。

“一个大男人，管人家这些事干吗！真是的！”陈望娣瞪了刘青岚一眼。

“是，是，是！不管，不管！管咱自己的事！”刘青岚一边说一边笑嘻嘻地把陈望娣往床上一拉，两人随即扭成了一团。

如果说婚前的绵绵情话是培育感情的手段，那么性就是他们婚后表达和联系感情的渠道了。

十一

一年一度的重阳节又到了，刘青岚、谢元、袁辰和李芳约好了去登高看日出，陈望娣也一同去了。

距他们村十多里，有一座山，叫罗浮山，海拔约 1400 多米，不算太高，却被喻为全国十大道教名山之一，号称岭南第一山，神乎其神的传说，历代文人骚客留下的足迹笔墨，赋予了她神秘的色彩，这正好印证了“山不在高有仙则名”的说法。

为了看重阳当天的日出，他们必须提前一天上山。带着干粮和水，一行五人兴致勃勃地开拔了。登山的人很多，欢笑声络绎不绝。

路上，袁辰仿佛有说不完的话。他挖空心思地逗大家笑，而且说话时总是乞求欣赏似的看着陈望娣。妻子李芳却觉得他简直是在出丑，却又不便当众指责，惟有露出不屑的表情。

谢元对陈望娣表现的似乎比刘青岚还要细心，走到陡处总会伸过手来拉陈望娣一把，而刘青岚却只顾自个儿走在前面。陈望娣并不要别人的特别照顾，每次都说：“我自己能！”一路上，她表现得有点拘束，也许是觉得其他人都是老师，自己一个村妇难免有点格格不入。

傍晚时分，他们爬到了山顶。陈望娣站在顶峰，兴奋地四处张望，大口地喘着气问：“能看见我们家吗?”

“哪能？这么远！”刘青岚说。

“但我在家里能看到这山啊！”陈望娣不服气地说。

“你看得见山，山却不一定看得见你哦！”谢元笑着说。大家也跟着笑了。

天黑了，满山都是人。刘青岚他们在地上铺了两张雨衣，面对太阳升起的地方紧挨着坐在一起，用轻松的话语等待睡眠，等待明天太阳的升起。谈得最多的当然是罗浮山啰。陈望娣发现谢元真是太渊博了，自己虽然似乎就生长在山脚下，但谢元所讲的许多东西，她竟闻所未闻。

陈望娣不禁偷偷地多看了谢元几眼。月色下，那张白净清秀的脸依稀可见。恍然间，陈望娣忽然如梦地发现：这不正是多年来一直萦绕在自己心中的那个影子吗？这个想法在她的心里惊起一阵悸动，脸像是被火烧灼似的难受。她为有这样的念头而感到羞愧不安。

不知过了多长时间，大家都躺下了，迷迷糊糊地进入了睡眠。半夜醒来，陈望娣发现谢元的头正靠在自己的肩膀上，脸紧紧贴着她的耳根。陈望娣轻轻转过身去，把手搭在刘青岚的脖子上，她对刘青岚始终有一种姐姐般的爱。

“天亮啰！看日出啦！”不知谁在喊，满山的人一个个懒懒地站了起来，拍打着身上粘着的草和露珠，满怀期待地四处观望。

初秋的山巅，空气清冽而明净，乱石怪树浸泡在乳一样的雾中，云霭轻轻地附在山表上，沉积在山壑里，像练兵场上的千军万马，随风忽聚忽散，变幻莫测。

远处地平线上，太阳升起的地方，灰白的天空衬着一片参差不齐、厚薄不均的灰云，如同国画大师用一支蘸满墨汁的淋淋大笔尽情挥毫后留下的痕迹。

在灰云的薄缝处迸裂出一团火一样的红晕，好像点在水墨上的朱砂。红晕由深变淡慢慢向四周扩散、上移，如同朱砂在宣纸上自然扩散的效果；随着时间的推移，灰云越来越晶透，一块块，红彤彤的，如烧透的炭，又像一颗颗形状大小不一的、巨大的红宝石，果断而有序地镶嵌在天际。

“太阳出来啦！出来啦！”大家喊着，踮着脚，伸着脖子，凝视着太阳将要出来的地方。

大家期盼着，屏着气，如朝觐者，等待着那蛋黄般的圆球跃出的神圣一刻。但太阳却像是故意跟大家作对似的迟迟不肯露面。随着红晕的向外扩展，红晕面积越来越大、越来越稀薄，最后渐渐淡了下去，变成白日的亮光。太阳就这样跨过了日出的门槛。

“噢……”大家惋惜地发出嘘声。

“完了，看不到日出了！”刘青岚把手上抓的草用力往地上一扔，说。

“是谁这么晦气，害得大家看不到日出！”袁辰噘着嘴说。

“看不到就下次吧！看日出也只是我们重阳登高的一部分而已！”谢元用衣角擦着眼镜片，冲着陈望娣和李芳微笑着说。

“还是谢老师心态好！”李芳说。

虽然看不到日出，但大家的兴致并未受太大影响。他们在山顶上玩了一个圈，才余兴未尽地收拾东西下山。下到半山腰，他们竟迷了路，此时正好有一男子迎面走来，于是袁辰自告奋勇地上前问路。

“大叔，请问这条路是上山的还是下山的呢？”袁辰问道。

“能上山也能下山，”那男子头也不抬地答道。

“谢谢！谢谢！”袁辰道过谢，回头对大伙喊：“此路能下山！”

他们于是继续往前走，但越走越觉得不对劲，这分明是上山的路嘛！他们大呼上当之余，赶紧原路折返。走了一段路，他们追上了刚才那位男子，袁辰气冲冲地责问那男子说：“明明是上山的路，你为什么要骗我们？”

“我没骗你们。”那男子不紧不慢地说。

“那你把上山的路说成是下山的路，还没骗我们？！”见那男子还要狡辩，袁辰气得头都爆了。

“你问的是‘此路上山还是下山’，我答的是‘此路能上山也能下山’，难道错了吗？这里每条路都是既能上山也能下山的。你们刚才上山，回过头来就是下山了。”那男子依旧不紧不慢地说。

袁辰仔细一想，觉得也是，顿时语塞，只好自认倒霉。

“真没用！问个路都不会！”李芳瞟了袁辰一眼，露出鄙视的表情。

“无聊！”谢元在一旁哼了一声。

下山后，他们参观了山下景区内的冲虚古观。陈望娣、李芳两对夫妇各自为自己的家庭求了一签。陈望娣求了下签，李芳夫妇求得平签。

看着他们虔诚的样子，一旁的谢元忍不住微微笑了起来。

求了下签，签头上那个大大的“凶”字像刀一样狠狠地顶着陈望娣的心。刘青岚不相信这一套，是陈望娣硬拉着他去求的，结果如何对他的心情并无影响。

李芳夫妇求得平签，虽然不算太好，但李芳心里却飘过一丝得意，她万没想到自己求得的竟比陈望娣的还好，这是意外也是惊喜。在她心目中，刘青岚无论各方面都比袁辰强许多，她一直都在羡慕，甚至妒忌陈望娣的福气，但现在突然发现原来老天爷对他们夫妇前程的评价竟然是凶，还没有自己的好，虽然明知是神话，但总算赢了一回，心里平衡了许多，口头虽不说，心情却非常舒畅。

李芳对袁辰的态度也因此有所好转，温柔地勾着他的臂膀，甚至撒了几句娇……

后来有一次，陈望娣无意中跟母亲说起了求签的事，母亲不禁联想起自己问神婆的事情，心就更加不安了。

十二

小学有一个老师退了休，需要在乡里找个代课老师补上，当时符合条件的不多，陈望娣也是人选之一。

听到这个消息后，刘青岚非常兴奋，认为这是陈望娣的一个大好机会，他相信只要他父亲出面，这个指标就非陈望娣莫属了。于是他兴冲冲回家把消息告诉了陈望娣，没想到陈望娣却拒绝了。

陈望娣说她连做梦也没想过要当老师，自己高中都没念完，当老师，怕误人子弟，而且要是真当了老师，偌大一个家谁来照料呢？无论刘青岚怎么劝，她都不愿意。气得刘青岚当即就发了火。不过，这件事情并没有影响到他们夫妻的感情，他们房间的格子窗口还是如常地飘出陈望娣咯咯的笑声。

一个初冬的早晨，起床后陈望娣像往常一样梳洗刷牙，忽然感觉喉头滑腻腻的恶心，忍不住呕吐起来。陈望娣似乎意识到了什么，一阵惊喜，跑回房间把事情告诉了刘青岚。本来还迷糊半睡的刘青岚一听到这消息，整个从床上跳了起来。

“真的！”刘青岚把头贴在陈望娣肚皮上，兴奋地连声问道。

陈望娣怀孕了，这是刘家的一件大喜事。要抱孙子了，刘母更是高兴得合不拢嘴，立马杀了只鸡炖了给陈望娣补身子。

在陈望娣怀孕的这段日子里，全家上下都呵护着她，重活、脏活都不让她干，让她安心养胎。

不过造化弄人，喜忧向来是一对孪生姐妹，正当刘家上下沉浸在美好憧憬之中，等待添丁之喜时，命运之神却悄悄地向他们伸出了另外一只手，刘家就此遭遇连串噩运，使刘家尝尽了家道中落的凄凉。

刘水根的媳妇王翠玉的身体近来突然恶化，整天咳嗽，脸上没一点血色，像一张白纸，起初大家都以为她只是得了感冒，但后来发现她消瘦得厉害，而且虚汗、咳血。刘水根的父亲意识到她病情的严重性，有一种不祥的预感，亲自和刘

水根一起把她带到省城医院去检查,检查结果应验了他的担心,王翠玉果然得了他所担心的那种病,而且已经是晚期了。刘水根的父亲本想把她留在医院接受治疗,能拖一天就一天,但医生说没用的,劝他们还是回家吧!

王翠玉并不知道自己病情的严重,大家都没敢告诉她,怕加重她的病情。

刘水根的父亲仍抱着死马当活马医的心理,一有空就满山跑,采了许多草药并亲自熬制药汤给王翠玉治病。但一切都是徒劳的,王翠玉的病情日趋加重,起居都需要别人来料理了。

刘水根有个大伯,是刘水根父亲的唯一兄弟,刘水根的父亲以前就是靠这个哥哥的供养才得以念书,才能当兵入党,两兄弟感情很好。刘水根的父亲对这个哥哥非常敬重,几乎言听计从。

这天,刘水根的大伯过来串门,看到王翠玉的病状,不禁皱起了眉头,他把弟弟拉到一旁,用责怪的语气说:"这样的人你怎么还让她留在家里,把家都弄脏了,而且这病怕会传染,赶紧把她弄出去!"

"能弄哪去?"刘水根的父亲奇怪地问。

"在后山搭个草棚给她住!"刘水根的大伯装出严肃的腔调说。

"那怎么行!"刘水根的父亲连连摆手,"这孩子已经够可怜的了,而且好歹她也是水根的媳妇啊!"

"留她在家不也一样可怜吗?她反正是个要死的人了,关键是不要让她死在家里把地方弄脏!"刘水根的大伯不容争辩地说。

刘水根的父亲还是坚持不同意。

"这事你别管,我负责办妥,"刘水根的大伯坚决地说。当天下午,他真的在后山忙活起来,仅用了一天的工夫,就搭起了一个简陋的草棚,在地上铺上稻草和木板,趁刘水根的父亲不在家,与刘水根一起把王翠玉搬到草棚里去了。

可怜的王翠玉此时已意识到自己命不久矣,虽然害怕,却已无力抗争,只好任凭命运和丈夫的摆布。

刘水根的父亲回来发现他们所做的一切后,大发雷霆,狠狠地给了刘水根一记耳光,"你这个没良心的狗东西!你赶紧给我把翠玉接回来!"

由于第二天要出差开会,而且大清早就出了门,所以刘水根的父亲没机会把事情跟踪下去。但他万万没想到,自己兄长所做的一切导致的恶果竟为他的晚年带来了牢狱之灾。

就在刘水根和大伯把王翠玉弄到后山草棚的第三天,王翠玉的母亲和弟弟来看望她,刘水根把他们领到草棚里。王翠玉孱弱地靠在那里,乱蓬蓬的头发和身上沾满了稻草，双目无神地注视着来者。王翠玉的母亲一下子扑倒在女儿身上失声痛哭，“造孽啊！他们怎么能这样对待你呢！怎么能把你一个人扔在这里呢！”

王翠玉的弟弟气得浑身发抖，一掌把刘水根推倒的在地，“他妈的，你们这帮畜生，敢这样对待我姐！看我怎么收拾你们！”

“咱们回家，妈妈带你回家去住！明天我和你弟弟借辆板车来接你回家！”王翠玉的母亲哭着说。

在病痛的折磨下王翠玉已残如风烛，这时如果得到爱护料理，兴许能苟延时日。丈夫对她的丢弃，使她彷徨而彻底绝望；荒野的凄凉使她感受到死亡的孤独与恐惧。此时，父母就是她最后的寄托与思念，只有父母才是她最忠实的守护者，她一双残烛似的眼睛紧紧地呆视着草棚矮小的门，等待的就是至亲的到来。母亲和弟弟的出现，使王翠玉虚弱的灵魂得到了安慰和平静。她要回家了，轻轻松松地、无牵无挂地、理所当然地回到妈妈的怀里。

第二天一大早，王翠玉的父母、弟弟领着十多个人推着板车来到王翠玉住的草棚里，他们要把王翠玉接回家。

但当他们进入那个简陋的草棚时，发现王翠玉已死去多时了，苍白的脸上散落着几根凌乱的稻草。

愤怒与悲痛使这帮人失去了理智，他们操起竹竿冲向刘家，见人就打，吓得刘家的人赶紧关门躲避。

王家的人把王翠玉的后事料理后，依旧愤怒难平，纠集了一帮亲戚到刘家论理。刘家也不甘示弱，他们认为王翠玉是病死的，王家把她的死归咎到他们身上，是毫无道理的，简直是讹诈，怎么能容忍，于是也聚集了一帮乡亲，排开阵势。两帮人摩拳擦掌，互相谩骂攻击，一场恶斗一触即发。

正当双方剑拔弩张之际，公社和大队政府及时出面调停，制止了一场械斗。

事件刚平息，刘青岚的父亲就匆匆从县城回来，其实他的会议还没开完，是听到消息后提前回来的。

父亲一进家门，迎头正好碰见刘水根从里屋出来，父亲一把揪住刘水根的前胸，左右就是两巴掌，再当腹一脚把刘水根踢了个脸朝天，还不解恨，转身从门角后取了一条扁担，对着刘水根当头就打，吓得刘水根连滚带爬逃个无影无踪。

接着刘水根的父亲怒气冲冲地来到哥哥家里，见了哥哥开口就骂。几十年来刘水根的父亲第一次对自己的哥哥发这么大的火，也是第一次骂自己的兄长。

“你做的好事！你这个‘大种狗’（他哥哥的外号），那个县秘书当着全县代表的面通知我家里的事情，现在全县人都说我刘某人虐待媳妇了，你满意了！”刘水根的父亲指着兄长的鼻子破口大骂，他哥这回也被吓呆了。

第二天，刘水根的父亲带着刘水根专程来到王家，向王家道歉，希望化解怨恨，但王家并不领情，门都不让他们进。

王家有个表亲在省检察厅工作，据说还是当官的，他听到这件事情后，非常气愤，觉得刘家的做法不仅有违道德，而且也是法理所不容的，于是指示王家收集相关材料，向法院提起诉讼，状告刘家虐待妇女。王家认为刘水根的父亲身为一家之主，肯定是在他的授意下刘家才会如此对待王翠玉的，因此他们把怨恨都发泄在刘水根的父亲身上，把他推上了被告席。

于是刘水根的父亲被停职调查了。

刘水根的父亲本来可以把责任推卸掉，而且事情也的确不是他自己所为的，况且当初他还极力反对哥哥的这种做法呢。但他考虑到如果自己推卸了，就意味着自己的哥哥和儿子刘水根将难逃罪责，而且开始时他并没有意识到事态的严重性，思前想后，他觉得还是自己把责任扛了算。谁知他这么一扛就是 7 年的牢狱。法院经审理认定刘水根的父亲犯有虐待妇女的罪行，判处他 7 年有期徒刑。

在经历了这次家变后，陈望娣的丈夫刘青岚的性格发生了巨大的变化，变得沉默寡言，外人看来他好像成熟了，但实际上是内心的苦闷和失落。刘青岚向来自我感觉良好，这种良好的感觉来自于优越的家庭环境以及他自认的自己良好的德行，所以他一直都以一种和善的心情对待别人，他觉得别人没有理由对他不好。但这次事件却把他所依赖的精神支柱推倒了，他仿佛听见、他害怕听见人们说：“他们家原来是这么坏的！”

刘青岚已不再是以前的刘青岚了，不再有洒脱的言行，甚至连站在讲台上面对娃娃的那点勇气和自信都难以成全。一味消沉，萎靡不振。

陈望娣看在眼里，急在心里，却又无可奈何，因为连她自己都陷入深深的苦闷与彷徨之中，她还能开导谁呢？唯有默默地、心照不宣地与丈夫一起共同承受。

刘家的变故，陈望娣所承受的心理压力是巨大的，外界对陈望娣有不少的议论，特别是来自娘家那边的。当初陈望娣嫁入刘家，就有不少人背地里说她贪图刘家的家境，许多人心怀妒忌，如今妒忌成了幸灾乐祸，什么“现在后悔了吧?！真是人算不如天算!”等流言满天飞。尽管如此,陈望娣却始终没有后悔过嫁给刘青岚!那些流言蜚语,她概不入心,她只担心的是自己日益消沉的丈夫。

所幸的是,在好友谢元不断的鼓励及心理开导下,刘青岚终于渐渐地驱散了心中阴霾,稍微地又恢复了些许自信。

十三

正是在这样阴郁的氛围下,陈望娣怀胎十月,瓜熟蒂落。

她是在家里生产的。胎儿很大,生不出来。接生婆用一块碎瓷片,在油灯火里来回翻转烧烫消毒后,没经任何麻醉就把阴唇割开让婴儿出来。没人能体会陈望娣当时的痛楚。只见她狠狠地咬着毛巾,双手紧紧扳住床沿,青筋隆起,脸色时青时黑,黄豆般大的汗粒哗哗地往下落。不知过了多久,在经历了灵与肉、痛与魂的挣扎后,在不顾一切、孤注一掷的拼搏后,随着一阵轻松的感觉,婴儿终于出来了。是个女婴。接生婆把长锈的剪刀同样在火里消毒后剪断了婴儿的脐带。

小孩的出生并没有给这个家庭带来多少欢快,相反,大家都觉得如果不是发生了不幸,如果刘青岚的父亲像平日一样在家的话,他肯定会乐得大肆庆贺一番。睹景思人,刘母不禁潸然落泪。

当地有一种冲喜的说法。小孩满月的那天,刘家大摆宴席,大肆宴请亲朋,爆竹热热闹闹地燃放了一整天,希望以此来冲走晦气。

陈望娣裹着红头巾,抱着女儿坐在堂上,接受大家的祝贺。产后的陈望娣脸色略显苍白,身体还比较虚弱。她端详着怀里的女儿——那睡态蒙眬的眼睛、乖巧的鼻子和嫩嫩嘴角上的奶迹,内心洋溢着温存。她真想使劲地把女儿搂紧,却又怕挤着孩儿,趁没人留意,偷偷地亲了一下女儿的脸,一种久违的幸福感油然而生。但她万没想到,正是这个女儿把她的最有活力的日子牢牢地套住在了刘家。

宴席的高潮就是由族里的长老抱着婴儿祭拜天地、告慰先人,祈求祖先庇护,接着就是为新生儿册封名字。

小孩取名刘冬玫。

当天刘青岚也罕见地喝了很多酒,平时很少喝酒的他今天喝得酩酊大醉。这与其说是高兴,倒不如说是发泄,一种内心郁闷的、豁出去的、借题式的发泄,这种发泄往往是不顾后果的，也是致命的。自始至终，谢元一直陪伴左右，他很想劝刘青岚少喝点，但无济于事，最后连他自己也喝得迷迷糊糊了。

这次喜宴并没能给刘青岚带来什么好运，当天晚上他就吐了个天翻地覆，浑身像中了毒似的难受，第二天喉咙即刻发炎，口腔糜烂，以为是热毒，于是拼命地喝凉药汤，结果又太寒了，下泻得厉害，一到下半夜就咳嗽，无法安睡，这样折腾了一段日子，竟把一个大男人折磨得变了个样。

陈望娣既要照顾女儿，又要操心刘青岚，又忙又累，幸亏刘青岚的母亲能从中帮手，带带小孩，而且老人家照料小孩还挺有经验，所以勉强应付过去。

十四

小孩一天天长大，陈望娣也要回队里劳动了。

这是一个夏日的中午，本来是很平常的一天，但却是陈望娣最刻骨铭心的悲惨的一日。

正是收割稻子的时候，早上还天晴地朗，忽然中午就下起了大雨，把田头正在割稻的社员淋了个落汤鸡，狼狈地纷纷收工回家。

陈望娣已经浑身湿透，跑也没用了，戴着一顶草帽，和几个妇女慢慢走回家。

到家后，陈望娣立刻回房间换衣服。她把所有的湿衣服脱去，光溜溜地站在镜子面前，一边擦身子，一边欣赏着自己的身段。这时候，刘青岚推门进来了。虽然已是老夫老妻，但面对此情此景，刘青岚还是忍不住热血沸腾，把凉冰冰的陈望娣放倒在床上。

陈望娣曾听老人说过“马上风”的事情，这种情况下是不适宜行房，试图推开身上的刘青岚，但刘青岚此时已收制不住了。于是两个人在床上扭滚起来。但谁也没想到，这一次是他们也是刘青岚一生中的最后一次。

云雨过后，两人赤裸着身子，安安稳稳地一觉睡到黄昏。醒来时，刘青岚感觉头有点晕，还发烧，晚饭也不想吃了，只喝了点菜汤。刘母以为他受了风寒，关心地责怪了几句：“这么大的人还不会照顾自己，雨风是最容易着凉的，也不多穿件衣服！”。刘青岚随意地回一句：“没事。”就又回房睡去了。

陈望娣自然地把刘青岚的不适与中午的房事联系了起来，很是内疚，暗暗祈祷，求菩萨保佑刘青岚平安无事。

当天晚上，刘青岚发起了高烧，上吐下泻，急得陈望娣团团转，不停地给他敷湿毛巾，但毫无效果，烧得越来越凶，并开始说胡话，吓得陈望娣六神无主，急忙把刘母叫来，刘母见了也大吃一惊，赶紧让刘水根去乡防疫站把防疫员请来。

防疫员来了，探了一下体温，40 度多，立即给他注射退烧针，还是一点用都没有，而且病人的脸已开始变紫，见此情景防疫员也慌了。

陈望娣本来把希望都寄托在防疫员身上，以为他一来，刘青岚就好了，没想到防疫员也束手无策。这一下陈望娣真的害怕了。虽然不知道是否真由中午的事情引起，但她已经毫无疑问地把这两件事联系在一起了，心里那个悔啊！撕心裂肺的悔。

“赶紧送镇上医院！”防疫员最后说。

于是几兄弟用棉袄把刘青岚裹起来，连夜用单车把他送往镇医院。刚下过大雨，不见月亮星星，一路泥泞，高高低低，好不容易才把他送到了镇医院。

医生立即对刘青岚进行抢救。

此时的刘青岚已不省人事了，长时间的高烧使他陷入了昏迷。他躺在救护床上沉沉地睡着了。他迷迷糊糊地梦见自己在一条很滑很滑的道上飞驰，想停下来，却控制不了，摔倒了，好几次掉进水坑里，憋得受不住，挣扎着爬了起来，又继续飞驰，如此不停地反复。最后忽然发现自己降临在了一条陌生的船上，他茫然地环顾四周，船上的人都麻木地蹲在那儿，一动不动，也不说话。正在彷徨间，船突然碎了，所有的人都掉入海里，他拼命地想往水面浮，但却浑身不听使唤，一直往下沉。他头激烈地痛，胸要炸开了，闷得可怕、难受。他突然意识到这是在做梦，因为以前也曾经做过同样的可怕的梦，待醒来后一切都好了。于是他极力想醒来，挣扎着，大喊着。但这次却没像往常一样醒来，反而越陷越深，越陷越黑。他开始感到恐惧了，拼命挣扎、拼命呼喊，却无济于事，最后“轰”的一声，胸炸开了，脑袋爆裂了，眼前一片漆黑，他放弃了。

医护人员紧紧地按住刘青岚的手脚，给他捶胸，起初刘青岚还在挣扎，但慢慢地不动了。

人没了。

简直是晴天霹雳，好好的人怎么能说没就没了呢！

当时陈望娣正在家里心烦意乱地给女儿喂粥，刘水根几兄弟回来一进门就蹲在地上放声痛哭，陈望娣惊恐地连声追问：“怎么啦？怎么啦？”

“没——了！”刘水根哽咽着说。

陈望娣脑袋一片空白，仿佛还没反应过来，茫然地环视着四周的人。悲伤还没预热，泪水还没准备，太突然了。虽然之前她的某根不听话的神经曾固执地多次触及死亡的恐惧，但立刻遭到自己的诅咒，理智给了她乐观的前景。她没见过，也没想过，一个活生生的人，仿佛就在身边，刚刚还在说话，突然就没了，谁能接受，谁能相信呢？

陈望娣摇晃着回到自己的房间，刚往床上一坐，眼泪就像河水一样冲了出来。她“哇”的一声扑倒在床上，号啕大哭。

刘母听到这消息时，当即就昏了过去。一连串的厄运，使她在不到两年的时间里受尽了人生的打击。从媳妇到丈夫，再到儿子。媳妇的死虽然让她难过，但毕竟不是自己的骨肉，没有切肤之痛；丈夫坐牢了，但还是个活人；儿子的突然死去，白发人送黑发人，断肠之痛啊！

陈望娣的母亲也哭得死去活来。这么多人当中，她的感情是最复杂的。既为女儿，也为女婿；既是悲痛，也是悔恨。经历这件事，使她对人生的宿命更是深信不疑了。

刘家按家乡的风俗把刘青岚葬在刘家的坟地里。所谓刘家的坟地实际上只是刘家祖辈先人葬在一起的一处野山坡。

陈望娣嗓子已哭哑了，眼睛肿得像桃子。一个人关在房间里，想一阵，哭一阵，坐一阵，躺一阵。开始是因为悲痛，当悲痛的能量已完全发泄，探及底线后，她发现自己除了哭之外，再也没有其他表现悲伤的方法了。哪怕是昏过去也好，或是以头撞墙也好，但是她没有。她很想昏过去，很想给脑袋断电，却办不到；瞪着那堵墙，有一种冲过去的冲动，却又太不可思议了。她甚至怨恨自己了，怨恨自己的懦弱和无能。

她不明白人怎么就这么脆弱，这么儿戏呢！人怎么就会死呢！于是她又仿佛看到刘青岚在棺木里的情景，看到小虫在他身上爬，看到雨水的泥浆弄脏了他的衣服，浸泡着他的躯体。她毛骨悚然，无法忍受，狠狠地掐自己的胸膛。

以前她对死亡也有一种莫名的恐惧，特别是当一个人躺在床上，那种感觉忽然袭来的时候，一想到永远消失，永远空白与黑暗，就会恐慌地蜷缩成一团。但在经历刘青岚的死后，当她目睹人们给他穿上衣服，放入棺木，沿着那条山路来到坟地，再埋入土里，一切仿佛都固定了，永远了。人对死亡的惧怕很大程度来自于对死后的永远不觉，一旦知道自己死后所走的路，知道自己永远安息的地方，虽闭上眼睛，也能感觉到周围的景物，死又变得平静而无畏了。

当表达悲伤的一切方法都用尽了，眼泪流干了，也就是悲伤越过了极点了。虽然那根理智的神经还使命地企图把感情继续往哀痛的漩涡里扯，但其他神经已渐渐地麻木、平静了下来，这使得陈望娣更加恼恨自己，她觉得自己还没有得到满足的悲伤，还没有痛够，她要使自己陷入一种崩溃的状态，但一切都是徒劳的，她无法主宰自己的情绪。到最后，连哭都变得不是那么得心应手了。她心有不甘，不想就这样让事情过去了。于是，一天清晨，她独自一人越过那满是荆棘露水的草地，来到刘青岚坟前。坟上的新泥已稀落地长出草的嫩芽。陈望娣跪在湿湿的坟前，痛声大哭。她抚摸着那堆新泥，忽然感到一阵温存，她仿佛能感觉到刘青岚的心灵正默默地与她交流。

时间是可怕的，它可以把一切消磨于无形，现在只有当面对这堆黄土时，陈望娣才能感到丧夫的真实，才能淋漓尽致地哭泣。为了发泄残余的伤痛，为了延续丧夫的悲伤，刚开始的那段日子，陈望娣几乎每天都到刘青岚坟前哭诉，慢慢地，这堆坟仿佛成了她的熟人，最后竟能平静地对着它自言自语，连催泪的作用也没有了。

环顾四周，陈望娣发现身边的人，包括刘青岚的兄弟，似乎都已接受了现实，接受了刘青岚的失去，生活渐渐地恢复了平静。

陈望娣不由得可怜起自己来，她觉得人太残酷、太无情了，死了人，竟然能这么快就忘却。

这段日子，陈望娣对谁都不予理会，别人在她面前也不苟言笑，怕伤害到她的感情。后来也许大家觉得一切都该过去了，已不再考虑是否会刺痛她了，该说的说，该笑时也笑了。刚开始陈望娣确实很抗拒，觉得他们不尊重她的不幸，但后来连她自己也偶尔忘记了矜持，露出难得的笑靥。

人是很可怜的动物，懂得痛苦，却又无奈，知道失去，却又不能挽留，只能眼睁睁地承受别离、承受生活，还要为自己的能够解脱寻找理由和借口。唉！人总会是要死的，活着的还得活着。

十五

中年丧夫，自然就会想到改嫁。最先提出这个问题的是母亲，但陈望娣以女儿还小为理由，没有应允。她心里清楚，这个时候刘家很需要一个像她这样的女人来支撑着，此时离开刘家无异于落井下石，她实在于心不忍，甚至感觉不仁不义！

然而母亲并没有理会，偷偷地私下张罗着。她所做的第一件事就是跑到神婆那里拜求神的旨意。经历这么多事情之后，她对乡里那个神婆是深信不疑了。这些日子，她连做梦都在后悔，后悔当初对神婆的占卜结果掉以轻心，心存侥幸，明知是龙潭，却没有阻止，任凭女儿往下跳，导致今天的恶果。她不仅后悔，甚至把女儿的不幸归咎于自己的过错，整日自责，她要想办法弥补女儿。

已经是熟客了，寒暄之后，神婆半闭着眼睛，哗啦哗啦地糊弄开了。首先是给陈望娣的女儿掐算，说是什么天贵之星、什么福禄双全、什么惠及宗亲，把陈望娣的母亲乐得合不拢嘴。但关于陈望娣的就不那么乐观了，结果还是让母亲进退两难。

“这孩子命苦啊！”神婆叹了口气说。按神婆的意思，即使陈望娣再嫁，也难守白头之约。

“那咋办，难道我家望娣注定要守一辈子寡？”陈望娣的母亲如泄气的皮球瘫坐在椅子上。

“神算上的意思是说陈望娣必须要后于女儿出嫁，这样方能化去灾劫，否则不仅对自己不利，还会祸及女儿。天意啊！”神婆一副无奈和同情的样子说。

又是一个晴天霹雳！陈望娣的母亲完全绝望了，神情呆滞，欲哭无泪！

回家后，她越想越郁闷，越想越凄凉，这次她更难以抉择了，究竟听还是不听，信还是不信呢？如果听信神婆的话，就意味着自己的女儿要守生寡；不信吧！有前车之鉴，当初陈望娣与刘青岚结婚前挂算的结果就说他们命中相克，不宜结婚，那时就是因为没有听信神的旨意，才有了今天的苦果。

“天啊！为什么我命这么苦，为什么我每次求您都得不到您的庇护呢？”陈望娣的母亲捶胸顿足，向天哭诉。

这次，母亲没有隐瞒陈望娣，连同上次求神的事情一五一十地告诉了陈望娣。虽然对于母亲说的事情，陈望娣当时表面上并没有什么反应，但实际上，在她的内心还是产生了很大的触动，使她联想起了上次在罗浮山求签的事情。那次她求得了一支凶签。这些巧合正在慢慢地蚕食着她的宿命观。如果说她以前求神问卜只是出于一种传承的仪式或是精神的寄托的话，那么现在她对待这种古老的方法已经产生由衷的敬畏了。陈望娣后来曾经不止一次地遇上相爱的人，但每次当她要下决心的时候，这个阴影就会出现，纠缠折磨着她，使她不能淋漓尽致地爱。

本来并不那么迷信的刘家，在经历了连番灾厄后，也变得疑神疑鬼了，他们请来了风水先生，请他看看家宅的风水。风水先生端着罗盘，绕着刘家的宅子转了数圈，终于找出了玄机。

据他所说，刘家之所以遭此灾劫，是因为刘宅挡住了后山一座古坟的风门。

这座古坟本来已沉寂多年，但近两年星宿移位，使其能仰望北斗，吸其精华，故死而复活。刘宅正好处在它的穴位，阻碍它的舒展，故遭其迁怒，祸及人畜。

“不信，你看你家的房子，建这么多年了，红瓦依然没有变色，换了别处，这瓦早就被风雨染黑了。”风水先生举出了证据。

大家一看，果然如此，嘿！怎么这么多年都没发现这个问题呢?!

“有化解的办法没有?”刘母紧张地问。经历了连串打击，刘母连人都变得木讷了。

“我给你们请一道符，你们把它贴在大堂主梁上，而且每月初一、十五朝正北方向燃香、烧些纸钱元宝，自然就可化解了。”风水先生边说边从随身的帆布包里摸出一个纸封，打开纸封，取出一张写着不知道是什么东西的黄色纸条。

“记住，一定要在后天，也就是下月初一的晚上零时整烧香拜帖。”风水先生郑重其事地把那张黄纸条递给刘母。

刘母虔诚地捧过纸条，并随手递上一个红包，“小小意思，不成敬意。”

风水先生捏了捏红包，揣入怀内，起身告辞，走时还一再叮嘱刘母一定要按说的去做。

十六

一个炎热夏日的中午，知了在树上吱吱地叫。陈望娣、刘母还有刘水根在门前的石榴树下摘花生。陈望娣的女儿冬玫已经能摇摇晃晃地自己走路了，她不停地在3个大人之间来回穿梭，把摘下的花生一会儿交给母亲，一会儿交给奶奶和大伯。刘母望着孙女，再偷偷看看陈望娣和刘水根，忽然萌发了一个念头：要是陈望娣能和刘水根过那该多好！她想，水根肯定没问题，只是陈望娣！不知她是否愿意?

这个问题刘母是不好直接跟陈望娣说的，于是她找了个借口，说是想和亲家母聊聊天，把陈望娣的母亲请来住了两天，并趁机把自己的想法跟陈母说了。

“这我也拿不了主意，得看望娣自己的意思。”陈母对刘母这个想法感到很愕然，身为母亲她当然不会同意，这不仅是因为她不喜欢刘水根这个人，还因为她求神问卜的结果。但碍于情面，不好直接拒绝，只好以陈望娣为借口推卸。

“你可以做做望娣心里的工作嘛！水根这孩子是老实了一点，但老实好啊，而且他待冬玫像亲生女儿一样，反正大家都已是一家人了，再找一个也不一定比现在好。"刘母心里明白，不管他们对陈望娣母女有多好，她都不可能一辈子留在刘家，改嫁是早晚的事，说不准还会把孙女带走。但如果陈望娣跟了水根，那么就不仅留住了媳妇，而且也留住了孙女。

"别人会笑话的！"陈母说。

"都落到这份儿上了，唉，就甭顾虑那么多啰！"刘母不禁伤感起来，眼圈刹地红了。

"那好吧，我就试试看吧，"见此，陈母只好勉强答应帮问问。

陈望娣的母亲把刘母的意思跟陈望娣说了，可想而知，遭陈望娣当场拒绝了。

"那怎么行，笑死人了！"陈望娣不屑地说。她对刘水根并无好感，特别是在他处理王翠玉这件事上。他竟能和外人一起把自己病重的老婆扔在荒山野岭，虽是受别人摆布，却也足见其窝囊和薄情！

虽然被拒绝，但刘母并未死心，她把自己的意思跟刘水根讲了，叮嘱他要好好表现，博取陈望娣的好感。同时，她还多次托邻居的大娘做陈望娣的工作，但均无果而终。

刘水根对陈望娣本来就垂涎已久，经母亲这么一怂恿，就更是像着了魔似的。刘水根表面看上去傻傻的，但心眼却不少。他知道陈望娣把女儿冬玫当成命根子，于是他也把冬玫当作自己的女儿一样来疼。每天从地里回来，刘水根都会带些小玩意给刘冬玫玩，如小螃蟹、小青蛙和可爱的小花鱼等。冬玫也很喜欢这个大伯，整天追着他要抱、要骑马马，刘水根总是有求必应，他希望能通过这些细节来打动陈望娣，而且也自以为能做到。

刘冬玫是刘家目前唯一的孙，不仅刘水根，刘家上下都非常疼爱她，视为明珠。两个小叔本来就很敬重这个嫂子，遭遇不幸后，更是处处照顾着她们母女俩。这让陈望娣深感宽慰。至于陈望娣，虽然丈夫不在了，但她对刘家的感情却是千丝万缕的剪不断。她和刘青岚结婚后，刘家对她娘家一直都很关照，刘父的那种慈爱、豁达，对亲友的不容置疑的甚至是专横的慷慨，深得陈望娣的敬佩和爱戴。总的来说，她对刘家是感恩的，但，要她改嫁刘水根，那是很荒谬的事！

十七

刘青岚过世后,刚开始那段时间,谢元没敢到刘家来,不知说什么好,怕刺激刘家的人,害得他们难过。眼看大家的心情都平静下来了,心中的伤痛已不易翻波了,谢元才偶尔过来看看刘母,看看刘青岚的女儿冬玫和陈望娣。

每次,冬玫准会坐在谢元的腿上,圆滚滚的小手不停地玩弄谢元稻茬般的短发和胡子。每逢此时,陈望娣总是笑着轻轻地责怪女儿的没礼貌。谢元却很有耐性地给她讲故事,教她认字。刚开始刘母在旁也乐着称赞谢元人好,但时间长了,刘母就有所顾虑了。她时不时地偷偷看看陈望娣、再看看谢元,总想在他们的表情里看出什么来。

事实上,刘母的担心也是正常的,所谓寡妇门前多是非,谢元也是孑然一身,孤男寡女,走得太近,谁敢保证谢元没有歪心眼。

小学有个厨房,是为老师准备饭菜的,一年四季伙房的蔬菜几乎都由陈望娣家供应,厨房的洗米水、饭渣等是喂猪的好饲料,每天陈望娣准时把青菜送来,再把这些洗米水、饭渣等取回家喂猪。如果时间早,大家又碰巧有空的话,她就会到同学李芳和袁辰宿舍坐一会,有时正好遇上谢元,他也会过来凑凑热闹。李芳与袁辰一直都相处得不是很融洽,好几次陈望娣去他们家时正好遇上他们在吵架,弄得陈望娣好不尴尬。

这天,陈望娣如常把青菜送到学校,谢元正好拿着口盅蹲在宿舍门外的走廊下喝水,看见陈望娣,他远远就招呼过来:“送菜啊? 过来坐坐呀!”

“好啊,等我把菜称了再说。”陈望娣答道。

陈望娣已很久没来谢元的宿舍了,最近一次是刘青岚过世前一个月的事了。陈望娣把菜篓放在门外,小心翼翼地走进这间矮小的房间,谢元热情地招呼她坐下,给她倒了水。陈望娣好奇地打量着房子似曾相识的摆设,那张黑白相片依旧压在桌子玻璃下。

“那女的是谁啊?”陈望娣摸出相片,端详着问道,“好漂亮的姑娘哦!”

“大学同学,一个破碎的梦!”谢元叹了口气说。

陈望娣很喜欢谢元说话时文绉绉的语气,她能体会到其中的情感。

“在我下乡的前一天晚上,她与我决裂了。她改变了我原本单纯的思想,正是她使我一度怀疑海枯石烂的存在了。”谢元深沉地说。

陈望娣感到很惊讶,谢元今天是怎么啦?怎么会跟她讲这些事情呢?

"你不相信有真爱?"陈望娣用调侃的语调问。谢元的敞开心扉感染了她的情绪,使她陡然兴奋。

"最起码到目前为止我还没有遇到。"谢元说。

"你知道吗?你们省城有个女知青在我们镇上爱上了一个双腿残废的青年,他们都结婚了。"陈望娣睁着大眼睛说。

"是吗?"谢元露出好奇的表情。

"是啊!据说那位女知青把男的带回省城见父母时,父母到车站接他们,见了面就迫不及待地问'你男朋友呢?',女知青指着身边骑拐杖的人说'在这',她父母怎么也没想到女儿身边的那个残废男人竟是自己如花似玉的女儿要嫁的人,气得二话没说,转身就走了。"陈望娣眉飞色舞地描述着她认为是轰轰烈烈的爱情故事。

"有点意思!"谢元微微笑了笑说。

"后来你知道那位女知青是怎样做她父母的思想工作的吗?"陈望娣卖了个关子。

"怎么来着?"谢元装着很想知道的样子问。

"那女知青说'你不嫁,她不嫁,那谁来嫁他呀?'"陈望娣绘声绘色地说。

"这么高尚的觉悟啊?你认为这是爱情吗?"谢元盯着陈望娣,反问道。

"那当然,不是爱情怎么会结婚!"陈望娣肯定地说。

"这叫同情,不叫爱情!"谢元不屑地说。

陈望娣顿时语塞了,她不知道竟还能这样划分。但很快她就反问道说:"你就不允许人家真有爱?那男的有手艺呢!会修钢笔。"

谢元轻轻笑了两声,没有说话。

"诶!听说他还挺利害的,"见谢元不说话,陈望娣紧接着说,"有一次他在集上摆摊的时候,一个青年拿着一杆钢笔来到他面前开口就说:'嗨!瘸子,帮我看看这支笔哪里坏了?'见来者这么没礼貌,他不动声色地接过笔,假装看了看说'这是一支好笔,不过就坏在嘴上!'把那青年羞得面红耳赤,无言以对。厉害吧?"

"哈哈,反应挺快的嘛!"谢元笑着说。

由于谢元还有课,所以没多久陈望娣就告辞了。

走出谢元的房间,陈望娣觉得浑身轻松,忍不住哼了几句曲子。她仿佛又找回了那个久远的让她遗恨、让她向往的读书年代的心境。

随着接触和交往的加深，陈望娣和谢元产生了一种相互信任的默契，已到了无话不说的地步了。在陈望娣心里，谢元是那么的渊博、随和，就像是一个体贴的大哥。

陈望娣对谢元的写在脸上的推崇和信任，反过来又助长了谢元显露自我的热情，他们在一起已经无所不谈了，上至天文，下至地理，滔滔不绝。有些东西太深奥、太科学了，对陈望娣这样一个农村妇女讲这些东西似乎有点搞错对象，但陈望娣却表现出强烈的兴趣和好奇，甚至是有点孩子般的天真，正是这使得谢元不厌其烦。其实交谈的乐趣不在于对象是谁，也不在于谈话的内容是什么，而在于对方对话题是否感兴趣，双方接答的是否默契，也就是所谓的投缘。这种默契和缘分使得谈话宽松愉悦，超越了任何框架的约束。

一天，陈望娣送完菜后又来到谢元宿舍，谢元正在备历史的课程。

“在干吗呢？”陈望娣进来就问。现在陈望娣来谢元宿舍已无需事先招呼了，随时经过看见门开着都可以进来。

“诶！来了？在备历史课呢！”见陈望娣来了，谢元连忙站起让座。

谢元把位子让给陈望娣，自己坐在床上。陈望娣随手翻着谢元刚才备的历史课本。她以前也学过历史，而且学得还挺扎实。

“700多万年前就有人类出现了，整整700万年，真难以想象！”陈望娣看着人类发展史那一章说。

“是啊！但700万年在时间的长河里充其量也只是一个点，甚至还算不上。”谢元说。

“据说多少年以后地球会消失，人最终会灭亡呢！”她读书时老师曾经讲过这些问题，由于太令人毛骨悚然了，所以记忆犹新。

“那当然！什么东西都有消亡的一天，人类也不例外，人类将在弄清自己是什么东西以前灭亡！”谢元兴趣又上来了，甚至有点信口开河。

“什么意思啊？”陈望娣不解地问。

“其实现在所谓的人类进化理论，很多都只是猜测，一些关键的转折点仍缺乏足够的物证，也就说人类现在对自己的身世都仍旧只是猜测和推理，这种猜测和推理的准确性还有待考证。”谢元又把话题展开了。

这些是陈望娣所闻所未闻的，虽然有点听不太明白，但却激起了她极大的兴趣。她手托着腮，深情地望着谢元，趁他停下来喝水的机会，温柔地问道：“你说除了地球之外，其他地方还可能有人类存在吗？”

“那是肯定的！”谢元不假思索地回答说，“当然啰，并非完全我们概念意义上的人，也许外形和智能上有所区别。要知道，只要条件合适，就会有生命，这种条件是茫茫空间中的一种巧合，地球是一种巧合。既然空间是无限的，无论这种巧合的概率多么微乎其微，由于基数的无限，其结果也将无限。因此存在一种巧合，就必然存在另一种巧合，而且是无限的，所以有其他适合生命生存的类地球星球的存在是肯定的。”

这些事情以前从来没有人跟陈望娣讲过，她并不知道，也不曾想过原来世界竟如此奥妙！她觉得今天谢元跟她讲的这些东西比她以前在学校所学到的都要丰富，都更有用。她喜欢听这些东西，更喜欢讲这些东西的人。

这是一个机遇，也是一种缘分，假如没有遇上谢元这样特殊的人，谁会跟她，一个日出而作，日暮而息的农村妇女，讲这些如此遥远而又似乎毫无相关的事情呢？假如不是这样，谁又能给她那原本只有庄稼和牲畜的思维里增添这美丽的思想浪花呢？

谢元是一个失落者，一个时代的失落者，一个爱情的失落者和孤独者，他需要倾诉和发泄，却又清高孤傲，不愿滥倾滥诉。陈望娣，一个纯朴的悦目的聪慧而又好奇的少妇，在这偏僻的一片灰色的山村里，如同沙漠中的一撮绿叶，让谢元本是混浊的目光看到一丝生机。与她在一起他感到温存和兴奋，激情澎湃，仿佛一个蓄势已久的水库突然找到泄洪的缺口，一发不可收拾。

第一次见着陈望娣，谢元就觉得她很美，心里一直纳闷：在这荒山野岭竟也有如此出落的姑娘。但那时她是刘青岚的爱人，心中虽有欲望却也不敢奢望。刘青岚的夭逝，他深感悲哀和遗恨，他是他在这里唯一不多的知己兄弟。当悲哀淡去，一切都该恢复正常了，该吃饭的吃饭，该爱的也是时候了。但当谢元那棵死去经年的爱情之草刚刚听到春的呼唤，刚刚激动而满怀惊喜地从沉睡中苏醒并露出芽尖时，却发现，他头顶上的不是春泥，而是一块巨石。

十八

陈望娣与谢元的过分亲近给他们招来了不少非议，甚至是谴责！非议大多来自乡邻以及学校同事，但这些外人也都只是背地里议论几句而已，刘家的反应就不是这样了。

首先出来指责陈望娣的是刘水根的大伯，就是那个当年把刘水根的媳妇丢在荒山野岭，害的刘水根的父亲坐牢的那个人。

“一个寡妇人家，老往男人那里跑，真不要脸！我警告你啊！你不要做出丢人现眼的事败坏我们刘家的名声！”刘水根的大伯指着陈望娣的鼻子狠狠地把她骂了一通。

陈望娣无缘无故遭此恶骂，既伤心又委屈，跑回房间伤心地大哭了一场。

陈望娣对谢元虽有好感，但也只是一种出于敬重和熟悉的毫无戒备的亲近而已。她没有戒备谢元，也没有戒备周围的人，她没意料到人们会如此关注她的行踪，更没想到自己清白的行为却也会招此非议。今天经刘水根的大伯这么一骂，她如梦初醒地意识到自己是一个特殊的人，也就是这一骂使她开始清醒地检讨她对谢元的感情。

在昏暗的灯光下，陈望娣擦着红肿的眼，呆呆地瞪着房间阴暗的角落，往事像放电影一样历历在目。刘青岚与谢元喜怒哀乐的面容不断地在她脑海交替出现，最后刘青岚腐烂的尸骨出现在她的眼前，挥之不去。她打了一个冷战，浑身颤抖，再度扑在床上抽泣起来。

刘水根的伯父在骂完了陈望娣后，还不肯罢休，跑到学校当众把谢元数落了一通。校长知道此事后，也把谢元叫去作了一番批评。

“她是个寡妇，正所谓寡妇门前是非多，你是老师，是个知识青年，你可是还要回省城的，要注意影响，注意言行。再说了，她这样一个连老公都克死的女人，是地地道道的祸水，男人最好还是远离这种女人！”校长是一个40岁出头、黑黑瘦瘦的当地人，早年读过书，最初也是民办教师，时间长了就转了正，资格老了就顺理成章地做了校长。

谢元对校长后面的话非常反感，什么祸水、什么克夫，简直是一派胡言，他不明白为什么这样的土包子竟也能当校长！他更不明白自己跟陈望娣好与外人何干，与他何干，况且他们俩又没做什么见不得人的事，真是莫名其妙。但谢元知道对抗是没用的，最起码表面上不能有对抗。因此他在表明自己与陈望娣除了因为刘青岚而彼此存在一点友好之外别无他事的同时，表示愿意接受校长的意见，与陈望娣保持适当距离，以免遭人误会，损害学校的形象。

经过这件事以后，谢元再也没有来过陈望娣家了。但陈望娣还是照样给学校送青菜。这天陈望娣把菜送交伙房后遇见了同学袁辰，袁辰说他和李芳今天想自己做饭，让陈望娣给他们送点蔬菜过来。陈望娣答应了，回菜地摘了一捆上好的菜心送到袁辰的宿舍里。

李芳正在上课，袁辰一个人在宿舍，陈望娣把菜放下后正要走，但袁辰硬要留她坐一会，陈望娣只好答应。

今天袁辰出乎寻常的热情，问长问短，非常关心，最后还拿出以前照的几张黑白相片给陈望娣看。以前读书时陈望娣对袁辰并没有太深的印象，她仿佛今天才真正看清了袁辰的样貌：瘦瘦的，皮肤偏黑，中等身材，一看就知道是精明的人。在陈望娣看相片的时候，袁辰靠在她后面，假装指指点点，趁机把手搭在她肩膀上。陈望娣随即把他的手撩开了。但此时的袁辰就好像是一只闻到了腥的猫，浑身骚动，不能自控。过了一会，袁辰做出更大胆的动作，把手搂住陈望娣腰间。陈望娣看了袁辰一眼，毫不犹疑地把他的手甩开，放下相片，转身就要离开。谁知袁辰突然失去了理智，像疯了一样把她紧紧抱住，嘴里急速地不停地向她倾诉他一直以来是如何地爱慕她、如何被对她的思念所煎熬，如果得到她，他将死无悔等等，求陈望娣成全他。

陈望娣拼命使劲挣扎，但都没能摆脱袁辰。袁辰疯狂地嘴她的脸和脖子。陈望娣只好声色俱厉地说："袁辰！你再不松手我就大喊了！"同时做出喊的姿势。

袁辰见陈望娣不肯妥协，只好松手，厚着脸皮还想解释什么，但陈望娣已冲出门外了。

陈望娣脑袋一片空白，狼狈地逃离袁辰的家。她弄不明白怎么会发生这种事情，一个同学，一个平时以礼相待的、如水的同学，怎么突然就如此放肆和大胆做出这种不知廉耻的事情呢？

她匆匆离开学校。刚走到校门口，正好遇上了那位校长。

"望娣，你来一下我办公室！我有话跟你说。"校长把陈望娣叫住。

陈望娣知道他要说什么，但又不便拒绝，只好跟着他来到办公室。

"请坐吧！"校长指着一把椅子叫陈望娣坐。

校长首先把刘青岚缅怀了一番，称赞他人品好，聪明，工作认真负责，英年早逝真叫人痛惜云云。

在以前只要一提起刘青岚，陈望娣的眼睛就会霎时就会泛起红晕，但今天她心里有气，已无暇顾及伤悲了。

接着校长突然话锋一转，提到了谢元。

"谢元毕竟是大城市里的人，生活作风比较开放，对待男女问题不像咱们那么严肃认真。而且他到时要是回城了，一走了之，就是杳如黄鹤了，咱们可不能吃这个亏呀！"校长语重心长地说，好像出自真心，眼睛却直直地盯着陈望娣的领口。

"诶！对了，喝口水吧！"校长仿佛忽然想到陈望娣要喝水，起来要给她倒水。

虽然陈望娣连声说不用了，但校长还是给她端来了一杯水。陈望娣站起来，就在她接过水杯的一刹那，校长的手紧紧地捏了一下她的手腕，刚才还道貌岸然的他突然色迷迷地对着她笑。陈望娣先是一愣，随后立即明白了是怎么回事。她把水杯重重地往桌上一放，快步走出了校长办公室。

“我话还没完，你听我说……”校长发现自己失礼，企图想挽回什么，但陈望娣已不由分说了。

“今天真是见鬼了！”陈望娣一边奔出学校，一边气冲冲地自言自语。

近期的事情对她刺激太大了，刘家的人对她似乎也有所看法，说话办事已不像以前那么利索了，这一连串的事情动摇了她留在刘家的念头。她决定先带女儿回娘家住一段日子，看看情况再说。

十九

陈望娣又回到了那个生她养她的，熟悉的村庄。

村头那片使她的童年充满恐惧的坟地仍在，还有那突兀的树，树上沙沙嘶叫的乌鸦。

结婚后，陈望娣经常回娘家看望父母和弟弟妹妹，当中有欢喜，也有悲伤，但这次却是最失落的。在她的精神里找不到半点尊严，找不到半点可以支撑的力量，她感觉到周围的人都用异样的眼睛打量着她和她的女儿。

女儿已经两岁多了，似乎很喜欢外公，整天围着外公转。外公也非常疼爱这个外孙女，任凭她玩弄他那半截空裤脚。

以前，陈望娣每次回来，从进门的那一刻起，就熟悉地里里外外忙个没完，替母亲打点家务农活。因此她的回来，不仅给娘家带回来了欢乐，也给母亲带回来了欣慰和暂时的舒适。但这次却沉默多了，从她的脸上，大家看到了压在她心头的那块大石。

这天早上，陈望娣如常到河边埠头洗全家换下的衣服。

晨雾中，一个中年男子扛着铁耙，赶着黄牛沿河堤蒙蒙地朝她这边走来。近了，陈望娣才看清了原来是泥头，后面还跟着一个光屁股的小男孩，男孩的脸上脏得像涂了墨。泥头穿着一件破得像渔网一样的、长满乌鸡斑点的也许原来是白色的背心，一条屁股上有两个大补丁的已经分不出什么颜色的裤子。

随着叮当的牛链的撞击声，泥头来到了陈望娣跟前。陈望娣正想跟他打招呼，泥头却故意把头扭到一边，不理睬她。

那个小男孩走着走着突然被什么东西绊了一下，重重地扑了一跤，泥头立即回头狠狠地骂起小孩来。

“叫你看仔细啰，你就是不听，一双狗眼不知好歹，往哪瞧！摔死你，活该！活该！”泥头说这话时拿眼睛扫了陈望娣一下。那表情和语气，分明是故意说给陈望娣听的。

小孩本来就痛，经他一骂，哇哇地大哭起来。

陈望娣也听出了他话里有话，是在借骂小孩来骂她，但她没有往心里去。看着他们父子俩屁颠屁颠像一大一小两只鸭子似的远去的影子，她嘴角上掠过一丝不易觉察、不可捉摸的微笑。

陈望娣心里一直都非常善待泥头，觉得由于自己年轻不经事，考虑不周，对不起他。

但泥头并不这么想，他觉得自己被耍了：你陈望娣要是不愿意，干吗不早说，占尽了我的便宜，害我为你家干了这么多活，而且还挨了别人一砖头，你这不诚心耍我吗。而且许多搬弄是非的人也趁机煽风点火：我早就看出她对你不是真心的啦，你却偏要一头扎进去，你以为那丫头是吃素的？如此，泥头更固执自己的看法了，越想越气愤，那股怨气不但没有随时间的流逝而淡化，反而日益加深，对陈望娣和她的家人深恶痛绝。后来刘家发生了连串的不幸，泥头仿佛看到了早已预料的事情的发生，到处散播幸灾乐祸的言论。对此，陈望娣的母亲非常气愤，但陈望娣却很不以为然。在经历了这么多生活的磨难后，陈望娣的心态显得平和多了，她已不在乎别人说什么了，任何中伤所带来伤害都不可能超越丧夫之痛，她已经历了女人的最不幸，而且都挺来了，还有什么能伤害她呢?!

陈望娣忽然从沉思中回过神过来，在那块早已被河水冲洗得无比圆滑的石头上轻轻地搓着衣服。肥皂的白色泡沫绕着石块转悠了一阵，依依不舍地随流而去。陈望娣看着不停前流的河水，不禁感慨万分：河啊，河！你不停地流，是因为你有已定的目标和终点。我呢，我该何去何从呢……

弟弟初中毕业了，长成一个结实的小伙，已参加了生产队的劳动，成为一名社员了。从小到大他都喜欢和姐姐在一起，姐姐出嫁后，他总是盼望着姐姐能常回来，星期六、星期日，他有时也会独自一人跑到姐姐家，享受姐姐的疼爱。那时姐夫对他也很好。

姐夫的突然逝世，从某种程度上讲，他的悲伤并不亚于姐姐！他既伤心姐夫的死，更替姐姐难过，每逢想起这事，就会有一种揪心的痛，用粗壮的拳头使劲地擂击墙壁，以化解心中的伤痛。他不知道如何才能替姐姐分担痛苦，他愿意随时为姐姐做任何事情。

弟弟长大了，已不像小时候那样见了姐姐就冲上前去抱住姐姐的腿喋喋不休了。他现在甚至会害羞，见了姐姐就脸红了。

这几天弟弟白天一有空就逗冬玫玩，一大一小两个小孩玩得像疯似的；晚上他就打着手电筒，到稻田里抓田鸡熬粥给冬玫吃。

田鸡就是青蛙。禾花时节，每到夜晚，满稻田是青蛙的鸣叫声，那些野生青蛙大的有半斤重一只，在稻田里蹦蹦跳跳地吞吃着禾虫。许多村民垂涎那青蛙的鲜美，也有专门以捕蛙为业的人，他们趁着夜色，提着手电筒到田里抓青蛙。对于有经验的人来讲，抓青蛙是件很容易的事情，因为那些青蛙都“很笨”，只要用手电筒照住它们的双眼，它们就会一动不动地蹲着，这时上前直接用手就可以把它们抓住放进鱼篓里。

陈望娣的弟弟一个晚上就能抓十多只青蛙，除了给小外甥熬粥，还可以做成一道姜葱炒田鸡的菜。平时弟弟很少下田抓青蛙，老人说青蛙是一种非常驯善有灵性的动物，如果长期从事捕蛙，是会招致血光之灾的。据说队里那几个以捕蛙为业的人都或多或少地遭遇过意外。

陈望娣在娘家住下之后，母亲找了一个机会，问她日后有什么打算。陈望娣的心很乱，也不知该怎么办才好。在刘青岚死后，陈望娣的母亲首先想到的就是让陈望娣改嫁，她不希望守活寡这一女人最大的悲哀落在自己女儿身上，没有什么比自己的女儿更重要的。但当她求神问卜后，她再也不敢在女儿面前提改嫁这件事了，她自己也完完全全地死了这条心了，她不敢下这个赌注，她输给命运的已经太多了，她再也输不起了。

她想，既然不嫁了，那就留在刘家好好过吧！她是这么想，也是这么劝女儿的。

“做媳妇就要有个做媳妇的样子，只要你一天仍旧是别人的媳妇，就要做好。该孝顺的得孝顺，该礼让的得礼让。你婆家现在也挺可怜的，你就当作报恩，给他们支撑一下吧！当年刘青岚和他爸爸对咱家也是有情有义的。现在也没什么可盼的了，希望你闺女长大后能带你享福吧！”陈望娣的母亲说，停了停，又补充了一句：“不过现在既然来了，就先住下来，反正是他们把你气出来的，他们不来接你，你就在这长住，爱住多久住多久。”

虽然是老调重弹，虽然这些道理她都懂，但每次听母亲的这些话都让她感到亲切。

陈望娣发现自己随着年龄的增长，反而越来越珍惜母亲的爱，越来越享受母亲的唠叨了，也许是因为大家都是女人，都是母亲的原因，所以更能体会为人父母的那种血浓于水的舐犊之情。

陈望娣心里也明白，回去是肯定，而且迟回不如早回，自己是刘家那边的人，她还得要回去参加生产队的劳动，不习惯也不可能长期在娘家这边游手好闲。只是当初自己赌气出来，现在就这样回去未免有点下不了台阶。

自从陈望娣回娘家后，刘家上下都很不习惯。首先是两个小叔，嫂子不在，无论生活或是心里都很不舒服，除了要自己洗衣服外，看不到嫂子的影子心里总觉得少了什么。刘水根就更不用说了，他是想得到陈望娣的人，平时有事没事都要四处张望寻找陈望娣的身影，现在人回了娘家，他就像被勾了魂似的，整天魂不守舍。

刘母一开始对陈望娣还是有意见的，但气消之后，却又同情起陈望娣来，觉得陈望娣也许是无辜的，觉得刘水根的大伯这样骂陈望娣是太过分了。况且她对刘水根的大伯也早已心生怨恨，当初要不是他搞鬼，自己的老伴就不会去坐牢！真是恨死他了！

最后刘母决定叫儿子去把陈望娣接回来。究竟叫哪个儿子去比较合适呢？她想来想去，最后还是觉得让小儿子刘秋平去比较合适，因为她知道秋平跟陈望娣的关系最好了。

于是刘秋平骑着自行车来到陈望娣家。侄女冬玫见叔叔来了可高兴了，远远就冲出来跳进刘秋平的怀里。

“妈叫我来接你和冬玫回去。”见了嫂子，刘秋平挠着脑袋傻笑着说。边说边把车后的一个化肥袋解下来，里面装满了龙眼。刘秋平取出一些龙眼放在陈望娣父亲面前的桌上说：“吃龙眼，外公，这是自家种的。”

“这么早就熟了？”陈望娣的父亲一边接过龙眼，一边客气地说。

见到小叔来接自己，陈望娣心情一下子舒坦了许多，但表面上却装出很平静的样子。倒是母亲非常热情地招呼刘秋平坐。

陈望娣的弟弟从外面进来，见刘秋平来了，高兴地上前与对方击了一下手掌，然后就去给刘秋平倒茶了。

陈家杀了鸡留刘秋平吃午饭。饭后略作休息，陈望娣就收拾好衣物随刘秋平回婆家了。

由于刚下过雨，天还没转晴，虽是夏日，所以太阳不觉得太晒。陈望娣和女儿坐上刘秋平的自行车，一路颠簸着往家的方向走。

当年也是这条路，也是这辆自行车，刘青岚把她接回家。当时她温柔地靠在刘青岚背上，是多么兴奋，多么幸福，对生活充满憧憬。没想到路还没走完，正值夫妻、儿女的天伦之时，故人就撒手而去了，所有的憧憬随即变成了破裂的肥皂泡，留下那块共同的心头肉，既让她慰藉，又让她睹人思人；既让她为他们不至于无果而终感到欣慰，又让她为此感到惆怅牵挂。

刘秋平吃力地骑着车，衣服已渗透了汗水。后面看上他去与刘青岚真有几分相像，但却比刘青岚强壮。

看着刘秋平那段不停扭动的修长而结实的腰，陈望娣的心突然一阵失跳，但很快又恢复了平静。

终于到家了，小冬玫一下车就跑去找奶奶。

陈望娣提着行李再次走进这个家门。

这次波折后，大家的心态都得到了调整，仿佛一切都重新开始了。

二十

很长一段时间没见着陈望娣，谢元心里骚痒得难受。他不知道她近来的状况如何，却又不敢去打听。每天晚饭后，他把自已收拾得整整齐齐，沿着学校后山的路散步，总希望能遇见她——以前他经常在那遇见她，但近来却每次都落空。直到后来才从李芳那里得知，陈望娣回娘家了。

如果说以前他对陈望娣只是暗自喜欢的话，那么现在他是堂而皇之地爱上陈望娣了。说实在的，他还得感谢刘水根的大伯和那位校长，如果不是他们把事情挑明白了，也许他和陈望娣直到现在还在相互揣摩对方的意思呢！现在若再遇见陈望娣，他可以直截了当地告诉她，他爱她！虽然不知道陈望娣会有什么反应，但最起码他自已不会觉得唐突。

这天谢元如常地在那条熟悉的山路上独自行走，在经历过无数次落空后，谢元已不抱任何希望了。

当他行至山腰往河滩那片菜地远眺时，突然发现一个熟悉的身影，虽然隔得那么远，但那衣服他一眼就能认出。

谢元感到一阵兴奋，回来了，她终于回来了，他很想冲下山去跑到她身边，

但却控制住了。他突然变得活跃起来，像一个快乐的小孩，在山路上蹦蹦跳跳。

知道陈望娣回来后，谢元像吃了定心丸，不再牵肠挂肚了，但却有一种从来没有过的见面的欲望和冲动。

当晚他辗转反侧，无法入睡。他从来没有如此兴奋过，他很后悔以前大家能轻松容易见面时自己却没有好好把握机会，向她倾诉心声。现在怎样才能与她见面呢？怎样才能向她倾诉呢？她已经不来学校送菜了，去她家是不可能的，不仅如此，为了避嫌，有外人时还不太好见面。该怎么办呢？

这些日子，谢元每天都盘算着如何与陈望娣见面，幻想着彼此间如何相见、如何默契地互诉心中情，但却每次都落空。但所谓造化弄人，当谢元如火如焚，把一切都计划好设计好，想着事情如何进展时，结果每次都不能遂愿！他设计的情景只将他自己套住，故事的另一个主角并没有按他的设计如期出现。当他心灰意冷，热情逐渐冷却时，他所梦寐以求的却突然出现，让他措手不及，乃至剧情突变，让他悔恨莫及！

这是一个炎热的周日的中午，太阳发出强烈的光芒，像一面巨大的魔镜，把万物都牢牢地罩在它的下面，疯狂地烧烤着。

谢元在宿舍闷得发慌，穿着拖鞋裤衩，拿着一本书来到后山那片林子里。他经常来这，特别是在炎热的夏天，在密密的树荫下的厚厚的草坪上，坐一会，躺一会，看着他喜爱的书。虽然有很多讨厌的小咬叮着他雪白的长满毛毛的腿咬，但这仍是他喜欢的地方，清凉、清静，在这看书有一种融入自然的感觉。

谢元沿着那片林子一边走一边翻着书，朝着他常坐的那块滑溜石头走去。

他刚坐下，忽然觉得身后草丛中有簌簌的动静，谢元开始以为是牛或猪之类的动物弄出的声音，但当他回头看时，才发现原来是一个人，而且那人也正好从草丛中站起来朝他这边看。

“这不是……”他们俩都不约而同地喊了出来。

那人是陈望娣。

“这么热的天，你在这干吗呢？”谢元又惊又喜，嗖地蹦了起来。

“近来冬玫她奶奶身子虚，挖几个五指毛桃熬汤给她补补身子。”陈望娣站在原地回答道。

五指毛桃是一种药材，当地山上很多，村民把它们的根挖出来，晒干后熬鸡或猪骨头，据说有益气补虚、壮筋活络等功效。

“你呢？你在这干吗？”陈望娣问，依旧远远地站着。自从那次事件以后，她已不能平静地面对谢元了。

“喏！在这看会书！”谢元指着手中的书说。

“什么书啊，要在这看？”陈望娣问，既没有走近来，也没有要离开的意思。

“文学方面的书，”见陈望娣没有走过来，谢元心中不免有点失落，“不过来坐坐吗？”

陈望娣迟疑了一会，解开头上的凉帽慢慢走了过来。

“不好意思，上次害你被你家里的人误会！”谢元腼腆地说。

认识谢元这么久，陈望娣头一次见他露出这样扭捏的表情，心里既喜悦又害羞，说道：“你不也挨批评了吗！是不是我也要说对不起呀？”

“你呢？你怎么看？”谢元突然压低声音，凝重地看着陈望娣问。

“什么我怎么看？”陈望娣一下子没反应过来。

“我们俩的事呀！”谢元直直地看着陈望娣的眼睛。

陈望娣的脸唰地一下子红到了耳根。她低头看着手上刚挖的树根，心怦怦地跳。其实她的心里一直都想着他，夜深人静的时候甚至还不止一次地产生与他在一起的美好的幻想。但现在真正面对了，却又不知所措，窘得喘不过气来。

陈望娣突然的如小鸟般的柔弱使谢元心中充满怜爱，血液噌地沸腾起来。他一下子把手中的书扔掉，猛然扑了上去。

陈望娣没有躲避，没有反抗，麻木地任凭他紧紧把她搂住，眼睛渗着泪。她不知道自己为何流泪，是为了这一份感情抑或由此想起昔日的刘青岚，她搞不清。

谢元企图要把陈望娣放倒在地上，但陈望娣却不肯顺从。陈望娣的不合作，使谢元感到非常恼羞，在数次尝试不果后，他失望地把陈望娣推开，转身撑着身旁的大树，大口地喘着粗气。

陈望娣目瞪口呆地看着谢元的背影，慢慢捡起掉在地上的药根和凉帽，理了理头发，失落地摇摇晃晃地离开了。

陈望娣心里很难过，并不是因为谢元对她提出那种要求，而是谢元被她拒绝后所显露出来的态度很让她失望，她觉得谢元并不理解她。拒绝谢元是她的本能，在她看来是天经地义的。谢元竟因为得不到满足而顿失温柔，使她伤心欲绝。她甚至怀疑谢元与她交往的目的，难道他纯粹是为了那回事？她越想越难过。

谢元靠在树上，尽量使自己冷静下来。此时的他内心跌宕起伏，感情经历了惊涛拍岸的大海与风平浪静的港湾的曲折变化。当热血仍在沸腾时，他内心欲火轰轰燃烧，无法驾驭，那紧紧握住的随手可得的肉欲使他疯狂得脑袋发白，不顾一切！陈望娣的拒绝就像是一辆正在高速行驶的汽车突然遭遇死火，哑然失声，使他非常恼火，羞而发怒，狠狠地把她推在一边；待他渐渐冷静下来后，他又觉得自己的举动非常可笑，感到懊悔。于是他转过身来，露出愧疚的笑，以求陈望娣的原谅，但陈望娣已经走远，未能看见他愧疚的傻笑。

这种见面结局并非谢元所预料和愿意见到的，他没能表现好自己。原以为只要见上一面，把事情说清楚，把双方已经有的未有表露的心意说明白，那么他们的关系就会一帆风顺，结果却弄糟了。他能感觉到陈望娣的伤心，却不知道她会否狠心地对他死心。

经历这次事件后，他与陈望娣已经很少见面了，即使路上遇见，陈望娣也会远远地避开他。他越来越不明白她心里究竟在想什么。

二十一

刘母近来明显地憔悴了许多，水根是她最大的心结。人本来就长得傻憨，以前门面风光，别人贪图家境，讨个媳妇还可以挑挑拣拣。如今家道中落，别说是他一个丧妻的人，就是两个正儿八经的弟弟找媳妇也都成了问题。

“都是这个不争气的东西，偏要娶个病身子，弄成这般田地！”刘母越想越生刘水根的气。当初要不是他贪图人家那张脸，就不会娶了那个王翠玉，也就不会负累他爹去坐牢。唉，怎么会生这样的傻儿子，真是造孽！但生气归生气，毕竟还是自己的儿子，该操心的还得操心，而且，他的问题不解决，两个弟弟也休想成家了。

于是她又想起了陈望娣。要是陈望娣肯跟水根过，那就什么问题都解决了。但已经尝试问过了，人家一口拒绝了，还能怎样？！“那个望娣也是，都已经是一个孩子的妈妈了，她还想干什么？还能干什么？难道她还想外嫁不成？！休想！还有那个谢元，没点仁义！”刘母最后又迁怒于陈望娣，迁怒于谢元，认为正是由于他的存在，才害得陈望娣不肯嫁给刘水根。

刘母心里虽这么想，但表面上对陈望娣还是客客气气的，不敢惹她，怕把她逼急了，像上次那样跑回娘家了，那可麻烦大了！

刘水根心里比他母亲更焦急。在心里他俨然已把陈望娣当成自己的准媳妇了，觉得陈望娣不跟他是没有理由的。不是吗？都已经是一家人了，况且他对陈望娣母女已经够好的了，别人是不可能做得到的。而且就凭他与死鬼刘青岚的兄弟关系，她陈望娣也应该跟他呀！哪怕是看在刘青岚的份上也好。再说了，她现在不也需要一个男人吗？她不会宁肯把这个好处给了外人都不给自己人吧？

刘水根越想越郁闷，越想越心急。

“我看她是不好意思，害羞。既然是这样，我何不主动点呢？”刘水根最后找到了陈望娣拒绝他的原因。这个原因的找到使他肯定地认为陈望娣是喜欢他的，只是因害羞而躲避而已，他越想越自信了……

秋天干旱，河滩的沙地很适合种植各种蔬菜、瓜果，尤其是萝卜。

种子已经长成嫩绿的萝卜苗，由于下种籽时的不均匀，有些地方苗长得过于密集，需要疏掉一些，这样萝卜根才能长得茁壮。疏出来的萝卜苗可以当蔬菜吃，也可以喂牲口。

为了疏萝卜苗，陈望娣已经蹲在地里忙活了一个下午了。

黄昏时分，过早的落日在西边的天空留下一摊遗恨的殷红，萧条空洞的石子河如呜如咽地缓缓流动，河岸的林子肃穆地抖落身上的残叶，迎接百鸟归巢。

陈望娣站起来，伸了伸麻痹的腰腿，望着空旷的菜地，已剩下不多了，必须今天把它弄完，明天还有别的事情要做呢！于是她再次蹲下，麻利地掐着萝卜苗。

刘水根从队里回来，知道陈望娣仍在地里忙活，就满怀希望兴冲冲地赶往菜地帮忙。刘水根难耐心头兴奋，觉得今晚是一个绝好的机会，他一路算计着如何靠近陈望娣，如何打开话题，如何把对方引入他设计的情景之中，他甚至已为自己和陈望娣设计好了台词。他满脑子幻想，幻想着陈望娣微笑着应答他，顺从地躺在软绵绵的沙地上……

但当他兴冲冲来到菜地时，事情并未如他所预想的那样发展。陈望娣木然的表情给了他当头一盆冷水，他原先所设计的对话和情景统统成了泡影。他除了蹲下来和陈望娣一起掐萝卜苗外，毫无作为！

终于忙完了，天也已完全黑了。他们把掐下的萝卜苗装上箩筐，回家了。陈望娣提着镰刀走在前头，刘水根挑起着紧跟其后，两个如同毫不相干的冷漠的人影和着吱吱的虫声行走在黑漆漆的菜地的垄上。

自从刘母向陈望娣的母亲提出让她跟刘水根过的想法后，陈望娣就再也无法自然面对刘水根了。以前她对刘水根总是客客气气地以礼相待，那是因为他是自己丈夫的哥哥，彼此是一家人，但现在竟有人企图把他们俩撮合在一起，而且对方似乎也在对她虎视眈眈，这让她非常难受。为了避免尴尬，她总是尽可能地避开刘水根。

陈望娣越是躲避，刘水根就越是心急，总想多点亲近她，在她面前多点显露他自以为的优点，以为这样就可以赢得陈望娣的好感。殊不知，他越发卖弄就越发弄巧成拙！

陈望娣在前面只顾走自己的路。刘水根跟在后面使劲地睁大那双暮色下的鬼祟的眼睛，借着黑暗的掩护，贪婪地，尽情而心跳地舔舐着陈望娣诱人的身段。他从来没有如此大胆地毫无顾忌地偷窥陈望娣那蛇一样的腰、丰腴的臀和那卷起裤脚的白皙的小腿。

一回到家，刘水根就迫不及待地冲入澡堂洗澡，在澡堂里足足消磨了半个小时。

第二天，陈望娣要给菜地里的豆角上柳，就是用小竹子给豆角搭个架子。生产队没有活，刘水根一早就过来帮忙。首先是从柴房里把竹子搬出来，竹子可以反复使用。每年豆角收成后，陈望娣就将这些竹子去泥，晒干，打捆，放在柴房里留着第二年用，时间长了，这些竹子都被风雨染成了黑色了。

刘水根把竹子挑到菜地，和陈望娣一起，一根根地将竹子沿着豆垄交叉插好，再用绳子把竹子一根接一根地绑紧，然后把豆苗一根一根地扶上架子，缠好。

刘水根紧紧地扶住竹子，陈望娣拿着绳子的手在竹子和他的手之间来回穿梭，好几次陈望娣的手都挨着他的手了，刘水根不动声色地默默地紧张地感觉着陈望娣软绵绵的手的异样的冰冷。

秋天的太阳还很猛，大家都流着汗，刘水根能清晰地感觉到陈望娣的气息和她纯粹是汗味的清香。他偷偷地看着陈望娣略带绒毛的上唇渗出的汗珠，心像打鼓一样都快跳出来了。当陈望娣的手再次与他的手贴在一起时，他几乎要牢牢把它抓住，但却没有那样的勇气和胆量。他的嘴唇在颤抖，似乎想说什么，但却紧张得一片空白。

陈望娣似乎感觉到了他的骚动，瞟了一下他鼠一样的眼睛，脸上掠过一丝不易觉察的鄙视的笑。

一个上午过去了，豆柳终于上完了，陈望娣站起来伸着腰，长长地舒了一口气，一脸轻松的样子。

刘水根麻木地站了起来，沮丧地捡点着地上留下的琐碎。又白白地错过了一次机会，他想。他真恨自己。

冬玫一天天长大，胖乎乎如仕女般的脸孔还真像陈望娣。冬玫总爱爬到刘水根的肩膀上骑马马。刘水根也喜欢把她抱起抛入空中再接住，如此反复，逗得冬玫哈哈大笑。这天刘水根从地里回来，冬玫又冲上来要抱。刘水根蹲下来，双手搭在她的小肩膀上，环顾四周见没有其他人，就轻声地对冬玫说："叫爸爸！"谁知冬玫说什么也不肯，还大声说："你是伯伯，不是爸爸！"吓得刘水根赶紧捂住她的小嘴巴。晚上冬玫把刘水根要她喊他爸爸的事告诉了妈妈陈望娣，气得陈望娣浑身发抖。

"以后不许你缠着他，离他远一点！"陈望娣生气地说。

第二天冬玫一早起来见着刘水根时，噘着嘴神气地说："妈妈说你坏，叫我不要跟你玩。"

刘水根一听，知道事情败露了，脸唰地红到了耳根，以后见着陈望娣就再也抬不起头来了。

二十二

在征得一家人同意之后，陈望娣在原有自留地的基础上，在山边开垦了一大块地，种上玉米、木薯之类的作物。玉米和木薯晒干后磨成粉，是喂养牲畜的好饲料，当年她母亲就是靠这个来养猪的。饥荒年代，木薯也是人很好的口粮。把木薯粉与糖水像和面一样和成团，做成饼状的糕点隔水蒸熟了，然后在上面洒一层炒花生粉，就成了很好的点心，吃起来香甜柔软；又或是把整条木薯洗干净后直接放在锅里煮熟了吃，也非常的松香。木薯很贱生，种植起来非常容易，在粮食短缺的年代，许多家庭就是靠它来填肚子的。刘家后山种有很多果木，以前这些果木长期没人料理，结果并不多。陈望娣来了刘家后，定期给果树杀虫、除草、施肥，在她的悉心料理下，果树长得生机盎然，年年硕果累累。

刘家依山而居，山是荒的，是养牲口的好地方，在陈望娣的张罗下，刘家养了一大群鸡和猪，这些牲口每天只需早晚喂一顿，其余时间都自个儿在山上找吃的，节省了不上喂养成本。每天开喂时间，陈望娣或刘母站在门口"噜……噜"一招呼，那些鸡就拍打着翅膀从四面八方飞奔过来，猪也像猛虎一样俯冲回家，争先恐后地、兴高采烈地大吃起来。吃饱后就躲在树荫底下睡的睡、嬉戏的嬉戏；等到饿了之后，就三五成群地满山跑，找吃的。

不过，受"文革"的影响，陈望娣所做的这些却一度给她自己带来了烦恼！一天，生产队长领着会计和几个社员挨家挨户地丈量土地，他们说接上头指示，要对每家的自留地(包括擅自开垦的部分)以及牲口豢养情况进行登记。按规定,凡每家的人均自留地及牲口超过额定数量的,超出部分一律铲除、毁掉或没收。

这天他们来到刘家,宣传完政策后,队长和那几个人就开始丈量刘家的地,清点果树和牲口的数目,结果他们发现刘家是本队超标最多的一家,需要大面积清毁。他们用白粉笔或石块把需要砍伐、毁掉的果树、庄稼做上记号,把需要收缴宰杀的牲口数量记录好,等候安排处理。看着那片郁郁葱葱的庄稼,陈望娣心都碎了。

剩下的日子,陈望娣艰难地等着队长他们来执行政策,可一天天过去了,却始终不见人。后来才知道,队长也是种田的人,他从来就没听说过庄稼种多了会是件坏事,而且许多乡亲靠的就是自种的那点粗粮帮补日子,要不连肚子都填不饱,如今要他把乡亲那些长得绿油油的庄稼铲除掉,他自己都觉得心痛。所以在上头压得不是特别紧的情况下,他也就能拖一天是一天,到最后也就不了了之了。

当时的政策是,一方面不允许各户超量种养,另一方面却又高喊以粮为纲,集体大面积开垦荒地种植庄稼,连学校也不例外。

谢元所在的小学,后面是一大片荒山,学校按照上头的政策,要把这片荒山开垦成良田。于是,学生每天上午上文化课,下午上劳动课,热火朝天地把半个山坡开垦成了种植地,种满了甘蔗和粟米,但由于那些山地根本就不适宜种植庄稼,加上管理不善,种出来的东西长得还没杂草高。收成时甘蔗就像毛根一样瘦小,节比肉还多;粟米却像茅草,有秆无米。不仅如此,当时还盛行着一种叫作深耕翻土的耕种方法,深挖土地,据说土翻得越深,越透彻,种植产量就越高。那些学生娃不爱上文化课,却热衷于劳动课,有力气没地方使,把学校的耕地挖得像战壕一样,放学后就把他们的劳动成果当作战斗工事,玩起打仗的游戏,躲在“壕沟”里,相互投击泥块,而且是往狠里打,彼此打得头破血流的事时有发生。

当时学生们不仅在校内劳动,而且还经常腾出上课时间,组织到生产队里帮忙,融入劳动人民之中,接受劳动人民的劳动教育,让孩子们从小树立起艰苦奋斗不忘阶级情谊的革命意识。

由于小学生年纪较小,粗重活做不来,所以只能帮忙一些较轻的工作,如捡拾农民伯伯不小心掉下的稻穗、帮农民伯伯摘花生等。

虽然孩子们在烈日下折腾得满头大汗,并不自在,但比起枯燥的文化课,他们还是喜欢出来的，因为这里除了劳动外，更重要的是可以自由自在地在旷野上嬉戏。而且帮生产队摘花生或其他劳动时，农民伯伯为了增强感情，准会熬些花生粥——有时还会加些鱼片，来酬谢、犒劳这些接班人。

这天，谢元他们学校又要外出帮农了。清晨，所有的老师和学生集中在操场，接受出发前校长严肃的训话。

“同学们，今天我们要到生产队去帮农民伯伯拔花生，这是一件光荣而有意义的事，希望各位同学要遵守劳动纪律，工作要仔细，每棵花生苗都要彻底摘干净，而且不许偷吃。农民伯伯到时会煮鱼片粥给你们吃，这一点昨天已经传达了，所以大家都带了餐具了吧?!”校长停了一下，做出检查的姿势，看到孩子们腰间都别了一个铁的大口盅，很满意，于是接着说：“但是，大家现场能吃多少就吃多少，千万不许带回家，上次就有人反映，有的同学，特别是女同学，自己吃饱了还不满足，还盛了满满一口盅的粥回家去给弟弟妹妹吃，这是不允许的，希望今天不要有类似的事情发生！”最后，校长扫视了一下人头攒动的操场，大声宣布，“好了！我的话讲完了！出发！”

于是各班主任带着自己的学生，浩浩荡荡地出发了。

初升的太阳，如火一样蒸着地上的露水。学生们踩着湿漉漉的山路，顶着火辣辣的朝阳，翻过一座山，沿着河堤来到生产队的花生地。

孩子们已是满身大汗，腿上的裤脚也已被露水浸湿，汗水与露水掺和在一起，已分不清哪些是汗哪些是水了。

在路上，谢元就估量着是否能遇见陈望娣，这些日子他一直都惦记着她。自从上次林间相拥，他确信陈望娣是爱他的，要不怎么会乖乖地接受他的拥抱呢？她现在对他的躲避只是因为没有沟通好而已，他相信只要找个机会把事情说清楚了，陈望娣会再次投入他的怀里的。

生产队长在地头热情地迎接了他们，并给他们分配了工作。孩子们很快就进入了角色，三五成群地围着一堆堆刚从泥里拔出来的连着花生的花生苗，叽叽喳喳地迫不及待而又手忙脚乱地把花生和泥土一起摘了下来。

谢元坐在孩子中间，一边漫不经心地摘着花生，一边神不守舍地四处张望。花生地很宽阔，而且到处都是人，谢元看了一圈，没发现陈望娣，于是他站了起来，假装检查学生的工作，沿着人群一堆一堆地找，最后终于在一片甘蔗林的拐角处发现了陈望娣。

陈望娣正和另一个妇女带着四五个小学生围在一堆花生旁静静地摘着花生，见谢元走过来，陈望娣害羞地低下了头，借凉帽的边帘把脸遮住。

谢元走近来，用手轻轻地拍着学生的头，一本正经地说："怎么样，有没有认真摘啊？"

"有，很认真！"旁边的那个妇女替那几个学生回答说。

"噢，那就好！"谢元边说边蹲下来和他们一起摘花生。他想跟陈望娣说几句话，却碍于旁边那位妇女，所以一直开不了口。

过了一会，陈望娣突然站起来走开了。谢元心一沉，以为陈望娣又在躲避他，幸而没过多久陈望娣就回来了，谢元这才松了口气。看得出她刚才是去小解了。

又过了一会，另外那位妇女拧开随身的一个铁皮水壶，喝了一口白开水，也站起来小解去了。

真是千载难逢的好机会，谢元赶紧贴近陈望娣的耳朵轻声说："今晚 8 点钟，上回那片林子里，我等你，一定要来！一定！"

说完就走了。其中一个小男孩好像听出了什么名堂，傻傻地看着他们，露出古怪的笑。

那位妇女回来后没看到谢元，就连声问："谢老师呢？谢老师走了？"

陈望娣害羞地低下了头，脸上泛着红晕。

小学生只帮了一个上午的忙，中午吃完粥后就各自回家了，由于太辛苦了，下午放假半天。

二十三

当晚，谢元把自己整得干干净净，穿上最喜欢的那件衣服，早早来到了林子里等候。

自从谢元约了她之后，陈望娣的心一直忐忑不安，她不知道该不该去。去，深更半夜，孤男寡女的，万一被别人发现了，又肯定会闹出更大的事端来；不去？又实在割舍不下！心里闹腾到晚上都没有拿定主意。

晚饭后，她给女儿和自己洗了澡，然后带女儿睡觉。也许是太疲惫了的缘故，女儿很快就睡着了。

陈望娣看了一下墙上的挂钟，已经八点多了，她仍在犹豫中。

她眼前浮现出谢元心急如焚的样子，仿佛看到他焦急地坐立不安地等待张望的表情。还是去吧！实在不忍心让他在那儿独自煎熬！

她轻手轻脚地从床上爬起来，穿上衣服，但当她正要开门出去的时候，女儿却醒了。

“妈妈，你在干吗？”女儿睡眼惺忪地问。

陈望娣怔了一下，连忙说：“妈妈小解去。”

“我要妈妈陪我睡，”女儿一个手撑着斜斜地坐了起来。显然，她看出妈妈不像是要去小解。

“好，这就来，这就来。”陈望娣赶紧跑过来，和衣陪女儿躺下。

经这么一折腾，虽然心里仍惦记着谢元，但陈望娣已经打消去见他的念头了。

谢元兴奋地在林子里等着，充满期待。他相信陈望娣一定会如约而来的，脑海里幻想着，并开始考虑以后的事情。

在对待陈望娣的感情上，他是真心的，他已做好与她过一辈子的准备。虽然一开始曾心存顾虑，有些很现实的问题是他不得不考虑的，比如说户籍问题。陈望娣是农村户口，婚后要把户籍迁入省城，谈何容易啊！没有户口就没有工作，没有户口孩子读书就成问题。不仅如此，因为要独自支撑这个家，他还将不得不放弃许多私人的爱好和空间！他很担心自己能否做到。但每次见到陈望娣，那种爱的冲动就会占据他的全身，给他一种不顾一切的力量和决心。

谢元意识到，自己之所以存在顾虑，是因为还没有做好付出的准备和决心，没有承担责任的勇气。他觉得自己很窝囊，但对自己的这个评价又让他感到恼怒，他不承认自己是窝囊的！他更害怕别人会这样评价他！他要证明自己的勇气，证明自己是一个懂得爱并且能够为爱付出的人。

他已做好了思想准备，做好了最坏的打算，“大不了自己不回城了，留在这里教一辈子的书！”他想。

今晚，他要把自己的这些想法告诉陈望娣，向她表露心迹，进一步明确他们之间的关系。

他兴奋地等着，焦急地等着，但最后等来的却是失望。

约会的不遂，使他沮丧万分。他开始猜测原因。

是家里有事走不开？是小孩缠住她不让走？抑或她并没有喜欢我的意思，压根就不想来？

如果她对我有情的话，如果她在乎我的话，有什么事情比这约会更重要呢？而且即使不愿意，最起码也要来说一声，别让我在这傻等呀！她怎么连这点都做不到呢？难道她就这么厌恶我吗？

“难道是我看错人了，是自作多情？”他开始动摇了。

也许她是没听清楚，把今晚听成了明晚了。他在安慰自己，不想让自己绝望。

谢元垂头丧气地回到宿舍，他后悔自己先前的热情，他讨厌自己，讨厌自己的无能，讨厌自己的一厢情愿。他甚至要讨厌憎恨陈望娣，却又做不到，恨不起来，一想到要伤害陈望娣，哪怕只是心里想一些不恭的话，他都于心不忍。

这次约会的失败，重创了他的自信心，他像泄气的皮球一样重新检讨了自己与陈望娣的关系以及他们在一起的可能性。在反复的是与否的怀疑猜测和自问自答后，他的自责跟热情一样冷却了下来，“算了！”他失落地叹了口气。

陈望娣也为自己的没有如约感到内疚，她很想找个机会给谢元说声道歉，把事情解释清楚，但长时间都没能见着他，心里一直悬着。

二十四

对于陈望娣所遭遇的不幸，有一个人一直在暗暗高兴，她就是陈望娣当初的好姐妹，和陈望娣一起嫁过来的陈雪梅。

陈雪梅起初对刘冠华没有太大的好感，她与刘冠华的婚姻是陈望娣一手促成的。由于刘冠华所在的生产队副业多，生产效益好，社员每天赚取的工分比其他队明显的多。所以，结婚后，夫婿的勤劳踏实和体贴，以及相对较为宽裕的生活，使陈雪梅尝到了婚姻的幸福，对陈望娣这个牵线红娘心存感激，两人关系因而更加密切了。她们亲如姐妹，无话不说，就连回娘家都约上一块儿，过年过节做了萝卜糕之类的应节点心也会客客气气地你来我往，她们的亲密关系在村里一度传为佳话。

这种情况并未维持长久。由于刘青岚家的环境比刘冠华家的好，每次回娘家，陈雪梅娘家的人都会有意无意地拿她们来作比较，当着陈雪梅的面，一时说陈望娣给她弟弟买了一辆自行车，一会又说刘青岚他们几兄弟给陈望娣娘家建了一个新厨房或是围墙等等。虽然陈雪梅每次回娘家都没少捎带东西，吃的、穿的、用的什么都有，但这样一比较，无形中就贬低了陈雪梅，损害了她的自尊。久而久之，陈雪梅对陈望娣产生了戒备，最后竟然因为一点小事对陈望娣大发雷霆，翻了脸！

陈望娣家的自留地与陈雪梅家的正好连在一起。一天刘水根犁地时，牛在拐弯的时候不小心踩了陈雪梅地里的几根葱，本来是很小的事情，而且陈望娣即时就把踩倒的葱给扶正了，所以当时大家都没往心里去。谁知第二天陈雪梅下地干活时发现了之后，也不知道是因为心情不好还是别的原因，即时将长期压抑在心里的不满发泄了出来，把正在地里干活的陈望娣斥责了一通。

“好好的葱都给踩成这样子，你们不是成心欺负人吗！”陈雪梅指着那几根葱怒气冲冲地说。

陈望娣没见过，也没想到陈雪梅会因为这么小的事情发这么大的火，当时整个人都呆住了。

陈雪梅还没完，继续数落道：“上次也是，锄的草也弄到我们家的地里来，犁地也越犁越过来，想说你们好久了！想霸占我家的地就直说嘛！整块地都给你们好啦！”

真是冤枉！陈望娣对陈雪梅所说的事毫无印象。她所说的把锄的草弄到她家地里，这可能是在锄草的过程中被风吹过去的，农村种地这是时有发生、在所难免的事情。她陈雪梅不也经常把杂草扔过来吗?！怎么突然就这么计较了呢？至于她所说的把地犁到她家那边去，那简直就是一派胡言，地界的石碑不是明明还在中间吗？真是的！

陈望娣既委屈又气愤，同时又感到很失落。平时好好的，她怎么说翻脸就翻脸呢?！从她今天所说的事情可以看出，她陈雪梅心里对她就一直心存怨恨，枉自己还一直把她当作好姐妹！

经过这件事，她们相互间已不太理会对方了，即使见着了面，也都形同路人。

她们越是互不理睬，陈雪梅的猜疑就越深，总觉得陈望娣瞧不起她，但心里又不服：你陈望娣不就是命好，嫁的比我好一点而已吗！有什么了不起！你有钱有吃，我也不缺钱不缺吃，照样不用看你脸色过日子，你又能拿我怎么样？

陈望娣一开始确实觉得很窝火，但渐渐消气之后，往日的亲密感情最终还是驱除了心中的气恼，她很想找个机会与陈雪梅和解。在队里劳动时，陈望娣多次主动与陈雪梅搭话，但陈雪梅总是冷冷地不予理睬。

就在这时候，刘家发生了变故。刘家的不幸让陈雪梅感到无比的兴奋，这种兴奋源自长期的压抑和妒忌。

“真是老天有眼！看你还神气！”这是陈雪梅的第一反应。

以后的日子陈雪梅回娘家的频率明显高了，而且每回都显得非常得意，因为她觉得人们现在应该明白，真正风光、真正有福气的是她陈雪梅，而不是陈望娣！

连串的打击摧毁了陈望娣自信、平静、豁达的心态。以前她总觉得自己有资格原谅一切、关爱别人，但现在她觉得没有了，只要别人没有瞧不起她，她就已心满意足了，所以，对待陈雪梅，她也只有听之任之了！

陈雪梅在婚后第二年生了个儿子，这一下她更神气了，要知道，在农村，为人媳妇，若能生个儿子，名声与身价将即时得到提升。陈雪梅本来就是得理不饶人的人，在她心里长期积压的她认为的由于陈望娣对她的欺负所造成的怨恨得到空前的发泄，她在陈望娣面前以及回娘家时所表现出来的不可一世、幸灾乐祸已经到了无人能及的地步！

陈望娣现在终于体会到什么叫作“伤你者莫过于知你者”了！她做梦也没想到以前无所不言，言无不尽的亲密，今天竟让她吃尽了苦头，当初对陈雪梅的毫无隐私，今天竟成了她攻击、诽谤、取笑、挑拨的把柄。她如梦初醒地发现原来陈雪梅是如此的工于心计、如此的恶毒！

二十五

李芳近来可能由于感情方面出了什么问题，来陈望娣家串门也许是寻求安慰的频率明显增多了。李芳可真喜欢冬玫，每次来都抱着舍不得放手，这也许与她没有但渴望有一个小孩有关。陈望娣知道，婚后这么久仍然没养小孩，肯定是出了什么问题，要么是身体方面的，要么是感情方面的。但她始终没有问过李芳。反而是李芳憋不住，主动谈及这方面的事。

李芳曾怀过孕，那是她和袁辰婚后不久的事。怀孕头两三个月本来是很重要的保胎期，需要非常注意起居，因为这段时期如果保护不当是很容易造成流产的。偏偏在这时候袁辰事特别多，一天到晚四处走，李芳已说过他好几回了，可他就是不当一回事，结果终于出事了。一天晚上，当李芳烧了一桶热水准备洗澡时，突然断电了，在偏远的山村这是常有的事。李芳只好摸黑将水提进澡堂，谁知一不小心踩着了地上的肥皂，整个人向前扑倒，重重地摔了一跤，当晚半夜她就在茅厕里拉了一堆瘀血，胎就这样没了。这次流产所造成的后遗症使李芳再也怀不上小孩，即使有了，也会因很小的事而流产。

李芳把胎儿流产的事怪罪到袁辰身上，觉得如果袁辰在乎她和胎儿的话，在那个关键时期他就应留在家里好好照顾她，而不是置她于不顾，以至于发生这样不幸的事。

那事在李芳心里留下了的阴影，对袁辰满腹怨气，无法心平气和地对待袁辰，一开口就是恶语相向。

“真想离婚算了！”这天李芳又在陈望娣面前抱怨到。不过，在那年代，离婚在这山村里是一件罕见而且是很不体面的事，几乎可以与作风不正挂上等号。而且真要离了婚，他们代课老师的资格恐怕也会因此丢掉，因为，在大家看来，连自己的事情都处理不好的人，又怎么能教书育人呢?！一想到要回生产队从事辛苦的农业活，李芳是浑身起疙瘩。所以，离婚一事李芳也只是口头讲讲而已。过一天算一天吧！她是这么想的。很无奈、不甘，却又没有办法。

上次在李芳家里，袁辰对陈望娣做出了出格的举动，企图占有陈望娣。对此，陈望娣是又羞又怒，很替李芳难受，长时间没有搭理袁辰。不过，随着时间的推移，陈望娣还是从心里原谅了袁辰，毕竟是老同学、老熟人。何况，虽然袁辰的花言巧语不一定可信，但说出爱的人，往往是能得到宽恕的！无论如何，被爱始终是一件得意的事情——最起码感觉是这样。

“袁辰他怎么看呢?”陈望娣同情地问。

“那个不要脸的狗东西才无所谓呢！你对他好点，他就安分点。你大声说他一句，他比你还凶，几天不回家，甚至可以一两个月不理睬你。”一提起袁辰，李芳就一肚子火。

“那你为什么不对他好点呢?”陈望娣说。

“我想啊，但做不到，见到他我就没好心情，就想大吼。其实我的脾气不是这样的，你看，我对别人总是客客气气的，惟独对他不能。”李芳说。

“唉！真是的！想过的不能过，能过的却又不好好过！”陈望娣从李芳夫妇联想到自己，无奈地叹了一口气。

“其实我也想和他化解矛盾，也想对他好，而且很多时也真的对他好了，”李芳知道陈望娣又想起刘青岚了，于是换了一种口吻说，“但他就是不听你的，把你的话当耳边风。你说我好不容易心情舒畅点，有心情和他商量家庭的事，但他那个愚蠢的脑袋就是转不过弯，老要跟你争，弄到最后还是生气。”

“也许他也觉得自己有理呢！”陈望娣说，“夫妻间要多点相互迁就！”

“有道理? 他那个猪头能想出什么好东西来? 整天自以为是，没点本事却又爱充胖子，虚伪得很，你别看他在外面穿得整整齐齐，在家里可脏了，地不叫他抹，他是绝对不会主动去抹的，衣服也随便地在桶里搞两下就晾起来，污迹都没洗干净。”李芳越说越气愤，“还有，衣服是从来不叠的，平时到处乱堆，有人来了就赶紧像咸菜一样塞进衣柜里，多恶心！”

“既然看不过眼你就自己多做点呗。”陈望娣无奈地笑了笑说。

“我才不干呢，我上课这么辛苦，从早上站到下午，腿都站直了，哪里还有精力伺候他！”

“人家袁辰不也要上课吗？他也累啊！”陈望娣说。

“他一个大男人，累什么？做多点会死啊！”李芳不屑地说。

陈望娣叹了口气，看着李芳，没有说话，她不知道该说些什么。李芳所说的好像都有道理，但她却不能接受。在她看来，这简直就是芝麻绿豆的家常琐事，要是换了她，这根本就不是个事！而他们夫妻竟被这些小事搞得一塌糊涂，真不知是可怜还是可笑！

“我们现在已经很少同房了！”李芳黯然地打破沉默。

陈望娣的脸唰地红了，仿佛觉得这是一个不属于她的话题，心嗵嗵地跳。

“谢元对你好像挺有意思，有没有考虑过？”李芳想缓和一下窘迫的气氛。她自以为是在明知故问。

“你指什么？”陈望娣警觉地反问道。

“当然是指恋爱啦！”见陈望娣如此紧张，李芳忍不住笑了起来。

“唉！怎么可能？！”陈望娣无奈地说。

“为什么？你们的关系不是一直保持得很好吗？！”李芳觉得陈望娣没说心里话。

“没有的事。”陈望娣显出颓废的样子说，手来回地搓抹着自己的脸。

“难道你就打算守一辈子的寡？”李芳用审视的目光盯着陈望娣。

陈望娣叹了一口气，没有回答。

二十六

南国的深秋艳阳高照，山上高高的野草由于干旱加上烈日的烘烧，已干枯得噼啪作响，正等着村民来收割。

陈望娣吃过早饭，提着水壶，扛着扁担和麻绳上山割草去了。出门时小叔刘秋平说中午要去山上接她，帮她把草挑回家，陈望娣说不用了，但他仍然坚持，只好随他了。

芦萁草是村民最喜欢的燃料，不仅烧得旺，而且很耐燃，割起来也容易。陈望娣找了一处茂密的地方，搓了搓手，半蹲着，麻利地割了起来。

周围很静,只有野鸟的叫声和耳边干草沙沙的声音。

太阳直直地晒着,陈望娣紧紧地握住镰刀的木柄,这能给她实在的感觉,她开始感到下体有点黏糊糊的难受,心情烦躁起来。

她站起来,擦了擦额头的汗,环顾着空空的山体。烈日下,荒山一片苍白寂寞,不见人影。她拧开水壶,喝了一口凉开水,蹲下来继续割草。

她耳朵嗡嗡地寂寞地响着,她突然想起小叔中午要来接她,心中禁不住一阵浮动,眼前掠过小叔那青铜般的健硕的躯体。她的心咚咚地跳,脑袋像放电影一样……

"嫂,我来了!"刘秋平真实的声音把陈望娣从幻想中唤醒。陈望娣惊愕地抬起头,看到刘秋平就直直地站在她面前。陈望娣突然心虚起来,小心翼翼地,不敢正视刘秋平。

"时间还早,你先把割好的挑回去,我再割点,你就不用回来接我了!"陈望娣把草捆好,帮刘秋平挑上肩膀。

刘秋平答应一声,挑着草走了。

陈望娣看着刘秋平远去的背影,长长地叹了口气。她喝了一口水,无力地拿起镰刀,神情恍惚地接着割她的草。

尽管陈望娣说过不用刘秋平来接,但刘秋平还是又来了。刘秋平挑着草,两叔嫂一前一后地回家了。

女儿冬玫已经大半天没见着妈妈了,陈望娣还没到家门口,她就已远远地跑了过来,扯着陈望娣的衣角,玩牵牛的游戏。陈望娣从裤袋掏出刚才在山上摘的小酸果塞在女儿手里,冬玫双手捧着野果,兴高采烈地找别的小伙伴玩去了。

秋日的夜晚凉飕飕的,忙完后,陈望娣带着冬玫回房休息去了。冬玫长大了,对故事特别感兴趣,经常缠着陈望娣给她讲故事,哪怕是反复地讲同一个故事,她都百听不厌。

"妈妈,快上床陪我睡,我要听故事。"陈望娣先把冬玫安置在床上,自己在一旁叠衣服,但冬玫已等不及了,不停地催。

"来了,来了!"陈望娣忙乱地把叠好的衣服放进衣柜,小跑着上了床,伸手在冬玫腋下胳肢了几下,"催催催,我叫你催!"

冬玫笑得缩成一团,连声求饶:"妈……妈!不……敢了!不……敢了!"

"要听什么故事?"陈望娣在冬玫脸上亲了一口说。

"我……要听人……猿的故……事,"冬玫笑得还没缓过气来。

“很可怕的哦!”陈望娣拧着女儿的小脸蛋说。

“我不怕!”冬玫勇敢地说。

“那我就讲了?”陈望娣征询地说。

“好!”冬玫满脸期待。

“从前,一处荒山里孤零零地住着一户人家,”陈望娣一边轻轻地抚摸着女儿的背,一边轻声地开始她的故事,“这一家只有母子三人,”

“他爸爸呢?”冬玫问道。

“他爸爸去了很远的地方。”陈望娣说。

“像我一样,我爸爸也是去了很远的地方。”冬玫天真地说。以前冬玫曾经问过她爸爸的事,大家都告诉她说她爸爸去了很远很远的地方,所以冬玫一直以为总有一天她爸爸是会回来的,“快讲啊!”冬玫又在催了。

“一天他们的妈妈要去外婆家,出门时嘱咐两个儿子,除了妈妈之外不管是谁敲门都不要开门。”

“爸爸回来了也不开吗?”冬玫撅着嘴问。

“哦,爸爸? 可以的。”陈望娣捏了一下女儿的鼻子,接着讲,“两兄弟一口答应。附近山上有一个人猿,它知道两兄弟的妈妈不在家后,晚上就假扮成他们妈妈的样子,来到他们家。‘开门! 开门!’,人猿边敲门边喊。‘你是谁啊?’两兄弟在屋里问。‘我是妈妈,’人猿回答说。‘那你的声音怎么跟妈妈的不一样呢?’两兄弟觉得有点不对劲。‘我在外婆家吃了点炒黄豆,上火了,所以变了声音,’人猿说。‘哦,原来是这样,’两兄弟赶紧开了门。一进门,人猿立即把灯吹熄了。‘妈妈,为什么要吹熄灯?’小哥哥问。‘妈妈眼睛痛,怕见光,’人猿说,‘妈妈累了,咱们赶紧睡觉吧,’人猿接着说。于是三个人上床睡觉了。半夜,小哥哥突然被‘咯咯’的声音吵醒了,原来是妈妈在吃东西,于是问:‘妈妈,你在吃什么?’。‘我在吃炒黄豆,’人猿说。其实它是在吃小弟弟。‘我也要吃,’小哥哥说。‘不行,小孩子吃了会拉肚子,’人猿说。小哥哥往边上一摸,突然摸到一摊水一样的东西,‘妈妈,是什么这么湿啊?’小哥哥问。‘哦? 是你弟弟尿床了,’人猿说。其实那是小弟弟的血。小哥哥再往别处一摸,突然摸到了一只断手,他吓坏了,意识到发生了什么事情,非常的害怕,但又不敢吭声。后来他灵机一动,终于想出了一个脱身的法子,‘我想拉尿’,小哥哥说。‘就在床上拉吧!小孩子,’人猿说。‘不行,我还要拉屎呢,’小哥哥说。人猿一听说他要拉屎,赶紧捂着鼻子说:‘去吧! 去吧! 快点回来哦!’……”

这故事已讲过好多回了,所以冬玫听起来并不害怕,听着听着也就睡着了。

陈望娣习惯地摸了一下枕头边,发现手电筒不在,“肯定又是冬玫中午在她叔叔那边睡觉时把手电筒拿过去玩了,”陈望娣想。山村经常停电,半夜冬玫要起来尿尿,所以手电筒是必不可少的。

“得去拿回来。”陈望娣爬起来摸索着出了房间,由于怕惊醒冬玫,所以不敢开灯。

小叔的房间仍亮着灯。刘秋平刚洗完澡,穿着短裤背心,拿一个被角盖着肚子,盘腿躺在床上。他双手枕在脑后,若有所思地直愣愣地瞪着蚊帐顶。

见了陈望娣,刘秋平并没有起来,拿眼睛一直看着陈望娣,也不说话。

“有没有看到我房间的手电筒?”陈望娣问。

“在我这啊。”刘秋平逗逗地说。

“拿过来呀。”陈望娣伸着手。

“在我枕头边,自己拿。”刘秋平调皮地说。

“在哪呢?!坏!”陈望娣打了一下刘秋平手臂,俯着身,一只手撑着床,另一只手在刘秋平的枕头边翻找着,半露的酥胸隔着软软的睡衣正好罩着刘秋平的脸,刘秋平已经能够清晰地闻到奶的清香了。

刘秋平也不知从哪里来的勇气,双手轻快地卡住陈望娣柔软的腰。

“啪”的一声,陈望娣重重地打了刘秋平的手臂一掌,“看你坏!”

刘秋平连忙缩手,就在陈望娣拿着电筒转身离开时,刘秋平又揪住了陈望娣的衣服,陈望娣回过头来,举起手要打的样子,“还来是吗?!”

刘秋平拿被子往自己脸上一蒙,大喊:“关灯!关灯!”

陈望娣顺手帮他关上了灯,回到自己的房间里睡觉了。

陈望娣比刘秋平大8岁,陈望娣一直把他当亲弟弟,刘秋平今晚的表现,她权当是恶作剧,并没有往心里去。

刘秋平的心情却不像陈望娣那么平静。他一直很喜欢这个嫂子,除了是因为她的能干善良外,还因为她的美。他常常在暗处呆呆地注视着嫂子那隆起的胸部,特别是夏日透过薄薄的睡衣,那种仿佛可以触摸到的柔软,更是让他想入非非,无数次出现在他温柔的梦里。不过,清醒过后,陈望娣在他心目中始终是神圣不可冒犯的。今晚对嫂子的轻佻举动使他懊恼莫及!

二十七

陈望娣当上了生产队的会计。起初,陈望娣是不愿意干的,但众情难却,只好勉为其难答应了。会计的主要工作是为社员算记工分,核算队里的收支等,工作较为烦琐,还是比较适合像陈望娣这样细心的女人的。

当了会计以后,陈望娣也算进入了生产队的领导集体了,队里的许多事务都需要她的参与,而且还经常需要在夜晚开会,学习文件,传达上级最新的批斗和生产指示,不断地核算、更新集体的粮油及财务状况,讨论是否让某户人家继续超支等等。会后一般都有宵夜吃,这是与会者一开始就惦记着的事,也是普通社员所羡慕的。宵夜一般是鱼粥或是花生粥,队长高兴时还能吃上鸡粥,男的还喝酒,吃炒花生。领导们喝的满脸通红,嘴角溅着白色的唾液和花生的飞沫,谈论着队里的大事。会议一般是在保管家举行,宵夜也是在那儿准备,因为生产队仓库钥匙就别在他腰间,取粮油做宵夜方便。当然啰! 保管的父母、妻儿也都能一起高高兴兴地喝粥,有时还能给粥的咸淡提点意见,偶尔也会得到大家的认同。

保管的权力很大,负责保管集体的粮油及平板车、犁耙、水车等财物,谁家要借用这些东西必须过保管这一关,他不同意,谁都借不了,就是队长也得给他三分面。

陈望娣队里的保管人称保管洪,此人很能喝酒,并以此出了名,这是他自以为值得炫耀的优点。夏日,保管洪总是光着黑黑的身子,喝得满脸通红。人们遇着他时,总是那一句:“保管洪,又去哪喝了?”而他也总是摸着肚子深感自豪和满足地“嘿! 嘿!”地笑。保管洪长着一个秃头,看上去有点像列宁,因此在队里得了“列宁”这个外号。也许他还不知道列宁的伟大,又或是觉得称他“列宁”是对他的光头的嘲讽,所以他并不喜欢人们这么称呼他。

队与队之间的领导经常相互走访交流种田和批斗的好经验,当然,款待喝酒是交流的一个必不可少的重要环节,双方都会为这项内容做好充足的准备,除了领导外,都会挑几个能喝的人陪同。参观结束,各自总结,谈得最多的当然是喝酒的事,大家争先恐后地计算着炫耀着战果,喝了多少杯,把对方灌倒了几个,俨然是一个战斗总结请功会,当然啰,有辉煌,也有遗憾,于是摩拳擦掌地等待下次“复仇”的机会。

保管洪由于他的著名的海量，每次都成为酒宴的主角，成为对方进攻的目标，但似乎每次他都能凭借他那深不可测的酒量把对方放倒一大片。据保管洪回忆，一生中他仅失过一次手，那一次，他被灌倒了。

“那次要不是正好遇上我得了重感冒，那小子怎么可能是我的对手！”保管洪对那次惟一的败笔耿耿于怀，怕因此坏了他的常胜将军的美誉，见人就解释，力图把失败的责任推到感冒上。

陈望娣并不会喝酒，也不喜欢那样的场合，但又不可能每次都推却，偶尔也会出席，偶尔也会被逼喝一两杯的酒。

这天陈村的干部过来参观，晚宴上队长以女中豪杰的称呼把陈望娣介绍给客人，把她推到第一线。一时间几个斟满白酒的杯子争先恐后地在她面前晃动，死皮赖脸地一定要她赏脸喝一杯。无奈，陈望娣只好喝了一杯。她这一开口就麻烦了，其他人硬说她偏心，非得都喝不可。

“喝他的不喝我们的，你是不是看他比我年轻靓仔啊？不能这么偏心啊！”众人满嘴酒气、唾沫横飞地围着陈望娣喋喋不休，一口气把陈望娣灌了五六杯酒，将陈望娣整得头重脚轻，眼花缭乱了。

“不行了，我得先走了！”陈望娣摇摇晃晃地站了起来。

众人还不肯罢休，硬要陈望娣留下来，最后还是队长开了恩，叫一个小伙子把她送回家。

婆婆已帮冬玫洗好了澡，等着陈望娣回来带她睡觉了。

陈望娣满身酒气，随便用热水擦了身子，换了衣服陪冬玫睡觉。

这时酒力已经开始发作，陈望娣浑身像着了火似的难受，辗转难眠。女儿也许是被她的动静弄醒了，“妈妈，我要尿尿，”女儿揉着惺忪的眼睛说。

陈望娣长长地吐了口气，“好，我抱你。”

她迷糊地抱着冬玫在马桶上尿尿。双手触着冬玫屁股上嫩嫩的肌肤，那是多么纯洁、多么神圣的肉体啊！她把冬玫放回床上，端起桌上的口盅，像倒水一样喝了整整一大口盅的凉水，站在桌子前，对着镜子，不停地喘气。

“真糊涂！”她暗暗地骂道。

她发誓以后再也不沾酒了，并且真的做到了。

正是割稻时节。第二天，全队社员开到一个叫野猪坳的地方收割那里的水稻。由于那地方离家很远，路又不好走，因此每次插秧收割，生产队都安排社员在田头用餐。为安排这餐饭，队里杀猪、捕鱼、磨豆腐，整得像过节似的！全村男女老幼，不管能干活的、不能干活的，都挑箩赶牛地浩浩荡荡地聚集到这里参加盛会。

长空开阔，阳光下一望无际的金黄的稻子绽着灿烂的笑容，社员的热情空前高涨，他们的节奏就像脱粒机的轮子一样转得飞快。只有这样时间过得才快，午饭才会在不知不觉中到来。

“中午有什么吃的?”有人问旁边的社员。

“听说杀了两头猪，”旁边的社员回答说。

“要是有猪大肠炒咸菜，那就正啦!”另一人说。

“就怕他们猪大肠洗不干净。”旁边的社员说。

“猪大肠不能洗得太干净，洗过头了就没味道了。”刚开始的那人说，“猪大肠就是要有点猪屎味才好吃!”

“你这么喜欢猪屎味道，干脆吃猪屎算了!”旁边的社员挖苦道。

“不知道猪肝会不会给队长那班家伙偷吃了!”刚开始那个社员傻笑着接着说。

“我看啊，即使有猪肝也肯定给他们先熬过汤喝了，把剩下的渣给我们吃。”另外那人说。

“不知道有没有酒喝?”刚开始那人吞了一口唾液说，“要是有三几两白酒那就舒服啰!”

“喝！喝！喝！喝了酒还用干活?”旁边那人说。

稻田里到处都是老人、小孩，有放牛的、有帮忙整理稻草的，也有在禾田四处闲逛，偶尔假装捡捡稻穗的，为的是待会能心安理得地一起吃饭。

虽然冬玫很想跟着一起来玩，但陈望娣没让她来，留在家里由婆婆看着。

割稻、插秧一般都是以小组为单位，两三户人家自愿组合，陈望娣家跟他们堂兄弟家组成一个小组，一个小组有一台脚踏脱粒机。

“为什么不带冬玫来?”堂嫂问陈望娣。

“帮不上忙，来干吗!”陈望娣踩着脱粒机回答道。

“来吃饭呗，看大家都来了!”堂嫂脱完一把稻子，卷着手中的禾秆说。

“唉！吃得了多少?！这么热的天!”陈望娣不以为然地说。把卷好的一把禾秆草轻轻往旁边空地一抛，禾秆草像个小人似的稳稳立在地上。

听陈望娣这么说，堂嫂立马尴尬了起来，因为她的5个小孩都来了。她刚一回头，看见她的老三正靠着脱粒机，好奇地伸手掏里面的谷粒，于是气急败坏地呵斥道：“你想死啊？玩那东西！还不赶紧给我滚远点!”然后对着蹲在田埂上抽烟的孩子他爹嚷道：“这个死鬼，看见儿子干这么危险的事也不管管，你想他成残废啊?!”

太阳艰难地越过头顶,影子渐渐收缩,好不容易到了中午。这时候,远处堤坝上蒙胧地升起一行挑着箩筐的人,越走越近。

“饭来啰!”有人大喊。

稻田里掠过一阵骚动。饭来了!大家纷纷放下手头的工作,在田边水沟里洗手、抹脸,然后用身上并不干净的衣服把手擦干,有的仰起头喝一口白水,润一润干渴的食道,准备丰盛的午餐。

送饭的人一到田头,人们就哗的一声围了上去,伸着脖子窥探着盼望已久的佳肴。

“别急!别急!”队长一边维护着秩序,一边吆喝道,“请各组叫两个人出来领菜,其余一干人等原地等候,不要乱!”

于是各就各位,有的用禾秆草在田边的平地上铺垫好“饭桌”,有的端着大铜盘排队轮候分菜。盘子和吃饭的碗筷都是各家自己带去的。

队长光着身子,飞舞着大铁勺,热汗淋漓地给大伙分菜。南乳焖猪肉、咸菜炒猪杂、焖鲢鱼等各两大勺,装了满满一盘,另加一盘水煮豆腐。

人们咧着嘴小跑着把一盘盘的菜端回自己组的“桌上”,其他人已盛好了饭,盯着分菜的地方,不停地咽着口水,平静却又焦急地候着,看到自己的菜跑过来,大家立即做出迎接的姿势。一阵忙乱后,筷子纷纷伸向了菜盘。

筷子在菜盘里翻动,肥美的肉在阳光下摇晃,油水在嘴边发亮。人影不停地在装饭的箩筐与“饭桌”之间来回跑动。饭是任意吃的。

队长一边提着木桶把剩下的菜分给各组,一边心痛地看着掉在地上的饭粒,大声说:“大家注意节约,不要浪费粮食!小孩盛饭时要小心,不要掉得满地都是饭!”

陈望娣这边,堂嫂的老二一块接一块地把大肥肉往嘴里塞,嘴巴已撑得像青蛙鼓起的腮,筷子还不停地在盘里翻。看着他那副德行,连他母亲都觉得难堪,用筷子狠狠地敲打了一下他的手,尴尬地瞟了陈望娣一眼,大声骂道:“别人不用吃啊!没礼貌!”

老二痛得鼓着嘴巴,眼睛噙着泪,不停地揉那个被敲得通红的手。

“小孩子,管他干吗!都是自家人,客气什么!”陈望娣说,“来,祥兴吃!”说着把一块肉夹到老二碗里。

“小孩子,没点规矩!”小孩的奶奶一边用手撕着肉往没有门牙的嘴里送,一边咕哝着,“吃不到!没牙!”

太阳似乎也被人们热闹的情绪所感染，涨着火一样的脸，猛烈地烤着那盘里的和人们身上的肉，都渗着油，但人们全然不觉。此时此刻，他们就剩嘴巴是有感觉的了。

没有风，大地泛着白光，水牛受不了热，静静地泡在水塘里，只露出两只鼻孔，一边反刍一边淘气地喷着水和气；一群鸭子沿着水塘边悠悠地游着，不时凫入水里钳起一颗颗田螺；芦苇丛中偶尔摇下一只蚱蜢，在鸭群中引起一阵骚动和追逐；有几个不安分的鸭子企图窜上田来偷吃稻子，但立刻遭到人们刮玻璃似的吆喝的恐吓，连滚带爬掉回了水塘里。

陆续有人站了起来，搓着肚子，随手折一根硬草剔着塞得满满的牙缝，剔出一团团食物，咀嚼着，连同牙臭一块咽到肚子里。

看到大家都吃得差不多了，队长把水烟掐灭，在人堆中找了一个较高的位置，环顾了一下四周，大概觉得可以顾及各方，于是简短地总结动员起来：

“都吃饱了吧?！今天宰了两头猪，圈了200多斤的鱼。是嘛！反正辛苦工作，自在地吃。希望大家吃饱之后好好干，拿出大寨的精神，争取今天把这片稻割完，这样，明天我们就可以割三棵松那边的稻了，那里的路也不太好，也是很辛苦的。我们想趁这几天天气好，尽量把稻子都收回来，要不然，下雨了，稻子就无法晒了。另外，明天晚上，公社的电影队来我们队放电影，以表示对我们农忙工作的慰劳，电影的名字叫‘骑龙’(《奇袭》)。”

队长把“奇袭”念成“骑龙”，在人堆中引起一阵嘲笑，当然许多人仍傻乎乎的并不知道别人在笑什么。

“笑什么笑？看电影而已，有啥可笑！”队长一脸莫名其妙的样子。

“是《奇袭》吧？队长。”下面有个青年笑着说。

“哪来这么多‘奇袭’、‘骑龙’，都一个样！”队长知道自己认错字后，一脸困窘，但仍死不悔改，大手一挥，“开工！”

随着又一阵大笑，人们拖着沉重的肚子陆续散开。

脱粒机再度响起，人们的节奏渐渐地由慢变快，收割的、脱粒的，如蜜蜂般忙得耳根嗡嗡叫。

太阳渐渐西沉，留下金黄的余晖，风起了。人们终于打完了最后一把稻，把谷装好，有的挑担，有的推车，拖着长长的逐渐模糊的影子，浩浩荡荡地班师了。

二十八

放电影是山村惟一而且是最受欢迎的文化娱乐，公社电影队是非常受人尊重的文化工作者，一年四季不辞劳苦地在山村间来回奔波，把精彩的电影节目送到千家万户农民弟兄的家门口。

有电影看，大人小孩都满怀喜悦，只是小孩外露些，大人较为收敛些而已。天终于黑了下来，白白的银幕终于在晒谷场边仓库的墙上挂起，只要时间一到，电影马上就开始。在等候电影开始的过程中，晒谷场成了小孩的临时乐园，他们在这熟悉却又陌生的地方奔跑着、追逐着，玩着捉迷藏的游戏……

凉风下的夜晚，澡后的舒适使人心情飘逸，这是青年男女们悦己悦人的难得时刻。他们一早就把自己洗刷好，换上干净的衣服，这是他们惟一的没有汗臭的时刻，干净得连他们自己也感到陌生和陶醉。他们穿着拖鞋，搬一把椅子，尽可能地挑一个满意的地方，静静地坐着，接受别人的留意，同时也留意着别人。

姑娘们会刻意地打扮一番，穿上漂亮的衣服，有的还会在头发上抹些山茶油。保管洪的女儿，18 岁出头的姑娘，从知道有电影看的那一刻起就一直兴奋着、期待着，天还没黑，就早早洗了澡，换了新衣，用山茶油把头发抹得乌黑发亮，匆匆吃过晚饭正要出门，却被妈妈喊住了。

“你先把那筐草灰倒掉再去吧！”母亲说。

“哦！”女儿很不情愿地答应着，走进厨房端起那筐灰朝茅房走去。草灰与粪便的混合物发酵后是很好的有机肥。她先把箩筐放在地上，推开茅房的门，再又端起箩筐，屏住呼吸跨入茅房，用力把筐一甩，霎时像炸开了烟雾弹，满屋的灰尘。她捂着鼻子赶紧逃了出来，忙乱地带上了门，拍了拍身上的灰，如释重负地向晒谷场跑去。可怜她那涂得油亮欲滴的头发，此时却已沾满了草灰，但她却全然不知。直到第二天早上起床梳头时，对着镜子一看，才发现满头是灰白的稻草灰，她才终于省悟昨晚为什么大家都对着她的头笑，当时她还沾沾自喜地以为人们喜欢她的发型呢！羞得她趴在桌上呜呜大哭。

再说当晚，时辰已到，群众也差不多来齐了，放映的师傅由队长陪着从保管洪家出来了，剔着牙齿，不紧不慢地开始调试镜头。小孩子们争先恐后地聚集在射灯下面，伸出手，迎着放映机的射灯，调皮地做出各种姿势，投影在银幕上。

趁调试镜头这个空当，队长宣布了一下看电影的纪律。

“大家听着！今夜公社电影队来给我们放电影，是关心我们，是上级领导、是党和政府对我们农忙工作的支持和慰问，我们鼓掌欢迎和感谢！”队长带头鼓掌，社员们跟着鼓掌，“放映的时候，大家要督促好自己的小孩，叫他们不要在晒谷场上拉屎、拉尿，这地方明天还要晒谷的，拉了屎尿又晒谷，到头来吃到肚子里，不好！”

群众哄然大笑，放电影的师傅差点没把刚才吃的东西吐了出来。

“好了，开始看电影！”队长最后说。说完后，他手里仍捏着那个话筒，好奇地玩弄着，舍不得放下。

陈望娣带着女儿冬玫和婆婆，坐在角落的竹椅上，由于来得比较晚，好位子都被别人占了，所以只能坐在边上了。

谢元也来了，他神不守舍地伸着脖子，东张西望地找陈望娣，由于他们正好一个在东面，一个在西面，所以一时没能碰见，直到陈望娣中途领着冬玫也许是去小解，他才欣喜地发现了她。陈望娣却没有看见他。谢元有一种要喊她的冲动，但由于隔得较远，话到嘴边却又欲言又止，只惋惜地啧了一下嘴巴。

电影开始了，剧情引人入胜。大家都聚精会神地，张着嘴，如一尊尊塑像，偶尔是一阵摇动，仿佛是轻微的地震，接着是惋惜的叹息，再又就是激昂的欢呼，高潮迭起。正当大家看得津津有味之时，一声哑然，电影戛然而止，只留下惨白的银幕。

观众一片哗然，纷纷起立，探听缘由。原来是拷贝断了。

放映师傅紧张地取下拷贝，熟练地接着。

趁这个机会，人们有的站起来伸展僵直的躯肢；有的点起了草烟，激动而兴奋地议论着刚才电影的情节；小孩子却像开车一样跑到晒谷场的边上撒尿。

谢元站了起来，趁机往陈望娣坐的方向搜寻，发现陈望娣婆媳孙三人坐在那里悠然地摇着葵扇，他本想过去打个招呼，却又害怕刘母。

拷贝很快就接好，电影又接着开始了；骚动的人群陆续回到自己的位子上，并很快就安静了下来，继续欣赏精彩的电影。

可惜没过多久，随着一闪的黄光，电影再度中断，这次是灯泡烧掉了。没有备用灯泡，因此师傅提出两个选择，要么改天再放，要么即刻差人回公社取，来回路程骑自行车大概需要 50 分钟。

社员们正在兴头上，因此大部分都赞成立即去取灯泡回来接着放。于是一名工作人员飞快地骑上自行车，消失在黑夜之中。

由于等待的时间较长，人们的热情渐渐冷却。社员们有的已开始搬凳子回家，不看了；有的三三两两到就近的人家里喝茶；也有的就地吸烟，平静地谈论着庄稼的事；小孩子则重新开始了他们的游戏。

这时谢元看见陈望娣抱着冬玫站了起来，刘母提着椅子，她们也要回家了。谢元顿时感到一阵失落，索然无味，过了一会，他自己也回宿舍了。

由于要看护机器，放映师傅不敢走开，和坐在就近的观众笑谈聊天。

人们的心情由刚开始的焦急变为平静和麻木，已不再暗暗地算计着时间了。当取灯泡的人满头大汗地赶回来时，晒谷场上只剩下稀稀落落的麻木聊天的人们。

放映师傅赶紧换上灯泡，在广播里号召了两遍："请各位观众赶紧回到自己的位子上，电影马上又要开始了。

听见广播声，先前离去的社员陆陆续续回到晒谷场，找回自己的座位，继续欣赏电影，不过这回就比先前冷清了许多，没有刚才的激情和热闹，剩下的小孩子也开始打瞌睡了。

本来是放两场电影的，由于中途的故障耽误了时间，《奇袭》结束后，已经很晚了，观众也走得差不多了，精彩的电影节目并未能改变乡村早睡的习惯，所以剩下的另一部电影就不放了。电影在冷清中收场。

二十九

依然是盛夏，稻子已经收完，秧苗已经插上，绿油油的秧在刺眼的阳光下泛着白光；田水被烈日煮得滚烫，被烫死的青蛙和小鱼翻着白肚子，静静地躺着、漂着；浑黄的田水从田埂的缺口淙淙地流入河里，发出寂寞的叮咚，在青绿的河里形成浑浊的一潭，拖着长长的尾巴，与河水格格不入地却又无可奈何地随河而流；河岸是翠绿的竹林，林阴与河水相映，生出丝丝凉气，像是天然的空调；竹林掩映下的河边，有好些个用红石条砌成的埠头，是村民摆渡、汲水和洗理的地方。

阳光是天然的消毒柜，越是火热的天，就越是清洗被褥的好日子，洗掉平日的霉气。晒干后的被褥，残留的阳光的清香能让人舒服好长一段日子。

每逢这样的天气，陈望娣都有一种大肆清洗的冲动，今天也不例外。

上午陈望娣把手头上的活忙完，吃过午饭就开始拆卸被褥蚊帐，用两个大箩筐挑着来到河边那个熟悉的埠头。这是一个偏僻、清静的地方，除了陈望娣外，似乎很少人来，这也是陈望娣喜欢来这的原因。陈望娣刚放下箩筐，突然发现岸边石阶上有一个铁桶，里面放着已经洗好了的蚊帐和被套，桶旁边还有一堆衣服，但却不见人。

“是谁的东西?”陈望娣心想，把被褥连同箩筐一起泡入水里。被褥似乎不喜欢水的沉闷，咕噜地冒着气泡，倔强地往上浮。陈望娣卷起裤脚使劲地把被子踩入水里，不小心脚底一滑，差点摔倒，弄得满身是水。陈望娣拍拍身上的水珠，撩起衣角把脸擦干。

这时一个人仰躺在水面，顺着河水从上游慢慢地漂下来，到了陈望娣面前，那人突然停住，光溜溜地站了起来，只穿着一条裤衩。

陈望娣赶紧转过脸去，不敢正视面前的这个人。

那人用手捋干脸上的水，张开模糊的眼睛，惊喜地喊：“望娣!”

听见对方喊自己，陈望娣小心翼翼地回头瞅了瞅对方，当她看清对方的脸时，也不禁喜出望外，原来是谢元。她已很长时间没见谢元了，正所谓不见不思，加上前段时间一直农忙，白天田里干活，晚上还要加班给社员登记工分，忙得不可开交，几乎把谢元给忘了，今天在这巧遇，委实让她惊喜。

“是你啊？在这干吗?”陈望娣满心欢喜地问。

“喏！洗床具，看着河水清凉，顺便泡一泡，解解暑。”谢元指了指那个铁桶说。

“洗好了?”陈望娣瞟了一眼谢元干瘦结实的身躯，心想这人真白!

“洗好了!”谢元边说边往岸上走，露出两只雪白的长满荆棘般粗毛的腿，那条薄薄的裤衩紧粘着肉体，下体轮廓清晰可见。经过陈望娣面前时，谢元别扭地微微侧着身，不经意地用手挡了挡那个部位。

谢元上了岸，在草地上跳了几跳，把身上和进入耳蜗的水甩掉，拿起衣服躲到竹林里去换。

陈望娣仿佛听见身后竹叶沙沙的响声和谢元湿裤子掉在地上的声音，心怦怦地跳。

一会儿，谢元换了裤子出来，上身仍光着。谢元蹲在岸边的石块上把换下来的裤子随便在水里搓了几下，拧干，扔到桶里，然后就坐在石块上，脚仍泡在水里，静静地看着陈望娣洗东西。

陈望娣扎着发髻，穿一件“确凉”短衫，一条长裤，裤脚高高卷起，露出丰腴雪白的大腿；她弯着腰，紧绷着丰满的臀部；衣服没有束腰，留下大片空当，偶尔露出腹侧柔韧的肌肉;结实黝黑的臂膀随着搓衣的动作富有弹性地一伸一缩,溅起哗哗的水,有些部位衣服已经湿透,薄薄的衣服紧紧黏在身上,肉的颜色清晰可见,甚至能隐约感觉到圆浑的晃动的乳房。

谢元从来没如此清晰地窥视过陈望娣,他用近乎痴呆的欣赏的眼神,尽情而贪婪地吮吸着眼前这个尤物。

突然一阵风吹过,陈望娣的衣服被吹得翻卷了起来,一对直直垂着的奶子跃然入目。陈望娣连忙站直,腾出双手按拉衣服,满脸通红与羞态地瞅了谢元一眼。谢元赶紧转过脸去,假装什么也没看见,但满脑子已是那乌黑的奶头和乳晕的幻影。

“我的被子! 我的被子!”陈望娣刚一松手,被子就随着河水漂走了。陈望娣一手按着衣服,一手紧张地指着渐渐远去、下沉的被子,急得又跳又喊。

听见喊声,谢元哗啦一声跳进河里,朝被子流走的方向追去。当他气喘吁吁地把被子拉回来时,他刚换的裤子早已完全湿透了。

“谢谢! 不好意思,你的裤子!”陈望娣接过谢元的被子,腼腆地说。

“没事,反正是夏天,凉快!”谢元说,一脸天真的样子。

既然下了水,全身也湿了,谢元干脆呆在水里,帮陈望娣扯住被子的一端,以便陈望娣可以放心自在地洗。

陈望娣似乎很麻木,没有理睬谢元,只一味地使劲地搓着被子。

“你干吗老躲着我?”谢元突然问,眼睛紧紧盯着陈望娣的脸。

“我没躲你呀!”陈望娣瞟了谢元一眼,继续埋头洗她的被子。

“还说没有,你敢发誓?”谢元说。

陈望娣没有说话。

“这么久了,也不见你来我那坐一坐,是不是怕我?”谢元缓了缓语气,说。

“怕你啥? 你又不吃人。”陈望娣笑着说。

“那干吗不来?”谢元步步紧逼道。

“嗨! 影响不好,被别人说闲话,”陈望娣敷衍道。

“在外人的闲话和我之间,你在乎谁? 难道你还不知道我对你的感情吗?”谢元看着陈望娣的脸说。

陈望娣停下手中的活,静静地看了看谢元,然后继续低头搓她的被子,没有回答谢元的话。

“你回答我的话呀!”谢元审视着陈望娣的脸说。

“别忘了我是个寡妇,”陈望娣的声音很低,仿佛说给她自己听,“世界上有

这么多好女人，你干嘛偏要找我呢？等你回城后，多漂亮的女人都有了。”

“你这样说是在侮辱我的人格！在我心里没有人可以取代你的位置！”谢元突然激动起来。

“你不是说过你不相信有爱情吗？怎么自相矛盾了呢？”

“以前是，但自从认识你之后，我死去的爱情又回来了。”

“我什么地方好？让你喜欢！”陈望娣冷冷地笑了笑说。

“你什么都好！你善良，你长得好看。”

“我没你想象的好！”陈望娣说，顿了顿，问道：“你为什么不回城里找呢？你考虑过我们有可能吗？你不怕你的父母反对吗？”

“怎么会没可能呢？我父母会尊重我的选择的！再说，什么时候能回城都还是个未知数呢！说不准我要留在这和你待一辈子！”谢元说。

陈望娣站直了身子，捶了捶腰，看了谢元一眼，望着随流而去的泡沫，叹了口气：“你倒好，光明正大地谈恋爱，我呢？我这叫什么呀?！还有，我女儿呢？她怎么办?”

“都什么年代了，还这么保守！别忘了，你是有权利重新选择生活的，谁也干涉不了你！至于冬玫，我会像亲生女儿一样对待她的。”谢元激动地说。

“冬玫不是你的！他们不会让我把冬玫带走的！”陈望娣平静地说。

“怎么不会，这是法律赋予你的权利，没人能把你和冬玫分开。”谢元一副正气凛然的样子。

陈望娣没有说话，默默地洗着被套。谢元的表白使她感到宽慰，给了她勇气和希望，她心情轻松，好像一下子拨开了云层，见到了晴朗的天空，长久以来悬挂着的思念和猜测终于有了明确的答案，她的心踏实了，仿佛看到了小巷光明的尽头。她几乎要下决心了。

已经是最后一床被套了，陈望娣和谢元一人抓一头，使劲地将被子拧干，然后重叠起来再拧。就在他们交叉着换手时，谢元一把抓住陈望娣的手，把她拉近身边要吻她的脸。出于自然反应，陈望娣赶紧用手挡住谢元。

“不要！有人看见啊！”陈望娣紧张地环顾四周道。

谢元也回头四周看了看，见对岸有一个放鹅的人直直地往他们这边看，只好作罢，在陈望娣的脸上拧了一把。陈望娣轻轻地“啊”的一声，把脸蛋贴在自己的肩膀上，藏了起来。

“晚上来我宿舍。”谢元用半命令的语气说。

“今晚不行，家里有事。”陈望娣说。

“那明天晚上？”

陈望娣想了一想，答应了。她之所以选择明天，是因为明天晚上生产队开会，这样女儿冬玫就可以跟婆婆先睡，不用缠着她，同时也可以避免刘家的怀疑。

三十

会议并没有什么新内容，队长啰啰嗦嗦，没完没了，陈望娣不时地看着挂在墙上的“鱼尾钟”，坐立不安，盼望队长快点结束。谢元不知道她今晚队里开会，她怕晚了，谢元等不及，害他焦急和疑虑。

她坐在角落里，眼睛看着队长一张一合的嘴巴，心却飘荡在茫茫夜色之中。此时的她满怀惬意，却又紧张浮动；充满着期待，却又害怕颤栗，有一种做贼的感觉。她知道将要发生什么，却又不知道将要发生什么。

墙上的钟已清晰地敲了九下，队长还在唠叨。当队长好不容易结束了，出纳却又不甘寂寞说了一大堆，然后是保管洪满嘴酒气地前言不对后语，最后他们问陈望娣有什么要讲的，陈望娣恨不得马上散会，连连摆手。

这时保管洪的妻子出来宣布宵夜的鱼粥已经煮好，让大家进去厨房吃粥，结果被保管洪训斥了一番，说她不会做事，天气这么热还让人蹲入厨房吃粥，想把人热死，厅堂凉快，为什么不端出来吃。保管洪的妻子被丈夫骂得一味傻笑，赶紧叫女儿帮忙把桌子和粥移出来。

陈望娣站起来说肚子有点不舒服，要先走，就不吃粥了。队长客套地挽留了几句，就随她去了。

走出保管洪的家，一阵凉风迎面而来，陈望娣深深地吸了几口新鲜空气，抖擞精神，迫不及待而又忐忑不安地朝学校走去。

延绵的蛙声、虫声，在银色的月下，显得格外清脆尖酸，仿佛变成一双双诡异的三角的眼睛，奸狡地咧笑着、窥视着。

远远就看见那一排残旧的瓦房，夜色下如一串灰色的小丘，朦朦胧胧地飘着几斑昏黄的灯光。

陈望娣急急地走着，隐隐约约听见狗的吠声。吠声越来越近，学校的轮廓也越来越清晰了，她已经能看见谢元房间的灯光了。她痛恨那多管闲事的狗，生怕吠声引来别人的注意，于是躲躲闪闪地专挑阴暗的地方走。来到谢元的房间，门虚掩着，她像幽灵一样一闪而入。

谢元已久候多时了，狗的剧烈的吠声告诉他有人进入了学校，他意识到陈望娣要来了。他站起来正要往门外看，一个黑影迎面扑了进来，一个肉绵绵的身体实实地倒入他的怀里。是陈望娣。

他们什么话也没说，默契地、疯狂地拥着，喘着粗气，湿湿地嘴着，如山洪，如久旱的甘露。

谢元只穿一条短裤，陈望娣热辣辣的手在他赤裸的上身狂乱地抚摸着、揪着、拧着，恨不得把他整个人塞入自己的身体里。

陈望娣的迫切和主动使谢元有说不出的惊喜和快感，一边狂吻着她的头发、她的额头、眼睛、鼻子、耳朵，一边把她逼倒在床上。可以听见纽扣扯落的声音，床板的吱吱声，只剩下那最后的地方了，谢元心急如焚地哆嗦地解开她的裤带。但就在这时候，突然一切都停顿了，陈望娣抱住谢元的头，凑近他的耳朵，轻声说："月经来了。"

像是被泼了一盆冷水，谢元的情绪一落千丈，他瘫趴在陈望娣身上，闷声不响。

陈望娣轻轻地抚着他的头和浑身是汗的躯体。

"对不起。"她柔声说。

谢元慢慢抬起头，拨弄着陈望娣的头发。

"你是故意挑这样的日子来见我的吧？！"谢元说。

"怎么会呢？"陈望娣微笑着说，"怎么样？又不高兴了？"

"你说呢？"谢元反问。

"那里只能给我的丈夫，你真的愿意做我的丈夫吗？"陈望娣捏着谢元的鼻子说。

"你还在怀疑我！？"谢元说，"那我们就结婚吧！"

谢元露出马上就要跟她结婚的样子，态度认真且坚决，把陈望娣给愣住了。她还没这个思想准备，虽然脑海里曾经演绎过与谢元一起生活的美好片段，但要她置刘家上下于不顾，马上离开刘家，搬过来和谢元一起生活，却又觉得非常遥远和不可思议。她心里还没积累足够的勇气！她仿佛听见人们在她背后的风言风语，她害怕，不能忍受，不敢挑战。

陈望娣没有说话。

"怎么样？退却了？"谢元说。

陈望娣叹了口气，还是沉默。

陈望娣今晚所表现出的前后矛盾的激情与沉默，让谢元无法捉摸，他本相信自己的感觉，原以为只要把诚意表明，打破僵局，关系就会顺利发展，陈望娣是没理由拒绝他的爱的。而且刚开始她那种不顾一切的冲动也恰好印证了他的感觉。他不知道今晚陈望娣究竟是真的来例假了呢，抑或只是拒绝他的借口。他不想去弄明白，但陈望娣对他如此明白的意愿的不置可否，使他深感怅恨。他惘然若失地坐起来，心事重重地耷拉着脑袋。

陈望娣凝视着谢元，谢元受挫的表情使她感到内疚。她的舌头顶着口腔转了一圈，轻轻地嗅了嗅自己裸露的臂膀，一股唾液与空气混合后发出的特有的臭味。

“生气了?”她摇了摇谢元的肩膀，斜斜地看着谢元的眼睛说。

“你说我高兴得起来吗？人家都把心掏出来了，而你呢?”谢元顺着她的话假装生气地说。

“再给我点时间，容我考虑一下好吗?”陈望娣说。

“还等什么呢？你以为我们还年轻吗？你是不信任我呢？还是觉得我不够好，根本就不喜欢我?”谢元好像真的生气了。

“怎么会呢？你根本就不理解我的难处!”陈望娣委屈地说，回首看着窗外黑漆漆的夜。

谢元抬起头，看着陈望娣满脸愁云的样子，不禁一阵心酸，“我是不是太自私?”他暗自责问道，轻轻地把陈望娣搂入怀里，吻着她的项。

“对不起，我错怪你了。你慢慢考虑再答复我吧！我等你，只要你愿意，随时来，门为你开着。”

陈望娣闭着眼睛，静静地躺在谢元的怀里。她需要一个男人的怀，是寄托也是保护，她曾经拥有，却又失去了。这些日子，她的情感和肉体一直暴露于风沙之中，经受着日晒风吹和霜冻，变得干枯，如饱受风化的石灰石。这时候，一个怀就是一泓甘露，能给那块皲裂的岩石以透彻的滋润，让她感到滋滋的喜和热腾腾的情。

一切言语都只不过是桥梁的铺设，当桥梁已搭起，言语也就成了累赘。心灵相通的人是不需要太多的语言的，他们就这样静静地，静静地，直到陈望娣突然想起该回家了。

陈望娣整理好衣服和发髻，上下检查了一遍，没发现有不妥，拿起手电筒要回家了。

“我送你吧!”谢元站起来，披了件衣服。

“别！让人看见不好，”陈望娣紧张兮兮地说，“你先出去看一看，如果没人我才出去。”

谢元走出房间，假装伸了伸懒腰，四周看了一遍，没发现有人，于是回头悄悄地说：“可以了。”

“你先进来。”陈望娣轻声说。

谢元再次扫视了一遍周围，若无其事地回了房。

陈望娣先探出侦察的头，然后快速闪出房门，贴着学校那排密密的桉树，急急离去了。

狗吠声再度响起。谢元站在窗前，目送陈望娣消失在茫茫夜幕之中。一切恢复平静，远处突然亮起一盏手电的光，朝学校方向划了个圈，然后直直前行，随着摆臂，有节律地划着弧。谢元知道那是陈望娣。

陈望娣回到家时已经很晚了，是刘母起来开的门。

“怎么这么晚?”刘母睡眼惺忪地问。

见到刘母，陈望娣不禁心虚起来，支支吾吾地搪塞了过去，急忙到刘母的房间把睡得沉沉的冬玫抱回自己的床上。

看着冬玫的脸，陈望娣仿佛看到了刘青岚的音容笑貌，心里掠过一丝愧疚。她整晚都没睡好，好像犯了十恶不赦的罪过，担心受到上天的惩罚。

三十一

夏天的雨说来就来。陈望娣带着冬玫赶集回来，行至半路，原本晴朗的天，突然下起了颇大的骤雨。前不着村后不着店，连个躲雨的地方都没有，陈望娣只能用随身的草帽挡雨，但很快，两个人的草帽和衣服都湿透了。冬玫冻得直打哆嗦，陈望娣心痛地把她紧紧搂在怀里。

回到家，两人都成了落汤鸡，冬玫的嘴唇都冻黑了。刘母赶紧取来衣服给冬玫换上，嘴里埋怨着。

陈望娣顾不上给自己换衣服，就跑到厨房生火煮了一碗姜汤，趁热让冬玫喝了。还是不放心，用手背在她额头上反复探摸，看有没有发烧，最后还让她躺在床上，盖上厚厚的被子。

当天总算相安无事。

第二天早上，陈望娣发现冬玫没像往常那样早早起来看她喂牲口，心里有一种不祥的预感。她赶紧料理好牲畜,回到房间看冬玫。冬玫仍在睡。她在围裙上把手擦干,在冬玫的额头上摸了一下,结果令她大吃一惊,冬玫在发烧。她仿佛不相信自己的手,再把脸贴在冬玫的额上试一试,没错!真的发烧,而且是高烧。毫无疑问是因为昨天淋雨受凉了!

丈夫刘青岚当初就是因为高烧不退而死的,所以陈望娣对发烧有一种莫名的恐惧,每次冬玫发烧,都会使她都慌失措,仿佛看到死神在狞笑,担心不幸再度降临。

陈望娣一边赶紧取来湿毛巾给冬玫敷上,一边大喊冬玫的奶奶:“她奶奶!她奶奶!冬玫发烧了!”

声音在颤抖。

刘母正在扫地,听见喊声,急的拖着扫把冲了进来。刘母伸手在冬玫的额头上一摸:“是,是发烧。快,快弄些‘七节水’和‘清明茶’来给她喝!”

陈望娣赶紧爬到阁楼,解下一个布袋,从里面掏出一把茶叶状的东西,这就是所称的“清明茶”。当地人每年清明都有采“清明茶”的风俗,他们认为清明这一天,所有草树的叶子都可以入药。因此,在清明当天,家家户户都提着箩筐上山采茶,不管是什么草、什么树,认识的、不认识的,各采一些,带回家里晒干后混在一起就是他们所称的“清明茶”,用来医治感冒发烧,很有功效。据说“清明茶”必须要集齐100种山草、树叶方有药效,故此,“清明茶”又称“百草茶”。

接着,陈望娣再跑到刘母房间,在刘母床底下拖出一个瓦罐,吹去表面的灰尘,掀开盖子,舀了两碗“七节水”出来。

当地人传说,每年七月七日这天,七仙女下凡沐浴,江河湖泊经天女玉体浸泡,都沾上了仙气,随便在那条河取一坛水,密封好,贮藏于地下或阴凉之处,满一年后,就成为具有神奇功效的“七节水”,据说能消炎祛暑,驱邪避灾,如果制作时放些沙梨、冬瓜之类的凉性瓜果,效果会更佳。“七节水”必须要在农历七月七日这一天,而且必须是正午十二时之前取才有功效,而且才不会腐臭。说也怪,这些“七节水”不管存放多长时间都确实不会腐臭变质。有人不信这个邪,做了个试验,随便挑了个别的日子取了一坛子水,小心翼翼地封好,埋在地下,做法与“七节水”的完全一样,但满年后开盖时却腐味扑鼻,使用不得。

陈望娣把“清明茶”对着“七节水”放入一个小瓦煲里熬了给冬玫喝。但这些圣水、神茶并未能使冬玫退烧。于是,刘母让儿子刘秋平用单车将陈望娣和冬玫送到大队医务室看诊。

卫生员给冬玫打脉探了热,看了看喉咙和眼睛,再用听筒听了一阵子呼吸。

“受凉了，”卫生员说，“不要紧的，打支针，吃点西药就好了。”

一直迷迷糊糊的冬玫一听说要打针，顿时乱打乱踢地大喊：“我不打针！我不打针！”

“乖！打了针就好了，好了以后，妈妈给鸡腿让你吃。”陈望娣轻轻地哄冬玫。

但冬玫并不买账，踢闹着要回家。最后不得不让小叔紧紧抱着，她在一旁按住，强行给她扎了屁股。

“好了！”卫生员拔出针筒，涂了酒精，“这是两天的药，记住，一天3次，这两包每次一粒，这包每次半粒，研成粉对水服用，饭后半小时吃。另外这包发烧时吃，也是每次半粒，研成粉。药吃完也就好了！”

卫生员的话像一颗定心丸，让陈望娣暂时放下了心，露出了欣慰的笑容。

回到家，刘母已经熬了粥。陈望娣连哄带骗喂冬玫吃粥，吃了半碗，冬玫就再也不肯吃了。陈望娣准备好碗和勺子，将药丸子磨碎，和好水，等着，不停地看钟，一到半小时，立即喂冬玫吃药。

喂小孩吃药是一件困难的事，好话说尽都改变不了他们固执的对药的抗拒，非得用逼迫的手段不可。与小叔、刘母三个人一起，一人抱住，一人按住手脚，另一人捏住鼻子，把药勺往嘴巴里塞。

冬玫刚开始还硬撑着不肯张嘴，最后憋得又气又恼，张嘴哭喊，陈望娣抓住这个机会，把勺子一股脑挤了进去，药已到了喉咙，挣扎已无济于事，冬玫放弃了挣扎，像一匹被制服了的小马，伤心而委屈地放声大哭。

天还在下雨，雨云很厚，覆盖了整个天空，看不到尽头。生产队停工了，社员们歇息在家，有的趁闲蒸些糕点，看着雨自由自在地吃。陈望娣正好陪伴冬玫。

冬玫温驯地躺在陈望娣怀里，听妈妈轻轻地哼着山歌。冬玫本是一个活泼好动的孩子，平日活蹦乱跳，险象环生，看着让人提心吊胆；今日由于生病，难得安静，这种安静却更让人担心。

陈望娣按时给冬玫吃药，虽然还发烧，但症状并不见明显加重。

下午雨势越来越大。天先是泛着雨的白光，渐渐地就变成了黑暗，下着瓢泼的雨。一家人被雨困在家里，聚在厅堂聊天，难得有这份闲心，刘母煮了一捆青豆蔻，给大家当点心吃。

“这雨不知下到什么时候！”刘母坐在靠门的地方，在腿上搓着麻绳，愁愁地看着雨，自言自语地说。

傍晚，雨没有任何减弱的迹象，仍喃喃地下。

刘母准备的晚饭，大大的一锅菜干花生粥。不用下地干活，一般都吃粥或其他杂粮。大家吃了一肚子的水，湿湿的天气，不出汗，所以频频要解手。

这样的天气连澡都懒得洗了，大家早早睡觉。被窝也是潮湿的。陈望娣煮了一锅热水，给冬玫擦了身子，自己也擦了，换了内衣，陪冬玫睡觉。睡前陈望娣和刘母一起喂冬玫吃了药。

“晚上要是有事就喊我，”刘母离开前摸了一下冬玫的额头说，“还有点温。”

“你睡吧！没事的。”陈望娣说。

三伏天，大雨带来了爽快的清凉，感觉像是进入了秋天，薄薄地盖一层单被，舒舒服服，很快就进入了梦乡。风夹着雨，打在屋顶的瓦上，时骤时缓，如大型乐团在演奏一曲气势磅礴的乐章，但这丝毫不影响人们的睡眠，哗哗的雨声反而使人感到安静祥和，增添了梦的舒适。

陈望娣的手臂枕在冬玫的脖子下，照顾了女儿一整天，她也疲惫了，沉沉地睡着了。不知过了多久，陈望娣突然看见女儿冬玫摔了一跤，坐在地上哭。她连忙跑过去，想扶起冬玫，结果自己也被什么绊倒了，定睛一看，原来是一条大青蛇。青蛇迅速将她缠住，从脖子一直缠到脚上，她拼命在地上打滚，企图摆脱青蛇，弄得满身泥浆。她又怕、又烦、又急，于是大喊，结果喊声把自己给惊醒了，原来是个梦。冬玫正趴在她身上，一只手钩着她的脖子。

她喘着气，惊得满身虚汗，当她回过神时，感觉到床上湿了，原以为屋顶漏水，起来开灯一看，原来是冬玫尿床了。她赶紧取来衣服给冬玫换了，然后把草席擦干，垫上一床单被。她自己的裤子也被冬玫尿湿了，换裤子前，她给冬玫探了一下热，发现冬玫又烧起来了，而且还挺烫手的。

她赶紧研了半粒退烧药，冬玫迷迷糊糊地死活不肯吃，不得不把刘母叫了过来，两人合力好不容易才把药灌了下去。

烧没有退，陈望娣不敢睡，坐在床边守候着，刘母也坐着，轻轻地摸着冬玫的背。

雨更大了，像一盘盘往下倒的水，伴随着闪电雷鸣，屋梁发出不胜负荷的“呖呖”声，时而掉下一缕灰尘。

退烧药没有发挥作用，冬玫不但没有退烧，而且还哆嗦着说冷，已经盖了一床厚厚的棉被了，陈望娣不知如何是好。

“怎么会这样的？”陈望娣摸着冬玫的额头，慌得六神无主。

“烧得厉害，所以发冷。”刘母紧张地一味给冬玫拍背。

“带去卫生所看一看吧！”陈望娣坐立不安。

“这么大的雨，一出门就淋湿了，那样更不好！”刘母焦虑地说。

“去请他过来吧！”

“这样的天，跨村过岭的，山路多危险，别人肯来吗？”刘母边说边摸了摸冬玫的额头，再看看窗外的雨，仿佛还在等什么。

冬玫的脸烧得通红，已经开始说胡话了。

陈望娣想起了四年前的那个晚上，也是下着雨。是巧合？还是老天的故意安排？难道悲剧又要重演？陈望娣越想越恐怖。难道我的命就这么苦吗？难道老天爷要惩罚我？她仿佛看到了黑白无常的冷峻的脸。她既紧张，又害怕；既担心，又懊悔。她已经把女儿的病归咎于自己的罪过了。是自己的不守妇道，做了对不起刘青岚的事，激怒了上天，激怒了刘青岚，现在老天爷要惩罚她了，刘青岚要报复她了。她满脑子胡思乱想，心中不停地祷告，祈求老天和刘青岚的原谅。“我再也不敢了！”她心里暗暗地反复哀求，“要惩罚就惩罚我自己好了，放过孩子吧！”

这时一道闪电如火蛇般划破长空，陈望娣提着心，屏住呼吸，等待惊天的霹雳。雷如巨斧劈山般噼啪，但却没打在她身上，她松了一口气。

冬玫的嘴唇变成了紫色，眼睛不停地翻白，手脚不断地抽搐，仿佛挣扎在死亡的边缘，情形跟当年的刘青岚一模一样。

刘母再也坐不住了，不停地在屋里踱来踱去，嘴巴祈祷着，祈祷着雨停，祈祷着冬玫快点退烧。“不行，无论如何也得去叫卫生员来了！”她用拳头狠狠地打了一下手掌，转身去叫几个儿子。

陈望娣确信无疑，这是老天爷对她的惩罚。她心中哀求着，忏悔着，如果可以，她愿意用自己的生命来换取女儿生命。“青岚，放过我们的女儿吧，要惩罚就惩罚我好了！”她心里不断地哭诉，“我向你认错，我再也不敢了！你要怎样才能原谅我呢？我给你磕头，我给你当面磕头认错！”

一个不可思议的念头划过陈望娣的脑海。

对！认错，陈望娣把心一横，涌着绝望的冲动，心里空空的，只有那一堆坟，她要亲自到刘青岚的坟前认错请罪，求他原谅，求他保佑他们的冬玫，那是她惟一的希望和最后的寄托。

这时窗外又掠过一道闪电，刘母带着刘秋平和刘崇青从厅堂走了进来，刘崇青边走边扣着纽扣。

未等他们弄清是怎么回事,陈望娣已不顾一切地冲出了门外,冒着雷鸣闪电,消失在黑暗的狂风暴雨之中。

刘母被她的举动吓呆了,以为她要去请卫生员,拼命地喊:“你穿雨衣呀!让秋平他们陪你去!”

伸手不见五指,闪电为她引路,平日让她胆战心惊的霹雳,如今却连同冰凉的雨水一起,置之度外。她在狂风斜雨中奔跑着,在泥泞中跋涉,在水沟里跌倒,在荆棘中穿越,她不断地用手揩去脸上的水,她能感到肌肤透彻的凉;鞋已不知什么时候丢失,她踩着过长的裤脚,张着嘴,大口地呼吸着,雨水从她嘴角流入,已分不清是水还是唾液,一块儿咽入腹中,她全然不顾,心中只有一个目标。

刘母半天才从惊愕中回过神来,赶紧叫儿子们去追。刘秋平和刘崇青穿上雨具,手里拿着陈望娣的雨衣,朝着卫生员家的方向追去。他们认定陈望娣肯定是去请卫生员了。

陈望娣爬过一个山坡又一个山坡,不知蹚了多少条水沟,也不知摔倒了多少次,终于来到了那个山坳,在一片乱石荆棘中,借着一道闪电,陈望娣看清了那个土包——那个埋葬着她的丈夫刘青岚的土包。

她扑通一声跪倒在丈夫坟前,石雕般,任凭暴雨洗刷。一道道闪电划破长空,照着她如幽灵般的影子、惨白的脸,还有那悔恨、乞求的与雨交集成流的泪水。

她凄凄地哭诉,哭诉她的难、哭诉她的苦、哭诉她的寂寞与凄凉,她乞求刘青岚原谅她的一时糊涂。她发誓,如果刘青岚能原谅她这一次过错,以后她再也不敢做对不起他的事情了。

为了得到刘青岚的明确意愿,她暗暗许愿:“青岚,如果你能原谅我,就让我们的女儿冬玫平安无事;如果你不肯原谅我,就让雷把我劈死在你坟前!”

她闭着眼睛,绷紧了每一根神经,提心吊胆地等待着刘青岚的裁决。

她等着,熬着,每一声霹雳都叫她毛骨悚然。时间一秒一秒地过去,她在雷火的炼狱中安然无恙。她感到欣慰,因为她确信已得到了刘青岚的原谅,她朝着那个土包磕了3个头,起身上前,抚摸着土包上友善的草,说:“我走了,等天气好了,我和女儿来给你上香。”

她依依不舍却又如释重负地离开了那个山坳。

雨势渐渐减弱,雷声已经远去。经历雷雨洗礼的陈望娣有一种超然的感觉,仿佛获得了重生。

当陈望娣回到家时，卫生员正在给冬玫打针，满屋子的人都在焦急地等着她。

“你干吗去了？真是担心死人啰！”刘母关心地责备道，“还不赶紧换衣服，不要小的还没好，大的又病倒了！”

原来刘秋平和哥哥刘崇青沿路一直追到卫生员家都不见嫂子，心急如焚，但既然来到了，就顺便敲开卫生员家的门，说明缘由，请他出诊。不愧是人民的卫生员，只见他二话没说，背起药箱就走。那时正是雨势最大的时候，卫生员跟随刘秋平兄弟翻越了两个山坳，来到了刘家。他们前脚刚踏入刘家，陈望娣后脚就回来了。

卫生员给冬玫注射了针水，一会儿冬玫的烧就退了。看着冬玫渐渐舒展的脸，陈望娣激动得说不出话来。见小孩没事了，卫生员起身告辞了。付了药资，一家人恭恭敬敬地连声致谢，刘母吩咐刘秋平两兄弟把卫生员送回家。

看见陈望娣满身的泥水，刘母已猜到她干什么去了，所以没有追问下去，怜悯地叫她注意身体，没别的事她也就回房休息去了。

“可真灵啊！”陈望娣心想。经过这次事件后，她再也不敢胡思乱想了，谢元那边毫无疑问是要断绝的了。

陈望娣这边已决心断绝关系了，谢元却仍蒙在鼓里，仍思念着，等待着。他见不着陈望娣，无从获得她的信息，也无法把自己的意思送达，只能干着急。

三十二

面对着三个本该成家却孑然一身的儿子，刘母的心情并非“焦虑”二字可以形容得了的。老伴还在监狱，她一个老太婆，要不是有陈望娣支撑着，这个家早就不知败成怎么样了。陈望娣在这个家里并不仅仅是充当劳力这么简单！她既是姐姐又是保姆，以女人特有的柔性、细心和魅力，把刘家几兄弟凝聚在一起。几个汉子在她的影响下，行为规规矩矩，不敢造次！由于陈望娣的原因，经常会有相熟的女伴上家来串门，给这个家增添了不少和谐之气。假如一个纯男儿的家庭从来没有异性造访，不说别的，单是人格都会变得扭曲、自卑起来。

在小小的山村里，谁都不会让自家的姑娘嫁给正在服刑的劳改犯的儿子，更别说像刘水根这样的丧妻的傻人了。刘水根娶不了，两个弟弟自然也就撩在一边了。

其实,刘崇青和刘秋平长得都体魄健硕,一表人才,村中不少姑娘对他俩都非常喜欢,只是家庭偏见与压力过大,她们要么不敢冒天下之大不韪,要么刚越雷池,就被凶巴巴的父亲斥止。

刘母已托了很多的媒,希望早日给儿子们成家,但她除了得到媒人当面的“好! 好! 好!”之外,却一无所获。

这天,所有的人都出工了,只刘母和孙女冬玫在家。冬玫在门前的石榴树下玩沙子,刘母在厨房做饭。先把米和大量的水放入大铁锅,煮开,然后把半生不熟的米捞在一个筲箕里,隔着粥水一起蒸煮,这样一个锅里同时煮出来有饭有粥。山里人管这叫“饭搭粥”。虽然煮过粥的米饭吃起来淡淡的,像吃石蜡,但在粮食短缺时期,这种煮法可以节省粮食,干重活的人吃饭,老人、妇女吃粥。

刘母把饭捞好,从吊篮里取出一盘酸芋叶,一起放入锅里蒸。正烧着火,冬玫带着一个50多岁的老妇女走了进来,后面还跟着一个白净的中年女子。

“奶奶,有人找你,”冬玫边说边跑到刘母身旁,害羞地扯着刘母的衣角。

“谁啊!”刘母使劲地调节着蒙眬的眼睛,尽量看清来者的脸。不认识!

“大嫂,在做饭呢?”那位老妇女满脸堆笑地说,“是这样的,我们是河远人,几年前你们这里有人托我给她的儿子介绍一个媳妇,现在我带了一个姑娘下来,但是我已经记不得是哪一家了,如今人已来了,而且人家也很愿意在这地找个归宿,所以不好就这样回去,因此我想向您打听一下,你们这里有没有要找媳妇的人家,如果有,麻烦您给介绍一下,只要条件过得去,而且这位姑娘又看得上的话,那就成了,我也不枉跑这一趟了。”

刘母一边烧火一边打量着站在老妇人身旁的那个女子:高高瘦瘦,白净标致,身子骨看似挺硬朗。

“难道这是天公做媒,遇上贵人了?”刘母心头一热,想。

刘母往灶里塞了一把禾秆草,按着膝盖吃力地站起来,客客气气地将她们引到厅堂,给她们斟了两盅白水,小心翼翼地向她们了解了一些情况:家住何方,姓什名谁等等。

“不知姑娘想要找怎样的人家?”刘母打量着那女子问。

“唉! 像我这样的人还能谈什么条件,人身体健康、老实肯干,有口饭吃就行了!”女子装出可怜无奈的样子说。

“姑娘今年多大岁数了? 家里还有什么人?”刘母盯着对方的眼睛继续问道:“为什么要嫁到这么远的地方来呢?”

“今年29了,年前丈夫过了身,经常受家婆和妯娌的奚落,隔壁这位王妈实在看不过眼，说要带我出来，重新给我找个婆家。我考虑来考虑去，为长久之计，就答应了，跟了出来。”女子望着身旁的那个老妇女说。

一听她说死了丈夫，刘母不禁联想起自家的不幸，心中一阵不悦。但转念一想，觉得以水根和家里现在的状况，人家不嫌弃就已经是菩萨保佑了，还挑什么呢？刘母这么想，不禁多看了那女子几眼，接着问：“你自个儿跑出来，你的婆家不会找你吗？再说你要是留在这儿，万一你婆家的人找过来了，怎么办呢？”

“他们巴不得我早点离开，再说，现在都什么年代了，新社会了，婚姻自由，他们没有权干涉我的事，”那女子理直气壮地说。

“你有小孩吗？”刘母问。

“还没有。”女子对这个问题好像有点羞涩。

刘母站起来给她们的盅里加了点水，然后把那个称作王妈的妇人拉到一旁，耳语道：“这位大嫂，是这样的，我家有个儿子也正好没了媳妇，年纪比她大几岁，人品样样都好，如果这位大姐不嫌弃，等我儿子放工回来，大家瞅一瞅，如果彼此中意，干脆留在我这算了，你看得不得？”

“这样啊？”老妇人看了那女子一眼说，“等我问问她，看看她的意思！”

老妇人向那女子招招手，把她叫到一旁，对着她耳朵叽里咕噜地密语一通。那女子先是露出尴尬的表情，再远远地看了看刘母，皱了皱眉头，很不情愿地点点头，好像应允了。

老妇人回到刘母身边，低声说：“她答应先看看人再说。”

“那好，中午就在这吃饭！”刘母喜出望外，“你们先坐着喝茶，我去准备饭菜。”

两人客气地推辞了一下，就坐下了，最后还不忘对着刘母的背影喊了一句：“随便就好了，不要太铺张！”

“随便！随便！”刘母连声应道。

刘母抓了一把谷子，走到门外，一边撒谷子一边“咕……咕……”地叫，鸡听到叫声，知道有吃的，从四面八方跑拢过来，争先恐后地抢吃撒在地上的谷子，刘母看准了一只肥大的小母鸡，出其不意一把逮住。鸡在刘母手里挣扎着，惊恐地叫着。其他鸡先是被吓得一哄而散，过了一会，见刘母拔着手中的鸡的脖子上的毛走远了，知道不关自己的事了，再又扑上来吃地上剩下的谷子。

听见刘母抓鸡的声音，屋里那两人彼此对视了一眼，露出会意的笑。趁刘母在厨房忙活，两人起来四周走动查看了一边，边走边议论，时而发出“可以”、“不错”的赞许声。赞许的时候还故意把嗓子提高，让刘母听见。听见她们背后的赞许，刘母原本狐疑的心一下子踏实了许多。

中午时分，大家陆续放工回家。第一个回来的是陈望娣，一进门看见家里多了两个陌生人，先是一愣，礼貌地打过招呼后，来到厨房。刘母正蹲在天井边摘豆角，陈望娣提了一下裤脚，在刘母身旁蹲下，拿起一根豆角，边摘边问道："那两人是谁啊？我怎么没见过？"

"我正要跟你说呢！"刘母一边摘豆角，一边回答，"那个是王大妈，那女子是她带下来的，想找个婆家，我的意思是如果合适的话，想给水根，你看怎样？"

刘母直直地看着陈望娣，征求她的意见。刘母一直都想撮合陈望娣和刘水根，只是陈望娣不愿意，事情才搁下了。现在刘母要给水根另找媳妇了，而且人就在眼前，看似征求陈望娣的意见，其实是在提醒她，仿佛是说："你不答应跟水根，我就另找了！"。

"如果成，那当然好，不过她们的底细你都清楚了吗？"陈望娣平静地说，"现在很多人利用介绍对象为名骗吃骗喝，当心受骗！"

"嗨！有什么给她骗呢？大不了吃餐饭，总比没机会好，"刘母不以为然地说，"而且我看她们也不像是那种骗吃骗喝的人。"

刘秋平接着也回来了，迎面瞧见那个漂亮女子，也吓了一跳，倒是那个女子主动跟他打招呼，刘秋平腼腆地笑着挠挠头，也跑到厨房里去了。见到刘秋平，刘母连忙问他水根回来没有，刘秋平说没有，于是刘母差他去叫水根赶紧回家。刘秋平刚走出没几步，刘母又把他叫了回来，在他耳边交代了几句，刘秋平应声去了。

饭菜已经做好了，陈望娣刚铺好桌子，摆上碗筷，刘秋平和刘水根就回来了。

刘秋平已经按母亲的吩咐把事情跟刘水根交代好了，刘水根心里有了准备，知道今天他是主角，所以一进门就摆出主人的款，主动招呼客人，眼睛扫视了一下那女子的脸后，就直直地礼貌地看着那位老妇人，一副尊老的表情。

那女子猜到了对方的身份，连忙站起来还礼。

"怎么崇青还没回？"没见着刘崇青，刘水根假装责怪地说，"肯定又是跟那帮人在吹水，也不知道人家在等他吃饭，这么大的人还不懂事！再不回来就不等了！"

"叔叔回来了！"冬玫在门外喊，"叔叔！我家来客人了，都在等你吃饭呢！"

"唔！"刘崇青鼻子应着，把手上拎着的用稻草五花大绑的小螃蟹递给了冬玫。冬玫接过小螃蟹，兴奋得直喊"妈妈！妈妈！"。

刘崇青是几兄弟中长得最清秀，也是最内向的一个，头脑冷静，很有主见，平日不苟言笑。进得门来，见了两名陌生人，似笑非笑地行了注目礼。刘崇青冷冷的表情使对方意识到他是一个难以对付的人，两人连忙露出讨好的笑容。

"大嫂，你的几个儿子长得真标准哦！"席间，那位王妈献媚地夸赞道。

"哪里?！很蠢的，不争气！"刘母谦虚地说，心里却美滋滋的。

"你几岁了？长这么俊，肯定有很多姑娘喜欢你吧?！"老妇人转过脸来问刘崇青，"看上谁家的姑娘了?"

刘崇青拿眼睛瞟了一下老妇人的脸，算是回答了问题，弄得老妇人满脸尴尬。

"像他这么钝的人，哪会有人喜欢?！"刘母赶紧打圆场道。

"哪会，是要求太高，找不到如意的吧?！"那女子也出来缓解气氛。

"眼高手低，有啥用，做人要实际点，脚踏实地！"刘水根摆出大哥的神态说。

刘崇青白了刘水根一眼，心里骂道："你这个傻子！"

饭后，刘母和刘水根陪两位客人在厅堂喝茶聊天，那女子对刘水根似乎很满意，刘水根也喜欢对方，为了加深了解，在刘母和刘水根的再三挽留下，女子和老妇人决定留下来住两天。

下午，大家都出去干活了，刘母建议两人休息一会。由于刚才喝了酒，老妇人在刘母的床上很快就呼呼睡着了。那女子说她不累，问刘母有没有布料，说是想给水根做两条内裤。刘母喜出望外地连声说："有！有！有！"。连忙在衣柜里翻出一块蓝色棉布，这还是刘水根结婚时亲戚送的贺礼。那女子接过布料，熟练地裁剪起来。裁好后，女子嗒嗒地踩动缝纫机，两条裤子一会儿就成了。见此，刘母满心喜欢，笑得合不拢嘴。心想：这桩事已十拿九稳了。

晚饭刘母专门煎了四个荷包蛋，虽是摆在桌面说大家吃，但除冬玫吃了半个外，其余的基本都让给了客人吃。老妇人吃了两个，喝下了一大盅米酒。那女子说不吃，刘母硬地把蛋夹到她碗里，随着一声"你们也吃嘛！"荷包蛋已到她嘴里了。

吃了晚饭，洗过澡，老妇人悄悄对刘母说："晚上让她在水根房间睡！"

刘母先是吃了一惊，随后说道："行吗?"

"有什么不行！"老妇人说，"既然大家都喜欢，趁早行了夫妻礼，事情就这样定了！免得日后变卦。过两天我和她回去把手续办妥了回来，就是一家人了！你不好意思说，让我来安排！"

刘母虽然心里觉得不是滋味，但却没有阻止。

那女子果然听从了老妇人的安排，洗完澡后就待在刘水根的房间里一直没出来了。

刘水根当天就穿上了那女子给他做的内裤，心里暖洋洋地连声道谢。

女子已俨然把自己当成了刘水根的媳妇了，一家人不讲两家话，说起知心话来了。

“都是一家人了，你们不必太客气浪费，饭菜可以随便些，”那女子说，“那个王婆，好吃好喝，她最希望你们餐餐杀鸡杀鹅给她吃，你们尽可不必太过理会她，喜不喜欢，成不成，关键在我，只要我喜欢就得了！她管个屁用！那种人，尽想占便宜！”

女子的一席不当外人的话把刘水根说得心花怒放，他已全无戒心，把女子当成媳妇了。当夜，刘水根如久旱逢甘露，旁若无人地把他的“准媳妇”折腾了一整宿，害得一墙之隔的两个弟弟和陈望娣一夜没睡。

第二天，刘水根向队里请了假，用自行车载着那女子赶集去，女子紧紧地贴在刘水根的背上，那亲密引来了不少路人羡慕的眼光。刘水根使出浑身牛劲，把车踏得飞快，一路穿杨过柳，风光无限。

刘水根和那女子的“恋爱”关系似乎比他们的车跑得还要快！经过两天两夜的全面接触，他们就开始谈婚论嫁了。

“很满意！”王妈对刘母说，“事情就这么定了！下午我们就回河远开证明，把该料理的都料理了，然后就回来办理结婚手续。”

刘母激动的连声说好。

“出结婚证明要给队里的干部送礼，开了证明出来，就算是订婚了，家乡那边也要请亲戚喝酒，这些都需要钱。”老王妈拉着刘母的手说道。

“王妈，你在说什么嘛！真是的！”一旁的女子脸上露出难堪的神色，不让她往下讲。

“应该的！应该的！”刘母连连向那女子摆手，示意她别责怪王妈。事情发展到现在，刘母已把那女子当成自家人，而王妈却成了惟一的外人了。

“既然成了，咱们就一家人不讲两家话，不必客气，爽快办事！你说是吗，大姐?!”王妈露出坦诚的样子。

“那是！那是！”刘母连声附和道，“办事肯定是要花钱了！你们看看大概需要多少钱?”

“妈！这费用我能解决，我应付得了，等办了结婚登记手续再说！现在我是一分钱都不会要的，包括路费在内。”那女子竟叫刘母做妈，把刘母乐得心花怒放。

“哪能？哪能？”刘母笑得合不拢嘴道。

“我是爽快人，喜欢说爽快话，做爽快事，既然事情定下来了，也就不必隐瞒了，你的情况我不是不知道，你有那么多钱来垫付吗？有是最好的，别让人误会咱们是出来骗吃骗钱的，但你连这次出来的路费都要我给你垫，你又哪来的钱呢？”王妈对着那女子说。

经王妈这么一说，那女子可怜巴巴地低下了头，不说话了。

“你太见外了，难道我还不相信你们不成？！”刘母露出责怪的样子，“需要多少钱就直说，不必客气！

“大姐一看就知道是爽快人！”王妈说，假装合指算了算，说大概需要 170 元钱。刘母觉得七七、八八不吉利，给了她们 190 元钱，说是长长久久，图个好兆头。那女子还是推却，不肯收，说这么快就拿钱，收不下手。最后是王妈代收了。

刘母和刘水根把她们送到车站候车。当时刘水根穿着一件刚从柜底下翻出来的皱巴巴的衬衫，显得有点寒酸，女子上前替他把衣领弄好，用手掌在他身上来回抚拉，企图把衣服抚平，但效果不大。

“这么大的人也不会照顾自己！你看，穿的皱巴巴的！像啥样？”那女子先是责怪地说，顿了顿，又换成了温柔的口吻，捏着刘水根的鼻子打俏道：“等我回来后再好好伺候你。”

“你大概什么时候回来？”刘水根问，心里美滋滋的。

“最多 20 天，大概是下月的 15 号，到这里一般是下午 4 点钟，别忘了来车站接我哦！”

“好！好！”刘水根连声答应。

枯渴了多年，再又尝到了女人的滋味，而且是一个漂亮的女人，重新获得了爱的滋润，刘水根心里有说不出的欢喜，他仿佛看到了人们羡慕和赞许的眼光，仿佛看到了生活美好的前景：一条宽敞的大道出现在眼前，一直伸向远方，伸向辽阔的天宇，那里有蔚蓝的天空……

车来了，车门刚开，王妈招呼不打就上了车；那女子说了两句“再见”，头也不回上了车。

刘水根和母亲目送着客车起动，慢慢地远去，不停地招手。送出了车，仿佛送出了希望，刘水根心情轻松，充满了期待与憧憬。他环顾四周，寻找羡慕的眼睛，脸上洋溢着得意。

刘母已着手为水根筹备婚事了。由于两人都是二婚,因此就不打算太铺张了,到时兄弟姐妹聚在一起吃餐饭,祭祭神,拜拜祖也算是行了礼了。但新房是要布置的,还是用刘水根原来的那间房,墙壁粉饰了一遍,原来的床、衣柜重新漆了一遍,看起来跟新做的似的;购置了新棉被、蚊帐,就连刘水根新婚穿的衣服鞋帽都准备好了。在清理刘水根的衣柜时,刘母竟还翻出来一些其前妻王翠玉的衣物,是当年没清理干净而留下的。刘母连声说"大吉利是!",就拿出去烧掉了。

一切已准备妥当,就等着那一天的到来了。

这段日子,刘母每天都喜形于色,多年积压心底的郁闷一扫而空,脸上露出了久违了的红润。"谢天谢地! 好运终于降临了!"她想,"走了这么多年的霉运,也该转运了!"刘水根在她心里就像是一道坎,只要跨过了这道坎,一切都好办了,水根的两个弟弟是不用她太操心的,她甚至已想象到了他们婚事的热闹了,脑海嚷嚷着一群娃娃,是她的儿孙,围着她转,闹着,喊着"阿婆"。

她长长地舒了一口气,靠在竹椅上,轻摇着葵扇,微笑着。

刘水根天天扳着手指算日子,见人就露出爽快的笑脸,主动上前聊天,总渴望谈及自己的事,遇见单身青年就大声问道:"有女朋友了没有?""还不结婚啊?"当别人重复那一句"据说你找的老婆好漂亮哦!",他就会马上露出无所谓的表情,摇着头说:"哪里! 哪里! 拴字还没一撇呢!"

刚到下月的13号,刘母就已迫不及待地催促水根去车站接人了。

"不是说15号吗?"刘水根说。

"嗨,你这人怎么这么死板,说不定人家把事情办妥了提前出来呢!"刘母说。

那也是,刘水根心想。于是当天下午就在车站等了,没等着,这是意料中事,因此并不觉得失望。第二天,刘水根又来到了车站,结果当然还是孑然而回。

第三天,也就是15号那天,刘水根把自己收拾得整整齐齐,隆重其事地来到车站,刘母也准备好了菜,用来为媳妇接风,他们都确信,今天她肯定是要来的了。

刘水根坐在车站梧桐树下的石条凳上,气定神闲。他抽完一根烟,突然发现身后有两个等车的女子正朝着他看,他立即紧张和严肃起来,坐立不安,手脚也不知如何安置了,浑身不自在,有一种受监视的感觉,就连吞一口痰都觉得困难。他故意做出夸张的等车的神态,想让她们知道他在做什么,免得她们瞎猜,误会他。

将近到了约定的时间,这时有一辆客车进站了。“唔,是这辆了!”刘水根心想,站起来,向前挪动了步子,但车上下来的并没有他要等的人。

他失望地回到石条凳上,觉得身后那两个女子正用一种讥笑的表情看着他,使他越发困窘。他又点着了一支烟,盯着远处一片绿绿的稻田,突然想起了昨夜的一个梦。他梦见自己正在田里干活,水沟里突然窜出来一条巨大的金环蛇,他用棍子驱赶它,却反而被它追着咬,他急忙逃避,却鬼使神差地落入了水田里。田里的淤泥很深,他深陷其中,不能自拔,走不动,眼看蛇就要追上来了,张开血盆大口。这时一个女子和同村的一个小伙从田边走过,那个女子回头时,他看清了她的脸,竟是那个河远女子,但她却冷冰冰的,见死不救,好像根本不认识他一样。这时蛇突然不见了,梦境切换到一个水塘边,他们三人一起在水塘边洗锄头。他拉住那女子问:“你怎么会在这儿的?”那女子回答说:“是啊!我和他是一对啊!”他感到很失落,回家把事情告诉了母亲,母亲却不以为然。他伤心透了,喘不过气来,一下惊醒了。醒来后,他在床上半天没回过神,忘了时间,忘了自己身在何处?直到明白了究竟是怎么回事,仍摆脱不了梦中的失意和伤感。

正当他陷入在梦的失落时,又一辆陈旧的黄白色客车摇晃着在路边停了下来,身后那两个女子喊着、紧紧张张地跑过去,上了车,却不见车上有人下来,车又摇晃着开走了。现在就连惟一让他感到惬意的两个候车的女子也走了,他顿感空虚和无聊,目送着客车消失在山坳的另一边。

太阳已越过西山,像一个谢幕的演员,收起了神秘的面纱,露出本来的面目,徐徐地隐入群山的背后。

刘水根不禁紧张起来。“没理由的呀?怎么还没到?”他不停地唠叨着,伸手去掏烟,却发现烟盒已空了。他“呸!”地一声将烟盒狠狠扔掉,更加烦躁,坐立不安。

他呆呆地看着逐渐变黑的马路的尽头,心烦意乱,巴不得时间一下子跳越到结果的另一端,让他摆脱眼下等待的焦虑,享受结果的甜美。但时间却像凝固了似的,黑暗也像凝固了一样,仿佛天公有意留住一切,以便更长久地折磨他。

过往车的轮廓已被夜色完全吞没,变成了两盏刺目的眼睛一样的射灯,呼啸而过。他有点绝望了,脑海一片茫然,夜幕紧紧将他围住,耳边嗡嗡地响,一种似曾相识的感觉,他仿佛在哪曾经亲历。

他沮丧地坐在石条凳上，心乱如麻。回去吧？却又苟存幻想；留下来继续等待？看看周围，希望就像黑暗一样渺茫。

正当他不知如何是好时，刘秋平打着手电筒来寻他。

“怎么还没来?”刘秋平叉着腰，眺望着夜色下空空的马路，轻微地喘着气问道。

“妈的！也不知搞什么鬼!”刘水根恼怒地骂道。

“娘说如果还没来就别等，八成是今天来不了了!”

刘水根站起来，狠狠地拍了两下屁股，朝来车的方向望了一眼，一言不发，气冲冲地回家了。刘母一直在家等着，看见刘水根像一头滋事的水牛噔噔噔地冲了进来，就知道是怎么回事了。此时此刻，刘母的心情并不比刘水根好受，她既担心上当受骗，又替儿子难过。

“也许人家有些事没处理完，迟一两天，明天再看看啰!”陈望娣安慰刘母说。

“还能怎样呢!”刘母叹了口气说，“吃饭吧，冬玫都饿坏了。”

陈望娣已在张罗饭菜，刘秋平帮忙洗碗筷。

“鸡和鱼留起来明天她们来了再吃吧!”刘母坐在厅堂里有气无力地喊。

“行了，吃饭吧，妈!”陈望娣盛好了饭，叫刘母进去厨房吃饭。

“奶奶，我要吃鸡腿。”冬玫中午看见奶奶杀鸡，所以念念不忘她的鸡腿。

“吃啰！吃啰!”刘母一脸无奈的样子，叫陈望娣把鸡腿拿给冬玫吃。

陈望娣掀开锅盖，在那盘鸡肉里翻出鸡腿，用筷子把鸡腿的皮剥下来夹到刘母的碗里。

“皮给奶奶吃！小孩子吃了鸡皮就会顽皮。”陈望娣说。冬玫每次吃鸡腿时，鸡皮都是给奶奶吃的。

冬玫把饭碗放在一边，美滋滋地啃着鸡腿。

“吃点饭，不要光吃肉!”刘母瞟了冬玫一眼说。

“就是啰!”陈望娣附和道。

“我吃完肉再吃饭!”冬玫边啃鸡腿边说。很快，鸡腿只剩下一根骨头了。冬玫嘴里胀鼓鼓地嚼着，把鸡腿骨头递给刘秋平，“给你!”

刘秋平“唔”的一声接过鸡骨头，嚼碎，将里面黑乎乎的髓血吮了个干净，舔舔嘴，对着冬玫做了个鬼脸，说：“真香!”

吃完饭，陈望娣洗好碗筷，将厨房收拾整齐，把留着的那盘鸡和鱼用一个大铁盘装着放入水缸里，盖上水缸。这就是农村夏天保存熟食的方法。

洗过澡，见刘母心情不好，陈望娣陪她在门前的石榴树下乘凉，闲聊。

“没事的，会来的！”陈望娣看着一筹莫展的刘母，安慰说。

刘母靠在竹椅上，瞅了陈望娣一眼，没有说话，有气无力地摇着她那把大葵扇。前两天没有来，那是正常，她并不担心。但今天是她的底线，在她的意识里今天她们是肯定会来的，她把菜都准备好了，结果却大失所望，这是她不曾预料的，因此无法接受。

“妈妈，那个婆婆和婶婶为什么不来？”冬玫钻在陈望娣的两条大腿之间，似懂非懂地问。

“小孩子别管大人的事！”陈望娣拍了一下冬玫的屁股说。

“什么都准备好了，也说出去了，如果不成，真是羞家了！”刘母无可奈何地说。

“那有啥？这次不成等下次，总有成的时候。”陈望娣说。

话虽这么说，但刘母心中始终阴霾不散。

刘水根吃完饭，洗过澡后就一直躲在自己的房间里没出来过。他躺在床上，失神地盯着蚊帐顶，床上弥漫着新鲜油漆的气味，他使劲地吸着，任凭那股浓烈的气味熏着脑髓，他的思想不加任何约束和导向地自由地飘荡着。所有事情：可能的、不可能的，以前的、现在的，像一朵朵浮云，在他脑海里飘来飘去。他想到了最坏的结果，他不知如何面对那些他曾经炫耀过的人，他仿佛看到了他们耻笑的嘴脸。他不能接受自己竟然沦落为别人的笑柄，那怎么可能呢？他一向自信，一向自我感觉良好；他视名声如生命，而且一直自以为良好。如今竟然如此遭遇，半世英明毁于一旦，叫别人笑话，叫别人瞧不起，那怎么行呢？往后的日子怎么过呢？他仿佛是一头受困的野兽，看不到前途和出路。

“也许明天会来！”他缓了缓情绪，想。于是又重新燃起了希望，幻想着明天美好的情景，兴奋得一夜没睡。

第二天，刘水根早早就来到车站，足足等了一天，毫无疑问也都不见人影，接下来的第三天、第四天，结果都一样。后来刘水根再也没去车站等了，但却仍存一丝希望，想着哪一天她会突然出现在门前，但现实却始终杳如黄鹤。

事情就这样不了了之了。

后来，在一次偶然机会中，刘母了解到，那位称为王妈的老妇人和那位女子是专门从事婚骗的，附近乡里也曾经有人上过她们的当。那是一个炎热的中午，刘母和几位阿婆在村头大榕树底下闲聊时无意中讲起这件事，其中一个阿婆说她的一个外甥也有同样的遭遇，于是彼此把那两人的相貌特征说出来一对，不约而同地脱口而出："就是她们了！"

事情已水落石出，也就死心了。

这次事件，就好比在刘母的心上撒了一把盐，她那原已受伤的心，越发感觉苍凉了。她仿佛感觉在她面前出现了一堵墙，窒息了她的希望和思维，使她的精神完全坍塌。她不知道下一步该怎么走了，她已看不到出路了。

三十三

本以为转机来了，却遭遇了骗亲，刘家刚刚绽开的喜悦，就如山溪忽遭冰冻，霎时凝固，很长时间再也没有了笑声。看着刘母颓丧的情绪和日渐枯槁的身子，陈望娣竟有一种内疚的感觉，仿佛是她把刘家害成这样子的。她知道，如果她肯将就同意和刘水根过，问题就简单多了，最起码刘母是不至于有这么多的烦恼的。

这几年，刘母可以说是把前半生的苦头都吃尽了，一个曾经是养尊处优的女人，解放前就嫁给了刘水根他爹，本身地主出身，据说是吃鸡腿一直吃到出嫁的人，那个年代，这可不是一般人家所能有的待遇。如今遭遇了连番不幸，而且还要独自承受，身心所受的打击和折磨并非用语言可以形容的了的。陈望娣认为自己没有很好地替刘母分忧，没有为这个家尽到应尽而且是可以尽到的义务，她觉得自己辜负了他们的期待。但如果自己满足了他们的期待，就意味着要她跟一个自己不喜欢的人过一辈子，而且还要永久地承受别人的讥笑和谈论，这是她所不能想象和接受的。

但有时当她情绪低落的时候，她的情感也会产生妥协。心想，自己都一大把年纪了，女儿也这么大了，还能怎样呢，不就图个下半辈的安稳和女儿乖乖成长吗？将就一下也无妨，反正都已经是一家人了；至于别人的流言蜚语，现在即使她没和刘水根过，不也一样有各种不怀好意的眼光瞅着她吗？这时，她脑海里又飘过了谢元的影子。

这段时间，谢元的日子过得索然无味，对什么事情都提不起劲，上课时，一进教室就感觉到窒息的压迫，自己烦闷的心情与孩子们天真、快乐、期待的面孔形成了鲜明的对比。这天，他站在讲台上胡乱地翻了几页书，实在无法继续，给学生布置了几道课堂作业，要求他们在下课前完成，然后就绕着过道走了一圈，出了课室，蹲在走廊上，点起了一支丰收牌香烟，吧嗒吧嗒地大口吸起来。谢元以前几乎不抽烟，但近来的苦闷使他百无聊赖，不得不寻找情绪的发泄。他吸烟的目的与其说是一种寄托与消遣，莫如说是自我的放纵。谢元就这样在走廊里一支接着一支地吸着烟，刚扔了一个烟头，立马又点燃了另一支。

“唷！怎么吸起烟来了？”身后突然传来了声音，回头一看，原来是李芳。

谢元嘿嘿地苦笑两声，“不用上课？”他问。

“只准你偷懒，就不能让我歇歇？”李芳打趣地说，见谢元有点尴尬，补充道，“在进行小测验呢！”

“我也没偷懒，在做课堂作业嘛！”谢元笑着回答。

“怎么样，为何如此闷闷不乐，又在想你那个采荇菜的人？”

“哪有啊！”心事被说中，谢元不禁露出腼腆的笑。

“嗨，你就不用骗我了！我早看出来了，肯定是陈望娣又让你‘寤寐思服’了吧？”李芳故意压低声音，从喉咙里得意地冷笑了两声。

“快别瞎猜！”谢元紧张地环顾了一圈，生怕有人听见。

“放心，没人听见，”看他紧张的样子，李芳扑哧一笑，“陈望娣是我的同学，这你是知道的，怎么就没想到请我帮忙呢？”

“没有的事情，”谢元还想抵赖。

“活该你受罪。你以为别人不知道？人人都知道你们的事了！还想瞒我，难道你怕我害你们不成？”

她这么一说，谢元的脸一下子就红到了耳根，心里既紧张又彷徨。

“有啥给你们知道！你们都知道啥？！”谢元想理直气壮，却又壮不起来，吞吞吐吐地说。

李芳哈哈大笑，“别紧张，没啥！”笑完之后，李芳变得正经起来，“真的，如果需要帮忙，尽管说吧，毕竟我们女人间沟通起来比较容易。”

其实谢元也很需要找人来吐一吐心中苦水，只是不习惯随便向别人谈论自己的私事，尤其是感情方面的事而已。他看着李芳的眼睛，能感到她的真诚和友善，警惕之弦立马松懈了！

“唉！不知道她什么意思！”谢元沮丧地说。人一旦不提防了，你就能从他的脸上读出他的内心。

“我去找她谈谈，帮你试探一下她的意思。”李芳体贴地说。

谢元没有说话，感激地瞟了李芳一眼。

当天晚上，李芳就去找陈望娣了。考虑到农村忙，晚饭吃得迟，李芳大概估算了一下时间，将近 8 点钟才到了刘家。陈望娣刚刚忙完，一高一低地卷着裤脚,提着一桶水正准备洗澡。见了李芳,陈望娣赶紧把水提入澡堂,出来招呼。

“没事,你先忙你的,我等着,”李芳说。

“也好,我就洗个澡,你先坐一会,”陈望娣给李芳倒了杯水,“不好意思哦!”

陈望娣身上清晰地散发着汗的味道。

“去吧！去吧！别客气!”李芳使劲地甩甩手说。

陈望娣咯咯地笑着洗澡去了。

刘母也刚洗完澡,从自己的房间里出来,一边走一边扣着腋下的纽扣,见了李芳,客气地打过招呼。

“吃饭没有,大妈?”李芳微微前倾身子问。

“什么时候了,还没吃?!”刘母反问道,从屋子角落里拖出她那把竹椅子,在李芳旁侧坐下,“还是你们老师好啊！不用那么辛苦。”

“还不是一样,你……”李芳本想说“你家刘青岚以前不也是老师吗?”但话到嘴边才知不妥,赶紧打住,“你家冬玫呢?”李芳改口说。

“跟邻居的小孩在晒谷场上玩呢!”

“长大了,不用操心了!”

“很调皮的,少看一会都不行,像男孩一样,野得很!”

“调皮好呀,聪明、可爱！你看冬玫,谁见了都喜欢。”

“这么喜欢小孩,咋还不要一个呢?”刘母说。

李芳像是被点中了要穴,语塞了。她原本是兴致勃勃略带清高而来的,谁知被刘母问中了痛处,使她想起了自己糟糕的婚姻生活,霎时自觉得矮了半截。

刘崇青从厅堂走过,头发仍流着洗澡未干的水,“妈,我出去一下,可能晚点回来。”突然瞥见身穿紧身衣,线条丰满的李芳,“来了?”他随口招呼了一声,心想:这女人真惹火！他就喜欢这种小巧玲珑的丰满的女人。

“哇！穿这么整齐去见女朋友啊?”李芳眼睛一亮地说。

刘崇青腼腆地笑了。他是很少有这种表情的。

陈望娣梳着头出来了,穿着薄薄的短袖衫,还带着水珠。

“水太热了,洗得我一身汗。”她边走边说。

“这么快的!”李芳羡慕地看着陈望娣丰润的身材,“如果没什么事我们出去吹吹风吧?”

“好啊!”陈望娣说,“妈,等会冬玫回来你先带她睡吧,我和李老师出去走走。”

“好，去吧！”刘母不经意地说，“早点回来哦。”

“大妈，我们走了！”李芳跟刘母道过别，跟在陈望娣后面出去了。

“很久不见了，怎么今晚突然想到来看我？老同学！”出了门，陈望娣轻轻地甩着头发问道。

李芳没说话，看着陈望娣一味地偷笑。

“干嘛吗？”陈望娣被她看得浑身不自在，“到河边坐会吧！”

“随你。”

陈望娣把李芳带到她那个几乎是专用的河边的埠头，找了一处较为干净的石阶，吹去上面的尘土，并肩而坐。

河水在月色下泛着银光，两岸的竹林像两排庄严的武士，守候着如同天上飘下的织带般的河；轻轻的风，吹响飒飒的竹林，偶尔落下一两片竹叶，正好挂在发梢上，久久地停着，是不愿意拂去，还是压根没有发现；对岸夜泳的人们传来空阔而又清晰的嬉闹声。

“真凉爽！”陈望娣甩了一下头发，让清风吹拂着脸颊，享受着难得的悠闲与清静，“袁辰近来怎么样？”

“别提他！”一提到袁辰，李芳就一肚子气。

“两夫妻搞成这样子干什么嘛！”陈望娣真替他们难受。

“别说我，说你的，”李芳打断陈望娣的话，“今晚我是来解决你的问题的。”

“我？”陈望娣一脸愕然的样子，“我能有什么问题？”

“别装了，人家什么都告诉我了，喏！这不，都托我来了。”李芳其实并不知道他们的关系究竟发展到什么程度，只是用吓唬的口吻，企图试探出什么内幕来，“老实交代，你对别人究竟是什么意思？”

陈望娣用一种怀疑的目光看着李芳，思索了一阵子，说：“别乱讲！谁托你来啦？”

“嗨！难道除了谢元，你还有其他相好？”李芳装出生气的样子说。

“他？他叫你来干什么？”陈望娣笑着问。

“为了你呀，人家愁得干抽烟，头发都白了，你还不当一回事，没良心的人！”李芳气鼓鼓地说。

陈望娣沉默了，说到这分上，她也不想再装了。

“难道你不喜欢他？”李芳看出了陈望娣的软化，注视着她的眼睛说。

“唉！喜欢能怎样，不喜欢又能怎样呢？”陈望娣无奈地说，“命是这样子，只好认了吧！”

“你这人怎么这么迷信？亏你还是受过教育的人呢！”李芳严厉地说。

“你不会懂的，换了你是我，你也会这样的，”陈望娣静静地看着河面，一筹莫展。

“你就打算这样过一辈子吗？”李芳审视着陈望娣。

“我也不知道，再说吧！”陈望娣双手托着腮，一动不动。

“那好！你就回答我一个问题，你对谢老师究竟有没有意思？”李芳非得要陈望娣表态。

陈望娣没有回答，还是一动不动地凝视着河面。

“我跟谢元谈过，看得出，他对你已经到了不能自拔的地步了。我这次来找你，是他的意思，也是我的意思。”李芳调整了一下情绪，心平气和地说，“我希望你能过得好，为下半辈子找个归宿，毕竟我们都是女人，都知道女人的难；再说，谢元现在的状况，不管是谁，看了都会着急。烟抽得特别凶，你是知道他以前是不抽烟的。我说句公道话，希望你不要生气”。李芳顿了顿，接着说，“按你现在的条件，如果真能跟了谢老师，应该算是赚了，难得人家这么痴心，你还犹疑什么呢？”

“你把问题想得太简单了，李芳，我这辈子都别指望离开刘家了，而且我已做好了心理准备，一辈子留在刘家了，”陈望娣有气无力地说。

“为了啥？为了刘青岚？”李芳感到莫大的震惊和不解，“即使刘青岚在天有灵，我想他也不会愿意看到你这样的选择。”

“不为谁，只为冬玫。”陈望娣干脆地说。其实女儿冬玫只是她的托词，真正的原因是复杂的，有刘家看守的眼睛，当然也有算命神婆的预言、那夜暴雨在刘青岚坟前的誓言等等。从某个角度讲，她离开谢元也是出自善意，他不能肯定算命中所说的“不能守白首之约”是什么意思，刘青岚的早逝使她相信算命所说的她是一个克夫的女人，她不想再害人了。她的遭遇、她所处的环境、她周围的人，使她不得不屈服于命运。

李芳一时无言以对。

“麻烦你告诉谢老师，”陈望娣接着说，“他的好意我心领了，但我们是不可能在一起的了。他的条件这么好，没有必要找我这样一个寡妇。”

李芳原以为只要自己出面撮合，这门婚事就肯定能成，所以她在谢元面前拍过胸脯，叫他放心等待好消息，却没想到会是这样的结果，出乎她的意料。虽然陈望娣长得不差，但毕竟是一个带着孩子的寡妇，她不明白谢元为什么会偏偏喜欢上这样一个人。她觉得陈望娣绝不会拒绝这个机会，不但不会拒绝，而且还会对这份爱感恩戴德。所以当陈望娣拒绝时，李芳的第一反应就是“她在故作矜持”，因此为了顾及陈望娣的颜面，她客套地顺水推舟，力劝陈望娣，给她一个台阶，让她有个回旋的余地。但最后她意识到陈望娣的拒绝并非以退为进，而是确确实实的心里话。

“这些人一个个都是神经的！”李芳心想，但如何回复谢元呢？她犯了难。如果谢元听到这个让他死心的消息，也不知道会有什么样的反应？她真替谢元担心，真不忍心带给他这个消息。

“真的一点机会都不给他，一点可能都没有吗？”李芳侧着头死死盯着陈望娣的脸，再次问道。

“我哪有资格给他机会，你跟他说，我确实有万不得已的难处，不是他的原因，希望他明白。”陈望娣无奈而痛苦地咬着嘴唇。

圆满的月影在河中摇曳，对岸夜泳的人带着喧闹陆续离去，河又恢复了平静，取而代之的是如虚如幻、如近如远的虫鸣。

“啪”的一声，李芳又在自己的脚上打死了一只吃得胀鼓鼓的蚊子，她把手在草地上抹了两下，把自己的血和蚊子的尸体抹掉。

“好多蚊子哦，走吧！”李芳站起来，“那事你还是再考虑一下吧！”

“不用了！你就告诉他，无论如何都是不能的了，叫他好好照顾自己。”陈望娣把话说绝了，目的就是要让谢元死心，尽早另行选择。

三十四

第二天，李芳来到谢元房间，吞吞吐吐地把事情经过跟谢元讲了。我们可以想象谢元当时的表情。

他苦笑了一下，把桌面上那个空烟盒揉成一团扔往窗外，不料却被窗格子挡了回来。他喘了一口粗气，从抽屉取出一包未开封的烟，粗鲁地撕开封口，抽出一支，在桌面上夯了几下，送到嘴里衔着，拿起火柴，一连划断了4根火柴都没把烟点着，最后，他抽出一把火柴，紧紧地攥在一起，用力一划，强烈的火焰差点把他的小胡子给烧掉了。他像报复似的，一口气吸了半支烟。

“干嘛要这样子呢？”李芳皱着眉头说，“她有她的难处，再说了，你条件这么好，大把芳草等着你啦，干嘛非要吊死在一棵树上呢？”

谢元没有说话，大口大口地吞云吐雾。

“其实结婚不一定就好，如果合不来，还不如自己一个人过呢！”李芳说，“就拿我和袁辰来讲，整天吵架，你都不知道我们有多难受。”谢元曾不止一次地给他们当和事佬，他们夫妻的矛盾对谢元来讲已不是秘密了，因此李芳把自己拿出来做范例并不觉得唐突。

“真想离婚算了！”本来她是要劝导谢元的，说着说着，反而使自己陷入了痛苦之中。

谢元同情地看了李芳一眼，正好撞上了她火辣辣的目光。谢元下意识地赶紧把目光投向窗外。

一提到伤心之处，李芳突然觉得自己和谢元是同病相怜的一对，加上体内长期积累的无法正常发泄的肉欲，使她一时忘乎所以，突然变得柔情似水。

“你条件这么好，喜欢你的女人多的去啦！你完全可以选择别的呀！”李芳看着谢元的眼睛说。在她看来，自己的条件绝不会比陈望娣差，谢元可以选择陈望娣，当然也就可以选择她。只要谢元接纳，她会义无反顾地扑将上去。“就像我一样，如果找到合适的，而且对方又愿意的话，我可以马上离婚。”她接着说，“其实我对对象的要求很简单，人好，对我好就可以了，相貌方面也没啥要求，能像你一样就最好。”

谢元不是笨蛋，李芳的话和那含情脉脉的眼神，他是明白的，只可惜他对用情不专有一种禀赋的厌恶，更别说那些套着婚姻的外衣而红杏出墙的人了。

谢元冷冷地看了李芳一眼，说：“你们落到今天这样的地步，双方都有责任。你们难道就不能彼此退一步，多点宽容，少点怨恨呢？依我看，你们的症结在于谁都不愿意先让出第一步，势同水火，这样只会两败俱伤。”谢元丢掉烟头，端起他那杯俨俨的像墨一样的茶，呷了两口，继续不客气地说，“作为女人，应该多点柔性，正所谓水滴石穿，没有感化不了的心。千年修得同床枕啊！李芳，俗语说得好‘能毁十座庙，莫拆一个家’，好好珍惜，不要随意毁掉它。”

谢元的一席话把李芳说得满脸羞疚。

“我也尝试过，但没有用啊！”李芳委屈地说。

“如果你真想挽救这段婚姻，就多点诚意，多点包容，多给对方空间，少点责怪与埋怨，像你刚才那种想法是不行的。”谢元本来是受开导的人，却反过来成了开导别人的人，“你们的问题不在于婚姻本身，而在于你们对婚姻的理解，在于你们的心理状况，如果你们对待婚姻的态度不改变，那么哪怕离婚再结婚，新的婚姻一定也会同样地毁掉。”

李芳沉默了，她为自己刚才的表露感到羞耻和恼怒，“不知好歹的东西！你以为自己很了不起啊？寡妇都要！”她心里暗暗地骂谢元。她本想立即离开谢元的房间，但又怕那样会让对方看出自己内心的不满，因此硬留下来多坐了一会。

谢元略带尖酸的话使李芳感到难堪、丢脸，心里极不舒服，但却确确实实地撞击了她的心灵，她觉得自己很贱，有一种挫折和失落感，人在这时候最需要一个港湾，一个可以退避的港湾，而目前她惟一可以退避的只有自己的家了，虽然是支离破碎的，但却是最后的，也是惟一的。

“我是不是真的太过分了？”她想。结婚以来，她第一次这样问自己。

她回到家，袁辰正在看书，脚翘起来搁在桌子上。她给自己倒了一杯水，顺便给袁辰桌子上的杯加满了。这真是破天荒的事。

袁辰瞟了她一眼，无动于衷，心里纳闷：这人今天怎么啦？

“今天是星期天哦，弄点吃的吧！”李芳说。

袁辰又瞟了她一眼，还是没有说话，掂量着她究竟想干什么？

换了往常李芳早就失去耐性大叫“死人！”了，但今天她是有备而来的。

“不如我们杀鸡吃好不好？”李芳把手放在袁辰的光膀子上，温柔地说。

学校场地开阔，许多有家属的老师都养有鸡，鸡平时在草地上自行觅食，早晚喂点锅巴、菜叶，不图它们长得快，只图个情趣和寄托，熬着熬着，突然哪天发现鸡已会下蛋了，惊喜之余方知日月穿梭。

“那个小公鸡老欺负别的鸡，把它杀了吧！好吗？”李芳笑着说，“熬点汤给你补补身子。”

虽然不习惯李芳今天的突然温柔，但当他意识到李芳的用意时，激动之情溢于言表，他颤抖地笑着表示赞同。

“我来杀吧！”袁辰把书撂在一边，站了起来，“水壶还有没有开水？”

“可能不够，我去烧水吧！”李芳赶紧去煮开水。

水煮好了，袁辰抓了鸡，割喉、放血、去毛、开腹、取肠，最后连鸡肠也翻洗干净，用盐腌洗过，说这是炒粉丝的好料，从头到尾整个过程，动作干净利落。李芳看在眼里，心里激动，“怎么以前就没发现他的能耐呢？”她心想。

“等会把谢元叫过来一起吃饭吧？”袁辰征求李芳说。

李芳并不愿意，要是以前她肯定会不假思索地专横地拒绝，但考虑到今天刚和袁辰和好，她不想逆他的意，扫他的兴，于是同意了。

自己的意见这么轻易就被接纳，袁辰简直受宠若惊。

“要不要把陈望娣也叫来？”李芳说。

袁辰没有说话。

见此，李芳立即自打圆场地说："不过算了！"

袁辰上次对陈望娣做出的越轨行为，事后他越想越觉得丢人，越想越后悔，生怕万一陈望娣把事情说出去，那将会毁坏他多年刻意经营的美誉，他一直耿耿于怀，不断留意周围的人，看有没有诸如蔑视之类的异样的眼神，还好！没有，使他姑且感到慰藉。但每次遇见陈望娣他仍摆脱不了羞涩，总尽量避开她。李芳是不会知道他内心想什么的，只是觉得他不愿意，那就算了，反正自己也是随口说说而已。

谢元并没有来吃饭，他说身体不太舒服。袁辰觉得很可惜，错过了一起喝酒的机会。李芳却觉得自在多了，如果谢元来了，她会感到别扭的。

李芳尝到了主动让步、宽容所换来的袁辰的爱护。袁辰也发现了李芳温柔时的贤淑。夫妻关系一下子融合了许多。袁辰不知道李芳的性格为何突然发生了这么大的变化，李芳自己却很清楚。无论如何她是感激谢元的。

三十五

谢元那天在开导李芳的同时，也启发了自己，他仿佛感受到了自己的正气凛然，他下决心要从消沉中解脱出来。这天，他把剩下的没抽完的香烟用报纸裹上，糊上浆糊，把口封好，用毛笔写上"别了！我的朋友"，还有日期，然后锁入书桌的抽屉里。他双手抱着后脑勺，倒在床上，想好好静一会，无奈情绪却像一匹野马，无法驾驭，久久不能平静。

就这样结束了吗？他不停地问自己，实在不甘心！"绝不能就这样放弃！"他在心里狠狠地说，并开始为自己的情感寻找出路，开始重新审视、分析陈望娣对他的感情，为自己下一步将要采取的行动寻找支撑。

他经过深思熟虑后得出的结论是，陈望娣口口声声所说的难处，无非是刘家的干涉，换言之，陈望娣是爱他的，不选择他，纯粹是出于无奈，是被逼的。都什么年代了，中国妇女还要受这种压迫，真是岂有此理！他越想越激动，越想越气愤。陈望娣已经够苦、够不幸的了！即使是一个毫不相干的人，目睹这类事情都不应袖手旁观，何况是自己爱的人！绝不能眼睁睁地看着她再受这种愚昧的人为的煎熬，她有权利选择，有权利过上幸福美满的生活！他想。

"是时候为爱做点什么了！"谢元睁开眼睛，坐了起来，双手握拳把身体凌空

撑起，并使劲摇晃了几下，把床压的吱吱响，“豁出去了！”

他要证明给自己看，证明自己的生命和存在，证明自己的爱和勇气。

谢元鼓足了勇气，下了一个巨大的、连他自己都觉得不可思议的决心。但在豪情背后，他却呼吸不到足够的底气，心情忐忑着。感情上他觉得应该要这么做，但果真要行动起来，又隐隐约约地感觉到心虚。

他要上刘家找刘母谈谈。必须得谈！让她知道他们阻止陈望娣寻找新生活的行为是违法的。

该怎么讲呢？他心里琢磨着。当然语气不能太强硬，以一种聊天的形式，慢慢地渗透，使她明白道理，却又不让她觉察到他的目的。他不断地重复组织着要讲的话，一遍一遍地在头脑里复述。他有点紧张，并为这种紧张感到恼怒，对付一个老太婆而已，犯得着这样如临大敌吗？自己可是知识分子，跟一个老太太讲道理还需要如此工于心计吗?!

他穿好衣服，出门时在镜前端详了好一阵子，发现自己的面容非常憔悴，脸色苍白，眼圈发黑，没休息好！精神欠佳，这种状态下去谈判难免会前言不对后语，因此他觉得此时不适宜出门。晚上吧，睡个午觉，晚上再去！也不行，晚上他家人太多了，不好谈。还是明天去吧！明天中午！他决定了。

当晚他并没有如愿地睡个好觉，天气异常闷热，加上近期烟抽多了，喉咙上了火，总觉得有一块吐之不出、咽之不下的东西卡在喉咙里；同时可能又受了热感，太阳穴及后脑玉枕处胀痛难受，整夜的躁梦。朦朦胧胧地，他梦见自己和几个年轻人来到一个陌生的地方，好像是一处边境线，迷糊中得知他们是来接受抓特务的训练的；有人引着他们参观那里的设备，见到了几个以前的熟人，他的初恋女友竟然也在其中，并和他一起参观，他们沿着铁丝网旁被太阳晒得发白的大路走着。突然，路旁窜出几只大狼狗，其中一只黑色的狼狗张着一张怪模怪样的大嘴巴向他冲过来，明明是要咬他，却没咬中，只沾了一点狗的唾液；狗在他脚间来回俯冲，他吓坏了。这时狗增加到了四只，一字排开蹲在他前面，流着口水，虎视眈眈地看着他。他隐隐约约记得曾听老人说过，遇见狗时千万不能跑，应尽量保持平静，否则狗会追着你咬，于是他就站在那儿一动不敢动，感觉到只要稍微挪动一下步子，狗锐利的牙齿就会无情地把他撕得粉碎。他恐慌到了极点，仿佛是末日；他惊恐地四处张望：“狗主人呢？狗主人呢？怎么就不管管狗呢?!”却始终没有人理会他。他旧时的女朋友就在他身旁，若无其事地与别人聊天，对他所面临的危险视而不见……

谢元在极度恐惧中醒来。他浑身大汗，气喘吁吁，惊魂未定地回忆着梦里的情景。他能感觉到这并不是个好兆头。

第二天，头两节是他的课，他打算上完课后就去刘家。他人在讲台上，却心不在焉，想着自己要办的事，同时又仿佛感觉到学生看穿了他的心事，所以浑身不自在。

熬完了两节课，他拍拍手上的粉笔尘，鼓起勇气直奔刘家而去。他简直不敢相信这是真的，仿佛在做梦，仿佛在做一件见不得人的事，机械地、脚步凌乱地往前走着，但隐约地却又觉得自己像是在完成一个壮举，感觉胸口有一股热气往上涌。

刘家大门虚掩着，厨房门却是开着的，刘母正在把锅里的猪食舀到桶里，冬玫站在桶边捞起没煮烂的番薯，抹去上面的粥水后就往嘴里塞。

“大妈，在忙着呢?”谢元弯腰走进厨房，声音不受控制，明显地颤抖，真丢人!

刘母回头见是谢元，面无表情地哼了一声，可以看出她并不欢迎他的到来。

刘母对谢元戒备很深。这是个无情无义、作风不正的东西！她想，枉费自己的儿子生前对他那么好，没想到青岚刚过世，他就做出对不起青岚的事，真是知人知面不知心，外表斯文，心底却是这么龌龊!

冬玫又从桶里捞起一截番薯，伸给谢元说:“你吃不吃?”

“不吃，谢谢!”谢元摸着冬玫的头说。

看见刘母僵硬的脸，谢元事先准备好的台词竟派不上半点用场。眼下的情景与他事先勾勒的反差太大了。他原来想象:到了刘家后，刘母正在门前的石榴树下乘凉，看见他来了，招呼他坐下，冬玫过来坐在他大腿上;他们先是拉家常，然后谈到陈望娣;再然后是给她讲法律方面的知识，刘母听了以后发现自己原来正在做一件违法的事，非常害怕和担心;最后他把自己和陈望娣相好的事跟刘母讲了，刘母无力地没表示反对，这时候陈望娣回来了，然后一切都顺理成章了……

谢元脑海一片混乱，结结巴巴地不知所云。这样下去什么也办不成！他想。那么岂不是白来了？这怎么可以?！昨晚让自己无法入睡的勇气哪去了？他越想越焦急，最后竟连组织语言的能力都没有了，脑袋一片空白，唐突地冒出一句“我，我和陈望娣……好!”

还没等他说完，刘母一木勺猪食“哗”的一声泼在他身上。

“你别走，等我拿个扫把来打衰你!”刘母一边骂一边真的气冲冲地去找扫把。冬玫吓得在一旁大哭。

太突然了！谢元还没反应过来，刘母已取了一个扫把冲到他跟前朝他打来，谢元赶紧退出了厨房。刘母不肯罢休，一边追着打，一边不停地骂："打衰你！打衰你！"

谢元狼狈地绕着院子打转躲闪。邻居有几个老人和小孩站在围墙外看热闹。

正是生产队放工的时候，陈望娣提着一个粪箕回来了，她一进院子就被眼前的情景惊呆了，不知道发生了什么事，木木地立在原处。

刘母见了陈望娣，将手中扫把狠狠地往地上一扔，指着陈望娣骂道："不要脸，你做的好事，把男人勾引到家里来了！"

陈望娣被骂得莫名其妙，跑回房间大哭起来，冬玫也追了进来，趴在妈妈身上惊恐地跟着哭。

刘水根和刘崇青也回来了，当他们明白了事情的缘由，刘水根把手中的箩筐一扔，冲上前去揪住谢元的胸口。

"他妈的！你找死啊！"刘水根露出豺狼般凶狠的目光。刘崇青拿着扁担站在旁边，一副随时动手的样子。

谢元有生以来第一次遭遇这种事情，狼狈到了极点。

"还不滚！"刘崇青说。

"下次再敢来，看我把你扔到河里喂鱼！"刘水根狠狠地一掌把谢元推了出去。

谢元如丧家之犬逃离了刘家。他已记不清自己是怎么回到宿舍的了。

事情很快就传遍了小山村，学校当然也知道了，毫无疑问，那位校长又找谢元谈话了。

"你怎么能这样呢？我跟说过多少回了，注意影响，离那个寡妇远一点，你怎么就不听！"校长绷着又干又黑的脸严厉地说，"现在整个学校的脸，所有老师的脸都让你给丢尽了，你看怎么办?!"

谢元没有说话，他脸涨得通红，像一座将要爆发的火山。

"那个寡妇有什么好？谁靠近她谁倒霉！"

校长这句恶毒的话如一根导火索，把谢元的羞怒点燃到了极点。他拍案而起，指着校长的鼻子骂道："你算什么东西！你爱怎么着就怎么着！爱怎么处理就怎么处理！但你没有资格对人家说三道四！"说完，扬长而去。

校长惊呆了，他万没想到平时温文尔雅的谢元竟然如此暴躁，发这么大的火。

一个星期后,谢元被调离了学校,分到生产队和群众一起劳动去了,也许是为了将他和陈望娣分开,他去的是隔壁的生产队。原因都知道了,校长添盐加醋地向大队书记和公社领导汇报了谢元的作风问题,为了孩子们的健康成长,大队和公社领导一致认为,像谢元这样作风有问题的人,哪怕再有学问,也不能当老师,以免荼毒下一代。

陈望娣的母亲也听到了一些风言风语,赶紧过来了解情况,在她了解了事情的经过后,心里直冒火。

“你真是老糊涂了,怎么能捕风捉影,冤枉望娣!”她责问亲家母道,“望娣一心一意为你们刘家做了这么多事,图个什么?你们如果还是这样不知好歹地逼她,我就真的叫她回娘家住,不回来的了!”

事情过后,刘母也后悔了,生怕陈望娣就此离去,好话说尽,向陈望娣认了错。同时又趁机想让亲家母做做陈望娣的工作,撮合她与水根。

“这个我就管不了了!”陈望娣的母亲当即就拒绝了。

事隔不久,陈望娣的会计一职也被免了。大队书记批评生产队长,说他不用脑,嫌烦心事还不够多?!让一个寡妇当干部!

三十六

1976年9月9日,神州大地发生了一件惊天动地的大事,毛泽东逝世了。巨人陨落,日月同悲,举国哀悼,即使是遥远偏僻的山村,也笼罩着戚戚悲风。

大队领导把村中的大祠堂布置成灵堂,全体社员在这里召开追悼会。全大队社员无论男女老幼,都要佩戴黑纱。

陈望娣从衣柜里翻出一块黑布,小心翼翼地裁成6小块,一块给自己,一块给冬玫,其余的给刘母和他们三兄弟。她用针先帮刘母他们把黑布缝好,然后再给自己和冬玫缝。

“妈妈,这是干什么的啊?”冬玫拨弄着胸前那块黑布,好奇地问。

“用来纪念毛主席的呀,”陈望娣回答说。

“毛主席是谁啊?”冬玫接着问。

“一个好人,一个大人物。”陈望娣一边缝,一边回答。

“他有多大呀?有没有天这么大啊?”冬玫比划着问。

“唔,差不多,”陈望娣已经缝好了,站了起来。

“这么大呀？那他睡觉怎么办啊？”冬玫瞪着天真的眼睛好奇地问。

“小孩子，别问这么多。”陈望娣拧了一下冬玫的脸蛋，怕犯忌讳似地轻声说。

灵堂中间摆放着毛泽东的画像，两侧是纸扎的花圈，上面一条横幅，白纸黑字地写着“沉痛哀悼伟大领袖毛主席”。

对于这么个偏僻的山村，这样的事情是首次，很多人甚至对“追悼会”一词都很陌生。不过，他们对领袖的哀悼却是发自肺腑的——恸恸的哭声可以作证。

追悼会开完不久，陈望娣家的墙壁上，在毛泽东画像旁多了一个新的领袖的画像——那就是华国锋主席。又事隔不久，全国掀起了知青返城潮，谢元毫无疑问也在此次大潮之中。

谢元千方百计向陈望娣传了话，希望在走之前见见她，但遭到陈望娣的拒绝。谢元彻底绝望了。这里并没有值得他留恋的东西——如果不存在陈望娣的话。他不想就这样走得不明不白，他心里还有许多话要跟她讲，但陈望娣却没有给他机会。

动身的前一个晚上，谢元简单地收拾了行囊——主要是一些书。当他从箱子底下翻出那个写着“别了，我的朋友”的纸包时，一度生气地将它扔在垃圾堆上。但过了一会，又把它捡了起来，擦干上面的灰尘和水，塞进那个本已胀鼓鼓的帆布包里，他要好好保留着它——他的爱和痛。收拾妥当，谢元找来几张皱巴巴的信纸，埋头写了起来，抬头是“望娣”……

写完后，谢元仔细地把信读了两遍，把自己回城后的通信地址对了又对，看有没有错的地方，然后装入信封，用浆糊封好，写上“烦交陈望娣！”。完了，他如释重负地往椅背一靠，长长地舒了一口气，他能感到自己心胸的舒畅！他就这么继续静静地靠着，让胸口充分地舒服地休息。过了好一会，他站了起来，走到门外。已是深夜1点多了。他抬头仰望，只见繁星点点，流沙般的银河，在屋檐一挥而过，无情地把牛郎、织女两星斜斜分开；村庄镶嵌在连绵的群山之中，如大病初愈的衰弱，沉沉地睡着了；黑魆魆的巷口时而传来狗的吠声，深远而孤独；门前一片鱼塘，不时地有鱼儿跳出水面的声音，恍如一个个清晰的音符；一只萤火虫撞在谢元的脸上，他顺手将它拿住，放在手里，端详着它腹中一闪一闪的嫩黄色的光，然后再把它抛入空中，但它没飞出多远就一头扎入了鱼塘，随着一声清脆的水响，可怜的东西已成了鱼的腹中物。

多么恬美的夜色，怎么以前就没有感觉到呢！他叹了一口气。

第二天一早，谢元来到小学，匆匆向李芳、袁辰夫妇辞行，顺便把信给了李芳，千叮嘱，万嘱咐，要她无论如何得将信亲手交给陈望娣。

“放心好了，保证完成任务！”李芳拍着胸脯说。

袁辰抓着谢元的手臂使劲摇晃了几下，打量着谢元说：“恭喜你！记得有空回来看我们。”

“也欢迎你们进城来看我！”谢元搭着袁辰的肩膀说。

告别了李芳夫妇，谢元回到村子里，在村里一个小伙的帮忙下，把行李抬到车站。放下行李，留下一句“走好”，没等谢元说“谢谢”，那小伙就自个去了。

9点10分，一辆开往省城的黄白色客车摇晃着停靠在路边，这正是谢元要坐的车。乘务员顺着铁架，扛着谢元的大包行李爬上车顶的行李架，拉开行李架的帆布盖，把行李放好，再把帆布盖拉上，然后快速地落回地面，拍拍手上的灰尘，手一挥：“上车！”

回城本是一件喜事，理应高兴，但此时此刻，谢元却没有丝毫的快感，他心事重重找人似的环顾四周，显然没有看见他希望看见的人。他机械地上了车。

车缓缓开出，越过村庄，越过菜地和稻田。谢元留意着车窗外闪过的人影，留意着一闪而过的稻田、菜地，他多么渴望能见着她的身影，但那只是他的一厢情愿！

他走了，这是他盼望已久的日子！无奈，在这本让他觉得毫无作为、万般无聊的境地，却凭空生出了这么一份让他牵挂的情感，以至于在大喜之日却黯然神伤。

三十七

当天晚上，陈望娣就收到了李芳转来的谢元的信。她早已听说谢元要走，只是不知道确切日子。不过，知道与否都不会有任何区别，反正她是不可能为他送行的。那天谢元在刘家被赶，弄得人人皆知，人们添盐加醋，以讹传讹，到最后，传言与真相已是风马牛了，生出了许多个版本，有的甚至说陈望娣与谢元在刘家偷欢，被刘母逮了个正着，刘家几兄弟把谢元打了出去云云。事情到了这种地步，结果只能朝两个极端发展，要么冲破阻力，不顾世俗，一不干，二不休，干脆就结合了；要么就是屈服于无奈，断绝一切明暗的往来，从此六根清净，一刀两断。谢元没有屈服，但却无能为力。陈望娣本可以选择，但却屈服了。

那天谢元的事加重了她内心的罪孽感，她甚至觉得自己是一个不守妇道、伤风败俗的坏女人，觉得对不起女儿冬玫，对不起父母弟妹。在自责和反省中，在情欲与她坚守的伦理和道德之间，她选择了后者——最起码在行动上，她选择了后者。

接到信件，陈望娣显得很紧张，她心里激烈地斗争着，她怕看了信件后自己会把持不住！她有一种感觉，无论谢元信中说什么，看了之后她都会感到难过的。因此，她决定不看！她把信捋了捋，然后锁进了抽屉！

她进入厨房，把第二天的猪食煮好，把掉在地板上的稻草扫干净，把灶台抹了又抹，把厨房收拾得整整齐齐。

这时，冬玫满头大汗地从外面跑了进来。这孩子长得整个像男孩一样，与同村的小孩玩起来疯得很，跑得飞快。陈望娣有意早点把她送进学校，治一治她的野性。但刘母说要等她9岁才给她上学，图个长长久久的意头。

“妈妈，我要喝水！”冬玫一进来就气喘吁吁地嚷嚷，走到水缸旁拿起木勺舀了一勺井水仰起脖子就想喝。

陈望娣赶紧制止，夺过木勺，把凉水倒掉，盛了一勺开水，在水缸里荡凉了给她喝。

冬玫咕噜咕噜地一口气把水喝干，用袖子擦了擦嘴，定定地站着，喘着气，不时地打着嗝。

陈望娣撩了撩女儿满是汗水的湿发说：“好好歇会，透凉啰，妈妈给你洗澡！”

“哦！”冬玫答应着，转身把手伸入水缸里，调皮地说：“真凉快！”

“那水是吃的，你的手这么脏！”陈望娣连忙把她拉开。

陈望娣给冬玫收拾了衣服，从大锅里舀了一桶水，提进澡堂。

“冬玫，过来洗澡！”陈望娣在澡堂里喊。

冬玫正趴在奶奶的大腿上，在昏暗的灯光下，刘母撩起孙女的头发，眯着眼睛找虱子。也许是趴着太舒服了，虽然听见喊声，冬玫仍赖着不想起来。

“快！快去！”刘母轻轻地打了一下冬玫的小屁股，催促着说。

冬玫很不情愿地站起来，一歪一扭地进了澡堂。

所谓的澡堂，也叫天井。一般设在厨房（新婚的房间里也有），用砖墙隔出的一个小方块，有一个渠口直通屋外，旁边放着水缸，洗澡时如果嫌水太热，随时可以加入冷水。天井除了用作洗澡，还是洗菜、洗锅等生活污水排放的地方。由于长年阴暗潮湿，那个直通外面的渠口成了蛇虫鼠蚁爬进爬出的通道，因而洗澡时被爬进来的蛇虫咬伤的事时有发生。

陈望娣先给冬玫洗了头，让她撅着屁股蹲下，拿木勺一勺一勺地往头上浇水，边浇边挠，冬玫在下面不停地喊："我的眼睛！我的眼睛！我的眼睛进水了！"每次都是这样，开始时陈望娣还会停下来帮她擦擦脸上的水，但后来习惯了也就很少理会了。

"你想弄瞎我的眼睛啊！"趁妈妈给自己擦头发时，冬玫一只手揉着眼睛，一只手拍打着妈妈的大腿说。

"瞎了好啊，不用这么调皮，让妈妈操心，"陈望娣笑着说。

"奶奶！妈妈说我瞎了好！"冬玫在澡堂里喊出来。

听见喊声，刘母推开半扇门，探进头来，安慰了冬玫几句，然后又责怪了陈望娣几句，说她这么大的人还跟小孩斗气，尽说些不吉利的话。

见妈妈被责怪，冬玫又赶紧说："奶奶，妈妈是跟我开玩笑的！是不是啊，妈妈？"

陈望娣拧了一下她的小脸蛋，冬玫又要喊，陈望娣连忙使了个眼神制止了她。

洗好了身子，擦干，陈望娣拿衣服给冬玫穿，冬玫调皮地学着男孩的样子，对着陈望娣做出尿尿的动作。

陈望娣"啪"的一声一掌打着冬玫的屁股上。

"这么大的人了，下次自己洗澡了！"陈望娣假装生气地说。

"我不，我就是要妈妈给我洗！"冬玫撅着小嘴巴说。

"你想妈妈给你洗到几岁？"

"唔，洗到100岁！"冬玫天真地说。

"那妈妈老了，谁给妈妈洗呀？"

"我们互相洗！"冬玫露出无邪的笑。

"好了，让奶奶给你擦一下头！"陈望娣像赶牛一样又拍了一下冬玫的屁股。

冬玫去了，陈望娣准备给自己洗澡。

"谢元的信会说些什么呢？"她一边舀水一边想。虽然决定不看谢元的信了，但却控制不住心中的好奇。

在昏暗的灯光下，陈望娣端详着自己雪白的胴体，岁月已将生小孩留下的痕迹摸平，肌体早已回复了弹性，光滑圆润，如一颗成熟的瓜，不早不晚，最甜而且水分最充足的时候，可惜却没有被摘取，丢荒于田野，任凭美好时光白白流失。

陈望娣用手托了托自己扎实的奶，心有不甘地叹了口气，提起木桶，把剩下的水哗哗地沿着胸脯冲了个痛快。

陈望娣扣着纽扣从澡堂里出来，看见冬玫仍趴在奶奶身上，刘母一边撩着她的头发，一边用大葵扇帮她把头发吹干。

“今晚你跟谁睡呀？”陈望娣问冬玫。

“唔！让我想一想！”冬玫看看陈望娣，再看看刘母，迟疑了一会，最后指着陈望娣说：“跟妈妈睡！”决定以后，又担心刘母不高兴，抓着刘母的手说：“奶奶，我明天才跟你睡啊！”

“好！好！好！去吧！去吧！”刘母轻轻地挥挥手。

陈望娣整理好床席，用葵扇赶了蚊子，放下蚊帐，让冬玫上了床。

“你先睡，妈妈热，坐一会。”陈望娣说。

“给我摸肚子！”冬玫装出霸道的样子说。

陈望娣在床沿坐下，一只手伸入蚊帐柔柔地摸着冬玫光滑的小肚子，另一只手轻轻地扇着葵扇。

也许是天气太热了，冬玫烦躁地翻来覆去，小手到处乱抓，根本就睡不着。陈望娣只好静下心来，不停地给她扇扇子。好不容易睡着了，但扇子一停，冬玫马上又醒了，哭着说热。就这样睡睡醒醒，醒醒睡睡，一直折腾到半夜。此时，大地已将白天吸收的热气散尽，吹来习习凉风，冬玫这才踏实地睡熟了。

陈望娣从未感觉这么疲惫过，她眼睛都打不开了，一头栽到床上，睡着了。

谢元的回城，标志着一个时代的结束。他回到城里后，在某中学担任教师。刚开始，他仍记挂着陈望娣，焦虑地盼望着陈望娣的来信，甚至怀疑李芳是否已将信交给了陈望娣，也担心自己把地址写错了，后悔自己当初没有再细看几遍——其实当初他已经细读了好几遍了。后来，他生活中出现了一个女人——一个倾慕他的女人。这个女人让他尝到了从未有过被爱的甜蜜。这时，他回顾自己过去的感情生活，发现是那样的苍白和急功近利！他很快就跟那个女人结了婚。随着时间的推移，陈望娣这个名字渐渐地淡出了他的记忆。

陈望娣始终没有拆开谢元留下的信，信的内容，她始终没有勇气知道！

三十八

经历了7年的劳改后，冬玫她爷爷，也就是刘水根的父亲突然回来了。

这一天，冬玫正在门前用一根绑着铁钩子的竹竿摘石榴树上的果子吃，一个青瘦白净的老头东张西望地走了上来。刘家的几条狗见了陌生人，冲上来围着他使劲地吠。那老头又恼又怒，顺手在门前的柴堆里捡起一块木柴砸了过去，嘴里骂道："打死你这群畜生！焖果皮！"当头那只大黑狗被打得惨叫一声，从狗洞里逃进了屋，其余狗只惊恐地四散逃命。冬玫原本正聚精会神地钩一个大石榴，被出其不意吓了一大跳，竹竿都不要了，惊慌地向厨房踉跄跑去，边跑边喊："奶奶！奶奶！"

刘母正在烧火煮饭，听见狗和冬玫惊恐的叫声，操着烧火棍冲了出来，迎面看见斜挎着帆布背包的刘父，由于事先没有任何要回来的消息，而且整整7年没见面了，突然出现，刘母并没能一下子把对方认出来，正要说什么。对方瞟了她一眼，似乎发现了她的疑惑，先开了口：

"门前那条路这么多草也不锄一锄，藏蛇藏鼠！"

一开口，那说话的神态和语气，刘母马上就认出了对方。

"冬玫，你爷爷，你爷爷回来了！"刘母脸上绽开了久违的笑。

刘父径直地走入厅堂，卸下背包，他神情自然，就好像刚出差开会回来一样，没有半点生疏感，真不知道是真的如此呢，抑或故意装成这样子。

他从帆布包里取出一个铁口盅，"有凉开水吗？"

"有，就在那个大茶壶里，"刘母跟着进来，冬玫揪住奶奶的裤子，害羞而又好奇地躲在后面。

"冬玫是吗？"刘父坐下来喝了口水，"过来，爷爷给你雪梨吃。"

刘父从帆布包摸出一个网丝袋，里面放着6个雪梨，这是他回来的路上在车站买的。

"去吧！叫爷爷，"刘母把冬玫推到前面。但她刚一松手，冬玫又缩了回来，依旧用惊恐的眼光瞪着眼前这个陌生的老头。"没鬼用！"刘母打了一下冬玫的小手，责骂道。"回来怎么也没个信？让准备一下，"刘母依旧站着，一边用手制止在她腿间穿来穿去的冬玫，一边对着老伴说。老伴回来了，她重新又有了依靠了，心一下子踏实了。

“准备什么？又不是当官回来，”刘父边说边取出一个雪梨，伸向冬玫，“过来，爷爷给你梨吃！”

冬玫虽然咬着手指，但还是不敢上前。

“不叫爷爷不要给她吃！”刘母一边说一边又硬把冬玫从她屁股后面拉了出来。

刘父站起来上前两步，一手拿着雪梨，一手抓着冬玫的小手，硬把她拉了过去。

“杀个鸡吧！”刘母说着转身去了，“冬玫，陪你爷爷说说话。”

“来，爷爷抱一抱啊！”刘父把雪梨塞到冬玫手里，抱起她坐在自己的腿上，仔细地端详着。

冬玫的出生，他一开始就知道了，是刘青岚写信告诉他的，但刘青岚过身的事，他在数月后才得知。刘母怕他受不了打击，没有马上通知他。后来，刘水根几兄弟去探监，刘父没见着刘青岚，问起。几兄弟还想隐瞒，但眼泪却不会说谎，不听使唤地吧嗒吧嗒往下流。

刘青岚是刘父最喜欢的儿子，从小就乖巧听话，读书也聪明，却没想到这么短命。白发人送黑发人，而且来得这么突然，毫无防备，真是要命的打击。

听到这个噩耗，刘父就像被人从身后出其不意地偷袭了一下，而且是重重的一击，痛苦窒息了他所有的神经，他全身都僵硬了，只有眼泪不受控制，泉水般往外涌。

他在监狱里卧病两个多月，差点掉了性命，身体一落千丈。

7年来，刘母一直没有去过监狱看望过老伴。山里人说妇女探监不吉利，而且刘母也坐不得车，一坐车就又晕又吐，比死还难受，所以探监的事惟有让儿子们代劳，因此夫妻俩7年来一直没见过面。

“样子像望娣，但神态还是像青岚！”刘父咕哝着。

“爷爷，青岚是谁啊？”冬玫听见了，问。她已经不惧怕爷爷了。

“你老子！”

“老子就是我爸爸，是吗？”

“嗯！”

“我想我爸爸。妈妈说爸爸去了很远的地方，你知道我爸爸什么时候回来吗？”

“等你长大了，爸爸就回来了。”

“那爷爷你又去哪里了？怎么现在才回来？是不是爸爸叫你先回来？”

“嗯。爸爸叫你要乖乖听话，”刘父的眼圈红了，他偷偷地用袖子抹干了渗出来的眼泪，躲着冬玫，尽量不让她看见自己的眼睛。

“爷爷，我会听话的。”冬玫掰着爷爷的手指说。

到了中午，生产队放工了，几兄弟和陈望娣陆续回来了，见到刘父，大家都显得非常意外和惊喜。刘秋平回来后放下锄头，第一件事就是骑自行车去把他大伯，也就是刘父的哥哥接过来，让他们兄弟见面。

刘父和他哥哥一个住村东，一个住村西，中间隔着一个大水塘，绕过水塘必须走一段很长的路。

当时刘父的哥哥正在吃饭，听说弟弟回来了，扔下饭碗，顾不上嘴里的饭，坐上刘秋平的车就过来了。

“继珍！继珍！”继珍是刘父的名字。刚到门口，哥哥就喊着弟弟的名字踉踉跄跄地进来了。

刘父显得格外平静，但他哥哥却老泪纵横。7年前的事情记忆犹新，是自己一念之差，害了弟弟，这些年来，他无时无刻不在自责，悔不该当初呀！

他在弟弟旁边坐下，陈望娣给他摆上碗筷，他说自己已经吃过了，但刘父叫他再吃，他也就不推却了。

刘父把鸡肝夹到哥哥碗里，说：“没牙吃这个好。”

“唔！你吃嘛！夹给我干吗！我都已经吃过饭的了。”哥哥推却着说。

“庆新几个子女了？都很大了吧？”刘父问。庆新是哥哥的儿子。

“嗯，5个了，最小那个比冬玫小一岁，都调皮得很，不懂事。”刘父的哥哥咬了一口鸡肝，嚼着含糊地说，“待会让他们都过来见见面，老大、老二应该都认识，老三、老四当时还小，老五是你走后才出生的。”

吃完饭，刚收拾好碗筷，外面就传来了喧哗的声音，冬玫连忙跑出去看个究竟，原来是堂兄弟们过来了。一进院子，堂兄祥兴就爬到树上摘石榴，并一个个地往下扔，姐姐和弟妹在下面捡起祥兴扔下来的石榴，在衣服上随便擦一擦，迫不及待地送到嘴里，咬一口，觉得不是很熟，扔掉，然后对着树上喊：“再给我一个！再给我一个！”

刘母见他们没完没了地摘，实在看不过眼，就出来朝树上喊“祥兴，你摘这么多干什么？摘几个吃就得了，不熟的摘了不浪费啊？！”

树上的祥兴听见叔婆的喊声，赶紧沿树干滑了下来，他们姐弟最怕叔婆了。

“祥兴，你们还不进来叫叔公啊？”他们的爷爷在里面喊道。

祥兴几姐弟咬着石榴，推推搡搡地来到门口，并没进去，歪歪扭扭地靠在门框上，吃着石榴，失神地看着里面。

“赶紧进来见过你叔公！”爷爷在屋里连连向他们招手。

但他们还是你推我，我推你，像怕见老师似的，谁都不愿意第一个进去。最后，爷爷要发火骂人了，姐姐才带头，一个个跟着进来了。

“这是春梅，16 岁了。”爷爷指着最大的女孩说，“还不叫叔公！”

“叔公！”春梅害羞地喊了一声。

“这是祥兴，14 岁。”

“叔公！”祥兴并未表现出太大的恭敬，随意地喊了一声。

另外 3 个小的也相继喊过叔公，

刘父取出两个雪梨，叫陈望娣拿去厨房切开分给他们吃。

喊过叔公后，两个小的和冬玫一起在外面玩，祥兴坐在小凳子上，一边吃着雪梨，一边打量着叔公陌生的脸。也许是太阳晒得少，叔公的脸比别人明显的白，而且透着青。

刘母叫陈望娣去后山摘一捆柚子叶回来煮汤给刘父洗澡，洗干净身上的晦气。春梅跟着一块去了。春梅渐渐长大，虽然讲话让人觉得有点顽劣，但却很粘陈望娣。这也正合了陈望娣的意，干什么事多了伴，平常去哪都喜欢叫上她。

刘父的回来，对刘家来讲可谓千头万绪，一时半晌难以理清，明明觉得这样重要的时刻应该有许多重要的话要讲，却不知从何说起，不知先讲那一件，只好随意拉扯。

“望娣这个人不行，跟那个谢元，要不是我当面拆穿，还不知道事情会闹到什么地步。”刘父的哥哥突然觉得没话可讲，趁陈望娣不在，打起小报告来。

刘父神情淡然，没有出声。儿子探监的时候，也曾经跟他说过这件事，他当时的意思是，没有什么真凭实据，不要胡乱猜测，免得把望娣逼绝了，没有回旋的余地。

“也没什么事了，人都走了，就别提了。”刘母在一旁打着圆场说。

“谢元走了吗？”刘父问，他仍记得这个人，印象本还不错，但说起他竟然勾引陈望娣，心中难免不悦。

“是，回城了！”刘母回答说。

“水根的事也让人操心。”刘父的哥哥说着，扭头找刘水根，发现他不知什么时候已离开了厅堂。

“那个傻人！自作自受。”刘父生气地说，“只是误了两个弟弟。”

“当地人家的姑娘是不会愿意的了，看看河远那边有没有合适的，那边地方穷，到那边比较好找。”刘母无奈地说。

说起河远，刘父突然想起一个人，这人名叫钟草芳，当年一家人从河远逃荒下来，那时刘父还是大队书记，为他们在当地的安居帮了不少的忙，排除了本地群众的阻挠，解决了他们的耕地、建房等问题。钟草芳对此感激不尽，视刘父一家为恩人。

“草芳有没有来过？”刘父问。

“自从你不在，来的就比较少了。”刘母说。

“下午我去叫他过来。”刘秋平说。

这时陈望娣摘了柚子叶回来了。

“这够了吧？”她把柚子叶给刘母看过。

“够了！够了！”刘母连声说。

“那我去煮水了！”陈望娣说着进了厨房。

她把那口大铁锅洗干净，放入清水，把柚子叶缠好，整捆放入锅中，盖上锅盖，点燃芦箕，一把一把地烧火。

刘父回来了，陈望娣显得有点提心吊胆，她一直都很敬畏这个公公，一方面欣赏他的磊落和豪爽，另一方面对他的那种看不顺眼就要骂人的火爆脾气又望而生畏，因此处处小心谨慎，生怕有所差错，而且，她担心要是他知道她与谢元之间的谣传后，不知道会怎么想。

约莫半个小时的工夫，水就烧开了，陈望娣用木桶把水盛起，整整两大桶。

“妈，好了！”陈望娣准备好后，出来喊刘母。

“哦！好！不要兑冷水，盛起来让它自然凉。”刘母说着站了起来，进房间去给老伴找衣服。这么多年，她一直把老伴的衣服整理得整整齐齐，经常让陈望娣拿出来洗晒，随时等老伴回来穿。

刘母在房间里翻了半天，找出一套她认为比较合适的衣服，拿到厅堂比划了一阵，问老伴：“这件怎么样？”

“可以！随便就行了！”刘父不耐烦地说。

“一会儿水凉了就可以洗了。”刘母笑着把衣服拿进了澡堂。

刘父洗了澡，水不是很凉，有点温热，大热天，把他洗的满身大汗，但他却有一种说不出的爽快。离开这个家已经整整 7 年了，终于又可以自由自在地尽情地洗澡，有人伺候，有人尊重，回想起监狱里那种被呼来喝去毫无尊严的日子，自由、家庭显得多么珍贵呀！当年，一踏入监狱，面对四壁高墙，每日被警卫用枪顶着，从早到晚，从刷牙到吃饭、睡觉，整日提心吊胆，毫无半点自由。一想到这样的日子要熬漫漫的7年,他的精神几乎就要崩溃了,一度失去了生存的意志和愿望,但他最终还是挺过来了,是家庭给了他生存下去的理由。每次从儿子来探监时的言语和精神面貌,他可以体会到家中的困境,这是一种精神上的困境,作为一家之主,他知道自己有义务活着出去,只有这样,儿子们才有走出谷底的机会,否则将永远沉沦。因此,他尽力挣脱了轻生的念头,重新调整心态,全心投入改造,争取早日获得自由。但他犯下的是对无产阶级兄弟姐妹进行残酷迫害的滔天罪行,因此,想获得减刑,谈何容易!

现在,他终于出来了。一个从未失去过自由的人,是绝对体会不到自由的存在与价值的,只有当得而复失,失而复得,才知道自由原来是会失去的。失去自由的人,那真是牲畜都不如。

刘父有点疲倦,洗过澡后就进房间休息去了,他哥哥就在厅堂里和刘母她们聊天。

不知过了多少时间,朦胧中,刘父被喊声叫醒,原来是钟草芳过来了。

"珍哥! 珍哥!"钟草芳站在房间门外喊。

刘父惊醒后,反应还算快,一下子就知道是钟草芳来了。

"唔,来了?"刘父从床上坐了起来,"坐啊!"

刘父还没完全回过神来,迷糊地穿上了木屐,拖着响亮的声音出来了。

"珍哥!"钟草芳握住刘父手,除了叫"珍哥"外,不知该说些什么好。

"坐,坐坐!"刘父招呼钟草芳坐下,"怎么样,日子过得还可以吧?"

"马马虎虎! 这年头,大家都是这样了!"钟草芳谦恭地说,"抽烟?"钟草芳从口袋里掏出一包"丰收"牌香烟,递了一支给刘父。

"那个太淡了!"刘父没要他的烟,从背包里摸出一包"顶雾"烟丝,"我抽这个。"

"那个很浓的喔!"钟草芳说。

"嘿! 嘿! 就是喜欢它浓,"刘父干笑了两声,手指卷着烟丝问道,"近来没回河远吗?"

"比较少。"钟草芳回答道。

"下次,你如果回河远,打听一下,看有没有姑娘愿意嫁下来,帮忙把水根的事解决了。"刘父开门见山地说。

"行啊! 只要水根不嫌弃,大把姑娘愿意嫁下来,"钟草芳拍着胸膛说,"这事我包了!"

"那就拜托了。"刘父说,"这个傻儿子的问题不解决,连两个小的也给耽搁了。”

“别客气!”钟草芳说,“珍哥你对我的帮忙,我都不知道怎么报答呢! 这点小事算啥!”

“晚上在这吃饭,咱哥俩喝一杯。”刘父说,然后回过头吩咐刘母,“叫望娣弄几个菜,要么到镇上去看看也行。”

“喝酒行! 菜就随便吧?”钟草芳说,“看明天或是什么时候,你有空,我请你来我家喝酒,算是为你洗尘。”

“再说吧,但水根的事你一定要给我抓紧啰!”刘父说。

“行,放心吧!”钟草芳说。

当晚,刘家热热闹闹地开了两桌,两个出嫁的女儿带着小孩回来了,刘父哥哥的一家大小也全都过来了,像过年办喜事似的。刘家很久没有如此开心热闹了,特别是刘母,她喜上眉梢,笑逐颜开,仿佛感觉春天要来了。

三十九

忙完了农活,钟草芳就匆匆去了河远,给刘水根物色媳妇。

三天后,钟草芳兴冲冲地回来了,一下车,连自己家都顾不上回,就直奔刘家而来。

“珍哥,好消息!”还没进门钟草芳就急着喊道。

刘父迎了出来。

“坐,坐,坐! 喝口水先,”刘父招呼钟草芳坐下,给他斟了茶。

“真是天意啊!”钟草芳一口把茶喝干,擦擦嘴角说,“天赐良缘啊! 珍哥。”

“别急,慢慢说!”刘父招招手,说。

钟草芳向刘父一五一十地讲述了河远之行的经过。

钟草芳到了河远之后,首先回到他以前居住的村里探望熟人,无意中了解到熟人有一家姓田的亲戚,这亲戚的女儿在谈恋爱时失了身,有了 3 个月的身孕,结果男的把她给抛弃了。眼看着女儿的肚子一天天隆起,做父母的担心事情宣出去后,不但自己颜面无光,而且女儿的肚子挺得越明显,就越难出嫁,因此急着给女儿找个婆家。父母还有意要将女儿嫁得远一点,免得闲人搬弄是非。当时他听说这件事以后,就叫那熟人带着去到田家,把来意说明,并且见到了那个姑娘。“那姑娘长得真标致!”钟草芳说。当时他把这边的情况说了,田家觉得条件还合适，同意先见见面。

“所以我就马不停蹄地赶回来，看看你们的意见如何？如果愿意，明天我就带水根上河远。”钟草芳说，“不过我没说水根结过婚的事。”当然也没说你坐过牢的事，钟草芳心里说。

“这样啊？”听说那姑娘有带着三个月的身孕，一旁的刘母不免犹豫起来，“其他的都好说，只是怀了别人的孩子，那么不就等于替别人养孩子吗？！”

“哪来这么多话！你以为你水根是什么货色啊？”刘父瞪了老伴一眼，“现在的问题是草芳没告诉人家水根结过婚的事，我是怕万一到时人家知道了水根的真实情况后不愿意！”

“这你尽可放心。”钟草芳说，“你都不知道上面的生活有多苦，一日两餐都吃不饱，姑娘都希望往这边嫁，像她这种情况，能嫁到这边来，而且是你们这样的大户人家，算她有福了。况且水根长得并不差，结结实实的，谁不喜欢？！没问题的，少担心！”

“既然这样，等水根回来问问他的意思吧！”刘母说。

“问问问！问什么问？第一个就是让他自己傻来，才弄成今天这样子。”刘父狠狠地说，“就这么定了，明天我、你、水根，三人一起上河远。”

“我也去？”刘母以为老伴让她也去。

“你去干吗？我是说草芳，”刘父鼻子哼了一声，“对了，草芳上下河远的路费，你赶紧给回人家。”

“不，不用了！珍哥。”钟草芳连忙推却。

“要，一定要，哪好让你为了我们的事垫钱呢！”刘父不容争辩地说。

“真的不用给，珍哥，如果你硬要这么客气，我就不和你们上河远了。”钟草芳坚决不要。

“你跟我耍什么性子？你以为你的环境很好啊？”刘父用责怪的口吻说，“你帮我解决了水根的事就是对我最大的帮忙，其他的事情你少操心。”

“珍哥你真是的，这么客气。”钟草芳拿他没办法，只好随他。

“晚上在这吃饭？”刘父说。

“不用了，你看我连家都还没回呢！我先回家交代一下，你们也为明天的行程做好准备。”钟草芳说着站了起来，一边整理背包一边往门外走。

刘母回房间里取了钱，匆匆出来塞入钟草芳的背包里。

“你这……”钟草芳看着刘父，嘴巴咂了一下，一副无奈的样子。

“去吧！去吧！”刘父笑着说。

当晚，刘家准备好了明天所要携带的物品：一袋米，两斤花生油、一只鹅、两只大阉鸡，10 多斤黄豆、两斤红糖、一大捆菜干、一包地瓜干。最后，刘母把一个装着 200 元钱的小布袋交给了刘父。

一切准备好了，刘父取出烟包，卷了一支烟，点着了大大地吸了一口。

“怎么样，你有什么意见啊？”刘父瞟了水根一眼，问道。

“能有什么意见？！”水根挠挠脑袋，装着很无奈的样子说。

第二天一早，吃过早饭，刘崇青和刘秋平把父亲和哥哥送到车站，会齐了钟草芳，大概 7 点半钟，他们搭上了客车，直奔河远而去。

大概 4 个小时的车程，到了河远，再转了一趟车，然后步行 10 多里，翻过一座小山包，过了一条河，再翻过一个较大的山包，来到钟草芳以前居住的村，找到了那位熟人桥哥，再由桥哥领着，走 5 里多的山路，蹚过一条小溪，来到了田家。

刘水根从肩上卸下那袋大米，已是满头大汗，衣服全湿透了。

主人家热情地接待了他们，但是没见到那位姑娘，女户主不住地瞅刘水根，表情里依稀显露出疑惑。由于钟草芳事先已将刘家这边的情况交代过了，大家心中有了底，田家方面并没盘问什么，只是不停地叫他们喝水。

出门时刘父一再嘱咐刘水根，叫他不要乱讲话，所以刘水根一味低着头扇扇子。

客套过后，主人家让水根他们随便坐，他们自己就开始用刘水根带来的东西准备下午的饭了。

趁这空当，刘父把田家的房子打量了一番，两间主房，连着一间斜盖当厨房，除了半米高的石基外，其余的全是泥砖，墙壁没有批搪，泥砖已经开始剥落。房子阴暗矮小，里面那间房摆了两张床，是主房，外面这间也摆了两张床，既当客厅也作睡房。整个家弥漫着尿缸的氨臭。

“你们这边的房子建得好像比较小啊？！”刘父说。

“是的，这边的房子全都这么小，节省材料嘛！不像你们那边大门大户！”钟草芳说。

刘父走出门外，四周看了一遍，前面是横七竖八的一样的泥房，右边是一丛断泥墙，淹没在杂草中；左边是两棵枯树，一棵已倒下，另一棵仍凄凉地立着。树根上系着两头黄牛，旁边是一摊混着牛尿、牛粪的泥浆水，在斜斜的日照下散发出阵阵腥臊。

这时田家的小孩陆续从外面回家了。首先回来的是姐弟三人，穿着打满补丁的衣服,女孩看上去十三四岁,背着书包;较大的男孩有十一二岁,也是背着书包;小的约十岁,满身满脸都是泥,手上沾满了已经干涸了的脓血一样的蚯蚓的粘液。

小孩见来了客人,害羞地躲躲闪闪。刘父摸着那个满身泥巴的男孩的头,问道:“干什么去了?”

“钓鱼。”男孩低着头小声地回答。

“钓着没有?”刘父又问。

“没有。”男孩像做错了事似的,一动不敢动。

“叫什么名字啊?”刘父顿了顿,“读书没有?”

“田狗……仔,没……有读书。”小男孩紧张得说话都结巴了。

“狗仔,你那双手还不去洗一洗啊!”田母从厨房出来,正好看见脏兮兮的狗仔,随手扯了一下他的耳朵。

狗仔趁机拔腿就跑,溜之大吉。

没多久,又回来了一个女孩,十七八岁左右,扛着锄头,看得出是刚从地里回来。

“你姐呢?怎么还没回来?”田父拿着菜刀从厨房走出来问。

“不知道呀!刚才在地里还看见她呢!”女孩回答。

“去叫她赶快回来!”田父说。

“好,我喝口水先。”女孩拿起木勺,在水缸里舀了一勺水,咕噜咕噜地喝完,用袖子擦擦嘴,出去了。

“你这女儿长得很高啊!”刘父对田父说。

“这是老二,18 岁了,”田父笑着说。

“几个小孩呀?”刘父问。

“5 个,3 个姐姐,2 个弟弟,”田父仍笑盈盈地说,“两个正在读书。”

这时厨房传来了狗抢骨头打架的声音以及田母骂小孩的声音:“那手脏……,看我打死你!”

田父回头朝厨房望了一眼,略带尴尬地对刘水根他们说:“饿了吧?你们先坐一会,我进去帮忙料理一下,马上就可以吃饭了!”

“没事,不饿!”刘水根装出很精神的样子。其实他的肚子已经饿得贴在背上了,早餐一直到现在,除了水之外,粒米未进,能不饿吗?

正说话间,外面传来了脚步声,紧接着一前一后进来了两位姑娘,前面那个是刚才的老二,后面提着竹箩的毫无疑问就是老大了。

“爸爸！姐回来了！”老二刚进门就喊。

刘水根连忙站起来，满脸堆笑地与她们打招呼。

姐姐大方地招呼他们坐，有意无意地瞟了刘水根一眼，心想：“怎么这么老？”.

刘水根两眼直愣愣地打量着眼前的姑娘，只见她身高1.7米左右，长得皮光肉嫩，身材圆润，线条明显，可真俊啊！他的心忍不住咚咚地跳。

田父从厨房出来，热得满头大汗。

“这是大女儿春兰。”田父一边卷着袖子一边介绍说，“这是刘伯伯，这是刘伯伯的儿子水根。”

“刚放工啊？”刘父看着那女子稚嫩的脸说。

“是，”春兰捋了捋长发说，“你们坐车辛苦了。”

“没有！几个小时，算不了什么，”刘水根抢先回答说。

“这个刘伯伯以前是大队书记，现在退休了，”钟草芳在旁边说，“他在当地可是个有头有脸的人。”

“说这干嘛！”刘父不让钟草芳往下说。

“人齐了就开饭啰，边吃边谈吧！反正你们也该饿了！”田父说。

“好！吃饭！”钟草芳说。

“春兰，摆桌吃饭！”田父吩咐春兰。

“在哪吃呀？”春兰问。

“人多，在厅堂这吃吧，厨房又窄又热。”田父说。

春兰答应着张罗去了。

他们把刘水根带来的大鹅杀掉了，头脚拿去煲菜干黄豆汤，肉、下水等分别配上粉丝、黄芽白菜等做成几道菜，外加一盘酸萝卜、一碟咸鱼，整整齐齐摆了一桌。

刘水根都快要饿疯了，顾不上太多的礼仪啰，用汤捞饭，窸窸窣窣地一下子吃了四大碗饭，如果不是怕人家笑话，估计他还能再吃三碗。

吃完饭，谈了一阵，天也快黑了。

“我看这样吧！”钟草芳说，“反正彼此都见过面了，今晚我们几个先回去桥哥那边住，大家各自斟酌一下，成不成明天大家相互答复，田哥你看怎样？”

田父看了看老婆，再看看那个叫桥哥的人，他才是关键人物，因为他既是田家的亲戚，又是钟草芳的老相识，是双方都信任依赖的人。

桥哥不紧不慢地掐了掐烟灰，吐了口烟说：

“草芳说得有理，大家各自商量一下，结婚毕竟是大事，都别急，想清想楚了，再答复。这几天刘哥就先住我那，反正我那边有的是床铺。”

事情就这样定了，刘水根他们告别了田家，回到桥哥家安顿了下来。

刘水根他们走后，田父先打发那几个小的出去玩，然后和老伴、春兰闭门商量起来。

“我看那男的年纪挺大的。”田母说。

“就是啰，”春兰说，“我看他有三十好几哦。”

“大十多岁，不太好吧？”田母担心地说。

“你们考虑什么不好？偏要在年龄上较劲。”田父说，“大那几岁算什么呢？关键是人老实！身体健康！家庭清白！”

“人可能挺老实的，不太说话。”田母说，“而且身体也挺结实的！”

“吃了 4 碗饭！”春兰说。

“能吃饭才能干活啊！”田父说，“那些像猫一样胃口，扛犁的力气都没有的人，捡到都没用啦！”

“他爸看样子应该挺通情达理的。”田母说。

“人见过了，我看问题都不大。”田父说，“现在最需要的是了解清楚他的家庭情况。”

“还要了解？”田母为难地问，“怎样了解呀？”

“蠢人！”田父说，“如果真要让春兰嫁，肯定要和桥哥一起下去看看他的家了，难道就这样贸然将春兰送过去？谁家的姑娘这么贱？”

“春兰，你的意思怎样？”田母问。

“都这样了，我还能有什么意见呢？”春兰自己知自己的事，下意识地摸了一下肚子，无奈地说，“你们拿主意好了！我看人还是挺老实的。”

“就这么定了！”田父说，“明天见面的时候跟他们说清楚，我和桥哥要去他们那边了解一下他家的情况。”

“什么时候走？好让准备一下！”田母说，“人家拿这么多东西来，我们总不能空手去吧！”

“下午有车的话，明天下午就走。”田父不假思索地说。

“下午好像没车，每天就一班，上午才有。”春兰说。

“这样啊？那就后天走吧！”田父考虑了一会说。

第二天，刘水根他们 4 人一早就过来了。

田父把他们的意思说了，桥哥说他也正有此意。

“我也认为应先去刘哥那边拜访一下，再作计议。”桥哥说。

“好啊！”刘父高兴地说，“应该的。”

“就这么定了，”钟草芳说，他抬头看看天，“今天可能来不及了，要等明天了。”

“行啊，那就明天一早，我直接去桥哥那边和你们会合。”田父说。

“就这样说好了，草芳和刘哥今天还是先住我那。”桥哥说。

他们又聊了一阵，将近中午，桥哥把刘水根他们带回家用饭，临走时，刘父把水根叫到一边，塞了他50元钱，让他交给田母。

刘水根等大家都走了，他才最后一个离开，出门时，把钱塞到田母手里：“阿婶，这点钱给小孩买东西吃。”

田母推搪了一阵，说了几句客气话，就收下了。

第二天他们准时启程南下，并于当天下午2点钟到了刘家。

刘家这边房屋宽敞明亮，缝纫机、自行车、收音机等一应俱全，牲口满地跑，石榴、龙眼挂满了树，与河远那边相比，简直是天壤之别。田父和桥哥看了之后，不住相觑点头。

寒酸了一辈子的田父心中暗自高兴，觉得这回攀上大户，有了靠山了。他们在刘家一连住了三天，受到到了刘家的热情招待。

刘父觉得有些事情必须得跟田父说清楚，免得留下争拗的祸根。在田父满意地要走的头一个晚上，刘父把这个未来亲家单独叫到一边，将陈望娣亡夫和刘水根亡妻的情况跟他说了。当然啰，刘水根在他大伯的怂恿下虐妻，他自己因此坐了7年的冤枉牢这件事是不能讲的。不仅不能讲，而且这还是他不能触及的死穴，任何人在他面前哪怕只是表情上的一点点对此事不怀好意的暗示，都会使他暴跳如雷。

其实田父心里早就纳闷：刘家这么好的条件，为什么刘水根这么大的年纪还娶不上，难道另有隐情？他甚至怀疑刘水根是否曾经犯法，坐过牢，如果是那样，事情就不好办啰。现在刘父把情况说清楚了，他反倒觉得踏实了许多。心想，不就结过婚而已吗？没什么大不了的事，要不是这样，他又怎么会娶一个怀了别人孩子的姑娘呢？但田父表面上还是装着为难的样子。

“草芳当初没跟我们讲这事啊？”田父说。

“时间那么匆忙，他是来不及说了！”刘父说，“我怕你误会，所以走之前把底给你交啰，做亲家也要做个明明白白，你说是吗？”

“那是！那是！”田父说，“我们男人之间好说话，只是怕春兰她娘……”

“那就麻烦你多做她的工作啰！总之请你放心，做成亲家，我们是绝不会亏待你们的。”刘父拍着田父的肩膀说。刘父嘴上这么说，心里却想：愿意就来，不愿意就拉倒，你以为自己的女儿是黄花闺女啊！

“行啊！回去我做做她们女人的工作，不敢打保票，但估计问题是可以解决的。”田父舒了一口气说。

“行，如果成，尽快把事情办了。不行的话，尽快答复，也好让我们另做打算。”刘父说。

“就这么说定啰！”

“时间不早了，早点休息吧！明天还要赶早车呢！”刘父说。

他们彼此再又客气一番后，各自回房歇息去了。

第二天，刘水根和弟弟刘秋平把田父和桥哥送上车，刘水根一直目送着车消失在山坳里。

田父回到家后，当晚就迫不及待地绘声绘色地把刘水根的家庭状况大肆渲染一番，听得田母心花怒放。见时机已到，田父突然把话锋一转，说出了刘水根结过婚的事。

“就是嘛！怪不得看上去年纪这么大！那个钟草芳事先也不说。”田母气愤地说，“我看，还是算了吧！”

“你懂什么？结过婚有什么大不了的？”田父瞪着老伴说，“要不是这样，以他家的条件，谁会愿意做王八，给别人养孩子？”

这话刺中了女儿春兰的痛处，她的眼圈一下子红了，眼泪簌簌地往下掉。

“看你怎么说话的！把女儿都弄哭了！”田母拍了一下老伴的肩膀，回过头去安慰女儿，“别哭，别理他，死老鬼，他哪知女人的苦！”

“我怎么了？我还不是为她好。现在大家都有了把柄，算扯平了，最理想就是这样子了，以后谁都不敢说对方的不是，谁都不会嫌弃谁，安安稳稳过日子，比什么都强。要不是这样，三头两天不高兴时就刺你一下，你都不知道怎么死才好！再说了，刘家条件这么好，以后你的弟弟妹妹有什么难处，也可以帮带一下，有什么不好？”田父也生气了。

“你们不要吵了。”春兰擦着眼泪说，“爸爸说的也对，就听爸爸的吧！”

田母的反对其实也是做个态，显示显示对女儿的疼爱，并不是真的不同意，见女儿都这么说了，她也正好顺势收场。

大功告成，田父长长地松了一口气。

“就这样吧，过两天，钟草芳和水根会再来，事情定下来，尽早把手续给办了，人就过去吧。这肚子一天天的明显，丢人现眼！”刘父摆出家长的老成说，

“你们这几个,想省点心都不行,唉!洗澡睡觉,累死了!”

说着,田父站起来进了厨房,洗澡去了。

“是了,我换的那条长裤口袋里有点钱,是水根给的,洗衣服的时候先把钱拿出来,别把钱洗掉了!”田父从厨房里喊出来。

一个星期后,刘水根与田春兰办好了结婚登记手续,并且把她接了回家,刘水根从此结束了单身的日子。

当年冬,田春兰诞下一子。后来,刘水根在春兰的一次口疏中得知,原来小孩是田春兰的姨父的杰作,说是初恋男友的结晶,只是掩人耳目而已。当然啰,婚后,田春兰也发现了刘家的许多“秘密”,包括刘父曾经坐牢的事。当然这并不影响她在刘家的生活,反正她已是刘水根的老婆了,况且生活条件与她的河远老家相比,简直是一个在天一个在地,更重要的是,刘水根对她的身体始终如饥似渴。

四十

自从刘父出狱回家后,刘家的喜事接踵而至,让人觉得春天好像真的来了。刘父并没有因为春兰生的是别人的种,就歧视这个小生命,相反,他觉得春兰养的就是他的亲生孙儿,每当他抱起这个小生命,喜悦之情总溢于言表。

真正的春天来了,绵绵的细雨,滋润着干涸松散的田泥。田涧注满了春水,水位漫过了鱼塘,困固在塘中的鱼儿,喝过春水,变得焦躁不安,向往着鱼塘外的自以为精彩的世界,蠢蠢欲动。夜晚,随着上涨的春水,鱼儿兴奋地越过塘垄的草丛,有鲇鱼,有鲤鱼,它们愉快地游入田渠,挣扎着挤进浅浅的一垄一垄的泥田,借着泥团的掩护,自以为安全地产下它们宝贵的卵。但它们万没想到,正当它们进行着生命中最伟大的工程的时候,垂涎的村民正拿着自制的鱼叉,打着手电筒,虎视眈眈地等待着它们。卵也许是安全了,但它们却成了村民盘中的美食。

越冬的田泥经春水浸泡,变得柔软细腻,耙过的田,插上秧苗,虽几经施肥,本来枯黄的禾苗,却依然如同营养不良的孩童——面黄肌瘦。

雨中,人们看着这片零零散散的,一望无边的秧,没有激情,也没有希望,有的只是周而复始的疲惫。

雨还是不停地下,毫无表情地落在绿黄色的田水中,水已没过了秧苗的腰,有人戴着蓑衣,锄开田埂的水口,欲将田里的水排出。但田内外的水位基本是平的，水先是缓缓地流出，再又缓缓地倒流回来，如此反复。

那人无奈地站在田头，忧愁地望着这片雨，望着这片发育不良的秧。他不禁想起了家中似乎早已见底的米缸，眼前这些秧什么时候才能长大收割呢？每年这个时候，青黄不接，家家户户总是半饥半饱地熬着，忍耐着，等待着早稻的收成。年年如此，忍耐已成了习惯，人们从没想过要改变，也不知道可以改变，除非有人把改变送到家门口、送到自家炕上。这也许是梦话，但梦话有时未必就不会成真。

这一年，农村改革的浪潮席卷全国，改革的春风随着改革的步伐吹进了这个偏僻的山村，是年是1983年。

是的，要分土地了！消息已传遍了山村。

面对这一突如其来的改变，有人彷徨、有人不解，有人害怕、有人兴奋。

“这不是走回头路吗？”这天刘家上下围着饭桌吃饭时，也议论起这一事关自己切身利益的话题，刘母端着搪瓷大碗，簌簌地喝着稀饭说。谈起分田分地，使她想起了旧社会她娘家拥有百亩良田时的盛况，“是不是可以分回解放前的田地？”刘母问。

“你想的美！”刘秋平说。

“她都不用脑想的！信口开河！”刘父瞟了老伴一眼说。

“那说的分田是什么意思啊？怎么个分法呀？”刘母被刘父说得傻笑着问。

“按人头分啰！蠢！”刘父说。

“按人头分不合理！”陈望娣说，“有些人家里都是女儿，现在分了田地，哪天女儿都出嫁了，那他们不就赚了?！多了许多的田地！但有些人，就拿我们家来说，秋平和崇青现在单身一人，分田按一个人分，日后结了婚，他们的老婆没有田地，那她们吃什么？”

“地分了，种不种得了，有没有的收成，到时生产队就不管的了，万一有什么天灾人祸，没的收成，那怎么办？吃什么？”刘水根似乎考虑得挺长远，精明地说，“不妥不妥！还是现在好，有收没收，收多收少，都吃生产队的，不用自己操心。”

“是啰！分开了，万一种不好怎么办？”刘水根的媳妇春兰附和着说。

“怎么会种不好呢？怎样种也比现在队里的强！”陈望娣并不同意刘水根夫妇的观点，“就拿咱家现在的自留地来说，上面长的禾苗，大家都有眼看的啦，生产队的跟咱的哪能比？”

“是好是坏，试过才知道！”刘崇青做了个果断却又模棱两可的判断。

“对勤快的人来说，分当然比不分的好，”刘父说，“把田地给了你，种不好，除了说明你懒惰之外，还能说明什么呢？队里现在有些人，整天吊儿郎当，或是出勤不出力，喜欢吃大锅饭的正是这些人！看见这些人我心里就冒火！有这些人在能搞好生产，真是太阳从西边出来！”

“田是可以分的，但农具和耕牛怎么解决？这些东西肯定够不上每户一套。”刘秋平说。

“队里自会解决的，你操什么心呀？多余！”刘崇青说。

不管人们怎么想，也不管人们愿不愿意，分田包干到户已成了定局。

怎么个分法，队里组织召开了群众大会，讨论分田方案，大家都希望能按照对自己有利的方案来分，七嘴八舌，各抒己见，提出了多种意见，概括起来主要有以下几点：

第一种建议，女儿不分田。每户家庭除了女儿之外，每人分一份。理由是女儿迟早是要出嫁的，所以不分田。提出或赞成这个方案的主要是那些儿子多，女儿少或没有女儿的家庭。这方案一提出，立即遭到了女儿多的家庭的强烈反对。

“女儿就不用吃饭了啊？”他们纷纷指责提出该项建议的人居心不良，骂得这些人头都不敢抬。

第二种建议，按现有的成年劳力分。按照这种方案，只有成年劳力才能分田，老人小孩不分田。他们认为，只有成年劳力才是社员，社员才有资格分田，老人小孩不是社员，因此没有资格分田。提出该项建议的也是那些家中成年劳力较多的家庭。毫无疑问，该项建议同样招致了辱骂，特别是老人家，他们几乎要用手上的拐杖打那些提出该建议的人了：“狗崽子，俺们吃盐比你吃的米还要多，竟敢说俺们不是社员！看我打醒你！”

这个方案最终也被否定了。

第三种建议，按人口分。根据现有人口，无论男女老幼平均每人分一份。这一建议比较中肯合理，因而得到大部分人的赞同和认可，最后大家还补充了一点：根据人口的变化，每隔5年将土地重新调整分配一次。方案就这样定下来了。

分田的方案定了，接着就是讨论解决耕牛、农具的问题了。按照现有耕牛、农具的数量，远远满足不了一户一套的需求，讨论来讨论去，为了顾及每一户人家，不误农事，最后决定以小组为单位，大家自愿组合，每三户一组，形成互助组，每组一头耕牛、一套犁耙、一台脱粒机，这些农具在互助组内每户使用一天，轮着使用。

说分就分，方案一定下来，人们就已失去了等待的耐心，原本还打算等这一造水稻收成了以后再分的，但大家已迫不及待了，热热闹闹地把田地连同庄稼还有仓库那点压仓的余粮统统给分了。

就这样，刘家与刘水根他大伯连同另外一户，组成一组，分得一头骨架很大，但瘦骨嶙峋的中年黄牛。其他各家各户也都自由组合，分得了应得的东西。

任何一项变革都毫无疑问地会有不同的声音，当中有的确实是对变化有一种与生俱来的恐惧；有的是由于看不清前景而彷徨；有的知道是怎么回事，但正是由于知道是怎么回事，所以害怕自己承受不了或不愿意承受而希望维持现状；当然也有的自己并不是真的反对，只是习惯性地提点反对意见以显示自己的深思熟虑而已。

从每天要准时到队里报到，一下子变成了自由人，人们反而觉得有点失落，特别是青年男女们，他们以天天在一起劳动互相愉悦为乐事，如今不能如常地见到暗恋的人，心中不免骚痒难忍。至于那些平日指挥社员劳动，呼风唤雨的干部，一下子变成了光杆司令，不能再像以前那样在田头踱来踱去，向劳动的社员指手画脚了，自家的地必须自己去种，他们深感大权旁落，有一种失势的感觉，满腹牢骚。

“她妈的，什么政策！走回头路的！”这天，保管洪光着黑不溜秋的身子，吃力地用田刀砍着田埂边上的草，叼着烟骂道。生产队的财物已分完了，他已无物可管了，保管一职自然就不了了之了，但大家仍旧叫他保管洪，或是“列宁”。

“咋这么大的火呀，保管洪？”旁边田里一位正弓着身拔杂草的大叔听见了，搭讪道。

“好好的生产队给拆散了，各家单干，只有旧社会才会是这样，狗叔你说，不是走回头路是什么？”保管洪愤愤不平地说。

那位叫狗叔的嘿嘿笑了两声，没有回答。

“要不是分田到户，像狗叔你这么大年纪的人，又怎么要亲自出来种田呢！早就在家享清福啦！”保管洪说。

“话又不能这么说，农民不种田，待在家里作啥？现在挺好啊，有事没事出来看看田，心里踏实！”狗叔拔着草，头也不抬地说。

“绝不可能走回头路的！你信不信？我敢保证，过不了多久，肯定又会合回去的。”保管洪摆出一副领导特有的高瞻远瞩样子说。

狗叔只是嘿嘿地干笑两声，没有附和。保管洪见得不到响应，心头掠过一枞乌云，这时正好有一个小男孩牵着一头牛在他的田埂里放牧，保管洪怒冲冲地骂过去：“田埂这么细，牛踩上去不会踩塌啊?！还不快滚，看我砍断你的牛腿！”

那小男孩被吓得对着牛屁股连抽两鞭，试图赶紧离开，慌乱中，牛踩在保管洪的田里了，踏倒了好几棵禾苗。这好比火上浇油，保管洪怒气冲冲扑上前去要揪小男孩的耳朵。小男孩又急又怕，使劲地抽打那头牛，牛被抽得发了疯似的，拖着小孩狂奔着从保管洪的田里横穿而过，把禾苗糟蹋了一大片。气得保管洪在田埂上手舞足蹈，但又舍不得踩到田里去追。当他沿着田埂绕到田的对面企图拦截时，牛与小孩已跑远了！

“让我抓住你，看我扒掉你的皮！”保管洪张牙舞爪地说。

“算了，小孩子！”狗叔在旁看热闹地说。

“岂有此理！真是岂有此理！”保管洪的脸色本来就难看，现在更是像黑无常一样可怕。

四十一

分田到户后，农村一个细微却又明显的变化就是茅厕多了。以前整个生产队只有一个厕所，现在基本上家家户户都有一个小茅房，拉的粪便，用煮饭烧剩的稻草灰填埋、混合，发酵一段日子后，就是很好的有机肥，是种菜、下秧必不可少的肥料，可肥了！有了私家茅厕后，人们只要一得闲就挑着粪箕四处捡粪，牛粪、猪粪等，捡回来堆在茅房里，等着播种的时候用。有了这些机肥，一来可以节省一部分买化肥的钱，二来庄稼也长得喜人！因此，粪便一下子竟成了宝。时下有这样一个笑话，说分田到户后，村民们连屎都舍不得在外面拉了，憋都要憋回家，哪怕实在憋不住，在路上拉了，也要找块芋叶兜回家。

分田后的另一个明显的变化就是田间的田埂变小了，以前废弃的沟壑、土墩不见了，被就近的村民充分利用开垦并入了自家的田地。

现在，人们可以完全自由地支配自己的劳动时间了，什么时候下地，什么时候歇息，全凭各自的喜好勤懒，反正是自己的地，自己的活，自己不做，没人给你做，早日做完，也就早日歇着。与此同时，人们突然发现，工作效率原来是可以这么高的，有些事以前要两三天才能完成，现在半天就搞定了；以前要两三个人做的活，现在一个人就做得来。效率的提高，就意味着不需要太多的劳动力了。

人们开始把剩余的劳动力转移到其它副业上，牲畜的饲养、水果种植、木工等手工业等等，这些副业成为推动繁荣当地集市的重要因素。

刚开始，由于受农具不足等因素的影响，人们仍以小组的形式开展生产，可谓保留了一点点集体的尾巴，但后来发现即使是剩下的这么一丁点尾巴，竟都成为了开展生产的绊脚石。虽然约定好了，农具轮着每户使用一天，但在农具的保养和耕牛的喂养上却存在很大的问题，大家都怕吃亏，所以轮到自家使用时都拼命地恨不得一天能干 25 个小时。试想想，即使是铁牛也经不起他们这样轮番折腾，何况本来就孱弱的老牛，没几天，有几个组的牛已倒在田里了。最后大家决定解散互助组，把农具、耕牛彻底分了，方法就是把它们拿出来竞投，看谁出的钱多就归谁。那些没竞投到的家庭就分了钱自行购买，钱不够，自己再垫点。有些困难户由于多年超支，分田清账时，扣除了超支款项，不但分不到钱，反而还欠公家的钱。没钱买耕牛，伸手向亲戚借，亲戚也没剩几个钱。向生产队要求解决，生产队的钱已全部分发完毕，爱莫能助。买不起耕牛，只好这家借一天，那家借一天，勉强熬过了当造农活，等卖出了余粮，取了粮款，凑足了钱再购置耕牛农具。

耕牛市场是包干到户后繁荣和发展最快的市场之一，贩卖耕牛成了一门快速成长的新兴行业。自古以来，耕牛是中国农村主要的生产工具，耕牛在中国农业中占着举足轻重的地位，一头牛可以影响和改变一个农村家庭的命运。在农民眼里，耕牛已不仅仅是劳动工具那么简单，他们认为牛是具有灵性的，能通人性，并赋予了它一种相学的神秘色彩。他们在购买耕牛时已不仅仅局限于牛外表的强壮与否，更重要的是牛的长相，包括牙齿的数量、牛角的长向、牛毛的纹理等等。

正常牛的下颚一般有 8 颗牙齿，但也有例外，有的能长出 9 颗，9 颗牙的牛据说是牛王，能给主人带来好运，使主人兴旺发达；也有的牛牙齿较少，不足 8 颗，这样的牛被认为是不祥之物，会给主人带来厄运。另外，牛的下颚牙齿是判断一头牛的年龄的依据。一头牛从出生到长齐牙齿再到换牙，有两年时间，这段时间称为“滑口”，相当于人十五六岁的年龄；之后开始换牙，从下颚两颗门牙开始，两颗小门牙脱落后长出两颗大门牙，称为“两牙”，相当于人 18 岁的年龄。以后每长一岁就换两颗牙，分别称为“四牙”、“六牙”、“八牙”，换完牙齿，整个过程大概需要 4 年时间。换齐了牙齿的牛称为“齐牙”，相当于人到了中年。牙齿换齐后，开始“长珠”。所谓“长珠”是指牙齿上长出螺旋状的纹，也是从两颗门牙开始，一岁长两个，分别称为“两珠”、“四珠”、“六珠”、“八珠”，长满珠的牛相当于人到了五六十岁。这时候如果保养得好，牛会耐老些，但如果照顾不好，兼且辛苦的话，不用两年就到了“疏水”，即牙齿变得疏疏落落，相当于一个七八十岁的老人，这时的牛已无力耕种，等着被摆上肉桌了。人们就是靠这种方法来识别牛的年龄的。

至于牛角，属于外观性的东西，挑选时，只要看它的质地是否结实，长得是否宽敞大方就可以了。

牛毛的纹理，就是行话所说的“圈水”，是一个很有讲究的方面，一定要特别留意。农村用作耕地的牛有黄牛和水牛两种，两种牛的毛纹看相各不相同。黄牛方面，黄牛在头顶脑门正中和肩部正中各长有一个螺旋形的毛圈，形状如人头顶上的发圈一样，有这两个圈的牛才属正常。有的牛头上没圈或肩上没圈，又或是两个地方均没有圈，而在别的地方长了圈，都属异常。其中最忌讳的是在腰背正中长圈，这叫“棺材钉”，光听名字就知道是凶兆，这种牛十养十倒霉，要不得；还有的在肚脐处长圈，这叫“遗尿圈”，长这圈的牛，据说每晚半夜都要遗尿。自古以来，牛一直是农民的命根子，为防止偷盗，晚上人们都会把牛拴在自己的床头上，如果牛总是半夜在房里拉尿，那可就讨厌了，要知道牛尿的气味是相当难闻的。所以这样的牛无论长得多壮，都不会受农民兄弟的欢迎的。

水牛方面，正常的水牛在四个肩胛骨的正中各长有一个毛圈，这是最标准的，因此也是最受人们欢迎的。有的水牛只有前面两个肩胛骨有圈，后面没有，这叫“蓑衣圈”，长这圈的牛虽然不是很标准，但却也没什么大碍，可以饲养；有的只有三个胛骨长圈，叫“三脚凳”。这种情况就要细分，如果是前三脚，即前面两个圈后面一个圈，这也没什么大碍；如果是后三脚，即前面一个圈后面两圈，这就不太好了；有的牛四个肩胛骨都没有圈，这叫“白板”，或是只有一个肩胛骨有圈，叫“单吊”，“白板”和“单吊”都是没人要的。

要是在集体时代，像刘父这样年纪的人早已退休无所事事了，但现在他闲着没事，竟想起了做牛贩生意来。虽然他以前没做过生意，但做起来却也像模像样，第一宗生意就赚了 360 块钱。

他开始说要做牛贩生意时，家里人并不赞同，碍于他是一家之主，因而无人敢阻挠他，就连刘母也只能乖乖地把钱交给他——家里的钱由刘母掌管。

这天，也就是第一天，刘父揣了钱，戴着草帽，来到牛市上。牛市设在一片橄榄林里，地上是细细的沙土，橄榄树长得很高大、很茂密，有些树大得两三个大人都合抱不过来。刘父在牛市上转悠了半天，第一次，他并没有必买的打算，反正看着办！合适才买。后来走着走着，他看中了一头水牛，但一直不动声色，

等到差不多收市时，他才不紧不慢地走过去，跟牛主磨起牙经来。他仔细地研看了牛的牙齿和身上的“圈水”，这很重要，相当于牛的硬件，如果这些东西长得不好，日后是很难出手的。看过之后，觉得还可以，于是问：

“这牛干吗卖呀？”

“田少，不需要水牛，想换一头黄牛。”卖牛的是爷孙俩。

“多少钱啊？”刘父拍了拍牛腰说，“这牛太弱了，要是天冷恐怕过不了冬！”

“瘦点而已，照顾得好的话，一下子就能肥起来，你看它骨架这么大，肥了之后可壮了！能干重活！”老人家一味地赞自己的牛，就是不提价钱。

“多少钱卖嘛？”刘父又问，“你看这牛还拉稀！肠胃不好，怪不得这么瘦。”

“你怎么知道它拉稀？！没有！”老人否认道。

“你看它腿上沾的牛屎，”刘父指着牛后腿说，“一看就知道是拉稀！”

“是吗？”老人知道露馅了，没了底气，“你是不是真想要啊？你要的话600块钱给你。”

“600？”刘父露出吃惊的样子，“你这牛这么弱，买回去又不能马上下地，必须好好养一段日子，等着牛下地的人谁会买它，况且这牛能不能养肥还不知道呢！”

“养不肥是不可能的！怎么会养不肥呢？！”老人家说。

“你要是真想卖，便宜点！”刘父说，“反正我也不等着它下地，买回去养一养再说。”

“你多少钱要啊？”老人说着，递过来一支大前门香烟。

“我有！我有！”刘父没有接他的烟，依旧从自己的口袋里掏出他的“顶雾”烟丝，蹲在地上卷了起来，边卷边打量着那头牛，“这牛顶多值450。”

“450？搞错！”老人露出简直不敢相信自己的耳朵的样子，“卖肉都不止这个数啦！”

“你这牛哪来的肉啊？”刘父笑着说。

“你别拿我开心了，真想要，一口价，560。”老人双手做出五、六的手势。

“要是想要，不过价钱太高了！”刘父仍蹲在地上，不紧不慢地抽着卷烟。

“你这老哥，真是的，你有心做生意的话，倒是给个价啊！”老人有点沉不住气了。

“480吧！”刘父不冷不热地说。

“550。”老人好像很豪爽地说。

“不行！最多只能480。”刘父坚持说。

"550。"老人也不肯降价。

"这样吧,多给你 10 元,490,好兆头,怎么样?"刘父站起来要离开的样子。

已将近收市,市场上没剩几个人了,看得出老人有点心急。

"回来,回来! 一人退一步,520 给你! 亏就亏啰,算是交个朋友!"老人喊住刘父说。

刘父迟疑了一会,回头再仔细把牛瞧了一遍,自言自语地说:"这牛能不能养肥哦?"

"放心好了! 这牛没病没痛的,怎么会养不肥?"老人在给刘父吃定心丸呢!

"算了,500 吧!"刘父还了一个价。

"哎呀! 真是的!"老人无可奈何地摇摇头,"算了! 算了! 510,无论如何都不能再减了! 要不是等着换牛,才不会这么贱卖呢!"

"510 都贵啦!"刘父笑了笑说。

"别跟我争那 10 块钱啦,老哥!"老人带着恳求的口吻说。

"唉,算了! 给你,就当是少抽一包烟!"刘父摸着牛头说。

成交了! 于是他们俩转身躲到榄树后面点钱去了。

后来刘父发现这个老人其实也是做牛贩生意的。

当刘父把那头瘦骨嶙峋的牛牵回家时,全家人立即显露出哭笑不得的表情,他们嘴里不说,心里却都暗暗责怪:"买这样的牛回来,还不如把钱拿去打水漂呢!"

刘父明白大家心里在想什么,他不动声色,决心要用事实来说服他们。

刘父知道这头牛之所以瘦,是因为它的肠胃虚寒,经常拉稀,于是他尽量不让牛吃水边的嫩草,这些嫩草性较凉,肠胃虚寒的牛吃了必定拉稀。他把牛带到山上去放牧,山草较水草为温,适合体质虚寒的牛。果然,那头牛吃了一个星期的山草,就不再拉稀了,体质渐渐好转,不到一个月的工夫,竟然肥得圆滚隆冬,仿佛换了一头牛。这时刘父再把牛牵回市场去卖,以 870 元的价钱出手,一个月的时间整整赚了 360 元钱,这在当时可是个大数目。

当刘父从市场上提着一大吊猪肉回来,并把赚到的钱递到刘母手里时,全家人立即改变了对刘父做牛贩生意的看法,从以前的反对,变成了现在的由衷支持了。

四十二

包干到户的当造，稻子就获得了空前的丰收。割完禾，插完秧后，刘崇青在家里也待不住了，跟着父亲的一位旧交学做木匠去了。当时的木匠都是上门服务的，谁家需要做家具，如衣柜、眠床、门凳等，招呼一声，木匠就骑着单车，载着工具箱上门开工。主人家除了付工钱外还管吃饭。每年年近岁末，是木匠最忙、生意最红火的时候，因为那时候办喜事的人家特别多，生意自然就好，忙不过来的情况时有发生。至于工钱方面，刚开始做学徒时，每天 2.5 元钱，学成手艺后，成了师傅，每天 3.5 元，赚的是白花花的现钱。因此，木匠在当时是一门很让人羡慕的傍身谋生手艺，这手艺并非谁都有机会接触的，刘崇青这回也算是托了父亲的福了。

刘崇青天生聪明灵活，学东西特别快，很快就学有所成。有了一门手艺傍身，加上他长得清秀俊朗，因而深得姑娘的青睐。在姑娘们的眼里，有了手艺，就有了固定行业，这一来相当于端上了铁饭碗，二来有了固定行业后就不用担心日后会吊儿郎当，误入歧途。当时，同一村中，有一位叫阿连的姑娘特别喜欢刘崇青，主动向他示爱。收到信号，刘崇青也不含糊，立即有所反应和行动。一来一往，两人很快就打破了男女间的禁忌，吃了禁果。没做任何避孕措施，姑娘的肚子却也不见有反应，刘崇青对此很是纳闷。事情发展到这地步，按理也是瓜熟蒂落、拉上天窗的时候了，而且双方父母也催着他们早日完婚，但刘崇青总是迟疑不决，一拖再拖，最后连刘父也不耐烦了，发火了。见此，刘崇青只好用单车载着阿莲姑娘到公社办了登记手续，给了双方老人一颗定心丸。双方父母择了个吉日，准备把他们的喜事给办了。但偏偏这时候却又闹出了乱子。

这天，已经是深夜了，刘父、刘母都上了床，准备睡觉。这时刘崇青走了进来。

“爸、妈，睡了?”黑暗里，父母听得出是刘崇青的声音。

从他颤抖的语气中，刘父意识到肯定出什么事了，老人家坐了起来，问:“什么事啊?”

自从刘崇青学了木匠，一年到头都在外面跑，平时父子俩甚少交流。

刘母也一边扣着扣子一边从蚊帐里钻了出来。

“一点小事，”刘崇青战战兢兢地说。原来，他在外村一户人家做木时，被主人家的姑娘爱上了,而且他也喜欢那个姑娘。他在她家做了整整一个月的木,末了,家具做好了,那姑娘的肚子也被他搞大了。但这时,他跟阿连姑娘已经办了注册登记手续了。

“这该怎么办呢?你怎么能这样呢?”听完故事,刘母紧张得六神无主。她知道,这事弄不好可是要坐牢的呀!

刘父气得脸色发青,只会喘气,说不出话来。他两眼瞪着地上的木屐,恨不得捡起来就当头打过去。

“你们这群打靶仔,没有一个能让我省心的!”刘父半天才吐出话来,“你说,现在该怎么办?你和阿连已经登记了,搞出这种事来!难道你想你老子我再替你坐一趟牢不成?!”

刘崇青低着头不敢出声。

“我不管啊!你自己闯的祸,自己想办法!这事谁也帮不了你!”刘父说,“现在只有两条路,要么叫她把孩子堕了,要么跟阿连解除登记手续,要不你就等着人家告你去坐牢吧!”

“你怎么这么傻呢!崇青?”刘母慌得六神无主,不停地用袖子抹眼泪。

“行了,我只是告诉你们一声,我会处理的,你们放心好了!”刘崇青说完就出去了。

“你看,有什么用!”刘父摇摇头,既生气又无奈。

这个晚上两个老人家度过了一个不眠之夜。

那姑娘叫阿红,刚开始,她并不知道刘崇青已有婚约在身,等到她知道时,却已迷恋上了他,不能自拔了。她鬼使神差地对刘崇青有一股强烈的占有欲望,无法忍受别的姑娘夺走他。在经历了剧烈的思想争斗和情感煎熬后,她把心一横,出此下策,用自己的身体来作赌注,拿刘崇青的骨肉来要挟他。所以,当刘崇青获知她怀了他的骨肉而茫然地瘫坐在她面前时,她却露出一副洋洋得意的表情。

“我要你跟我结婚,”阿红姑娘说,“要不然,我就去告你!”

“我已经跟别人登记了!”刘崇青双手抱着耷拉的脑袋说。

“这我不管,谁叫你一开始没告诉我,骗我!现在我怀了你的孩子,叫我怎么嫁人?”阿红说着说着,觉得自己是受害者,委屈地流着眼泪,“你要是真的不要我,我也没脸见人了,不活了!”她伤心地哭了起来,而且越哭越大声。

刘崇青没有劝她,叹了口气,骑单车回家了。所以就出现了刚才那一幕。

“现在只有一条路了!”刘崇青想,心里萌发了一个不太光彩的念头。

第二天晚上，他把阿连约了出来，说是要到河边散散步。

在河岸的草地坐下之后，刘崇青从口袋里掏出一条丝巾温柔地对阿连说：“连！这是我特意到镇上给你买的。”

刘崇青边说边把丝巾套在阿连的脖子上。说是丝巾，实际上是劣质尼龙丝做的。

阿连满脸幸福地抚摸着脖子上丝巾，嘴里却不忘客套地责怪刘崇青的太破费。

“别客气了！趁现在能在一起就好好珍惜吧！今天不知明日事呢！”刘崇青突然伤感地说。

“干吗说这些话吗？”阿连娇斥着说，“反正人家是跟定你的啦，你放心好了！

“阿连，你觉得我对你怎么样！”刘崇青动情地问。

“不知道啊！”阿连情意绵绵却又有点害羞地靠在刘崇青的肩膀上。

“你是我最舍不得的人！”刘崇青说，“答应我，如果有一天我离开了你，离开了这个世界，你要为我好好地活下去！”

“你今晚是怎么了？尽说些不吉利的话！”阿连责怪道。

“我昨天去看病，医生说我的肝上长了一个东西，可能很严重！”刘崇青沉重地说，“很长时间了，我一直总觉得那地方有点不舒服，所以昨天就去检查了。”

“怎么会呢？你别吓我！”阿连惊恐地摇晃着刘崇青的手臂说。

“是真的，所以我要你答应我，无论发生什么事，你都要坚强地好好活下去，也无论是死是活，你都是我惟一爱的人。”刘崇青搭着阿连的肩膀，不停地揉着眼睛，挤着鼻子，试图弄些眼泪出来。

阿连被吓得不知所措，伤心而彷徨地哭了起来。

“别哭，你一哭我就难过，那样会加重我的病情的！”刘崇青安慰她说，“我没有什么牵挂的，惟一放心不下的就是你，怕拖累了你！”

阿连还是在哭。

“我有个想法，不知你同不同意？”刘崇青说。

“你说！”阿连哭哭啼啼地应到。

“我想先把我们的登记申请取回来，免得到时如果我真有什么三长两短连累了你。”刘崇青装出为阿连着想的样子，“如果登记了，我们就已经是夫妻了，万一我没了，你就成了寡妇了，我真不忍心！”刘崇青叹了口气接着说，“先撤了，如果我能把病治好，再重新申请登记，如果治不好，也不至于连累你。那样也不枉咱们真爱一场！”

阿连已六神无主了，只一味地哭。

“别哭！别哭！说不定我会没事的！”刘崇青继续安慰说，“医生说我这段时间最好能放松心情，不要有什么牵挂，所以还是先把我说的事情办了，那样我会好受些，对病情的康复有好处！”

“干吗非要现在办呢？迟些再说不行吗？”阿连说。

“趁现在大家都不知道时办是最好的，如果等我的病情确诊了再去办，到时人家会说你势利，对你和你家人都不好！”刘崇青说。

“你说怎么办就怎么办吧！”面对这突如其来的变故，阿连脑袋一片混乱，已考虑不了那么多了。

当晚，刘崇青睡得并不踏实，担心阿连会改变主意。他在床上翻来覆去，焦虑地熬到天亮。

果然，第二天早上，当他骑着车，忐忑不安地来找阿连时，阿连却犹疑了，她虽然已换好了衣服，却坐着不肯动身。经过一夜的思量，她意识到这样做其实就是离婚。

在农村，登记只是结婚前向政府办理的一道手续，真正意义上的结婚是摆婚宴，只有摆过婚宴，在众亲的见证下，男方将女方热热闹闹地迎接过来，才是真正的结婚。所以，当刘崇青说要取回登记申请时，阿连并没有太大的在意，只是回家后，翻出登记时那位办理登记手续的大姐给她的红本本，看着上面“结婚证”以及“离婚时请将该本交回”等字样时，才朦胧地意识到问题的严重性。

如果把结婚登记撤了，日后无论她是否跟刘崇青，在公社的记录里她都是一个离过婚的人了。她这么想。

“怎么样？走吧！”见阿连犹疑不决，刘崇青心里暗自紧张，但表面上却还是装出平静的样子。

“不去了！”阿连鼓着腮帮子说。

“为什么？”刘崇青问。

“没为什么！要去你自己去好了！”阿连反坐在竹椅上，下巴托在竹椅的靠背上，静静地看着门外那群跟着母鸡觅食的小鸡，若有所思地说。

“你干什么呀？你这不是成心为难我吗？”刘崇青见软的不行，于是换了一副强硬的语气，略带气愤和委屈地说，“人家今天班都不上，专程来办这件事，我为了谁啊？不就为了你好啊！”

这一招果然见效，阿连虽然很不情愿，但为了不激怒刘崇青，还是站了起来，坐上了刘崇青的单车。

他们来到公社登记处，还是那位胖胖的不紧不慢的大姐接待他们。阿连把来意说明白了。那位大姐翻开他们交回来的《结婚证》，惊奇地看着他们说：

“你们两个月前才登记，怎么……？”那大姐简直不敢相信自己的眼睛，“你们要考虑清楚哦！特别是你，小妹妹。”

“已经考虑清楚了！”阿连说。

“真的吗？”大姐问。

“不考虑清楚会来嘛？！”阿连不耐烦地说。

“既然这样，你们填个表吧！”大姐取出两张表格给他们填。

刘崇青嚓嚓嚓一下子把自己的表填好，看都不看，将表递了上去，回头见阿连还在那慢悠悠地磨蹭，于是凑过头来，一边催促一边指指点点地教她填。

阿连越填越觉得心底发毛，当她有气无力地把名字签上时，整个人像虚脱了似的往椅子上一靠，无可奈何地叹了口气。

“怎么样，后悔还来得及哦，小妹妹！”那位肥大姐接过阿连的表格说。

“有什么好后悔的？”阿连硬撑着说。

“以后我们如果愿意的话还可以重新登记吗？”刘崇青问那位大姐。其实他这是故意问给阿连听的，目的是要给阿连一个定心丸。

“可以，随时来都行，”大姐说，“不过，既然你们还想着日后有可能重新登记，为何现在要离呢？”

“我们是有苦衷的！”刘崇青说，然后回头对阿连说：“听见了吧？可以随时重新登记的！”

办完了手续，刘崇青迫不及待地牵着阿连的手走出了登记处。大姐看着他们恩爱的背影，摇摇头，一副莫名其妙的样子。

回家后，阿连几乎每天晚上都来找刘崇青，刚开始，刘崇青仍然很客气地对待她，但渐渐地，阿连发现刘崇青对她越来越冷淡了，于是就追问他的病情怎样。刘崇青吞吞吐吐地说没事了。

“既然没事了，就赶紧把咱俩的事情给办了吧！”阿连说。

刘崇青口头说好好好，但就是不见行动。

阿连追了好几回，不见刘崇青有动静，也不耐烦了，下了最后通牒，但在最后的期限里，刘崇青还是赖着不肯去办，阿连最后也发火了，跟刘崇青吵了一架。

刘崇青抓住这个机会，大发雷霆，说阿连不体贴他，不信任他，不给他空间，根本就不是真心爱他，故意把事情闹疆，翻了脸。

事后无论阿连怎么认错，刘崇青始终不肯原谅她，说她伤透了他的心，留下了阴影，无法抹去，要分手，并把分手的责任完全推在阿连身上，自己却装出一脸无辜的样子。

阿连真是哑巴吃黄连，有苦自己知。当然，她心里是知道刘崇青的把戏的。

"想分手？"阿连心想，"占了我的便宜，想分就分，没那么容易！"

她上刘家闹了几回，一会儿说要自杀，一会儿要挟说要跟刘崇青同归于尽。刘崇青不在家，刘母担心真的搞出人命来，吓得哭哭啼啼，当着阿连的面歹毒地骂刘崇青不是人，想以此来安抚阿连。

阿连闹了几次，没什么结果。死是没有勇气的，后来干脆来了个阿Q精神，觉得自己干嘛那么贱，非要嫁给他不可。而且从这件事也可以看出刘崇青卑劣的人品。这么想了以后，心里反倒舒服多了许多，事情也就不了了之了。

阿连的事情摆平了以后，没过多久，阿红就光明正大地出现在刘家了，虽然穿着很宽松的衣服，但有经验的妇女还是一眼就看出了"馅"。毫无疑问，小山村茶余饭后又多了一件谈资。

阿连这时才恍然大悟："这个王八蛋原来是搞大了别人的肚子，怪不得要跟我分手！"她心里极度不平衡，心想早知如此，就拖着他，不让他这么得意、顺利！哪怕让他去坐坐牢也好！但一切都成了过去了。

出了春，选了个好日子，阿红就挺着大肚子嫁到了刘家了。婚后没几个月，阿红诞下了一名男婴，刘家上下为此如何开心热闹就不在话下了！

四十三

刘水根的大伯看上了水根家半山的一块木薯地，说是孙儿们都长大了，原来的房子太窄，实在容不下，想建几间新房；为了方便来往，他想把房子建过来，两家人靠得近，相互有个照应，希望水根家把那块地让给他们建房。

刘母不舍得把地给他，但刘父却爽快地一口答应。刘母咕哝着却不敢说不。

木薯正处于生长期，还没到收成的时候，长得枝繁叶茂、青翠欲滴，刘父一句"犁掉！"两亩多的木薯就这样成了柴火。

在大家的帮忙下，平地基、挖墙根、打泥砖、捡石块、买瓦买梁，七手八脚，一栋四间的白墙红顶的平房很快就拔地而起了。

刘水根的大伯只有一个儿子，却有5个孙，女男梅花间隔，组成两个“好”字还多。大孙女春梅和陈望娣关系很好，搬入新居后，两家靠得近，跟陈望娣更是形影不离。二孙祥兴，无心上学，每天背着书包出门，却经常两头找不着人，一会儿上山摘果子，一会儿三两个捣蛋鬼要么下河捉鱼，要么在山边黄泥坡上挖地洞。老师管不了，父亲一天到晚拿着扁担追着打，他却跑得比鬼还快，拿他没办法；有时把他打怕了，两三天不回家，做父母的比他还焦急。

祥兴跟邻村一个叫黑牯的小男孩特别要好，两人同在一个班，情同手足，形影不离，专干调皮捣蛋的事。有一次，祥兴放牛时，牛跑进了学校的菜园地偷吃青菜，被学校的伙房发现了。伙房是一个小老头，瘦小瘦小的，人却很和善。当时老人只是叫他把牛看好点，也没什么责怪他。但祥兴却心怀怨恨，和黑牯商量，要报复老人家。

老伙房每天都要到田边的水井挑水做饭，路上要经过一座小小的桥，桥是木搭的，桥面铺了一层土。祥兴和黑牯找准了一个机会，趁没人注意，在桥上挖了个洞，架上树枝，垫上树叶，再铺上薄薄的土。他们刚弄好，老伙房就挑着两个空水桶一晃一晃地过来了。祥兴和黑牯闪在一边，若无其事地在田埂上掏老鼠窝。

老伙房走过小桥时，一脚不偏不倚正好踏中了那个洞，整个脚穿过桥面，吊在空中，两个木桶从桥上滚落到田里，其中一个砸在田埂的石头上，桶底都碎了。

见此，祥兴和黑牯吓得一溜烟地逃跑了。看到他们惊吓的样子，老伙房立马明白了是怎么回事。

当天，班主任来到祥兴家家访，说出了事情，祥兴在他老子取出扁担前溜之大吉。

第二天，早操时间，校长宣布了关于给刘祥兴、刘黑牯两位同学全校点名批评的决定，责令其在全校师生面前宣读检讨书，并赔偿摔坏的木桶和老伙房的伤药费。

冬玫已经读一年级了，她放学回到家，睁着两个大眼睛，绘声绘色地讲述堂哥哥被批评、检讨的过程。

“哥哥不乖！我们冬玫要好好读书，不要学他那样子啊！”陈望娣蹲下来，整理着冬玫的小辫子说。

“好，我以后都不跟他玩啰！”冬玫扁着嘴说，露出两个小酒窝。那张富有弹性的胖乎乎的小脸蛋越来越像陈望娣了。

“你要劝哥哥，叫他好好读书！”陈望娣说。

“哦！好吧！只怕他不听我的。”冬玫噘着嘴说。

“冬玫说的对，他会听的！”陈望娣轻轻地撩了撩冬玫腮边的碎发，说。随着女儿的长大，陈望娣的心境日趋平和，仿佛是一块经过淬火的铁，把坚强与成熟藏在了冰冷的深处。

刘家现在有了三个媳妇，春兰与阿红，表面上看她们好像都很尊重陈望娣，但心底里对她却诸多挑剔，妒忌公公婆婆对她的信任，觉得大家一起劳动赚钱，凭什么由她来当家？凭什么由她说了算？谁能保证她不以权谋私，要那样自己不就亏了吗？所以整天瞪着眼睛瞅着，小小的事情心里都算计着。特别是阿红，老公刘崇青做木匠，挣得是白花花的现钱，但刘崇青每月挣的钱都必须如数上缴，这是家规，阿红看在眼里，心里愤愤不平，觉得自己吃了大亏。多次在私底下怂恿刘崇青尽早分家。

刘父对此好像有所觉察，在饭桌上，当着大家的面声明，在小儿子刘秋平结婚前，不能分家。他的话谁敢说不，他可是一个谁都敢打的人。就在上个月，刘水根还被他打了两扁担呢！当时不知因什么事，刘水根跟老婆春兰吵了起来，被春兰用头顶着连连后退，跌坐在地上。刘父正好从牛市回来，见此情景，气冲冲地在门角后操起扁担冲过来，当时刘水根没想到他是冲自己来的，没什么防备。刘父来到跟前，不由分说抡起扁担就打。第一棒，刘水根没来得及躲闪，腰板子重重地挨了一下；第二棒下来，刘水根连滚带爬跳到围墙外面去了。

“打醒你！做老子的人了，还这么不懂事！”刘父隔着围墙还要打，可惜扁担够不着。

春兰对分家好像并不迫切，老公只会种地，没什么长处，分了还不知如何维持家计呢？现在挺好，自己以带小孩为由，躲在家里，能不出地就不出地，舒服自在。公公做牛贩，能赚钱，伙食好，餐餐有肉吃，而且还经常给她零用钱。也许是由于她和刘水根的婚事是他一手操办的原因，家公对她明显偏袒。

其实，也难怪家公、家婆这么信任陈望娣，她的为人处事确实与其它人不一样，不会斤斤计较，让人瞧得顺眼。这种差别，对比之下，尤为明显。

陈望娣也生过小孩，但小孩刚满月，她就像平常一样下地干活了，不像春兰、阿红她们，整日说小孩生病啦、要吃奶啦等等一大串理由，两个人你看我，我看你，生怕做多了活会吃亏。而且当年陈望娣的老公刘青岚做教师拿工资，每月不也一分不少地交给刘母吗？人家陈望娣哼都不哼一声。另外，最让人看不惯的是，这两个小媳妇吃饭时，那筷子总是满盘子翻，挑肥拣瘦的，刘母背地里都不知说了多少回了。

“还是人家望娣好!”刘母在老伴面前发牢骚时,末了总是这一句。

刘父当然知道陈望娣好,他心里矛盾的很,一方面非常同情陈望娣,另一方面却又接受不了陈望娣再嫁。但他又担心如果陈望娣一辈子留下来,日后分了家,她该怎么办?没有男人,田都种不成。

刘父现在的牛贩生意是越做越大了,有时一次买回几头牛,过几天转手一卖,就能赚千把块钱,他把赚的钱积蓄下来,心里早有了使用这些钱的计划。在他计划里,这些钱当中有一大笔是留给陈望娣和冬玫的。

按年龄,刘秋平也该结婚了,但现在家庭环境变了,人又长得标青,心眼随之也高了。虽然追随的姑娘不少,但他一律看不上,人家主动约他,他一概懒得搭理。他心里有一个梦,要娶一个城里的姑娘做老婆,看那雪白的皮肤,那才叫真女人!但是,一个农村青年,想讨个城市姑娘做媳妇,那简直是癞蛤蟆想吃天鹅肉。因此,他想,要实现梦想,第一步就是要走出农村,找一份像样的职业。但怎样才能走出农村呢?刘秋平苦思冥想,最后终于找到了一条可以上田、而他又能走得了的路——学驾驶。他把这个想法跟父母说了。

刘母说开车危险,不同意!刘父却非常支持,拿出钱给他考驾照。并承诺,等他考到驾照后就马上给他买台车。

一年后,刘秋平如愿以偿地开上了一台属于自己的东风卡车,搞起了运输,虽然是旧车,但却羡煞旁人!当时,适逢附近修筑高速公路,他的车帮人运送修路的沙石,生意非常好,赚了不少钱,很快富了起来!

这天早上,陈望娣如常挑着猪食来到猪圈喂猪,却惊恐地发现猪圈里的两头肉猪不见了,水泥地板上还遗下了一摊新鲜的血迹。

很明显,猪被偷了!这可是新中国成立以来破天荒的事。人们怕猪的臭味,猪圈一般都建得离住家较远,但这么多年来,从未听说过有谁家丢过猪,刘家这回可是中了头彩了。此事在村里闹得得沸沸扬扬,人心惶惶!老人们见面的第一句就是埋怨人心不古;年轻人则相互揣测:这会是谁干的呢?!

可怕的是,这只是个开始,接下来的日子,村里丢鸡、丢猪,甚至是丢牛的事情时有发生。有人甚至还传连小孩都有人偷,他们说被偷的小孩有的被截断手脚当乞丐,有的被杀死后取出肾脏、眼角膜等器官拿去卖钱。这些不可思议的洪水猛兽般的事情和谣传,使村民惶惶不可终日。那些对包干到户本来就诸多怨言的人,此时更是别有用心地歌颂起往昔夜不闭户的太平盛世来!

四十四

集体生产模式的解散，释放了劳动力的同时，也释放了人的思想。以前什么事都由集体做主，人们无须操心什么，吃饭吃粥，跟着集体走就行了，完全没有个人思想和个人娱乐的空间。在集体框架下，每家每人的情况，都牢牢掌控在集体的手中，谁稍有异动，集体都了如指掌，人们没条件去想或做一些越轨的事情。如今自由了，自由的身体支配下的自由的思想饥渴地寻找寄托与归宿，以消遣过剩的体力和精力。

在这样思想混乱迷惘的时期，人们像脱缰之马，唯恐不能尽兴地寻找和挖掘消遣，许多早已被遗弃的风俗，又悄悄地在农村复燃了。

农村生活简单，人们思想单纯，对娱乐的要求不高，只要热闹就行，稍微有点娱乐趣味的东西就能大大地提起他们的兴趣，一些丢弃已久的旧风俗又抓住了这个机会重新回到人们的生活中。

当地一直流传一种过年赶集市“买灯”的习俗。每年大年初二，附近三乡十八村，各村男丁各自组成“买灯”队伍，敲锣打鼓到集市上买灯笼回家挂，当地人称之为“点灯”，谐音“添丁”，寓意“添丁”发财。买灯不是哪家哪户自己的事，而是全村的大事。当时，各村专门组建了一支“买灯”的鼓队，由一个大锣鼓、一面大铜锣和许多面小铜锣组成。大锣鼓是用浸泡了桐油的杉木做成的，浑身蜡黄蜡黄；锣鼓两端是厚厚的牛皮，锣鼓身上用油墨写了一个大大的姓氏，如陈、刘、袁等等，这样，走在集市上，哪村的队伍，大家一看就知道。鼓很大，两个成年人都合抱不拢，比一个成年人还要高，因此打锣鼓的人要站在凳子上才够得着；小铜锣一般是每户一个，因此鼓队的阵势大小也是体现一条村人丁盛衰的标志。每年大年初二，正是这样一支鼓队，在爆竹声中，敲锣打鼓，浩浩荡荡地引领全村男丁到集市“买灯”。按风俗，只有男性才可以去买灯。

买灯的主角是村里当年新诞下男婴家庭，其他人和家庭都只是陪衬。另外，村里的祠堂也要点挂一个大灯。由于当地是以姓氏来组村的，一条村一个姓氏，一个宗祠。买灯活动中需要的如买爆竹、买灯笼、茶点等费用，由当年添丁的家庭分摊。添丁的爸爸扛着一根绑了红绳子的大青竹，跟在大鼓后面，喜气洋洋地一路燃放爆竹来到灯市。灯市设在镇上一个孝女祠里，花花绿绿的纸糊灯笼早已摆放在天井的榕树下。做灯笼的都是一些花白胡子的老手艺，他们环坐在井台上，抽着旱烟，等待着买灯的人。灯做的工非常精细，成本较高，所以必须事先预定。买灯的队伍先围在孝女祠门前打完三通大鼓，在热闹的爆竹声中跪拜了香火。添丁的爸爸就用那根大青竹挑起灯笼，再在一片爆竹锣鼓声中，喜气洋洋地打道回村。

买灯队伍先把族里的大灯请回祠堂，燃放爆竹，在族中长老的主持下，行了祭祖之礼，将大灯高高地悬挂在祠堂的主梁上，祈求本村在新的一年里平安大吉、多添丁、多发财。

添丁的家属事先已在祠堂里摆设了丰盛的点心，招待买灯的队伍，有金黄的煎年糕、油饺、米糕、油炸糖环、姜煮黄酒、莲子花生糖水等等，有些年糕上面还撒了白芝麻和碎炒花生。忙完后，大伙兴致勃勃地围着桌子津津有味地喝黄酒，吃点心，一边吃一边热闹地谈论刚才买灯路上的趣事。吃饱喝足后，买灯队伍再又敲锣打鼓，把添丁家庭的灯挨家挨户送回家。

灯要一直点过正月十五才能撤，在正月十五那天，添丁的人家还要凑钱在宗祠里设宴，请全村的老少爷们喝酒吃肉，称为“喝丁酒”，这样，当年的添丁喜事才算告一段落。

这本来是一项很有特色和意义的庆生年活动，但在比拼宗族势力的旧社会里，这一活动最后竟演化成不同村族间的械斗火拼。

由于不同的族姓同时汇聚在同一个地点买灯，产生摩擦是在所难免的。起初，大家为了入场的先后次序争持不下，接着就以锣鼓、爆竹相互压制，比谁的锣鼓响亮，看谁的爆竹激烈。在相互争持中发生了碰撞，碰撞又引发了争吵，争吵不休，最后唯有以武力解决！第一年是简单的推撞，不分上下；第二年有人有备而来，操了家伙，没准备的一方吃了大亏；在下一年，上次吃了大亏的一方请了外援，还带了枪，后果可想而知。上一年占了便宜的一方被放倒了好几个。流了血，伤了人，事情闹大了，械斗就不仅仅局限在买灯这一天了，双方利用一切机会对对方进行打击报复，偷牛、偷稻、绑架等等，无所不为。见对方某处较偏远的稻子熟了，组织村民一夜之间给偷割干净；对方的人一不小心跨越了河界，立即对其展开围捕，抓回来，有理没理，先毒打一顿，泡入鱼塘把他的肚子灌胀，即所谓的请他喝“糖水”，把人弄得半死不活，再通知他们村拿钱来赎人。出于利益，当时这些事件都得到各村地主土豪的资助。地主土豪利用乡亲们的宗族情结，借助他们的力量争夺山林、沙河等资源，扩大势力范围。为了保护自村的人畜安全以及防止林木、稻子被盗，地主们还组织成立护村队，携带枪支进行守夜。

刘水根的大伯当年就曾经参加过这样的护村队，守护过山林稻子，并且为此挨过一枪。几十年后说起这件事，他仍心有余悸！

当时他们刘家村与陈村关系恶劣，在野猪坳那边双方有相邻的几十亩田，为防止稻子被偷割，每到稻熟时双方都安排人员守夜。

"那是一个冬夜，很冷，"刘水根的大伯回忆着说，"当时我和另一名年轻人蹲在一个斜坡下，一人拿着一支七九步枪，穿着厚厚的棉袄。大家都知道对方有人守夜，只是不知道确切位置而已。下半夜，那个年轻人受不了困，要抽烟，我劝他不要，那样会暴露目标，很危险。他不听，划了根火柴，让风给吹灭了，在他刚要划第二根火柴时，对方嘣！嘣！两枪过来。多准啊！一枪正好打在他的脸上，当场没得救，另一枪在我的腋下擦过，厚厚的棉袄被打得反了棉。我当时被吓得两腿发软，一点儿力气也没有，站都站不起来，爬着回村来报信。大伙来了，由于是晚上，不知道对方的底细，不敢轻举妄动，抬了尸体就回来了。"

为了报复这起事件，在一个夜晚，刘家村挑选了10个能干的后生，趁黑摸进了陈村，大大小小砍了二十多个人头回来。这些人也够胆量，为了掩人耳目，竟然穿着木屐在人家的巷子里踢踢踏踏地大鸣大放地走。巷子黑乎乎的，伸手不见五指，碰了面，对方还以为是自己人，一句"吃过没有?"，刚转身，人头就落了地。

经历这些事以后，双方的争斗从暗处转向了明处，大家真刀真枪，摆开阵势厮杀，而且各自都搬来了帮手，形成了刘帮刘、陈帮陈的裙带局面，要不是解放得早，还不知道要死多少人呢?!

新中国成立后，这些械斗当然不可能再发生了，买灯活动也在三反五反时期被禁止了。但近期，随着捆绑人们身体和思想的生产队集体的解散，人们闲着没事，不知不觉地又挠起了这陈年的痒。

首先是老人绘声绘色的回忆，年轻的是越听越来劲，蠢蠢欲动。接着是外面回来的人说某某地方的某某村已搞起来了！于是大家都在兴头上，说干就干，凑钱的凑钱，跑订货的跑订货，不出一个月，所需的大锣鼓、铜锣等全数置齐。

道具有了，怎么个玩法，还得有人教，大家推来推去，最后还是选中了刘水根的大伯。刘水根的大伯摆起了架子，说年纪大了，不行了！大家一再恳求邀请，说全村就剩他一个人会玩了，他不教就没人能教了！

见目的达到了，刘水根的大伯装着勉强地答应了："那就试试看吧！"

于是，村里的大晒谷场一下子变得热闹起来，每天晚上灯火通明，廊前架起一个写着大大的“刘”字大锣鼓，刘水根的大伯站在高高的特制的木架上，神气十足地举着两根木槌，唾沫横飞地讲解示范锣鼓的节奏。下面举着几十面铜锣的都是年轻人，他们聚精会神地，津津有味地听着练着。周围围满了村民，男女老幼，他们兴致勃勃地看着，听着那单调的反复的节奏：

“咚！…………咚！………咚！………咚！……咚！…咚！…咚！…咚！…咚！咚！…咚！锵！。咚咚！锵！。咚咚！锵！”

“咚咚隆咚！锵！。咚咚隆咚！锵！。咚！锵！。咚！锵！。咚咚隆咚！锵！。咚咚隆咚！锵！。咚！锵！。咚！锵！。咚咚隆咚！锵！。咚咚隆咚！锵！”

就这样不断重复，直到结尾。主题的长短视情况而定，由鼓手把握，鼓手觉得该收了，就举起一支槌，示意下面的锣手注意，然后引导着节奏收尾：

“咚！……咚！咚！锵！。咚！咚！锵！。咚！锵！。咚！锵！。锵！…锵！……锵！”

就是这样的调子，大家练的不亦乐乎，听得津津有味。

祥兴也在鼓队的行列，他在下面使劲地敲着那面锣。别看他读书不咋地，打起锣来却像模像样，大伙都夸他得了爷爷的遗传。

经过两个多月的苦练，鼓队终于赶在春节前将节奏练熟了。大年初一那天，大伙图个新鲜，让鼓队挨家挨户地给大家拜年。村里有在镇上工作居住，混得不错的，有人提议去给他们拜年，得到了响应。于是鼓队不辞劳苦，扛着锣鼓，后面还跟着一大群凑热闹的男女老幼，步行十多里来到镇上，给那些让人羡慕的体面的家庭拜年。一通大鼓后，得到了主人家热情的茶点款待，还收了一封大利是。

年初二，按旧风俗，队伍浩浩荡荡到市集买灯。不幸的是，就这第一次就出了事端。因燃放爆竹的事，与袁家村买灯的队伍发生了矛盾，争吵中，有人动了手，两队人马打了起来，混乱中，祥兴冷不防被撩了一刀，肠子都出来了，幸亏抢救及时才保住了小命。伤了人，刘家村这边的人赶紧骑单车回村里操家伙、搬救兵，袁家村那边也不甘示弱，聚集了一大帮人，准备拼命。当地派出所由于人手不足，场面一度失控，关键时刻，县公安局的人马及时赶到并控制了场面，制止了一场群体械斗。原本高高兴兴的新年喜庆，以流血收场。

滋事者受到了处理，拘留的拘留、赔偿的赔偿，事件平息了，但双方却从此种下了仇恨的种子。

祥兴挨了一刀，但毕竟是年轻，恢复得很快，不出一个月已完全康复，一点儿事也没有。康复后，他最想做的第一件事就是报仇。

当时金庸的武侠小说已广为流传，村旁一个镇上派驻的食品站最新配置了一台17寸黑白电视机，每天晚上都吸引了不少村民，村民将食品站的大门围得水泄不通，伸着脖子，走火入魔般欣赏着港台播放的金庸的武侠电视剧，虽然接收效果不是很理想，满屏的雪花，但却半点影响不了村民的热情，他们甚至相信世间真有飞檐走壁、劈山开石的神功。祥兴对此更是最深信不疑，他下决心一定要练成神功，找袁家村的人报一刀之仇。黑牯也说要和他一起练功，帮他报仇，杀尽袁家村的所有男人，只留下女人供他们哥俩使唤。

为了练功，他们参加了村里刚刚筹建的舞狮队。新中国成立前，新风村不叫新风村，而直接叫刘家村，当时村里有一支闻名遐迩的狮班，教头个个天生神力，功夫了得，表演起来真刀真枪，广受欢迎。当年狮班里耍枪的正是祥兴的曾祖父，据说80多岁的人了，凭一条拐杖，七八个年轻人都奈何不了他，老人家怕小孩学了功夫惹是生非，所以没让祥兴他爷爷两兄弟学功夫。新中国成立后，政府说是要破除封建迷信，不让舞狮。几十年过去了，当年的老教头已相继去世，如今剩下的懂得舞狮的人已寥寥无几，但当年狮班的威风史却无人不知，耳熟能详，其传奇般的故事让每个刘家村的人摩拳擦掌，引以为荣。这是有实物为证的，村里那口古井，用作井眼的那块环形青石墩，就是当年狮班里一个舞大关刀的教头扛了十多里扛回来的。当时这个教头在野猪坳犁田时发现了这个石墩，觉得可用，于是把它挖出扛了回村。那个石墩少说也有三四百斤重，他竟一口气扛了十多里，歇都不用歇！后来日本鬼子打过来了，有一天这位教头扛着锄头巡田，被一架日本飞机发现，飞机上的鬼子以为他扛的是一杆枪，追着他用机枪扫射，他扛着锄头死死不放，东躲西闪，边躲边跑，竟被他逃脱了！由于惊吓过度，没多久这个教头就疯了。疯了之后，每餐吃完饭，总要把搪瓷碗一块块掰碎，再把碎片放在大腿上使劲搓，直把瓷片搓成米粉一样的碎末。老母亲见他这样糟蹋碗，也生气了，说要饿他两天，看他哪来的力。见妈妈不给饭吃，他就疯疯癫癫地出走了，从此再也没回过来了。

听了这些的故事，年轻人个个跃跃欲试，决定重建狮班。他们请出了惟一健在的当年狮班武打——胜叔。胜叔现年已八十多岁了，身材短小精悍，当年在狮班里耍得一手出神入化的藤牌大刀。他是当年狮班中最年轻的教头。

胜叔虽然年逾古稀，但依旧精神抖擞，他环顾四周，当年的拜把弟兄就剩他一人了，他感慨万分，黯然接受了年轻人请求。他凭记忆，将狮班所需道具一一罗列出来，让年轻人分头购置，然后挑选身手好的小伙子，分门别类，着手练功。他虽然主打藤牌大刀，但对舞狮一整套功夫都还知道，教教年轻人绰绰有余。

祥兴和黑牯年纪不大，柔软性好，身手敏捷，被安排专练拳脚，舞狮表演中有一项赤手格斗，他们就是为这个节目准备的，这正合了他们的意。他们把所有课余时间都拿来练功，有时甚至干脆课也不上，整天沉迷其中，很快就把拳术的套路练得滚瓜烂熟。

胜叔教他们练武时常挂在嘴边的一句话就是："练武不练功，到老一场空！"他们将这训条铭记于心，下死劲苦练基本功。

为了练拳头，他们打沙袋，劈沙枕。那些沙袋、沙枕可不像现在有软软的皮包着，他们直接把沙子装入化肥袋，吊在树上，未加任何保护就这样打。化肥袋又硬又割手，但却容易出效果，没多久就把手练得如老山藤般，碗口粗的香蕉树，一掌就能轻易插穿。

为了练弹跳力，就是他们所说的轻功，他们在脚上绑上沙袋，沿着山坳，下冲上爬，又跑又跳，不出半年，竟练得身轻如燕，疾步如飞。

他们的父母不知道是埋怨呢还是赞许，说如果他们读书能有这干劲，何愁不中状元！

四十五

男人都找到了乐，但妇女也没落下，以妇女群体参与为主的各种封建迷信活动也在悄然兴起。

几千年的封建社会里，妇女恪守以夫为纲，夫唱妇随，从没为自己的命运做过主张。新社会里，公社时代，也是集体安排一切，自己操不上心。承包到户后，政府把她们的命运交回给了她们自己去主宰，面对这突如其来的"特权"，她们显得束手无策，畏首畏尾，不知如何应对。她们在忐忐忑忑、一惊一乍中，转身又扑到神明的脚下，踏实得就像刚刚学步的婴孩扑在妈妈的怀里。

新中国成立时，封建迷信活动在政府的整肃下，一度销声匿迹，即使仍有残存，也都是偷偷摸摸的，不敢张扬，但随着生产队集体的解散，封建迷信活动也像其他一些旧风俗一样，如雨后春笋，不仅来得快，而且花样繁多。

承包到户，每家各干各的，从而形成了一种以家庭为单位的竞争模式，人们都希望自家的禾苗长得比别人家的好，收成比别人家的多；希望自家一切都顺利，更多更快地发家致富。这愿望的实现除了靠付诸辛劳外，更寄托于一种千古敬畏的冥冥的力量，渴望得到神的眷顾与庇护，得到神的额外的帮助，而且竟争越激烈，这种渴望就越迫切。这也是封建迷信活动之所以迅猛地卷土重来的原因之一。

当时流行较广，参与人数较多的是一种叫作“测字”的迷信活动。找一个大铜盘，装满了米粉，抹平，放在一张桌子上，测字者用筷子在粉上写一个，由神婆来解读。神婆在家里摆设好这样一套玩意，等待人们来求字问卜。白天来的一般都是较远的外乡人，晚上则是本村和邻村妇女姐妹们的“沙龙”，发展到了后来，许多男人爷们觉得好玩有趣，也都来凑热闹。

外村人一般是有事才会找上门，如家人生病，或是牲畜不太安宁等，问个祸福，再求神婆指点迷津，给点神汤、神符或是其他化解祸害的方子。末了，求字者要纳孝敬，问神婆需要多少；神婆总是非常客气地说：“算了！算了！有心就行了，多多少少，就看你的诚意吧！”有她这句话，出于对鬼神的敬畏，谁敢少给呢?!

“测字”这种看来是可笑的把戏，之所以能在当时的农村引起这么多人的兴趣，就其本身的原因来讲，在于它的直接、简捷，测出来的“字”经神婆的提点，是越看越像，大家有目共睹，而且大家聚集在一起，互相对比嬉戏，嘻嘻哈哈，热闹好玩，便于打发时间。而深层的原因却是农村劳动力过剩的矛盾开始显现出来了，也就是说有些人开始无聊了！这不仅表现在群体“测字”这种封建迷信的活动上，诸如前面的一些农村旧社会群体活动的再度兴起也证明了这一点。人们已经有了闲余时间了，好比人们有了闲余的钱了！

人们聚在一起“测字”算命，刚开始算得都是一些关乎人生的大事，如爱情婚姻、事业前程、小孩学业、生男生女等等，算了自己的算别人的，算了丈夫的算家公家婆、小叔小姑的，算完了人的就算牲畜的，如母猪什么是时候产仔，能产几个仔等等，最后无聊到明天下不下雨，明天的萝卜好不好卖、能否卖个好价钱也要算一算。正当这样的迷信活动闹得沸沸扬扬时，电影队在这偏僻的山村里放映了电影《天仙配》，这更加给村民们的封建迷信活动注入了一剂强心针，增强了他们对鬼神怪异的存在的坚定信心。《天仙配》本来是一曲可歌可泣的爱情故事，她歌颂忠贞不渝的爱情，歌颂人们对封建势力的反抗，并预示爱情力量的最后胜利，但人们感受到的神话却远远多于爱情，使他们更加相信和向往现实之外的另一个世界了。

四十六

陈望娣一直以来都觉得自己的命不好，所以不敢去给自己算命，怕算的结果不好，更加的担惊受怕。但最后还是受不了堂侄女春梅的怂恿，被她连哄带劝地拽去测了一回字。

盛夏的夜晚，陈望娣刚从菜地浇完菜回来，不顾一身的汗，赶紧捡了衣服洗澡，洗完澡出来时满身的分不清是汗还是水。刘母已经把晚饭弄好，人也齐了，就等着陈望娣开饭了。大伙地里有活时，一般就由刘母做饭。

春梅说好了晚上要来找她一起去"测字"，所以陈望娣边吃边不时地往门外看，干干的饭浇上菜干汤，簌簌地往胃里倒。

刘崇青的老婆阿红照例背着小孩，一边晃着身子，一边拿筷子在菜盘里撩来撩去，挑拣瘦肉，嘴里还不停地说："怎么这么肥！"

刘父习惯地蹲在凳子上，面无表情地干脆地扒拉着。

刘母把一块瘦肉夹到冬玫碗里，说："快吃！吃完去玩！"

陈望娣看了家婆一眼，说："夹给她干什么？她自己没手啊？！"

这时门外传来春梅的声音，"婶子！"

"哦，来了！"陈望娣答应着，仰头把碗里的菜干汤喝完，再用筷子快速把碗里的饭粒扒干净，"妈，我和春梅出去一下，碗放着等我回来洗吧！"

"去吧！去吧！我会弄了！"刘母说。

"妈，你去哪里？"冬玫端着碗追出来问。

"大人的事小孩别管，"陈望娣说，"赶紧吃完饭做作业去！"

"吃饭没有啊？"春兰端着碗站出门外问春梅，"你们去哪里？"

"去麻姑家'测字'，你去不去呀？"春梅说。麻姑就是她们村里头的那位会测字的神婆。

"去！去！去！等我！"春兰赶紧把碗里的饭扒完，把空碗往饭桌上一放，忙乱中筷子掉了地上，她一边捡起筷子，一边对刘水根说："看好小孩！"

他们的儿子刚会走路，摇摇晃晃地哭着追出来要妈妈。春兰向他瞪了一眼，斥责说："敢来！我打死你！快回去爸爸那里！"

小孩吓得原地立着，伤心无助地哇哇大哭。

刘水根噔噔噔地走出来，一手拿着碗筷，一手抱起这个自己的别人的儿子，嘴里咕哝着:“去! 去! 去! 算饱它,妈的! 没用的东西!”

陈望娣本来就不是很愿意去,见此情景,更是兴趣索然。

陈望娣的母亲以前曾多次为她求过挂,她自己也求过签,结果都不好,发生在她身上的事情与她听到的关于自己的命算的惊人吻合,无论是巧合还是另有原因,都毫无疑问地使她对宿命深信不疑,她曾试图摆脱这种宿命的束缚,而且也这样做了,谢元就是其中之一,结果不但没有成功,反而加深了她对命运的无奈和屈服,甚至彻底放弃了争取改变目前这种境况的希望和行动,认命地安于现状。事隔多年,她的这种宿命感正如她求变的欲望一样慢慢地淡化,趋于平静。她曾以为只要自己愿意,这种平静的日子可以让她过一辈子,而且她也习惯了,并打算就这样过下去。心想,只要冬玫健康成长,待她长大成家后,帮她看管小孩,也就心满意足了。她真的是这么想的。但随着刘水根和刘崇青的成家,刘家一下子多了两个媳妇,那两个女人虽然嘴巴上没说什么,但却各自打着小九九,生怕吃了亏,有活就推,有好处就争,陈望娣在刘家处理起事务来已不像以前那么得心应手了,总得多留根弦,瞻前顾后,怕人误会。她不怕辛苦,心想多干点活是累不死人的,但她受不了误会;而且阿红也经常流露出要分家的意思,这使得陈望娣不得不为日后的生活考虑,万一真的分了家,她和冬玫怎么办? 在农村,一个家没个男人,田也种不成。这种担心和顾虑,使她重燃了再找个男人的想法,但神婆多年前对她做的命算,如咒语般使她如芒在背、毛骨悚然。

她对目前的生活产生了动摇的同时,也对以前算命的结果产生了侥幸和怀疑。这也是促使她今晚去“测字”的原因之一。

一路上,陈望娣的心情非常矛盾,一方面害怕得出跟以往一样的结果,这样等于再一次证明了她的苦命,给她刚刚萌发的获取新生的念头浇上一盆冷水;另一方面又希望能一反过去,算出一个好结果,哪怕就这么一次例外,也会让她欣喜若狂,因为这符合她的愿望。

她们绕过那个黑黑的泛着粼光的如水库般大的鱼塘,远远就可以看见神婆麻姑家灯火通明。走近了,看到门外已聚了很多人,男男女女,有站着的,有坐在长凳上的,女的摇着大葵扇,男的光着黑黝黝的大膀子。神婆还没出来,“测字”还没开始,大伙在门外候着,拉着家常。

陈望娣可是稀客,她刚到,几个眼尖的姐妹就发现了她,远远跟她招手打招呼。

“诶,你怎么也来了,很少能在这儿见到你!”

“是啊！”

“前段时间那才有意思，你没来真是太可惜了！”

“是吗？”

“想问个什么？”

“没打算，随便看看而已！”

见自己成了众人的焦点，陈望娣很是别扭，腼腆而僵硬地笑着一一回答大家的话，趁人不注意，闪到了门前石榴树下的阴影里。

春兰一来到就嘻嘻哈哈地跟一个叫杏兰的妇女叽叽喳喳地说个没完。她们的名字都叫“兰”，而且岁数一样，所以互称为“老同”，认了姐妹，见了面就热乎。但本性上她们又都是那种不能与人掏心的人，虽然是认了姐妹，但热情都只是写在表面上。

春梅在人群里转了一圈，回头见陈望娣一个人拘谨地站在树底下，于是赶紧回来陪她。婶子是自己带来的，所以春梅觉得陪伴好她是自己的分内事。

“来了！来了！麻姑出来了！”人群中有人喊。

陈望娣顺着人们的视线望去，只见一个身穿玄衣，盘着发髻的中年妇女从屋里走了出来，由于背着光，看不清她的脸，即使是这样，陈望娣还是一眼就认出了此人正是麻姑。从她的虚假的热情的笑声里，陈望娣仿佛看见了她干瘦干瘦的脸和那双吊着的眼睛。

“都来啦？”麻姑用葵扇的柄挠挠头发，笑着说，“今晚这么多人！屋里来坐吧！里面亮堂！虽然热了一点。”

“不怕！我们不怕热！”大伙跟在麻姑后面陆续进了堂屋。

屋里一下子挤满了人，大家围着那张摆放着“法器”的桌子站着。春梅和春兰也围到前面去了，陈望娣在外围靠门的地方站着。

待大家稍微安静下来后，麻姑点着一炷香，朝门外拜了三拜，再朝法器连同后面的神像拜三拜，嘴里念念有词：

“天灵地灵，求菩萨显灵，保佑大家求子添丁，求财得钱，心想事成，如能如愿，日后金猪酬谢！保佑了！保佑了！”

拜毕，将香插在神像前的小香炉里，然后转过身来对大家说：“可以了，你们谁先算呀？”

“我来，我来！”一个小伙子抢先拿起桌上的筷子，在那盘粉上歪歪扭扭地写了个“天”字，让麻姑讲解。接着是两个姑娘。他们问的都是关于姻缘方面的事，结果有好有坏，正所谓有人欢喜有人愁。

春兰挤到了桌子边,早已蠢蠢欲动,前面的姑娘刚一松手,她就迅速地抱住了桌子,喊道:“到我了!”

“你要算什么呀?”麻姑问她。

春兰迟疑了一会,不无自豪地说:“算一算下一胎是男是女!”

“哇! 又有了? 水根好犀利呦!”身后一小伙子大声说道,引起哄堂大笑。

“是不是水根的呀?”有人窃窃私语道。

后者的话春兰听得明明白白,但却假装没听见,将眼前的尴尬迁怒于第一个说话的人,朝着他骂道:“你妈更利害呢! 要不怎么会生出你这根烂番薯!”

屋里又一阵大笑。

那人赶紧低下头不敢吭声。

“行了,来吧!”麻姑收起笑脸说。

春兰吸了一口气,像蚯蚓一样在粉上写了个“弓”字。

“弯弓射虎的‘弓’字!”她说。然后睁开眼睛,对着春兰说:“恭喜你啊! 你又要添丁了!”

春兰听了高兴得咧着嘴傻笑。

“怎么看得出来呢?”旁边有人问。

“‘弓’就是弓箭的意思,正所谓‘千金不射箭,阿郎来拉弓’,所以是男孩!”麻姑说,“不过你一定要多吃阳性食物,少吃寒凉的东西,免得阳胎变阴胎。”

“明白。”春兰笑着说。

见大家都看着自己,春兰尴尬地想往人堆里躲。这时站在麻姑旁边的一个十四五岁的男孩说:“算了还不给钱啊?!”

他是麻姑的小儿子。

麻姑也笑着说:“随便给点香油吧! 要不神仙会怪罪的!”

春兰一摸口袋,方知自己没带钱。

“多少钱? 明天给你吧!”春兰说。

“两元钱! 别忘了就行。”麻姑说。

陈望娣从自己口袋里摸出两块钱,对春兰说:“我这儿有!”

“也好!”春兰说,“回头我再还你。”

于是陈望娣把钱传了进去。

接着是春梅,她测一“水”字,求的是姻缘。麻姑说什么水字两边走,乃无情之物,不易掌握。但留不留得住,还得看自己的造化。把春梅说得满头露水,但朦胧中还是感觉得出这并非好兆头。

“婶子,你来测呀!”回头见陈望娣仍在后头远远地站着,春梅连忙招手叫她上前来。

陈望娣原本是要来算自己的姻缘的,但如此人多势众,是她事先所未曾想到的,在这么众人的面前,即使给座山她做胆,她也不敢公然问自己日后的姻缘,要知道自己可是个寡妇,问那事情不就等于跟别人说自己要改嫁吗?她还不至于有这个胆量和勇气!

她仍在原地迟疑。

“快来啊!”春梅霸占着桌子,焦急地向她招手。

“来吧!你可是第一次来哦!”麻姑也笑着说。

大家都看着她,不去是不行的了,陈望娣腼腆地笑着朝桌子挤去。

“你想算什么呀?”麻姑问。

“算冬玫的前程吧!”陈望娣毫不迟疑地说。

“好,开始吧!”麻姑已准备妥当了。

陈望娣先暗暗许了个愿,求菩萨保佑,保佑她能为女儿求个好前程。许完愿,陈望娣工工整整地在粉上写了个“吉”字。

“‘吉’字,‘吉’乃口上之士。你女儿日后是靠嘴巴吃饭的,是个有学问的人,所以只要加倍用功,皇天不负有心人,定能学业有成,前程似锦。”麻姑说。

麻姑的话把陈望娣说得笑逐颜开。她赶紧从口袋里掏出2块钱塞进香油罐里。

“你呢?你自己不算一下?”麻姑看着她塞钱的动作,问道。

“先不算,改天吧!”陈望娣说。

“也好!随时来都可以!”麻姑说。

“好的。”陈望娣说。她看了看墙上的鱼尾钟,已经九点多钟了,于是对身边的春梅说:“我们回家吧!”

“这么早啊?”看得出,春梅还不想走。

“走吧!春兰的儿子肯定在家里哭着要找她了!”陈望娣说。

“那就走吧!”春梅扯了扯仍伸着脖子看热闹的春兰,“走吧!”

“啊!走了?”春兰如梦方醒的样子,“几点了?”她扫了一眼墙上的钟,很不情愿地说:“那就走吧!”

她们离开了麻姑家,原路返回。

“麻姑说我下一胎还是儿子喔!你们信不信?”春兰一边走一边兴奋地说。今晚她的收获最大了,洋溢着生了儿子和即将生儿子的喜悦、自豪和优越感。

在农村,一个妇女的最大的成就是生个儿子了,连说话的底气都比别人足。

春梅闷闷不乐,她不知道麻姑所说的确切的意思,但总觉得不如意。

"冬玫也不错啊!"春兰说。

陈望娣笑了笑,没有说话。今晚本来是要为自己算的,结果却屈服于众人的目光,只算了冬玫,说的跟以前她外婆替她叫人算的一样,因此她觉得还是挺准的。她心里算计好,改天自己独个儿来算,连春梅也不让知道。

回到家时,冬玫已睡着了,陈望娣翻了一下桌面上她的作业,帮她整理了一下书包,轻轻地上床睡觉。

这时,隔壁水根的屋里突然传来他们夫妻的吵闹声和小孩的哭声,接着是刘母进屋的声音和劝导声。过了一会,吵闹声渐渐没了,一切又回复了平静。

陈望娣翻了个身,迷迷糊糊地刚睡着,朦胧中感觉到有人起来冲洗和女人埋怨的声音:"死鬼,也不知道哪来这么多?弄得我身上黏糊糊的!"

是隔壁的春兰。

四十七

堂屋的鱼尾钟又在乱糟糟地叮当报时了;屋后山坳依旧有夜莺的啼鸣,孤独而凄远;门前的狗吠,林子里野猫叫春的如婴儿哭号般撕心裂肺的恐怖的声音,使本已烦躁的陈望娣更加心烦意乱,整夜躁梦萦绕,似睡似醒。

她在梦中迷茫地游走着,忽而赤足立在烈日下火烫的水泥路上,忽而跌入清凉的河里,一时看见满目的绿油菜,一时匍匐于炽日下干枯的山草丛中。她看见刘青岚骑着青牛向她走来,她迎上去正要喊"青岚",那人却陡然变成了谢元。谢元对她不理不睬,朝着路边的春梅走去。她惘然地走着,来到了一个陌生的小山包前,突然看见刘青岚跪在一个坟前哭泣,她上前想扶起他,但他却不认得她了。她问他哭什么,他回答说是老婆。她正纳闷,正想告诉他说她才是他的老婆,这时王翠玉突然从坟里站了出来,浑身的泥浆。她吓坏了,赶紧逃走,却被草结绊倒了!无论她怎么挣扎都没能爬起来,于是她大呼救命。

冬玫被陈望娣时哭时笑的声音惊醒了,害怕得使劲推陈望娣:"妈妈!妈妈!你干吗?"

陈望娣被女儿喊醒了,喘着气,满身的汗。

"你干吗了?"女儿惊恐地问。

“没事，做了个梦，”陈望娣仍喘着气说。

“吓死人了！”女儿埋怨说。

“没事了，睡吧！”陈望娣边说边爬起来摸向床尾的尿缸小解，脑袋仍缠绕着刚才的奇怪的梦。

她已习惯于从梦境中寻找现实的指引，但这个梦实在太离奇了，她无法理解，但却隐隐约约有一种不祥的预感。

“不行，得去问问麻姑！”她自言自语地说，“就明天吧！”

“妈妈，你在跟谁说话呀？”女儿朦朦胧胧地问。

“没有，尿缸满了，明天要倒了！”陈望娣知道自己说漏了嘴，赶紧应付地说。

第二天，吃过午饭，陈望娣独自一人躲躲闪闪地来到麻姑家，麻姑的两个小儿子对坐在青石门槛上玩军棋。

“你妈在家吗？”陈望娣问。

“妈！妈！”较大的一个头也不抬就往里面喊，“有人找！”

没有反应。于是小的那个跟着拉长声音喊：“妈……妈！有人找……！”

“谁啊？”麻姑一边答应一边睡眼朦忪地扣着扣子出来，见到陈望娣，马上堆起了笑脸，“哦，是望娣啊！进来坐，进来坐！”

“在休息呀？”陈望娣拘谨地问，“不好意思，打扰你了！”

“哪里话！坐！”麻姑顺手拉了一把竹椅放在陈望娣面前。

“是这样，有点事想问问麻姑您。”陈望娣顺从地坐下来，看了一眼麻姑那两个下军棋的儿子说。

麻姑会意地对两个儿子挥挥手说：“你们俩到门外石榴树下玩去！”

麻姑拉了另一把竹椅，与陈望娣面对面坐下，“说吧！”

陈望娣还是有点害羞，吞吞吐吐地说：“是这样的，昨晚做了个奇怪的梦，想找你解解。”

“什么样的梦？”麻姑两眼眯成一条缝，诡异地看着陈望娣的脸。

“我梦见刘青岚了！”

“说详细些吧！”

“是这样的，我梦见他骑着一头青牛向我走来，我喊他，他却不理我；后来又梦见他跪在王翠玉——就是水根以前的死鬼老婆的坟前哭，还说王翠玉是他的老婆。”陈望娣颤抖着说，面带恐惧。

麻姑闭着眼睛听着，待陈望娣讲完，才慢慢睁开眼睛，看了陈望娣一眼，长长地呼了口气，说：“他骑着青牛，是讨吃的来了！你很久没去看他了吧？”

“嗯！是很久了！”陈望娣不好意思地说。

“他是怪你了！回去后赶紧给他多烧些元宝蜡烛。另外，他在那边太孤独了，顺便烧两个纸扎丫鬟陪陪他！免得他去勾引他嫂子，坏了伦常。”

“什么时候烧比较好？”陈望娣问。

“初一、十五都行。”

“要去他坟前烧吗？”

“不用，在家门口就行了。你还要请人在从你家通往他的坟的路上，凡是有十字、三岔路口的地方都烧些衣纸，喊喊他的童年，免得他迷了回家的路，成为野鬼游魂；清明、重阳去他坟头上一炷香。”

“要带冬玫去吗？”

“冬玫满十二岁没有？”

“还没到。”

“冬玫十二岁前不要让她去，小孩子的魂还没有稳，容易被勾掉了！”

“多谢你啦，麻姑！”陈望娣如释重负地舒了口气。

“谢啥，又不是外人！”麻姑装出责怪的表情。

“诶，还有一件事不知该不该说，”陈望娣欲言又止的样子。

“有什么事尽管放心说！这里说这里散！”麻姑鼓励道。

“我想，我想测一下以后的日子，不知可不可以？”陈望娣鼓足勇气说。

“可以！怎么不可以？”麻姑一副爽快的样子，“你先坐一会，我去准备一下。”

麻姑转身进了里屋，把桌子、粉等器具搬了出来，摆放好，拜过香火，说：“行了，来吧！”

陈望娣的心怦怦地跳，忐忑地走上前，仿佛在做一件越轨的事。

“求什么呀？”麻姑再问。

“以后的日子，”陈望娣吞吞吐吐地说。

“以后什么日子？是家庭、前程还是姻缘？”麻姑紧逼着问。

“都行！”姻缘两个字，陈望娣无论如何都无法启齿。

“每次只能测一件事，多了就不灵了！”麻姑说，“你还是挑一件吧！”

陈望娣还是犹豫不决。

“你尽管放心大胆说，你说的事情只有你知我知、菩萨知！”麻姑怂恿道，“你现在对的不是我，而是菩萨，对菩萨，你只有诚心诚意，才能得到她的保佑。”

麻姑这么一说，完全消除了陈望娣的顾虑。

“我想测一下我下半辈子有没有另外的归宿。你知道了,他们几兄弟成家以后,早晚是要分家的,到时我和冬玫两母女孤苦伶仃的,怎么过呀?”陈望娣忧心忡忡地说。

“唔！应该的,你也够可怜的了!”麻姑安慰道,“那就测一测你下半辈子的姻缘吧!?”

陈望娣没有说话,点点头表示默许。她脑袋一片空白,并没抱太大的希望,轻轻地在粉上写了个“婵”字。

麻姑闭目掐指,口中念念有词:“月下婵娟两相孤。婵娟的‘婵’字,‘婵’乃女单,女子单吊啊!”麻姑一边说一边无奈地摇头,“你下半辈子恐怕只能一个人过了,这是天意啊!”

虽然早有预料,但那毕竟只是触摸不到的想象而已,一旦意料中的事得到证实,就是实实在在的感受了,免不了伤感与失落,甚至是绝望。

“有没有其他的弥补办法?”陈望娣露出死水般平静的表情。

“天意不可违,逆天行事必招损！即使勉强找一个连理,最终也会悲惨收场,害人害己。”麻姑无奈地说。

陈望娣像断了电似的,目光呆滞地立着,一动不动。

“一个人过也没什么大不了的,冬玫长大后会补偿你的,这孩子这么乖!”麻姑安慰说。

陈望娣没有说话,她努力像平时那样露出礼貌的笑容,但却脸皮僵硬。她的这次算卦好比对自己不公审判的上诉,把所有的希望都押上去了,希望能挽回什么,结果却被维持了原判。她又遭受了一次彻底的绝望的打击。

“麻姑,我给你钱吧！多少钱呀?”陈望娣半晌才回过神来,知道自己刚才的失礼,勉强地抬了抬脸颊。

“哎呀！不用了!”麻姑动作夸张地连连摆手。

“要的,不纳香油怎么行呢?”陈望娣边说边并掏出 5 元钱递了过去。

“诶呀！这么客气,真是的!”麻姑接过钱捋了捋,揣入怀里。晚上人多,人们问的问题比较琐碎,每人给的钱也少,而且都是熟人,向他们追着要钱,会招致闲话,所以她就在神像面前摆放了一个小木箱,写上“香油”二字,借菩萨的名义向他们收钱,这样,“测字”的人就不敢不给了,自觉地把钱塞入箱子里。白天就不用这么复杂了,人少,一对一,想躲也躲不了,假意推搪一下,人情给了,钱一个子也没少收。

“我先走了,麻姑!”陈望娣在衣服上搓了搓手,说。

“多坐一会嘛!”麻姑客套地挽留道。

“不坐了,家里还有活呢!”陈望娣离开了麻姑家,一路无精打采来到自家菜地,那垄菜心长了很多杂草。中午正是除草的好时段。

烈日下,陈望娣蹲在地里,一棵棵地把刚露头角的小草连根拔起。在劳动中,她的心情渐渐地平静了下来——一种从未有过的平静,脑袋也从未如此地休闲轻松,什么也不想,眼前只有一棵棵的草。她甚至很享受这种没有任何刻意的、忘我的状态。她终于什么也不用考虑,什么也不用做了,维持现状,这才是正常的、属于她的生活,她早已习惯了,虽然并不理想,但真正要她做出行动去改变这种现状,却始终觉得非常遥远和不可思议,更何况命运不允许!

这样也好,明明白白地断了后路,不用枉费心机地想那些事情了。

陈望娣刚离开,麻姑的老伴就从里屋走了出来,身上带着一股浓烈的刺鼻的酒气。

“陈望娣算什么来了?”他打着酒嗝问,脸上露出猥琐的笑。麻姑在他的拳头下过了几十年的日子,家里从未有她说话的份,后来麻姑突然鬼上了身,通了灵界,不仅能为他挣酒钱,还盖起了新房,这才翻了天。

“关你什么事啊?”麻姑白了他一眼,顿了顿却又说,“她来除了问改嫁的事还能有什么事?!”

“没赠她几句,让她另找婆家?”老伴依旧色眯眯地问。

“你以为个个都像你一样猪头脑袋啊!如果我说她可以改嫁,到时她果真改了嫁,她家公不把这笔账算在我头上啊!那个恶人,谁敢招惹他!”麻姑一副超然的、事不关己的表情,“眼睛灯笼似的,一看就知道是克夫的人啦!嫁什么!还嫌害人不够啊?”

“这么好的身子,真可惜!”老伴大大地咽了一口垂涎说。

“可惜?可惜的话你去娶她嘛!猪狗不如的东西!”麻姑恶狠狠地说。

老伴没敢再说话,傻笑着挠了挠瘙痒的裆部,打着酒嗝进屋去了。

四十八

陈望娣刚从地里回来,还没来得及放下农具,冬玫就兴奋地跑过来抱着她的大腿,绘声绘色地说:“妈妈!妈妈!我们学校后山来了好多解放军叔叔,他们搭起了好多大帐篷,挖了好多做饭的灶炉,还有好多的马,有白色的、棕色的和黑色的，那些马好大哦！”

“是吗？”陈望娣蹲下来，把冬玫蓬松的马尾辫子放下，取下扎头发的皮筋放入口中衔住，腾出双手帮她把头发重新梳理整齐，再用皮筋扎上。

“是啊！我们学校好多同学都去看了，老师也去了，有些男生还去摸那些马呢！”

“你有没有去啊？”

“去了，但我不敢靠得太近，他们说马会吃人的头发，我怕！”

“对了，不要太靠近那些马，它们会踢人。”

“哦，知道了。”

“去吧，去玩吧。”陈望娣扶着女儿的肩膀轻轻地把她送出去。

冬玫应了一声，转身跑了。陈望娣怜爱地目送女儿消失在围墙的拐角处，然后双手撑住膝盖站了起来，拍拍屁股进屋去了。冬玫说的解放军的事她并没有太在意，很快就忘却了。

第二天，陈望娣照常早早出地浇菜，浇完菜，照例摘些菜心和葱蒜回家给刘母做菜，正当她埋头专心摘菜时，冷不防被后面洪钟般的陌生的声音吓了一跳。

“老乡，早上好啊！”说的是普通话，山村里就连学校上课用的都是本地话，普通话在这里并不普通。

陈望娣连忙转身，抬头一看，只见两个身穿绿军装的解放军同志直直地站在她身后。她赶紧站直啰，用半生不熟的普通话回答说：“黎（你）瞒（们）好啊！”

“老乡，请问你们有没有菜卖啊？”其中长得稍黑的一个问。

“有啊！你们要什么菜？要多少啊？”陈望娣依旧用不甚标准的普通话回答。

“什么菜都行，不过最好是白菜或椰菜，如果可能的话，我们每天都要五六十斤。”

“每天五六十斤？可以啊！”陈望娣说，“马上就要吗？”

“是的！”

“好的！”。陈望娣将手中的菜心放入浇菜的洒水桶里，走到地头，在一丛草里摸出一把沾满泥巴的小镰刀，向两个大军同志招招手说：

“跟我来呀！”

陈望娣把他们带到菜地的另一边，那里一垄垄的，满地都是雪白嫩绿的大白菜。

“这些行吗?”陈望娣指着那些白菜问。

“行!行!行!”两位解放军同志连连点头应道,“很漂亮的菜!多少钱一斤?”

“昨天早上我们去市场卖1角5分钱,你们要的话就1角3分钱吧!”陈望娣说。

两位军人相互看了一眼,点点头说:“行!”

“这里没有秤,多一点少一点没问题吧?”陈望娣问。

“没关系!去我们那边再称。”军人回答说。

陈望娣挑那些长得又大又嫩的菜,割了二三十棵,再逐一把每棵菜外面的老叶、黄叶扒得干干净净。

“怎么拿?”两位军人面面相觑,露出难色。

“等会。”陈望娣站起来朝旁边的甘蔗林走去,很快地扯回来了几根长长的甘蔗叶。

她把甘蔗叶在手掌中搓了几搓,两根两根地重叠起来,用结连上,做成了两条牢靠的绳子,把绳子展开在地上,再把菜一棵棵堆上去,军人也帮忙,不一会就捆成了两大捆菜。

“走吧!麻烦您走一趟,去我们营地称重算钱好吗!”“行!好的!”陈望娣说。

两位军人一人扛起一捆菜走在前面引路,陈望娣挑着洒桶跟在后面,一直来到营地。

称了重量,收了钱,陈望娣正要走,那位稍黑的军人说:“老乡,你等等!”边说边跑回自己的帐篷。陈望娣不知是什么事,原地等着。当那位军人回来时,把两个小纸包塞给陈望娣,说:“这是两包压缩饼干,拿回去给娃娃们吃吧!”

陈望娣哪敢要,连忙躲闪推让,那位军人把饼干放在她桶里的菜上,转身就跑回帐篷里去了。

陈望娣只好对着帐篷喊了两声谢谢。她刚转身迈步,另一名军人又喊着追了出来。陈望娣以为又是压缩饼干,紧张地说:“不用了!不用了!够了!够了!”边说边快步逃走。她哪跑得过解放军同志,那军人很快就绕在她面前了。

“老乡你听我说,”那军人喘着气,却忍不住笑,“是这样的,我们想买些干稻草喂马,不知道你们有没有?”

“哦!有!大把!你们要多少?”陈望娣也尴尬地笑了。

“那太好了!多少钱一斤?”军人高兴地问。

“哎呀！我们的稻草是拿来当柴火烧的，不值钱，你们要多少，我挑来就是了！不用给钱！”陈望娣说。

“不行，我们有纪律，不能白拿老乡的东西，”军人严肃地说。

在农村，稻子收割了，稻草秆——农民叫禾秆草，晒干后是很好的燃料，烧剩的灰又是种田种菜的天然钾肥，因而农民有“禾秆草浑身都是宝”的说法。农村包干到户后，家家都有一间专门用于堆放干稻草的草屋，两造的稻草收集起来足够烧一年。

稻草拿来卖，不仅陈望娣没听过，整条村的人也没听说过，所以当陈望娣听见解放军同志说要买稻草，多少有点新奇，她原想，不就几捆稻草吗？挑来就是了，还讲什么钱，但见军人这么坚决，她只好说：

“我们没卖过，不知值多少钱，你们就看着给吧！”

“这样啊？”军人迟疑了一会说，“我们在别处买是 8 分钱一斤，如果你没意见，就参照这个价钱，怎样？”

“没意见！没意见！”陈望娣赶紧说，“要多少？我回去就给你们挑来！”

“先来两百斤吧！不够以后再要，怎样？”军人说。

“行！”陈望娣爽快地说。

“我们派两名战士帮你们挑吧？”军人回头对着帐篷要叫人的样子。

“不用！不用！我叫我侄女一起挑过来。”陈望娣说，快步流星地离开了。

陈望娣回到家，把刚才卖菜的钱、摘的菜和一包压缩饼干交给刘母，刘母把钱揣好，好奇地把饼干翻来覆去看了个遍，然后放入米缸里，说等冬玫放学后给她吃。

陈望娣拿着另一包饼干来找春梅，叫她一起去送草。见了面，隔着围墙，陈望娣把饼干递了过去，春梅接在手里，急急地问：

“什么来的？”

“压缩饼干！”看着春梅猴急的样子，陈望娣忍不住露出了微笑。

“哪来的？”春梅一边问一边把饼干的包装拆开，尝了一口，“嗯，好吃！”

“解放军给的。”陈望娣神秘地说。

“真的？”一提到解放军，春梅就想起那威武的军装和帽子下刚毅英俊的脸孔，那总让她春心浮动。

“真的！”陈望娣看着她那闪烁着绿光的眼睛，心想：动心了吧？“他们想要稻草喂马，我待会送过去，你去不去？”

“去！去！”春梅说，匆忙把饼干重新包好，问道，“要多少？”

“两百斤，我们一人挑一百斤，怎么样？”

“好啊！现在就去吗？”春梅兴奋地问。

“是，他们在等着呢！”

“行！我换件衣服就来！”春梅飞快地跑进屋里。

“我回去把草准备好，你换了衣服就来啊！”陈望娣对着春梅的背影喊道。

春梅进了屋，先到厨房舀了一盘清水，把脸洗了，拧干毛巾擦了擦两腋，夏天汗多，那部位容易长出异味。擦妥当后，再急急跑回房间，门窗都来不及关，匆匆将身上的套衫退下，一只脚仍拖着裤子满屋子转。她打开衣柜，一件件地找喜欢的衣服，先是取了一条连衣花裙，比划了一下，觉得太隆重了，放在一边，再找，但找来找去都找不到更满意的，最后还是把那条裙子套上了。也许是觉得身上的胸罩吸汗太多，有点霉霉的味道，春梅干脆把胸罩也换了，还沾了几滴花露水，然后在镜子前拢了拢头发，梳子一扔，就冲出去了。

当春梅匆匆忙忙地来到婶子家门口时，陈望娣已将两挑稻草准备好了。见春梅穿得像城市姑娘一样，陈望娣用挖苦的口吻说：

“穿这么好，行街街啊？！”

话虽如此，春梅裙子包裹下的玲珑的身段还是让陈望娣多看了几眼，心想：毕竟是青春！

两人挑着稻草，一前一后来到营地，刚才那两名军人带着两名战士远远地迎了出来，战士快步上前，接过她们的稻草，挑在肩上。此时春梅已累得满身大汗，刚换的连衣裙，由于是“的确良”布料的，又薄又不吸汗，紧紧地贴在背上，雪白的肉和胸罩的吊带隔着衣服清晰可见，把两位战士羞得头都不敢抬。

他们把草称了，付了钱。两位军人兴致很高，主动作了自我介绍：稍白的那位叫李春望，28 岁，排长，是这里的最高指挥；长得稍黑的叫古大艮，33 岁，班长。他们是老乡。

自我介绍完毕之后，他们也要陈望娣和春梅介绍一下自己，陈望娣红着脸不好意思说，春梅假装不肯说，露出一副调皮的样子。她的表情把两位军人都逗乐了。“你这小鬼！”他们说，非要她讲出名字和年龄。最后春梅装出很不情愿的样子，说出了自己的名字和年龄。但是她把自己的年龄报大了两岁，18 岁说成 20 岁了。

“到你了，这位大嫂！”春梅“招供”后，他们又把“茅头”指向了陈望娣。

知道推却不了，陈望娣最终也羞羞答答地说出了自己的名字。在她自我介绍时，那位称为古班长的下意识地看了几眼她的脸。

接着，两位军人引陈望娣和春梅绕着营房转了一圈，向她们介绍了军营的一些情况，说欢迎她们常来玩。

“你们在这里干吗来的？山高林密的！”相互熟悉之后，春梅就不再拘束了，大胆地问道。

“这个嘛，保密！”排长李春望露出神秘的表情说。

“不能向外透露工作任务，这是纪律。”班长古大艮补充道。

“那你们准备在这驻扎多久啊？”春梅又问，这才是她最关心的问题，她有一种莫名的憧憬，希望他们能在这多驻扎些日子。

“看情况，短则一头半个月，长则半年四五个月，”班长回答说。

“那我的菜就不需要挑到市场上去卖了，直接供应给你们就行了！”陈望娣说。

“只要你愿意！”班长说。

“那敢情愿意！不用那么辛苦挑到市场上去卖！”陈望娣说。

“不怕少卖钱，亏了？”班长开玩笑地说。

“怕啥？亏给你们也值了！”陈望娣说。

这时一名战士跑过来向李春望他们敬了个礼后，递上一封电报，李春望回了礼，接过电报，微微转过身去快速把电文浏览了一遍，然后回头对陈望娣和春梅说：

“对不起，我们有任务了，今天就这样吧！明天早上就麻烦您把菜送过来吧！”

然后又对身边的古大艮说：“再拿点压缩饼干给她们带回家去给小鬼们尝尝吧！”。说完就离开了。

陈望娣刚想推却，古班长早已跑回了帐篷，并且很快就捧出来了几包饼干。

古大艮把饼干平均分给陈望娣和春梅。

春梅可高兴了，连声说：“这好吃！这可好吃了！”

陈望娣过意不去地说：“拿你们这么多，怎么好意思啊！害得你们没的吃。”

“没事，这是我们定量分配的，有的战士怕干，吃不了那么多，就剩下了。山里空气潮湿，容易受潮变质，所以还是早点处理了好，”班长古大艮说。

陈望娣和春梅谢过班长同志，告辞回家。

路上陈望娣问春梅刚才为什么把年龄说大了两岁。

“你没听见，他们都叫我‘小鬼’了，不报大点，他们真把我当小孩了！”春梅得意地说，回味着自己刚才的机灵。说着说着，她突然话锋一转，对陈望娣说：“诶！婶子，那个古班长对你好像有意思呦！”

一听这话，陈望娣像触电了似得，脸唰地涨红了，一手揪住春梅的耳朵，骂道："臭丫头，敢乱讲！看我撕裂你的耳朵！"

春梅捂着耳朵，疼得哇哇大叫："不敢了！婶子不敢了！"

"无中生有！你想害我呀？"陈望娣把手松了，嘴里却仍斥责着。

"哇！想扯掉人家的耳朵咩？"春梅一边揉着通红的耳朵，一边斜斜地看了陈望娣一眼，趁她没留意，又说，"我发现，他那看你的眼神确实是不一般，含情脉脉的。"

"又来是吗？"陈望娣的手又伸向了春梅的耳朵。

这次春梅早有防备，头一侧，闪开了！见陈望娣扑了个空，春梅乐得哈哈大笑。

"不过，我觉得那个李排长很帅哦！"春梅突然收敛起了笑声，一本正经地说。

"怎么样，喜欢人家了？"陈望娣瞅着春梅问。

"人家可是当官的！"春梅好像突然遭遇了挫折，顺手在路边杂草中揪了一片叶，使劲往前面一扔，情绪低落地说，"说不定人家已经结婚了。"

陈望娣打了个嗝，没说什么。虽然，她也像春梅及村中的其他姑娘一样，对这群健硕的士兵的出现有一种潜在的骚动与好奇，但她已过了那种容易冲动的年龄了，更何况她是一个有着特殊遭遇的人。她若无其事地绕过了那片情感的沼泽地，远远地，没有丝毫的强迫与割舍，仿佛那是与她风牛马不相干的事。这与其说是生活的沉淀，莫如说是万念俱灰后的解脱。

相比之下，春梅就显得兴奋多了，仿佛是一只初春的母猫臭出了雄性的味道，激动得浑身的毛发都竖了起来，又是伸腰，又是打滚。其实这也怪不得她，青春嘛，最大的好奇莫过于对异性了。

当天晚饭的桌子上，春梅唱了主角，她喋喋不休、饱含仰慕、绘声绘色地描绘她那位李排长，开口李排长，闭口李排长，越说越上口，越说越亲切，仿佛自己已是他的人了似的。最后，弟弟祥兴实在是忍无可忍了，对着她做了个呕吐的动作，端着碗离开了饭桌。

本以为全家人都在欣赏自己的能干和善于交际，洋洋得意之际却遭遇了嘲讽，自然恼羞成怒了。

"呕啊！快呕，把吃的压缩饼干呕出来啊！"春梅对着祥兴吼道。

祥兴这才记起自己吃了她拿回来的半块压缩饼干，一时语塞，但仍死撑着说："好啊！在屎坑里，去取吧！"

“短命仔！”春梅恶毒地回敬了祥兴一句。

“你这个豪婆！”祥兴不甘示弱地顶回去。

“要是撑着了就别吃了！”父亲把筷子狠狠地往饭桌上一拍，瞪着老虎似的眼睛骂道，“一个个的打靶，白养了！”

春梅和祥兴即时闭了嘴。

四十九

陈望娣和春梅每天都往军营里送菜。早上，给菜浇完水后，两人就抬着菜，晃悠晃悠地朝军营走去。自从有了给军营送菜这事，春梅养成了早起的习惯了，早早地和婶子陈望娣一起到地里浇菜。家里人说她变勤快了，脾气也越来越好了。春梅家的地大部分都种了甘蔗，蔬菜种的不多；而陈望娣家的刚好相反，菜地很多，一垄接一垄的种满了各种各样的应时蔬菜。种蔬菜比种甘蔗费心且辛苦。甘蔗种下去之后，就不需要怎么打理；蔬菜就不一样了，每天要浇水，还要经常除草施肥。不过，种蔬菜的收入要比种甘蔗的多。

刚开始，在春梅的邀请下，李春望和古大艮偶尔会来春梅家串串门，但每次他们都会顺道去陈望娣家待一会。后来，跟两家的人熟悉了，李春望和古大艮也就无需邀请了，随时有空就过来。两家人每次都热情地招呼他们。春梅更是尽显主人的落落大方，对李春望献足了殷勤，既是向李春望显示她在家里老大的地位，同时也是向家里人炫耀她与李排长的亲密关系。不过，春梅在众目睽睽下的过分热情，反而让李春望感到尴尬。弟弟祥兴更是“没眼看！”

相比之下，陈望娣对他们的到访就显得客气多了，上完茶之后，剩下的时间就交给刘父、刘母他们了。两个年轻人对两个老人毕恭毕敬的，一问一答。古大艮每讲一句话，都会情不自禁地征询似的瞟一眼陈望娣。而陈望娣却总是报以模糊的笑容。

交往中，陈望娣她们了解到，两个年轻人都还没成家，而且还了解到李春望所带领的是一支搞勘测的工程兵，他们奉命在这深山密林中进行一项勘测任务，但究竟探测什么，军人们不讲，陈望娣她们也没多问。班长古大艮是一个有来历的人物，据说是军营里的什么武术冠军，当年曾参加对越自卫反击战，并荣立了二等功。后来有一部反映在此次战争中，我方的一群侦察先头部队深入敌后，穿行于热带雨林收集敌人情报，并与敌人展开殊死搏斗的片子，就是以他们为素材拍摄的。这一点引起了刘祥兴的极大兴趣。因为前些天与姐姐吵架的事，他对李春望他们曾一度心存偏见，但当他知道了古大艮的特殊背景后，态度即时来了个180度的大转弯。他看上了他的本领了，满怀好奇，总想找个机会试一试。但每次当他提起这件事时，古班长总是摸摸他的头说：

“小鬼，好好读书！别玩这个！”

听他这么说，刘祥兴是既生气又不服气，心想：“叫我小鬼，动起来没准还没我厉害呢！”所以他暗暗下决心，一定要找个机会试探一下。

机会终于来了。这天下午，他正和黑牯在自家后院里练功，古大艮闯了进来，说是要借一把铁耙子。现在他们已是熟人了，进出已无需客气招呼了。

古大艮进来后，看见眼前两个小子只穿着短裤，赤裸着身子舞得满身大汗，一时好奇，立着看了一会。不看不知道，一看，嘿！真家伙！发现这两个小子还真有点功底。也许是由于自身是练武之人的缘故，古大艮对武术爱好者有一种特殊的感情。以前祥兴跟他提起武术时，总以为他只是好奇而已，故而用语言把他打发了之，今天一见，才知道他们的功底还挺扎实。

他看得入了迷，不经意间竟叫了一声“好！”

其实祥兴他们一早就发现他了，而且还有意要出高难度的招式，以吸引他的注意。见他为他们喝彩，两人顺势收住了手，上前几步，打过招呼，祥兴说：“古班长，指教两招，怎么样？”

听他们这么一讲，古大艮好像突然醒悟过来似的，连连摆手往外走，嘴里说：“不！不！”

见此，黑牯赶前一步，堵住了院门，笑着说：“古班长，今天你不露两手，恐怕是走不了了！”

“别！别！别！”古大艮边笑边侧着身子想挤出去。

但黑牯撑开一个大字，把门遮得严严实实。

古大艮知道这两个小子今天是成心要试探他的功夫了，斯文是出不了大门的了。于是他右搭住黑牯的胳膊，肘跟将他的手臂轻微往下一压，手掌与前臂迅速缠住黑牯的胳膊，斜斜地往右侧方一提，试图把他撩开。谁知黑牯反应非常快，上身随他的肘力顺势一沉，随即起脚，一个倒挂金钩直打他的脑门。古大艮没想到他竟然如此利害，毫无防备，慌忙躲闪，头是躲过了，但肩膀却实实地受了一脚。

古大艮大叫一声“哎呀”！一个后空翻跳出圈外，刚下地，还来不及站稳，刘祥兴凌空一个劈脚已打将过来；情急之下，古大艮跃起一个旋风连环腿，左脚后摆，挡住了刘祥兴打来的腿，右脚紧接着朝对方的后脑勺横踢过去。来的是那样的快，刘祥兴在空中一点躲避的机会都没有，眼看着古大艮的脚打过来。如果对方不是刘祥兴，而是敌人，古大艮这脚打下去，对方是必死无疑的了。但就在打着的一刹那，古大艮脚掌轻轻一转，朝祥兴的膊头拍了一下，刘祥兴即时失去了重心，一连几个踉跄，跌出圈外。

古大艮刚下地，黑牯没等他站稳，就一个扑步对着他的裆部铲过来。

"这小子真狠！"古大艮心想。

说时迟，那时快！古大艮往后垫一步，退出一米开外，正好闪过黑牯的脚，然后顺势下蹲、转身下摆，右脚贴地一个后扫堂。黑牯急忙收住身子往后退避，但古大艮使的是连环腿，动作迅速且异常凌厉，黑牯躲了第一脚，却躲不了第二脚，脚踝被重重打了一下，跌了个仰面朝天。

刘祥兴今天算是开了眼界，坐在地上，看傻了眼。

"好厉害啊！"他痴痴地喃喃自语。

"不错！好功夫！"古大艮拍拍身上的灰尘，把军装拉顺啰。

黑牯两手后撑，双脚平伸着，仰坐在地上，心想："他的扫堂腿怎么能这么快呢？"

"教教我们吧！"刘祥兴像刚输了架的小狗，耷拉着脑袋乞求说。

"你们能有这功夫已经很不错了！"古大艮用赞许的口吻说，"不过，你们的招式太讲究套路，适合表演、强身，而不适宜格斗。"

"我们练的就是舞狮的套路，为的就是表演，"刘祥兴说，"把你的绝招过两招给我们吧？"

"哪有什么绝招！舞狮表演，你们的功夫已绰绰有余了！"古大艮说，"我们的本领是用来杀敌的，教给你们容易出事。不行！"

"这么吝惜！教两招都不肯！"黑牯捡起一块小石头有气无力地朝沙袋扔过去。没打着。

"无论如何我是不会教你们功夫的了，但我可以告诉你们一个武学的道理，那就是强中自有强中手，习武的目的在于强身健体，而不是打架逞强。越是武艺高强的人，就越是知道山外有山，而不会轻易显露，更不会恃强凌弱。恃武打架，要么伤人，要么被伤，伤着了人，犯法，轻者赔偿，重者坐牢；被伤了，自己身体遭罪，都不好。特别是你，"古大艮指着黑牯说，"刚才两招，招招要命，出手如此狠毒，要是在战场上还好，杀敌立功，平时这么玩是很容易出事的，弄不好是要出人命的。"

一听“坐牢”二字，刘祥兴立即联想起叔公坐了七年大牢的事，心中不禁打了个寒噤。

黑牯却不以为然地轻轻“去”的一声。

古大艮看了他们一眼，见脸上有不同的表情，笑笑地说了一声“走了！”转身出了院门。

古大艮后脚刚出门，黑牯即时捡了一个小石块朝他离去的方向扔过去，骂道：“刚才那脚要是打中你的头，看你还有没有这么多的废话！”

“不过他出手真是太快了！他踢我那脚，我连躲都没法躲，要不是他脚下留情，我死定了，”祥兴说，“看来真是山外有山！我还以为没人能打得过我们呢！”

“管他呢！只要我们好好练，我就不信超不过他，总有天能把他打趴下！”黑牯咬着牙一个青龙搅水翻起来，对着沙袋就是一脚。

五十

正当刘祥兴和黑牯谋划着怎样练功打败古大艮时，春梅的春梦也正在酣处。她深深地迷恋上了李春望，脑海被他英俊的脸庞和魁伟的身躯所完全占据，满脑子幻想与憧憬，整日沉浸在一种爱的喜悦和柔弱之中。

在一个山村姑娘的眼里，军人本来就充满了神秘的色彩，更何况李春望长得一表人才，魁伟岸然，她对李春望简直着了迷，在他身上的一丝一毫都是那么的美好和不可挑剔，即使是刚走出老林时身上带的汗味都是清香的。她愿意依附他，希望能依附他，把他当偶像和哥哥。而李春望的一句“调皮的小鬼”，却更加让她觉得自己的天真可爱，使她更加放肆地依附他，肆无忌惮地表露夸张的幼稚与天真，以此来博取他欣赏和怜爱的目光。

一个十八岁的姑娘，从未走出过山村，身边都是她熟悉而且早已令她麻木、全无感觉的人。她生性骄傲——虽然事实上她并没有太多值得自己骄傲的地方，觉得自己天生与众不同，她看不起村中那些被太阳晒得像黑树皮一样皮肤的青年，虽然他们当中许多都曾向她献过殷勤。她总是千方百计寻找一切机会，显示自己的与众不同，而且她也相信自己肯定会有不同寻常的际遇。因此当这些年轻的士兵进驻她们山村时，她立刻就表现出无比的兴奋与骚动，理所当然地觉得他们是她的。她并没有想为什么，也不会想为什么，因为她压根就没这根弦。她一味地、一厢情愿地、毫无顾忌和保留地扑将上去，揪住她自认为理想的，可以让她炫耀的、能满足她的虚荣心的对象。排长，她见过的最大的官；外来人，陌生、稀罕而且神秘莫测，大家对他都另眼相看。所有的这一切，正是她所需要的。

为了爱，她可以改变自己，变得温驯勤劳，变得通情达理，有人说这是虚伪，但她却不这么认为。只要她的内心随言行一同改变，而且持之以恒，那这就是她了，又何来虚伪呢？至于以前，那是以前，现在才是现在！如果能得到他的爱，她愿意，她会，改掉以前的刁蛮任性，做一个贤妻良母。她并不知道什么叫贤妻良母，没有人教过她，但她认为，为他做饭、为他洗衣、为他生育儿女，而且做到打不还手，骂不还口，这就是标准的贤妻良母了。

这天，适逢集市，春梅约李春望赶集，正好有空，所以李春望答应了，但他要带上古大艮，并建议她把陈望娣也叫上。陈望娣本来就要去集市买黄豆种。"那就一起吧！"她说。

出门前，春梅仔细地把自己由头到脚整理了一番。对着镜子转了一圈，得意地"啧！啧！"咂了两下嘴巴。一切都很满意，除了那时而有异味出来的胳肢窝。夏天，这是最让她烦心的地方。她并没有狐臭，只是夏天里那个部位汗特别多，整天都是潮潮的，必须常拿毛巾之类的东西把汗擦干，否则，一会儿就散发出难闻的气味。所以她在挑选衣服时很矛盾，不知是穿吊带裙好还是穿长袖衣好。如果穿吊带裙，那么裸露的下腋一旦有了气味就会没遮没拦地散发出来，别人只要一近身边就会嗅到。如果穿长袖衣，没错是可以遮拦了汗臭，但却不好看。这可是个显露的好机会，怎么能错过呢？犹豫了半天，最后还是决定穿吊带裙，同时在手袋里放上一条洒了花露水的手帕，准备随时拿出来擦腋下的汗。她从衣柜的抽屉里取出一顶折叠好的白色太阳帽。这是一款时下最为流行的太阳帽。薄薄的白棉布料，帽檐用一根细细的弹簧钢丝圆圆撑开，一条白色带子，很斯文，非常适合爱美的姑娘。帽子打开时有草帽一般大，不用的时候，只要把帽檐朝相反方向一扭，帽子就扭成了一个"8"字，然后再把"8"字的两个"0"对折，帽子就可以折叠成烧饼般大小，放入手袋里。这是一款新玩意，很得姑娘们的喜爱，买回来当作一件饰物，宝贝一样小心打理。但这种帽子有一个致命的弱点，就是不能淋雨，一旦淋了雨，马上就会长出黑点点的"乌鸡"。

一切准备妥当，推出她那辆崭新的"五羊牌"26 寸女装自行车，这种自行车也是改革后农村姑娘的新宠。以前农村用的都是清一色的 28 寸大自行车，那车轮像马车一样大，是纯粹的工具车，而这种新型小自行车，却是现在姑娘休闲代步的"宝马"。

她捏了捏轮胎,还好,气挺足。今天可是要载人的哦!

这时陈望娣也推着自行车出来了,戴着客家妇女特有的黑帘凉帽,还是那部旧的老式大单车。

“怎么不用那台新的小单车呢?”见婶子推着那辆牛车一样的单车,春梅是怎看怎不舒服。

“不是要载人吗? 这部车载人好啊! 更受力一些。”陈望娣踢了一下踏板说。

“赶集也不穿好一点!”春梅把目光转移到陈望娣身上,挑剔地说。

“这样还不行啊? 要怎么穿呀!”陈望娣无所谓地说,有意无意地瞅了瞅春梅,“裙子好漂亮,什么时候买的?”

“前几天,好看吗?”春梅摆了摆裙围问。

“嗯,挺好看的!”陈望娣上前揉了揉布料,“‘的确良’的喔! 多少钱呀?”

“猜啊?”春梅神秘地笑着说。

“我哪猜着?!”

“开价30元,结果21买了。值吗?”春梅把裙子撩起来,在手里捻了捻,好像还没看够似的。

“可以啊,在镇上买的吗?”

“是啊!”春梅答道。她们一边聊一边推着单车朝军营走去。

“款挺好,而且夏天穿凉快,到时看有没有小码的,给冬玫买一条!”

“好啊,我带你去!”

不知不觉,她们已来到了营地。

“我去叫他们!”春梅让陈望娣扶住她的单车,自己兴奋地跑上斜坡,进了李春望的帐篷。

“喊一声不就行了吗! 干吗这么辛苦跑上跑下!”陈望娣自言自语地说。一只手握着自己的车把,另一只手放在春梅单车的座包上,扶着。

一会儿工夫,春梅他们陆续走出帐篷。首先出来的是李春望,接着是春梅。古大艮最后一个出来。见着陈望娣,古大艮远远就向她招手。陈望娣自然地举起手向他回礼,却忘了她手上扶着的是春梅的自行车,春梅的自行车失去了支撑,“砰”的一声摔在地。

春梅大喊着冲了下来,赶紧扶起自己的单车。心疼地说:“这下惨了,刮花了!”

“没事! 没事!”李春望哈哈地安慰道。

“怎么坐啊?”来到跟前,李春望问。

“春梅载我,李排长和古班长共一部单车,”陈望娣说。

“我哪里载得起你哦!”春梅紧张地看着李春望说。

“这小鬼,懒!”李春望做出去捏春梅的耳朵的动作,但没到一半就缩了回去,“我载你吧! 大艮载大嫂!”他一语双关地说,眼睛看着古大艮,眯眯地笑,好像在说:“就看你的啦!”

陈望娣听出他话里有话,脸一下子涨得通红,幸亏有凉帽的帘遮掩着脸,才不至于露出窘态。

古大艮大方地上前,接过陈望娣的单车,一手握着车把,一手扶着单车的后座,正好把陈望娣包围在里面。

“我来吧!”他笑着说。

“这单车不好骑,后刹不是很灵。”陈望娣侧着身,等着他把手松开,好让她出去。

古大艮立着,突然发现自己把陈望娣困住了,赶紧把扶着车后座的右手松开,让陈望娣出来,露出歉意的笑。

“没事! 上车吧! 坦克都开得了,还怕这小单车!”古大艮双手紧握车把,把车定稳等着陈望娣上车。前面李春望已载着春梅走远了。

“你先骑,我能跳上车。”陈望娣说。

“哎哟! 真的吗?”古大艮惊讶地说,“那我上了啊?”古大艮一蹬脚踏板,右脚一跨,上了车。

陈望娣跟着车小跑几步,等车走稳了,一手扶着座包下面的弹簧,轻轻一靠,也坐上了车。只是凉帽帽檐碰着了古大艮的背,歪了,经风一吹,差点飞走,幸亏脖子将帽带挂住了。

“没事吧?”古大艮微微回过头来问。

“没事,走吧!”陈望娣重新戴好了帽子,说。

这时,李春望和春梅的单车已经走出很远了。“坐稳了啊! 看我怎么追上他们!”古大艮说,一发力,单车像离弦的箭一般向前飞奔而去,只一会工夫就越过了春梅他们。

看着他们超在了前面,春梅紧张地不停地摇晃李春望的背,大喊大叫地说:“快点! 快点! 超过他们! 超过他们!”

李春望努力了一会,但他又怎么赛得过古大艮呢! 没骑多远就已气喘吁吁,被古大艮远远抛在了后面。

见赛不过古大艮，李春望干脆放慢了速度，悠悠地骑。

“古班长喜欢上陈大姐了！”李春望看着前面的背影，不无得意地说。

“他这么大的年纪怎么还不成家？”春梅问。在交往中，他们都相互知道了彼此的情况。

“看他蛮牛一样的脾气，像是会轻易接受别人的人吗？”李春望说，“老家的人焦急，给他介绍过好几回，他就是不愿意，着急也没用。”

“他会喜欢我婶子？我婶可是有小孩的人哦！”春梅说。

“怎么不会?！自从第一次在菜地上见了陈姐，回去后就在我面前赞不绝口，大夸陈姐长得好看、朴实、善良，还说什么她的眼睛和笑容很像一位他在自卫反击战中遇见过的护士。”

“他是不是把我婶当那护士了？”春梅问。

“唔！不知道！”李春望说，“那护士抢救过他。那次，他中了地雷，被炸得昏死了过去，不知过了多久，迷迷糊糊中感觉到有人用嘴巴从他鼻孔里吸痰出来，他苏醒过来睁开眼睛，第一眼看到那双闪亮的大眼和那张微笑的脸，就再也忘不了了，牢牢地铭刻在脑海里。”

“为什么要用嘴巴吸痰？”春梅露出恶心的表情，不解地问。

“阵地上昏迷的重伤员被痰卡住气管，呼吸不了，如果不及时把痰吸出来，是会死人的，”李春望解释说，“本来是要用吸痰机吸的，但由于情况危急，机器不够用或身边没机器，只能人工吸了。”

“原来是这样！”春梅自言自语地说，不过她还是觉得恶心，接受不了，“那他为什么不去找那名护士呢？”

“战场上情况紧急，一线的伤员一抢救过来，自己还不知道是怎么回事就被转移到二线了，连个名字也没有，护士这么多，上哪找？”

春梅“哦”地应了一声，一种无奈的失落油然而生。

“看来他是真的喜欢上陈姐这个人了！与他一起当兵这么多年，这样称赞一个异性，他是头一次！”李春望深沉地说，“小梅，要么你帮忙牵牵线？”

“别！千万别搞我！”春梅连连摆手道。

“为什么？”李春望不解地问，“你不愿意？”

“不是我不愿意，而是我叔公家的人不愿意！”春梅说。

“关你叔公家的人什么事？”李春望更困惑了，“婚姻自由，是她嫁，又不是你叔公他们嫁。”

“话虽这么说，但事实上没有那么简单！”春梅说，“别忘了她是我叔公家的媳妇!”

“但是她丈夫已经过世了,她是可以改嫁的呀!”李春望说。

“你以为!以前小学有个老师,是个知青,也喜欢我婶子,上我叔婆家提亲,结果被我叔婆用扫把打了出来。”春梅一副“最好别惹我”的远离是非的表情。

“有这回事?”李春望说,“你呢?你怎么看?难道你也认为你婶子不应该改嫁?”

“我?”春梅顿了顿,想了想,说:“我当然站在我婶子这边啦!最起码我们都是女人嘛!只要她愿意,我支持她再找一个!”

“这才像话!”李春望伸手回来捏了一下春梅的鼻子,把春梅美的将脸紧紧地贴在他早已渗透了汗水的背上。

“唔,真清的汗香啊!”春梅闭上眼睛,鼻子紧贴李春望的背,深深地吸了一口气。

相比之下,陈望娣和古大艮这一对就显得沉闷多了。古大艮一味地闷头狂踩踏板,把自行车踩得飞一般快。陈望娣只听见风在耳边呼呼直响,一只手牢牢地按住凉帽,生怕被风吹走啰,另一只手紧紧地抓住后座的铁架,心想:“这真是一头牛!”

虽然没有说话,但古大艮心里却洋溢着温馨,打第一次见着陈望娣,他就有了这种感觉。以后每次遇见,或是能与她待在一起时,就有一种莫名的亲切感,心中温情油然而生。

她那双会说话的眼睛、可掬的略带腼腆的笑容,使他一直温馨地牵挂着的心终于找回了昨日的失落,这就是多年来让他梦萦魂绕的,在他生命最脆弱、最需要爱和呵护的时候在他眼前一闪而过却又被他牢牢抓住的使他感受到了关怀和爱的美丽却又不失坚强的脸。

半生的失落的复杂情感终于在一个人的身上得以找回,多年来一直虚无缥缈却又让他难以割舍的海市蜃楼般的理想的爱人,终于出现,这是何等的喜悦,又是何等的爱的强烈,以至于第一眼就烙下了深深印象,使他忘记了自尊与礼节,呆呆地凝视着对方。但随之而来的是失落!因为他意识到以对方的年龄,她不可能是一个单身姑娘。换言之,他必须死心。就在他将要关上情感的大门时,却意外地发现了她特殊的境遇,这时,他对她除了爱之外,还多了一份同情。他认定她了——只要她愿意。

但可惜的是,他如此强烈的爱的冲动,却遭遇了对方的心如静水。对方对他不逃不避,在他面前总是那样的平静、坦然,这既是他欣喜若狂充满幻想的根源,也是他将要遭遇爱情挫折的征兆。

每次从李春望旁敲侧击的语气,以及古大艮对她所表现出的温顺的眼神和动作,陈望娣多少是知道他们在想什么的,但对于她来讲,恋爱的季节早已远去。这不关乎喜欢或不喜欢的问题,而是她现在压根就不会去想这个问题了。

夫哀莫大于心死!对于那些没有遭遇过刻骨铭心之痛的人来讲,心死也许是一件难以理解的事情。在遭受了反复的挫折的印证后,只有驴才有勇气坚信它仍能吃到眼前的那根萝卜!陈望娣不是驴,她却遭受了比驴的更大的诱惑,她几乎已经把谢元这根萝卜衔在口中了,但最后还是不得不放弃,并且承受了比大棒更为惨痛的身心的打击。这个打击来自于这个古老山村约定俗成的世俗的伦理观念,来自她对宿命的恐惧和自我良心的谴责。

“不用骑这么快啦,看你都一身汗了!”看着眼前的高大身躯,陈望娣怜悯地说。

“没事!”古大艮用袖子擦了擦汗,不当一回事地说。他抬头突然发现前面不远处聚集了很多人,“前面聚集了一堆人,不知道是啥事?”

陈望娣探出头往前望去,突然想起了什么。

“不好了!他们是在查单车,专扣那些没年审的单车,赶紧调头!”陈望娣紧张地说。

“怎么,你的单车也没年审呀?”古大艮低头看看挡沙板上的牌子,“哦,真的还没换牌了呢!”

“刚农忙完,谁有空去办这事呀?!”陈望娣说,“赶紧调头吧,别让他们把单车扣了!”

“你觉得他们会拦我们吗?”古大艮拍拍身上的军装说。

“谁知道啊!”陈望娣笑着说。

“咱们博一把,怎么样?”古大艮放慢了动作,也笑着说。

“我不知道!”陈望娣把头一歪,露出“随便你了”的表情。

说话间,他们已来到了人群前。只见十多个戴着红袖章,手拿红黄旗的青年正站在路中央,霸气十足地拦截一辆辆过往单车,检查他们的年审标记。路旁已查扣了二三十辆单车。那些没有年审的单车,被他们扣下后用铁链串锁在一起,等候处理。有几个妇女正苦苦地与推走她们单车的青年拉拉扯扯,哀求给她们一次机会。一名竹竿一样的男子一手使劲按住自己的单车,口里骂着娘,另一只手把前来试图扣他单车的青年一掌推倒在地,旁边正在查车的四五个青年见状,立刻围拢上去,不容分说地将他拉进路旁的一间小屋。

陈望娣他们的单车在一个拿着旗子的青年眼皮底下慢慢溜过，那青年瞪着单车沙板上的标记，再看看古大艮，手局促地动了一下，但立即又放了下来，终于没有截他们。

陈望娣的心都快要顶上喉咙了，刚一过去，就长长地舒了一口气，使劲地拍了一下古大艮的背："吓死人啊！你！"

古大艮哈哈大笑地说："我也怕他们拦我啊！他们果真拦我，我还真不知该怎么办好，唯有把单车给他们啰！"

"你坏啊！你！"陈望娣又使劲地拧了一下他的侧腹。

古大艮痒得身子一侧，差点从单车上摔了下来。

这时春梅和李春望他们已跟上来了。

"跑这么快，原来是躲开我们在这打情骂俏！"李春望正好看见陈望娣拧古大艮的动作，像抓住了什么证据似的，不无得意地说。

"什么事？什么事？"春梅坐在后面，不知道发生了什么事，好奇地探出头来问。

陈望娣羞得赶紧用凉帽遮住了脸。古大艮却一味地笑。

"怎么他们没拦你们的单车？"古大艮说，为了盘开话题。

"我的是新车，买了不到一年，还没到年审的时间呢！"春梅说，"怎么，你们被截了？"

"有我在，他们哪敢?!"古大艮装出神气的表情说。

"是啰！是啰！刚才不知是谁吓得大气都不敢喘一口！"陈望娣说。

其实这并不是她的心里话，只是古大艮刚才说自己怕，她接着他的话讲讲而已。

古大艮又是一阵傻笑。

"你们刚才怎么了？"春梅还是对李春望说的事耿耿于怀。

"小孩子，别管大人的事！"李春望又回头拧了一下春梅的鼻子。

春梅这回也不甘示弱了，使劲地在李春望的两边肋骨处挠了几下，谁知他并不怕痒，一点儿反应也没有。

"喏！刚才他们就是这样子。"李春望现身说法地说。

"哦！我知道了！婶……子！"春梅会意地对着陈望娣连连点头，一副"这回还不逮住你们！"的得意表情。

"你别听他乱讲！"陈望娣紧张地辩护道。

"别紧张，开玩笑而已！"李春望打了个圆场。他想起了路上春梅的话，所以能体会陈望娣对此事的紧张反应。

“别紧张,我不会讲的!”春梅接着说。

“紧张什么?有什么给你讲?又没做什么坏事!”陈望娣严肃地制止她,免得她越讲越离谱。

“好啰!好啰!到啰!”古大艮用轻松的口吻缓解了气氛。眼睛瞟了一下李春望,仿佛在说“搞定!”

李春望会意地微微摆动了一下大拇指,露出赞许的表情。

五十一

他们找了一个停车的地方,把单车停好。这里没有固定的专门停放单车的场所,也没有负责看管单车的人,见有空地,大家就把单车停在那,人们相互跟随,车停多了,不是停车场也成了停车场了。

春梅的是新单车,怕被偷了,用自备的链锁把自己的单车与陈望娣的串锁在一块。锁好了单车,春梅拍拍陈望娣单车的座包说:“有婶子这部‘牛车’牵住,估计不会被偷了!”

“走吧!咱们好好逛一逛!”李春望拍拍古大艮的肩膀,咂了一下嘴说。古大艮亲密的左手搂了搂他的腰。

“我得先去买黄豆种,晚了怕没卖了,”陈望娣说,“要么你们几个先到别处去转转?”

“一起去吧!免得失散了,不好找!是吗,大艮?”李春望又拍拍古大艮的肩膀说。

“是,反正我们也是闲逛,一起先办你的正事吧!”古大艮说。

这是一个普通的小镇,几乎都是清一色的泥砖、青砖或一半是泥砖一半是青砖的瓦房,黑黑的长着厚厚的苔的瓦片和墙上矮处白色的芒硝自证了它存在的岁月。虽有几处明显的翻新修葺,却仍不足于改变它的如老人般的容貌。

相比之下,路边一栋崭新的白色马赛克墙、顶楼有个葡萄架的两层建筑就显得格外引人注目了,如鹤立鸡群般。一个20出头的小镇女子嫁给了一个近70岁的香港老叟,于是她便拥有了这座她祖辈父辈连想都不敢想的洋房。这事在当地引起了不少轰动。“贪财!”“没点人格!”“丢了祖宗的脸!”这是当时人们谈论起此事时的口头禅。但你们爱怎么讲怎么讲,人们的非议对她的洋房的舒适度以及她的家人因为得到了那港人的资助而做起的越来越红火的生意并无半点影响。当大家看着她和她的亲人，穿上、用上、吃上那位像脱毛鸡一样的、矮小的，总是穿着白色短袖T恤、孖烟囱裤衩的老头用行李车和红色蛇皮袋从香港拉回来的他们见都没见过的物品时，其眼馋程度并不亚于他们的自认为的正义感。当然啰，由于那老头经常不在这边住，男人们想得最多的自然是那位女子的房事了，仿佛看到了人家对男人的饥渴与随便。每逢路过，总是难以抑制地贪婪地往人家阳台张望，心跳加速地希望能瞅见那身穿宽松背心的懒散身影，以及短裤包裹着的胀鼓鼓的臀部和古铜般修长的腿。

“哇！好漂亮的房子呀！”古大艮他们也被这个爷孙式的婚姻的窝巢吸引住了，两人异口同声地问道：“是镇长的房子吧？”

“一个年龄和我差不多大的女人，嫁给了一个和我爷爷岁数一样大的香港佬的代价！”春梅把后面几个字说得特别的重，仿佛已经体会到了人家的苦楚似的。

“你也弄一套这样的房子嘛！”李春望开玩笑地说。言下之意是让春梅也嫁一个香港客。

“去！你以为个个都‘发钱寒’啊！送给我都不要！”春梅不屑一顾地说，看着李春望，似乎觉得对方是在试探自己，“嫁给自己不喜欢的人，不要说一栋房，给我10栋也不干！”

“就是嘛！人家春梅可是讲感情的，是要嫁给帅哥哥的！”古大艮望着李春望说，意思是说，人家是认准你啦，你逃不了了！

“那又不是！人好就行了！”春梅满脸讨好地微笑着，如猫乞求主人的抚摸一样看着李春望。

“唔！是啰！像春望哥哥一样就行啰！”古大艮吊着嗓子模仿春梅的声调说。如此幽默，这于他是非常罕见的。说这话时，他悄悄地看了陈望娣一眼。陈望娣也被逗笑了。

春梅装着“我什么都没听见！”的表情，直直地似笑非笑地看着前方。

“你别老说人家，待会陈姐不放过你！”李春望明显是想转移话题。

“说我干吗？又不关我的事！”陈望娣说。

说话间，他们已来到市集的入口。

市集主要是由一条贯穿小镇南北的“S”形街道组成。南面靠马路这部分是恢复集市政策后，为了满足越来越多的赶集人潮的需求而整修扩充出来的，铺面较新，地面铺了混凝土。街道两旁的固定铺位一般都是本镇的居民所开设，主要卖一些农药化肥、农具五金等。流动摊贩则将物品直接摆放在街道两旁叫卖，主要有瓜果农产品，如番薯、芋头、南瓜、冬瓜、石榴等，以及一些手工制品如箩筐、粪箕及其他竹制品。这里也是最多江湖术士叫卖祖传铁打秘方、蛇毒解药、灭鼠奇方的地方，当地人称这些人为“假药佬”，意思是卖假药的人，并且流传有这样一句顺口溜来形容他们所卖的铁打药：“喝水哽着，盖被子压着，一吃就好！”可谓形象贴切。为了推销他们自称的独门秘方，这些“假药佬”又喊又跳、蹬地捋袖，用尽一切折腾的法宝，为娱乐过往群众做出了不少的贡献。陈望娣带着古大艮他们急急地往前走，本想避开这些吵闹的叫喊声，却被前面一堆人挡住了去路。一个满身酒气、身材高大的中年男子正揪住一个戴着眼镜、斯斯文文的青年，吼道：“你给不给？你给不给！”很明显，那青年是外地人。原来，青年是卖鼠药的，为了促销他的鼠药，承诺以每只 5 毛钱的价格回收用他的鼠药毒死的老鼠。那名满身酒气的男子拿了一只死老鼠，自称是用他的鼠药所毒杀的，要求青年兑现给钱。但那青年说他是第一天在这摆摊，一包药都没卖出，所以那男子的死老鼠肯定不是他的药所毒杀的。双方发生了争执。最后那男子自持是本地人，撒起了野，一把揪住那青年，恶狠狠地说：“不给，老子毁了你！”强龙斗不过地头蛇，为了不吃眼前亏，那青年只好乖乖地付了 5 毛钱。那男子取了钱，没走出几步，悄悄地对身边的人说：“那死老鼠是我刚才在茅厕打死的。”

李春望看了一眼那青年摊在地上那块已发黑的白布上面的字：神奇鼠药，人畜无害，2 元一包，欲购从速，回购死鼠，5 毛一只。布上散放着一小包一小包用牛皮纸包着的东西。

“你家这么多老鼠，买几包回去杀一杀，再把死鼠拿回来卖给他，说不定还有钱赚呢！”李春望对春梅开玩笑着说。

“到时上哪去找他回购老鼠？”春梅说。

“唔？就在这啊！”李春望不解地说，“不是明摆着吗？”

“你以为他下次真的会在这等着回收你的死老鼠啊？要那样他早亏死拉！”春梅嘲讽地说，“他今天在这摆卖，明天你连影子都见不着他了！”这倒是李春望他们所不曾想到的。

街道越往里走越显陈旧，坑洼不平的路面铺设的老火砖，在岁月和雨水的冲洗下，早已残缺不全，长满了滑滑的青苔。两旁是低矮的青砖瓦房，有的还间隔为上下两层，下面做生意，上面露台用绳子吊着的几根长满乌鸡的干竹，晾晒着衣服、葱头和女人的胸罩；围栏上，有的还摆放了几盘用破铁桶、破脸盘、痰盂等器皿种养的菊花、太阳花之类的植物,花盘虽然是差了一点,但花却开得像火一样艳丽,与背景形成明显的对比。为了便于做生意,这些房子靠街的这面墙都是留空的,形成一个大大的敞开的门,有的干脆三面都没有墙,只用木柱支撑起瓦面,里面摆满了酱油咸杂。因长年光线不足,许多建筑的墙面总是潮潮的,摸上去有一种滑滑的感觉。

在拐角处,有一个用砖柱搭建起来的长形瓦棚,里面摆了三排厚厚的不算陈旧的水枫木台,是卖肉的地方。卖肉的赤裸上身,挂着一条油渍比布料还要厚的围裙,在这样闷热的天气里,大刀阔斧地按买肉人的要求砍剁着那已微微变红的肉,身上沾满了分不清是自己的汗还是猪肉的油。几个长者提着用咸草捆绑的那吊半肥瘦的猪肉,一边走,一边满足而期待地端详着。

过了肉摊,往前走,经过几家凉茶铺,再向左拐,就到了陈望娣买豆种的种子街。各种蔬菜、五谷的种子都能在这里买到,什么黄芽白、雪萝卜、匙羹白、上海白,花生、黄豆、荷兰豆、麦豆及各种水稻种子等等,应有尽有。卖种子的大多是临时摆设在街边的摊位,用大小不一的白棉布袋装着,上面插着写有种子名称的小竹片,袋子有的直接放在地上,有的则摆放在用长凳架起的门板上。

陈望娣看了几家,对比了品质和价钱,最后买了 20 斤大豆豆种,用随身带的钾肥袋装着,古大艮主动地把豆种接过来,提在手里。走的时候,陈望娣见旁边的匙羹白菜种子挺好的,于是顺便买了 5 毛钱的。匙羹白是当地人对一种小白菜的称呼,由于这种菜的菜梗不仅色泽洁白而且长得像瓷汤匙一样的形状,所以当地人形象地称之为匙羹白。

种子街的临街建筑是几家店铺,主要是文具百货,还有一家 20 来平方米大的小书店。李春望见了书店就要进出看,春梅也想去,于是几个人一起进了书店。

书店小屋略带长形,一个横向的摆放了一些书的玻璃柜台把小屋分成里外两部分,将读者与书隔开。外面部分的墙上挂了些年画、彩图,供读者、顾客观赏、选购;里面部分有一个靠墙的木质立柜,也摆放了一些书,读者看上哪本书,就隔着柜台让售货员取。售货员千辛万苦取来的书,翻阅之后,即使不喜欢,也得违愿地买下来,要不,售货员大姐可是要给脸色看的。

书店里挤满了人,主要是青年和小孩,特别是小孩,他们翻阅小人书时的那股贪婪劲,真叫人羡慕。李春望他们隔着柜子浏览了一下,除了有关《三国演义》、《水浒传》、《隋唐演义》等方面的小人书外,剩下的大部分都是一些介绍农耕知识和畜牧业疾病防治方面的书,没什么适合他们看的。一个青年隔着柜台指着一本叫《大摆迷魂阵》的小人书，对售货员说："同志，麻烦你给我拿那本'《大昏迷》'"。售货员随着他的手指转悠了半天，才弄明白了他的意思。原来"大摆迷魂阵"几个字中，他只认得"大"和"迷"，因此就想当然地把《大摆迷魂阵》当成时下香港电视台正在热播的电视连续剧《大昏迷》了。

"什么《大昏迷》！"售货员把书"啪"的一声扔到他面前，表情里仿佛在说："不认识字就别看！"

那青年知道自己错了，浑身不自在，为了掩饰困窘，大方地指着那个"摆"字问售货员："哦！不是大昏迷呀？那，这字怎么念呀？"

售货员白了他一眼，没理睬他，转身给其他人拿书去了。

古大艮正好提着陈望娣的黄豆种站在旁边，随口说："摆！"

"哦！念'摆'，谢谢你啊！大军同志。"然后转身对售货员说："同志，这书多少钱呀？"……

一无所获，他们出了书店，站在店门口合计去向。

"那边是上哪的呀？"李春望见许多人朝街口方向走，于是指着问。

"那边是出市集的路。"春梅说。

"出了山坳有一个牛市。"陈望娣补充了一句，由于家公是做牛贩生意的，所以她对此比较关心和熟悉，另外步行赶集的人一般也都走那边的路。朝着那方向，出了市集，越过一个有两棵长得小山一样的古榕的山坳，就可以看见那片榄树林和成群等待交易的牛和人了。

"那，我们还是往回走吧！"李春望说。他想起了来的路上看到的一处卖柠檬糖水的铺子。用腌制的柠檬榨出的汁冲制的略带酸味的冒着冷气的红糖水，使他一想起就口渴难忍。"待会我请你们喝柠檬糖水。"他说。

找到了那间糖水铺，李春望端起凝着水珠的玻璃杯，一口气喝了两大杯。哇！清凉透心，润心润肺！其他三人每人只喝了一杯。当李春望正要掏钱时，春梅已按照纸皮牌子上标的价钱付了款了。5 分钱一杯。

"你们没什么东西要买吗？"陈望娣用手背揩了一下嘴角，看着李春望问，有意避开古大艮的眼睛。

"我们不缺什么，主要是来看热闹的！"李春望说，看了一眼古大艮手中那袋黄豆，添了一句："大艮是专程来扛豆种的！"他的话把大家都逗笑了。

陈望娣笑着把手伸向古大艮，过意不去地说："我来拿吧！辛苦你了！"

"没事！我拿！这点玩意！"古大艮掂了掂手中的黄豆说。

"他敢不拿，回去我给他关禁闭啰！"李春望假装严肃地说。

古大艮轻轻“啪”的一声，对着李春望做了个扣动扳机的动作，让人难以捉摸他是高兴了还是不高兴了。

“你呢？小妹妹！”李春望回头拍了一下身边春梅的肩膀问。

“我啊？我想去服装市场看一下，”春梅被他拍得精神为之一振。“婶子，你不是说要给冬玫买条裙子吗？去吧！”

“好啊！”陈望娣说。

“走吧！”春梅说，“那就麻烦两位军官陪我们逛一下服装店啰！”

“要么你们找个地方等我们一下吧！我们很快就回来，”陈望娣对两位军人说。

“没事，一起去吧！”古大艮说，用征询的目光看着李春望。

“走吧！”李春望说。

五十二

春梅引着大家，穿过越来越稠密的人流，来到了服装市场。服装市场是这两年才兴办起来的。镇政府在靠马路边的一块空地上，用铁皮焊接搭建了一片铁皮窝棚，间隔成许多小铺位租给当地人。也不知这些人哪来的门路，弄来许多让人眼花缭乱的各类服饰，对于一直以来只有黑白红蓝灰的穿着概念的山民来讲，这些“价廉物美”的服饰无论是款式抑或颜色都好比天上的霓裳。但美中不足的是，这些衣服虽然好看，但很不耐穿，特别是裤子，看上去好好的，但没穿几天，裆部、两边大腿侧部就爆开了，布料如细麻绳般一根根地撕落，很是可惜。原因是这些裤子用的是尼龙粗织布，布料像编织袋用的一样，毫无黏合力，只要布头处有一根丝线脱落，整块布料就会一根接着一根地脱落。那些爱美的青年男女买了新衣，高高兴兴地穿在身上到处炫耀，但没过几天就“爆了胎”，既心痛又惋惜。

服装市场除了卖衣服外，还卖鞋和一些如尼龙丝巾、皮带、头饰、钥匙包、假首饰等小玩意。

虽然也常来服装市场，但每一次陈望娣她们都会被眼前绚丽的色彩弄得目不暇接。在市场的入口处，是两个卖女性内衣物的铺子，胸罩这些以前让姑娘害臊、小伙子偷窥的女人的私物，如今却像腊肉般随处吊着卖。小伙子司空见惯了，即使行走时被这些以前曾令他们想入非非的异性物品碰着了眼睛鼻子，也不当一回事了，有的还有意无意地随手捋一捋呢。要是在以前，这一动作肯定是要被人取笑一辈子的！

春梅取下一个红色的胸罩，先在自己的胸部位置比划了一下，然后伸向陈望娣胸前，想看看效果，却被陈望娣害羞地躲开了。

春梅带着大家一直来到上次她买裙子的地方。这里挂满了各式各样大大小小的裙子，都快成了裙子专卖店了。

陈望娣要给冬玫买条裙子，挑了一款与春梅穿的一样的吊带裙，前后比划了一阵，始终觉得不妥，于是换了一款短袖裙，找了合适的尺寸，问了价钱。开价20元，陈望娣与铺主讨还了价钱，最后以12块钱成交。

古大艮说冬玫挺乖，要送她一件礼物，抢着付钱。陈望娣没他劲大，抢不过他，最后只得严肃地对铺主说：

"如果你收他的钱，我就不买了！"

铺主只好把收下了的钱退还给了古大艮。古大艮笑着摇摇头，看看李春望，将钱塞回口袋。

趁他们推来推去争着付钱的时候，春梅在旁边铺子里买了一个头花和一个钥匙包。店主说钥匙包是真皮做的——实际上是人造革做的，但春梅不晓得鉴别。这个钥匙包后来送给了李春望。另外，春梅还在一个首饰铺里花了3块钱买了一条看上像黄金，实际上是涂了铜水的铝铁项链。奶奶给了她一块玉佩，她正缺一条将其挂起来的链子，想买很久了，今天正好遇上。但这条链子她只挂了两天就不知什么时候断了，连同玉佩一起丢了。

服装虽然好看，但铁皮屋却被烈日烤得如同焗炉般热，还没买齐东西，他们却已闷得满身大汗，迫不及待地要出来了。

李春望看了看他腕上的那块羊城牌手表，下午3点不到。

"怎么样？回去还是多逛一会？"李春望征求大家的意见。

"我无所谓！"古大艮说。陈望娣刚才拒绝他替她付裙子的钱，他本来觉得很正常，但从她强硬的态度里，他又为她没有接纳自己的诚意而感到失落。

"我也无所谓！"陈望娣说，其实她心里想着的却是早点回家，家里等着她干的事多着呢！

"再逛一会！再逛一会！"春梅余兴未尽，迭不连声地说，她怎么会轻易放过这个和李春望待在一起的美好时光呢？

"那，还有什么地方可以看的呀？"李春望问。

"你们去过'孝女祠'没有？"春梅问，"我带你们去那里看看吧，那里有一棵大榕树和一口古井。”

李春望微微笑了笑，其实他对这些一点兴趣也没有，但既然大家都没说反对，只好随她去了。

五十三

这个孝女祠就是前文所说的附近乡村过年买灯的地方。平时这里也是市集的一部分，经常会有一些江湖术士在这卖弄把戏，推销祖传秘方，偶尔也会有耍猴卖艺的。耍猴玩意总能吸引许多路人驻足围观。

他们朝前走着，远远地，就看见榕树底下围着一堆人，春梅以为又是耍猴卖艺的，高兴地说：“有猴看！快！又有猴看了！”

走近了才知道不是耍猴，而是有人摆下了抄写数字的赌局。一张桌子，一把椅子，桌子上放着一叠信纸和一支圆珠笔，谁能现场从数字 1 抄到数字 300，连续不断，而且不能有错，摆局的人就赔抄写的人 4 元钱；如果抄错了，或半途而弃的，抄写的人就付摆局的人 2 元钱。春梅他们去到时，已经有几个青年赔了钱，摇摇头败下阵来了。另外围观的，也有几个蠢蠢欲动，跃跃欲试。他们几个没有在人堆里驻足，只看清了是什么回事就径直地往祠里去了。

祠的原名叫“陈孝女祠”，这个“孝女”据说是乾隆爷金口御赐的，上了年纪的人把“孝女”念作“好女”。老人说，陈好女不姓陈，而姓刘名婵，16 岁嫁入了陈家，过门不到一年，姑爷就因病过了身，丢下一个双目失明的老母和她这个尚不经世的年轻媳妇。年纪轻轻就死了丈夫，许多人都劝她再找个婆家，但这个刘婵不但没有因为丈夫不在而离弃婆婆，反而像亲生女儿一样孝敬照顾老人，与婆婆相依为命，在当地传为佳话。那年乾隆爷南下，正值江南烟雨时节，卓有才情的乾隆爷被眼前烟雨凄迷的景致所倾倒，龙颜大悦，一时兴起，在当地知府等随员的陪同下，踏雨观景，欣赏千里烟波。行经刘婵家门，只见芭蕉凝滴、茅舍流疏，一个头戴斗笠身穿蓑衣的人正在雨中修漏。触景生情，乾隆爷诗兴大发，正欲吟诗一首。却巧一阵疾风吹来，掀去那人的斗笠，乾隆爷这时才看清了原来修漏的是一名女子。于是好生疑惑，责问知府，这等天气为何只见孱弱的女子来修漏，而不见汉子的身影，难道当地汉子都好吃懒做不成？知府一时不知如何应答。随行一名曾听闻过此事的地方小吏随即上前跪报了缘由。皇帝听毕，大为感慨。即时口谕册封刘婵为孝女，赏赐金银布匹，领取官府俸禄。由于刘婵的婆家姓陈，所以乾隆爷封其为陈孝女。为了纪念这段典故，在刘婵守了整整80年的寡而寿终正寝后，地方官府出资修建了这座“孝女祠”。

李春望他们在祠里转了一圈，觉得没什么好看的，倒是榕树下的那口老井，从井口往下看，深邃而悠远，让人感觉到阵阵的阴凉。一片枯黄的榕树叶浮在镜子般的水面上，孤独而寂静，仿佛在诉说一段耐人寻味的往事。

春梅领着大家，喋喋不休地讲述着祠中的掌故。李春望不感兴趣，只待了一会就出来了；陈望娣有点累了，在井边坐了下来，感受井水的凉气。剩下古大艮无法脱身，只好礼貌地附和着她，由她对着那些祠内的摆设道具指指点点。

李春望一个人回到人堆里看人们抄写数字。一个十三四岁的小男孩，在大概是哥哥的陪同和怂恿下，坐了下来，开始抄写。摆局的年轻人胸前挂着一个装钱的帆布挂包，抄着手，用一种不屑一顾的表情藐视着正在抄写的小男孩。从开始到现在，参与者除了放钱进他的口袋外，还没有谁能从他的袋子里拿走一分钱，所以难怪他会有如此嚣张的表情。

“错了！”摆局的青年人用一种正如所料的语气说。

“没有啊！”小男孩紧张地辩解。旁边的人也帮着小男孩说话。设局者只赢不输，引起了围观者的嫉妒和公愤，他们都希望小男孩赢，让设局者赔钱。

设局者俯身细看，确实没有错，于是冷冷地说：“哦！继续吧！”心里却在想：“我就不信你有这个能耐！”

但无论他怎么想，小男孩还是让他首次尝到了赔钱的滋味。当小男孩工工整整地把数字“300”写完时，设局青年拿起那两张密密麻麻，抄满了数字的信纸看了一遍又一遍，试图找出错漏的地方，结果让他很失望。围观者早已憋不住了，他们已自觉地站在了小男孩一方，尝到了胜利的快感，幸灾乐祸地嚷着叫青年赶快付钱。那青年很不情愿地掏出了4块钱给了小男孩。

“再来！”围观的人喊道，仿佛找到了替他们泄愤的工具。

小男孩看着他哥哥，等待着哥哥的指示。那个大概是他的哥哥的人鼓励地点点头。小男孩得到指示后，并没有马上抄写，而是突然站起来，凑近他哥哥的耳边悄悄地说：“再抄两遍，赢够12元钱，我可以买一条运动裤吗？”

他这话与其说是请示，莫如说是向他哥哥表露其必胜的信心。

李春望正好站在他们的旁边，听得清清楚楚。只见他哥哥微笑着点点头，表示许可。于是小男孩又扑回桌子上，兴致勃勃地抄了起来。这回设局者脸上再也没有刚才那种淡定的表情了，紧张兮兮地紧紧盯住小男孩手里移动的笔。围观者脸上都显示出小男孩必胜的不容置疑的表情。

也许是兴奋过了头，这回刚写到186就出错了，把186写成了188。

设局者迫不及待地报仇似的喊道："错了！错了！"

围观者一阵骚动，发出可惜的"嘘唏"声。

小男孩满脸无助地望着哥哥，一副委屈的样子。

"怎样？再来吧！"设局者收了钱，挑衅地说。

"再来！再来！"围观的人齐声喊道。

"我想再来！"小男孩委屈地看着他哥哥说。

他哥哥若有所思地看着小男孩，眼睛流露出难以捉摸的表情，不过最后还是点了头。

这回小男孩更加全神贯注了，脸上凝着一种必胜的雪耻的信心和勇气。但现实往往是事与愿违的，你越是在乎，就越紧张、越容易出错。这回比上一回有所进步，抄到了213，但却把"3"写成了"8"，又错了。他哥哥又掏出了2元钱。至此，先前所赢的4元钱已全数吐回给了设局者，真是竹篮子打水！

这回连小男孩自己都没了勇气，他站起来，不停地甩手，希望通过这一动作来告诉大家，不是他不行，而是手太累了。在哥哥的搀扶下，小男孩离开了这个破碎的梦境。

李春望看着他们离去的背影，脸上掠过一丝可惜的笑意。

春梅和古大艮早已从祠里出来了。李春望没有跟着春梅一道，和她一起细细地瞻仰这位她说自己很敬仰的孝女，心里很不是滋味，但她仍不厌其烦地向古大艮讲述她所知道的关于陈孝女的故事，脸上洋溢着仰慕与看齐之情。

这时一个推着自行车，载着一个绿色木箱的卖冰棍的、晒得黑黑的小男孩叫喊着从他们面前经过。

"我请你们吃冰棍！"古大艮说。把卖冰棍的小男孩叫停啰，问过价钱：普通冰棍6分钱一根，红豆冰棍1毛钱一根。古大艮要了4根红豆冰，付了钱。春梅取了两根，一根给李春望。古大艮自己也取了两根，一根给陈望娣。

夏日的天气说变就变，刚才还烈日当空，转眼飘来一朵浮云，天立马就阴了下来。

"怕是要下雨了！"陈望娣看着天空说，"我们还是回去了吧？"

大家表示同意，于是按来时一样，两位军人一人载着一个，回家了。路上，他们遭受了雨淋的浪漫。行至半路，哗啦啦的一阵骤雨，把他们浇了个落汤鸡。

"贵人出门遭风雨！看来我们都是贵人！"春梅说。不过，她这个贵人做得未免也太狼狈了，浑身湿透，薄薄的的确良吊裙，紧紧地贴在肉上，透明的跟没穿衣服似的。李春望把自己的军服脱下来，披在她身上，自己只穿着印着“中国人民解放军”红色字样的白色背心。春梅披着李春望的衣服，心跳地轻轻靠在他的背上，既是感动，也是试探。李春望没有闪避，若无其事地骑他的车。见这样，春梅的心陡然踏实了，仿佛是一只野渡终于靠上了坚实的岸。

陈望娣穿的是厚厚的短袖衣，而且带着竹制凉帽，即使是湿了，问题也不大。当古大艮问她需不需要衣服围裹时，她说不用。她担心的是她的黄豆种子，一直紧紧地拧住蛇皮袋的口，生怕渗水弄湿了，那样是会长芽的，一长芽，豆种就废了。

他们没有在路上躲雨——虽然路上实际上并没有可以躲雨的地方。两位军人，发挥了他们特有的勇气和冲劲，骑着车风驰电掣般穿梭雨中。

回到家，春梅没有马上把衣服还给李春望，说要替他洗干净了再还。李春望推却了一阵，在众目睽睽下也不易过于强烈，免得遭人闲话，只好由她了。

五十四

回到家，已经是下午 4 点多钟了。一进门，陈望娣就碰见家公刘父。由于要做生意，刘父是每集必赶的，今天大概是生意做得比较顺利，回来的比平日早。看见陈望娣浑身湿透，不由得责怪了几句：“看见天气不对头，早就好回来啦！”

说是责怪，但陈望娣却感觉暖暖的，她笑着闪了进去。

陈望娣顾不上换衣服，取来一个竹匾把刚买回来的蛇皮袋里的黄豆种倒了出来。还好，蛇皮袋防水，种子仍是干干的。陈望娣把匾里的豆种均匀地扒开，晾在堂屋的两条长凳上，弄妥当了，方才进厨房烧热水洗澡。

雨天出不了地，水根的媳妇春兰闲得满屋子转，突然闻到厨房飘出来阵阵肉香，于是循香入了厨房。原来，锅里正炖着刘父买回来的牛腩萝卜，加上八角、五香粉等配料，怪不得这么香。春兰掀开锅盖，一股浓郁的香气扑鼻而来。见四下没人，春兰用手捻了一块又肥又大的牛腩，放在嘴边本想吹冷了吃，就在这时候陈望娣进来了。春兰听见脚步声，心里一慌，顾不得烫，一口把牛腩吞进了肚子里，烫得她差点背过气去了。见春兰张着大嘴巴一副张牙舞爪的样子，陈望娣很是奇怪，但没等她明白过来，春兰已冲向水缸舀了一勺凉水灌了下去。末了，仍用手不停地搓着胸口，半天说不出话来。她这一烫，胸口一连痛了十多天，以为出了要命的大问题，差点没去看医生。最后，春兰竟把这次意外归咎于陈望娣，认为陈望娣命理上克着她，心里暗自骂道："这寡妇不仅克夫，还克我！"自此，对陈望娣多了几分戒备和怨恨。

陈望娣看着春兰像中了弹似得搓着胸口走出了厨房，挠挠头，一副莫名其妙的样子。她不知道，人家心里已记恨于她了。

春梅回家后，换了衣服，把李春望的军衣凑到鼻子里闻了又闻，整个陶醉在李春望残余在衣服上的体味……

春梅把李春望的衣服用香皂小心翼翼地洗干净，晒干后，用铁口盅盛着滚烫的开水把衣服熨平，叠好，心里盘算着怎样利用这次还衣服的机会好好向李春望表白，谋求关系更进一步。

古大艮和李春望他们回到军营，士兵们也都因雨天停止了户外作业，在帐篷内歇息。收拾妥当后，李春望来到了古大艮营房。古大艮赤裸着上身正坐在桌前喝水，见了李春望，连忙让座，并给他倒了半口盅热水。

"那丫头对你好像挺痴迷哦！"古大艮开玩笑地说。

"不可能的事，太小了。"李春望说。其实他心里知道，年纪不是主要原因，而是他压根就不喜欢春梅这种泼辣的外向型的性格。他比较喜欢像陈望娣那样的成熟与稳重。如果以春梅的年轻，配上陈望娣的温柔、成稳，那该多好呀！他想。

"那你得赶紧让她刹车，否则等她陷进去后，问题就复杂了！"虽然李春望的职位比古大艮的高，但私底下古大艮总是以一种兄长的语气跟他说话，李春望对此也很接受。

"这我知道，但人家又没有明确表示说要怎么样，我无缘无故跟人家提这事，弄不好会自讨没趣的！"李春望说。

"倒也是！"

"你呢？陈姐那边感觉怎样？"

"唉！我也搞不清楚！虽然她没有躲避我，但却感觉不到她的心！"古大艮皱着眉头说，"要是春梅的热情分哪怕是一丁点给她就好了！"

"我觉得，你是否也该检讨一下自己的这份感情?！"

"你没有我的经历，不会懂的！"古大艮说，搓着胸口越战时留下的伤口，"我和你不一样，你年轻，大把前途。我，年纪这么大了，随时都可能卷铺盖复员，现在是个班长，复员后什么都不是，而且我也不可能找一个年纪和我相差太远的姑娘做媳妇，"古大艮顿了顿，"唉！不说了，总之，她是我遇见的姑娘中最适合我的!”

“真这样,你得找个机会跟人家说呀!”李春望说。

“我也想过,想找一个牵线人,但找谁比较合适呢?”古大艮说,眼睛不停地转动着,像在寻找什么似的,“你觉得春梅怎样?”

“其实让春梅去跟她讲是最合适的!”李春望说,“但我今天在路上跟她谈起你们的事时,她好像有所顾虑。按她的意思,陈姐的婆家可能不会轻易让她改嫁,据说以前曾有一个知青老师喜欢上了陈姐,上门找陈姐时,结果被她的家婆用扫把打了出来。”

“都什么社会了?难道他们要她守一辈子的活寡?!谁给他们的权利!”古大艮气愤地拍了一下桌子。

“话虽这么说,但作为军人,我们要以维护军人的形象为重,以军民关系为重,千万不可硬来,”李春望说,“不过,如果陈望娣本人愿意,那又另当别论。所以,在摸清陈姐的意思以前,千万不可鲁莽行事,她毕竟是个有婆家的人,弄不好,落得一个勾引良家妇女的罪名,那就事大了!到时就不是你个人的事了,而是涉及整个队伍的形象问题了!”

“这我知道!请排长放心!”古大艮站起来向李春望敬了个礼,严肃地说。

“行,那就让春梅先探一下陈姐的口风,如果她愿意,那我恭喜你!如果她不愿意,那你就别强求了!怎么样?”李春望说,看着古大艮的眼睛,仿佛能刺穿对方的心灵。

“如果她不愿意,那还强求什么呢!”古大艮往凳子后背一靠,眼睛看着帐篷外面,长长地舒了一口气。

五十五

春梅这几天总觉得心神不宁。经历上次赶集的热闹后,她与李春望的交往好像突然中断了似的,原先在心中勾画好的许多美好的幻景,并未在现实中出现。她苦恼着,不知如何及何时才能打破这种僵局。早上送菜时间太匆忙了,而且李春望经常不在营地;晚上,自从觉得古大艮对自己有想法后,婶子陈望娣为了避嫌,已不肯陪她去营地了,李春望他们也很少过来了,衣服还没还给他呢!

唉!真烦!这天,春梅无所事事地端着一口盅的水,踱入后院,蹲在地上,边喝水边看弟弟祥兴和黑牯像疯子一样练功。

黑牯早已迷恋上了春梅，一直偷偷地留意着春梅的一举一动，而且由于经常在祥兴家中出入，他对春梅的心思似乎已有所觉察，每次和祥兴练功时，总是有意无意地拿他姐的事来笑话和试探祥兴。

春梅看了一阵，觉得乏味，转身入了屋。

“你很快就会有一个解放军姐夫啦！”春梅走后，黑牯像饿狼一样盯着春梅丰满的臀，酸溜溜地说。

“哼！关我屁事！”祥兴也总是这么说。

“你那个婶子好像也有料到哦！”黑牯说。

祥兴干笑了一声，没有说话。

“你婶子的身材真正好！这么大的年纪还这么惹火。”黑牯猥琐地说，“没有男人她怎么受得了？”

“关你什么事啊！别越讲越过分啊！”祥兴虽然调皮，但却知道婶子对他们好，心里非常敬重陈望娣。

“有机会要能让咱哥俩尝一尝该多好！”黑牯越讲越离谱，笑得那样奸淫。

“你再说，以后就别来我这了！”祥兴生气了。

见祥兴生气，黑牯赶紧收敛起了淫笑。

“开开玩笑而已嘛，何必这么认真，”黑牯拍拍祥兴的肩膀说。

“这可以拿来开玩笑的吗？”祥兴瞪了他一眼。

这时春梅又从院子走过，步子明显比刚才坚定多了，仿佛做出了什么重大决定。

当晚，春梅把自己细细打扮了一番，然后，找来一个塑料袋，把李春望的衣服连同在市场上买的那个钥匙包装好，另外还放入了一个小纸包。收拾好，重新检查了一遍自己的装束，感觉挺满意，于是拿起手电筒出发了。

春梅沿着那条两边长满蚊惊树的小路，躲闪着乱飞乱撞的萤火虫，来到李春望的营地。

哨兵远远叫住了她，见是白天送菜的熟人，客气地让她进了营地。

李春望帐篷的门帘高高卷着，射出通明的灯光。春梅忐忑地来到帐篷门口，只见李春望身穿背心，一个人在灯下阅读，不停地赶打着脚上的蚊咬。

“李排长。”春梅站在帐篷外面轻轻地喊，带着因贸然而不得不显露出来的扭捏。

李春望似乎没反应过来，皱着眉头往门外凝望，突然发现是春梅，立刻热情地弹了起来。

“哦！是你呀？丫头。”李春望把春梅让进了帐篷，“怎么一个人这么晚啊？陈姐没和你一起来？”李春望边说边期待地往春梅身后看。

“来还你的衣服呗！”李春望连串的提问，弄得春梅不知该如何作答，心仍紧张地跳，声颤颤地说。

“白天送菜时顺便捎回来不就行了吗？何必这么晚了专门跑一趟呢？”李春望说。

李春望的话给春梅当头泼了一盆冷水。春梅没有说话，迫不及待把装着衣服的塑料袋递了过去，表明她确实是为了还衣服而来的，并且装出马上就要离开的样子。

“不坐一会吗？”李春望看着她局促的表情，有点过意不去，把自己坐的椅子拉过来，让春梅坐。

“还坐呀？”春梅装出并没有打算要逗留的样子，但还是坐了下来。

李春望用自己的口盅给春梅倒了水，然后在自己的床铺上坐下。

“不过，你来得正好，我还真的有事要找你呢！”李春望说。

“真的？”李春望的话立马让春梅的心情亮堂了起来，使她忘却了自己刚才的因贸然而产生的困窘。“什么事？”她问，眼睛睁得大大的，甜甜地笑着。

“喏！就是那天所说的关于古班长和陈姐两人的事，”李春望注视着春梅脸上表情的变化，“我想让你帮古班长给你婶子递个话，这个善事愿意做吗？”李春望略带微笑地看着春梅。

“这个啊？”春梅露出为难的表情，但很快却又欣然地答应了，她怎么能拒绝李春望呢！“可以问一问，但可能把握不大。”

“你都还没去问，怎么知道把握不大呢？”李春望揣摩着春梅是不是在搪塞自己，“你觉得还是她婆家的问题？”

“我觉得我婶子自己好像都没有这个意思，”春梅深沉地说，仿佛早已深思熟虑，“你看，自从上次赶集让你们给笑话后，她现在连陪我来还衣服都不肯了，如果她有这个意思，她怎么会不来呢？！”

“唔，那倒是！”李春望表示认同地点点头，“不过，你还是帮问一问。但有一点必须注意，那就是不要张扬，在明确陈姐本人的意思以前，避免让她婆家的人知道啰，那样影响不好。”

“这个我懂！”春梅露出老成的样子说。

“那我就替古班长谢谢你了！”李春望如释重负地说。

“谢啥！反正我也希望我婶能重新找个归宿，早日结束守寡的日子。其实我也挺同情她的，一个女人没有男人别说有多苦啊！”说着，春梅端起李春望的口盅深深地呷了一口水，她知道李春望喜欢听这样的话，同时这也正好显示自己是一个知情达理的人。

李春望拍了拍春梅提过来的装衣服的袋子，感觉里面有一块硬硬的东西。

“这是什么？”李春望打开袋子往里瞧。

“哦！那天我在集市买的一个钥匙包，送给你！”春梅尽量装出一副随意的样子说。

“这么客气干嘛？”李春望拿出钥匙包看了看，“给我也用不上，你看我们都是用这个的，”李春望拿出他们部队专用的绑钥匙的像鞋带一样的军色带子，“你还是拿回去给你弟弟用吧！”

李春望的话又给春梅浇了一盘冷水。

“送了给你就是你的啦！如果觉得累赘你把它扔掉好啦！”春梅僵硬地笑着说，流露出委屈的样子。

李春望微笑着把钥匙包放回袋子里。

“这又是什么？”李春望又从袋子里取出一个小纸包，一捏，又软又硬的，正要打开。

“别打开！等我走了再开，”春梅赶紧制止他，露出神秘、局促的表情。

“什么东西这么神秘啊？”李春望有点摸不着头脑。

“不知道！走啦！”春梅调皮地站起来，要走了。

“这么快？我送送你吧！”李春望也站起来，拿了电筒。

春梅没有拒绝，跟着他走出了帐篷。

今晚的天色不太好，有一种要下雨的感觉，基本看不到星星，月亮躲在时厚时薄的云层后面，把她周围的天空染出一圈白晕，像一摊朦胧的泉。看得见和看不见的飞虫四处乱撞，还有那被称为“水蚁”的会飞的大蚂蚁，不时地飞落在他们的身上、脖子上，痒痒的，怪怪的感觉。

他们一路没有说话。今晚虽然只谈及了婶子的事，而且尽管事先预计的事都没发生，事先想好的话也都没有说，但春梅觉得很愉快，只要能和李春望在一起，她就已经满足了。谈什么并不要紧，那只是形式而已，关键是能开开心心地在一起！回去后她会找婶子好好谈一谈古大艮的事的，这是李春望托她办的事，她会全力以赴的，而且也希望促成这件事情。

送完春梅回到营地后，李春望把袋子里的衣服取出来，顺便打开了刚才春梅不让打开的那个小纸包，里面掉出一块糖来，再打开，里面还有几个小辣椒、几个酸梅干和两片苦瓜干。李春望皱起眉头，有点丈二和尚摸不着头脑，再细细一看，发现纸上面还有字，用圆珠笔写着“对你的感受！”。李春望挠挠头，突然明白了其中的含义——甜、酸、苦、辣！

“这小鬼！”李春望苦笑着自言自语。他意识到是时候采取措施阻止她了，最起码要让她明白他们之间是不可能的，以免事情发展到不可收拾的地步。他知道那样做会伤害她的自尊心，这是他所担心和不愿意看到的，但如果不那样做的话，后果将会更加糟糕。

五十六

闷热了一个晚上，雨还是没下出来。

菜地里，陈望娣和春梅像往常一样，浇过菜后，把浇菜的洒桶放在一边，一棵棵地挑选长得又肥又大的白菜，割下来，准备送往军营。

陈望娣割，春梅一棵棵地接过来，按婶子的要求去掉边上的黄叶，再整齐地摆放在铺在地上的草绳上。

“婶子，有件事我想问问你，行吗？”春梅内心斗争了好一阵子，终于鼓着勇气问。

“什么事这么神秘？”陈望娣把手上的一棵菜递给春梅，用拿镰刀的手的背擦了一下眉头，漫不经心地说。

“你……不许生气啊！”春梅地眨着眼睛说。

“你又要搞什么名堂呀？神经！”陈望娣疑惑地看着春梅说。

“诶，你觉得古班长这人怎么样呀？”春梅压低嗓子问。

“你问这干嘛？”陈望娣皱起眉头，看着春梅。她已猜到春梅的用意了。

“你别问，回答我的问题先。”春梅已不紧张了，紧逼着问道。

“你神经啊？他人怎么样关我什么事？！”陈望娣没有理会她，继续割她的菜。

“但关人家的事啊！”春梅说，“人家对你可有意思哟！”

“别胡说！”

“没胡说，人家都托我问你来啦！”

“乱讲！谁托你了？！”陈望娣站起来，紧张地看看周围，生怕被人听见。

“古班长！”春梅说，“人家可喜欢你啦！”

“春梅，我可是你婶婶啊，不许你拿这事来开玩笑！”

“我没开玩笑，真的，是他通过李排长托我来给你递话的。”

“你怎么能手指头掰出不掰入呢？春梅，即使是真的，你也不能出卖你婶子呀！”

“这不叫出卖，我是为你好！难道你打算一辈子就这样一个人过？”

“谁说我一个人啦？不是还有冬玫吗！”

“你这人真是的！难道你觉得人家古班长配不上你？”春梅说。

“这不是配不配的问题，反正是不可能的！”陈望娣显得有点不耐烦了。春梅，一个晚辈，跟她谈论这事，让她的自尊有点受不了。

“婶子，真的！在我面前你就不用掩饰了，我是真心为你着想的，你要相信我！现在就等你一句话，等你点头了！”

“谁掩饰了？要点头你自己点头去！”陈望娣被春梅的话激怒了。春梅说她掩饰，就等于说她虚伪，她最受不得人家这样看待她了，“待会你自己去送菜！”说着把镰刀往地里一插，说道：“够了，不割了！”

春梅没想到婶子的反应这么激烈，她也从来没见过婶子生这么大的气，一时间竟不知如何是好。

陈望娣并没有如说的那样，让春梅自己去送菜。当她们两个人扛着菜来到营地时，除了炊事员外，其余的人都出去作业了，陈望娣悬着的心这才放了下来。路上她还一直担心会遇见古大艮呢！

李春望不在，这也正合了春梅的意，晚上又有借口来找李春望汇报情况了。

陈望娣一整天都处于精神恍惚之中，若有所失的样子，她自己也弄不清究竟是因为什么，是因为自己的对古大艮的干脆利落的拒绝呢？抑或是因为不得已而为之？她不明白。想着想着，最后不由得责怪起春梅来，是她让自己平静的心翻起了涟漪！“这丫头！”陈望娣暗暗斥道。

中午她遇见了老同学李芳。李芳现在是冬玫的班主任。李芳说冬玫读书很聪明，什么都好，就是不够谦虚。她还举出了一个例子，那天上语文课，评讲作文时，由于冬玫那次的作文写得不是很好，所以老师没有用她的作文来当范文，而选用了另外一个同学的作文。这对于平时每次作文似乎都被列为范文的冬玫，可能有点接受不了。当老师在读那个同学的作文时，她竟用纸团塞住了自己双耳，以表示自己的不服。为此李芳批评了她几句，没想到她竟还敢顶嘴。

“这怎么行？”陈望娣恼怒地说，“晚上看我怎么收拾她！”

当晚，陈望娣把冬玫严厉地批评了一通，并要她明天向李老师认错。

当陈望娣在家教女时，春梅已兴奋地走在通往军营的路上了。

这一次也算是事先有约了，而且是来汇报情况的，所以春梅一点儿也不感到拘谨，理所当然的样子，恢复了平日的随意，不打一声招呼就径直进了帐篷，还没等人家让座就往床上一倒，把床压得吱吱响。

“不行啦！不行啦！”春梅还没坐稳就迫不及待地说。

李春望照例用他的口盅给春梅倒了开水。

“别急！慢慢讲。”李春望把椅子转过来，对着春梅坐下，“怎么个不行？”

“我婶子不愿意！”春梅喝了一口水，用手背揩了揩嘴唇说。

“她亲口跟你说的？”李春望总喜欢用审视的眼光看人。

“是啊！难道还有假？”春梅瞪着眼睛，用一种生怕被怀疑的语气说。

“你觉得她是真的不愿意呢？还是害羞推却？”

“我看她是真不愿意，我从来没见她生这么大的气，当时我都被她骂得狗血淋头了！”春梅的话有点夸张，这是因为怕李春望不相信她的话，“我跟她说完这事，早上的菜她都不肯送了，要不是我苦苦求她，今天你们准没青菜吃！”

听着春梅的话，李春望忍不住笑了出来。

“看来我们的古班长怕是要失恋啰！”李春望反复而有节律地拍着自己的大腿说。

“古班长呢？”春梅问，“怎么近来很少见他的？”

“他呀？他近来任务重得很！”李春望一副琢磨不透的样子说，“到时我会跟他讲了！谢谢你啦！”

“他知道后，会不会很难过，很痛苦呀？”春梅装出同情的样子问。

“痛苦？这算什么痛苦？！连这点小事都克服不了，还是军人吗？我相信大艮同志一定能克服的了！”李春望正想抓住这个机会，给春梅打打预防针，所以接着说，“爱情是双方的事情，不是你想怎样就能怎么样的！彼此一见钟情，固然是缘分，但现实往往没那么理想，落花有意流水无情的事多着呢！今天你喜欢别人，别人却不喜欢你；明天人家喜欢你，你却不喜欢人家。世界是公平的，大家都有拒绝和被拒绝的机会！所以我们无需为被拒绝而难过，也无需为拒绝而内疚，特别是你，这么年轻，这类事情以后多着呢！”

春梅似乎从李春望的话中听出了什么，心中掠过一片乌云，一种不祥的预感笼罩着她，刚才还兴高采烈的她，仿佛突然遭受了瘟疫，就像是一支经烈日暴晒的花，整个儿蔫了。上次她试图以糖、辣椒、苦瓜干和酸梅向李春望传情达意，本以为李春望收到她的东西后，会作出积极主动的反应，从而使他们的关系更加明了密切，却万没想到他会说这样的话。春梅意识到李春望的话是对她的情意的回复和拒绝，“人家是不要自己了！”她想。

李春望瞟了春梅一眼，被她受伤的羔羊般的样子所触动，心中很是过意不去，想安慰她几句，却又不知如何开口，只好装着不知，叫她喝水。

春梅顺从地又喝了一口水，意识到自己的失态，强装欢颜地说：

“时候不早了，我也该回去了！”

“我送你！”李春望站起来拿电筒。

“不用麻烦你啦！”春梅心灰意冷地说。但李春望还是小心翼翼地送了她。

“你看到我那个小纸包里面的东西了吗？”路上，春梅平静地问。她原来并没有要问这个问题的打算，觉得已没有意义了，同时也觉得难以启齿，但当一个人心死之后，什么意义、什么害羞，都已无关要紧了，问问也无妨，就当是随口讲讲吧！

“哦，哦！什，什么？”李春望像是做错了事似得，“哦，小纸包是吗？”不过，他很快就使自己镇静了下来，“是这样的，春梅，你听我说，我一直都把你当作是小妹妹，对！是小妹妹，希望你能明白我的意思。”他停顿了一下，看春梅有什么话要说。

春梅只顾踢着脚走路，没有回应。见春梅不说话，李春望接着说：

“其实我们以后可以通信的呀！现在不是很流行交笔友吗？许多社会上的青年、学生都喜欢和我们的战士做笔友，以书信来互相交流、学习，如果你愿意，我还可以介绍更多的战士和你做笔友。”

“有些东西你以为可以代替的吗？”他们已无意中营造了一个谈论感情的氛围，在这样的氛围里，春梅像一个久经恋爱的老手，面对不是情人的情人，跨越了本应悠长而又未曾和不可能跨越的路，就像是一个垂死于沙漠的人，在生命将尽的一刹那谈论起水和前路一样谈论起爱情。这是他们头一回，也是最后一回谈及这个话题。

“其实你，你是很好的一个女孩，谁都会喜欢你的。”李春望显得有点结巴，语无伦次，“我也，也会喜欢你的，如果不是年龄相差太远的话！”他知道其实年龄并不是他们之间的主要问题，他在哄她，在说假话，只是为了让她好受一点而已。

她也知道他是在哄她，但还是因为他的话而感到稍微舒服了一点点。

“唉！算了，讲这话没用的！”她说。

地上有滩积水，她也感觉到了，但还是固执地特别使劲地踏了下去，溅了一裤脚的泥水。

李春望知道她是故意踩给他看的，瞟了她一眼，咂了一下嘴巴，以示惋惜和无奈，但没有说话。

前面响起了狗的吠声，到家了，李春望还想客套几句，但春梅已影子般闪进屋里了。

五十七

第二天，春梅并没有和陈望娣一道早早起来浇菜。

“搞什么鬼？”陈望娣自言自语地说。

没有帮手，陈望娣唯有自己一个人送菜了，把两捆菜分别放在两个洒桶里，挑着送过去。

远远就看见古大艮两手叉腰，站在帐篷门口凝望着她来的路。陈望娣心里一阵紧张，她害怕见着他，不知说什么好，想逃，却又不行，只好硬着头皮走过去。走到他跟前时，她刚想像往常一样与他打招呼，却发现他深情款款却又忧伤地呆看着她。

陈望娣露出僵硬的笑容，古大艮没有反应，她只好又僵硬地把笑容收敛了起来，急急脚把菜送到了伙房。当她再探头出来时，已不见了古大艮的影子了，于是赶紧离开了营地。

当她匆忙拐入那条被蚊惊树遮蔽的小路时，突然听见一个低沉的声音在喊她：“小陈！”

陈望娣被这如同清幽处突然冒出的异物的喊声吓了一惊，她收住脚步，四下张望，才发现绿色树丛中一个绿色衣服的人，是古大艮。

陈望娣对古大艮的突然出现感到手足无措，局促不安。

“哦！你，古班长呀！”陈望娣结结巴巴地说。

“小陈，有件事我想跟你当面谈一谈。”古大艮神情凝重，语气坚定但略微颤抖。

“什么事啊？是不是送菜的事呀？”其实陈望娣从他的表情里已猜到了他将要讲什么，只是明知故问以转移注意而已。她害怕他真的讲那个问题，那样会让她窒息得不知如何面对的。那个问题，答案虽然毫无疑问是“不”，但每次说不，受伤害的仿佛都是她自己。

“春梅是不是跟你讲过了什么?”古大艮紧紧地看着陈望娣的眼睛问,似乎不容许她有半点托词。

“什么什么啦?”陈望娣还装着糊涂,但此时心情却已平静了许多。

“就是关于我们两人的事!”古大艮涨红着脸说,由于过分的紧张,声音都变了调。

“我们的事?没有啊!我们的什么事?”在古大艮的追问下,陈望娣怯生生的,不敢正视对方的脸,好像整件事都是由自己的错而引起的似的,惧怕对方盘问的目光,躲躲闪闪地企图逃避。

“小陈,我的性子比较直,所以无论如何都请你不要见怪。”古大艮没有理会她的搪塞,单刀直入地说,“李排长已经把事情告诉我了,其实不管你怎样的态度,我都尊重你的意思,也绝不会怪你。”古大艮伤感地低着头,用已经被露水打湿了的军鞋的鞋头拨着地上湿湿的草,“我也本不应来打扰你,但如果不亲自当面向你求证,我想我会后悔一辈子的,我也知道我这样做很唐突,但我还是愿意这样做,因为除此之外我不知道我还能为自己的感情做些什么?”

面对古大艮倒水般的倾诉,陈望娣起初还有点手忙脚乱,不知如何是好,眼睛不住地骨碌地转,寻找逃走的机会,但渐渐地被眼前的情景所感染,心情也平静了下来,侧视着身边的白色而略带嫩绿的蚊惊花,和在花上飞舞的蚊虫,泰然地一直听古大艮把话讲完。

“我是从农村出来的,除了这身军装外,我可以说是一无所有,说不定哪天就要复员回老家种田了。我从小就失去了母亲,父亲含辛茹苦把我和两个哥哥三兄弟拉扯大。大哥结婚后,大嫂像姐姐一样照顾我们兄弟,鼓励和支持我读书、当兵,还像亲生闺女一样孝敬我爹,她真是一个好人,从某些方面看,她很像你。我曾经发誓要找一个像她一样贤惠的姑娘做媳妇,在你拒绝之前,我还以为自己已经找到了呢!”古大艮叹了口气,停下来,仰望着天空,那里有深邃的蓝和漂浮的云。

古大艮没有给陈望娣讲述越战时护士的事,那样会削弱她感觉到的他对她的情意的。

陈望娣发现古大艮眼圈泛着红晕,知道他确实是动了真情了,内心很是过意不去。

“我哪有你想象的好!而且,我们两母女都是南方土生土长的人,平时天气稍微冷一点都受不了,又怎么适应得了北方冰天雪地的天气,又怎么能跟你回北方老家呢?”为了安慰古大艮,陈望娣只谈客观条件,不提感情问题。

这果然是一个很好的托词，面对陈望娣这样一个理由，古大艮一时竟无言以对。

“不是你的问题，而是我已做好一辈子不再嫁的准备了，好好把我女儿养大成人。我女儿离不开这里，我又离不开我女儿，所以我唯有留下了。不是你的问题，真的！”陈望娣仍然挑着浇菜的洒桶，不住地轻轻上下晃动，让桶里残留的水沿着洒管涌出，只是水太少了，形成不了水花。

古大艮闭着眼睛，紧紧地咬着牙根，一副绝望无奈的神情，突然，他郁闷地大喊一声，一掌削向身边的蚊惊树。

蚊惊树一边的小枝被如刀般齐齐削去，古大艮的手臂也被掺杂在树丛中的荆棘划破了一道痕，即时血流如注。

陈望娣惊恐地喊了一声，扔下洒桶，随手捋了一串蚊惊树叶，放入口中嚼烂了，敷在古大艮的伤口上。蚊惊树叶是很好的消炎止血药，山里人平日有什么手脚损伤，首先用到的就是它，捣烂了，敷在伤口上，止血消炎，非常见效。

这点小口小伤，对于经历过枪林弹雨的古大艮来讲，简直就是小儿科，他纹丝不动地立在原地，任凭陈望娣摆弄他的手臂。

当陈望娣将嚼烂了的蚊惊树叶一点一点地敷在那道长长的伤口上时，头正好抵在古大艮的胸前，乌黑的头发散发出的阵阵茶枯香，熏得古大艮心潮起伏。古大艮含情脉脉地偷偷地端详着那头漂亮的头发，头发在中间分界处整齐地向两边分开，那样的干净别致，那样的滋润宜人，给人一种唇吻的冲动。看着看着，古大艮突然感到一股热火涌上胸口，几乎要把陈望娣拥入怀中，但他还是以一个军人的毅力克制住了冲动。

当他们两人都在全神贯注地处理伤口之时，突然听见身后一声干咳。两人不约而同地扭头看去，原来是黑牯。

陈望娣赶紧把手松开，退回到自己的洒桶旁。古大艮看了黑牯一眼，再看看陈望娣，说了一声“谢谢”！捂着伤口走了。

陈望娣挑起洒桶正要走，却发现黑牯不怀好意满脸淫笑地挡在了路中间。

“嘿！嘿！在这儿偷情啊！我去告发你们！”黑牯嬉皮赖脸地说。

“你别胡说！”陈望娣红着脸斥道。

“胡说？我亲眼看见的，抓着手都不舍得放了！还胡说？”黑牯不容分辩地说，“不过你不想我讲出去也行，除非你给我……”黑牯盯着陈望娣的脸，作了一个下流的动作，然后又指指路旁的甘蔗林说：“在这里就行了！”

陈望娣又羞又怒，脸气得像猪肝似得发黑。

“行啊！你过来帮我拿桶吧！”陈望娣强压着心头怒火说。

黑牯简直不敢相信自己的耳朵，难道就这么容易？他激动得嘴唇直打颤，猴急地上前两步想取陈望娣肩上的洒桶。

等他走近了，陈望娣突然照着他的脸“啪”地一巴掌打过去。

“我告诉你们学校去，看你有多坏！”

黑牯被出其不意地打了一巴掌，又痛又羞，落荒而逃，从此以后，每次见到陈望娣，远远就调头躲开。

古大艮对陈望娣的表白，就好像是在一望无际的平滑湖面上投入一块巨石，激起无数水柱与波痕却又突然凝固，显得那样的碍眼和不协调。陈望娣没想到古大艮竟会如此当面对她说这些话，如果说之前因为古大艮没有向她当面表露意思，而她可以假装不知地平静待他的话，那么现在她的这种平静已被古大艮的唐突——最起码她觉得是唐突——所打破了。她并没有被古大艮的举动和他所讲的话所打动而沾沾自喜，反而觉得太突然，太不可思议了，甚至破坏了她对他的印象。但她同时又为自己的麻木感到害怕和悲哀。

在她眼前呈现的是一片灰色，渺茫的灰色，没有激情与欢愉，这就是她所能看到的自己的余生。如果说在远方地平与天际的交汇处仍有一点闪亮的红点的话，那只是她对女儿冬玫寄存的一点点希望而已。

她心情难以平静，但这种不平静并不是因为有人向她示爱而产生的兴奋的遐想，而是一种挣扎和反思。就好像是一个正在坠入死亡的灵魂，本已放弃了所有活下去的意愿，但却模模糊糊地听见亲人的呼唤。她徘徊在地狱之门，只要再往前一步就是永远的黑暗，但她仍可以选择向呼唤她的人伸出求生之手，如何抉择全在于她的一念之间。

她不甘心就此了结，对自己的消沉感到不安，但却又鼓不起足够的勇气和斗志。在古大艮这件事上，她并不是不喜欢这个人，而是一想到“爱情”这两个字，就有一种绝望如影随形。正如一个小孩，虽然面前摆放了许多看似美味，而且别人也说是美味的糖，但经历数次尝试后，却发现是苦的，那么在她的概念里，与糖联系在一起的就不是甜而是苦了。

爱情本是甜美的，婚姻也是甜美的。这种甜美有的人一尝便晓，而有的人却需反复咀嚼，甚至要付出一生的代价才能找到自己的味觉。

一路上，陈望娣陷入了沉思之中，忘记了自我，忘记了周围的一切。路上有几个人跟她打招呼，她一点反应也没有，脑海乱作一团。

冬玫近来的成绩好像退步了，得催促她一下；家公感冒了，是热毒所至，昨天已没有赶集了,待会得给他采些鱼腥草煲水喝;对了,冬玫总是尿频,顺便采些车前草;春梅今天是干吗了,菜都不浇了,真是的!还有那个黑牯,没想到小小年纪竟这么坏……

就这样,她无法控制自己的思绪,一味地胡思乱想。

路过春梅家时,陈望娣站在院墙外喊了几声:“春梅!春梅!”

春梅蓬松着头发,一步一歪地慢慢走出来,靠在门上,明显是刚从床上爬起来。

“什么事啊!”春梅睡眼朦忪地一边说一边伸手进衣服挠着背。

“今天怎么没去浇菜?”陈望娣隔着院墙问。

“唉!有点不舒服,可能感冒了,”春梅又挠挠肚皮说,脸上故意露出病态。

“哦!注意身体噢!近来天气不好,很多人都生病了,冬玫她爷爷也感冒了。我等会去采鱼腥草,顺便给你采一点?”

“不用了,睡一觉就好了。”春梅还是慵懒地说。

“那行,你继续睡吧,我走了!”说着,陈望娣转身离去。

春梅“哦”地应了一声,歪歪扭扭地回了屋。

五十八

第二天,陈望娣依旧按时地把菜送到了军营。

刚上那个斜坡就迎面遇见了李春望。李春望本来匆匆地要出去的,见了陈望娣,他好像突然想起了什么似的。

“哦,来了,陈姐!”李春望收住了急促的脚步说,“待会你来一下我的营房,我有话要跟你讲!”

“哦?没什么事吧?”陈望娣嘴巴这么说,心里却想:肯定是要跟我讲关于古大艮的事了!

“没什么!待会再说吧!好吗?”

“好吧!”

陈望娣交完菜后,来到李春望营房,放下洒桶,站在帐篷外喊:“李排长!”

“哦!来啦?进来吧!”李春望在里面答应着。

陈望娣先前还担心古大艮也在里头,但进来后发现就李春望一个人,也就放心了。李春望招呼陈望娣坐下,正想用他的口盅给陈望娣倒水。陈望娣说她不口渴，叫他不用倒了。李春望客气了几句，把口盅放下。

“春梅没有跟你一起来送菜吗?”李春望拉拉大腿的裤子，在自己的床上坐下，问。

“她昨天就感冒了，所以这两天都没来。”

“哦!?”李春望若有所思地点点头。他知道春梅为何而病。

谈话突然中断，陈望娣不自然地望着帐篷外面，脸上始终挂着刻意拉出来的笑的模样。

“陈姐!”沉默了一会后，李春望终于又开口，神情严肃了许多，大概是要讲正事了，“我想跟你谈谈古班长的事，”也许是这方面的事遇得太少，没什么经验，所以李春望显得有点紧张，声音失去了自然。

“古班长?”陈望娣假装惊讶。

“是的，”李春望抿了一下嘴唇，“古班长这两天的情绪很不稳定，意志消沉。他向来是一条流血不流泪的铁汉，像现在这副模样是从来不曾有过的。”

李春望停下来，看看陈望娣。陈望娣低着头，用右手小指甲抠着左手拇指指甲缝的垢物，已经很干净了，但仍在抠，一直把指甲缝里面白白的东西都刮了出来。

“别人也许会觉得古班长的反常有点莫名其妙，我却知道其中的原因，”李春望停了停，接着说，“他跟我说了你们昨天发生的事，他说你拒绝了他? 你简直难以想象他当时那副沮丧的模样有多可怕，仿佛天就要塌下来了一样。其实，陈姐，古班长是一个很好的人，很执着，很讲情意，特别重感情。想想看，他能丢掉自尊，贸然向你吐露心迹，对于内向和自尊心极强的他，这需要何等的勇气啊! 如果不是切肤之爱，是绝不可能做出这样的举动的。”李春望有点激动，停了下来，看看陈望娣的反应。陈望娣依然在抠她的指甲，不过这回是用左手的拇指抠右手的食指。李春望咽了咽口水，继续说，“从他见到你的第一眼起，他就对我说觉得你很面善，浪漫点说，就是对你一见钟情了。所以，我以人格向你保证，他对你是绝对绝对真心的，如果你愿意，他一定会好好待你和小冬玫的。真的，考虑一下，陈姐，错过了这段好姻缘，我都替你们感到惋惜!”

李春望轻轻地咂了一下嘴，迅速地舒了一口气，意味着自己的话说完了，看着陈望娣，等待她的回应。

陈望娣停止了撩指甲的动作，两个掌心在大腿上来回搓了几下，头微微侧着，呆滞地望着帐篷外那担洒桶，看似在考虑李春望的建议，其实脑袋一片空白，什么也没想。

“你喜欢春梅吗?”陈望娣突然转过头来问李春望。她对自己的问题已经厌倦了,不愿再做解释,也不想多讲,她很清楚,哪怕是回答一个简单的“不”字,也会招致更多的追问和劝解,除非抽身离去,否则将永远纠缠不清。在不能离开,却又不愿意解释的情况下,唯有随意地扯开话题了。

李春望本来是等着陈望娣回应自己的关于她和古大艮的问题的,没想到她竟突然反将一军,以为她已知晓了他和春梅的事了,一时竟不知所措,结巴起来。

“春、春梅是一个好……女孩,我,我一直把她当作小妹妹看待。”

陈望娣见无意戳中了李春望的软肋,顿感得意起来。

“除了当作小妹妹,就没有别的意思?”陈望娣紧接着盯着李春望的脸问。

“没,没有!”这回轮到李春望用手掌搓自己的大腿了。

“但人家对你可是很中意哦!”

“怎么可能?年纪相差这么多!”李春望困窘地笑着说,头好像找不到合适的方向,不自然地转着。

“如果真的喜欢,差那么几岁算什么?”陈望娣已忘记了刚才自己的困窘,由被审问者变成审问者了,“我来给你们做媒吧!”

“别!陈姐,”李春望紧张地摇摇头,苦笑着说,“算了!陈姐。你不要讲我的事,我也不讲你和古大艮的事了,咱们扯平了!”

“什么?怕啥?”陈望娣开心地露出恶作剧的笑容。

“算了!算了!爱情就好像买衣服,只有当事人本人才知道什么是最适合自己的,别人是代办不得的!虽然很多人都把促成别人的爱情当作是善举,但以身外之人去劝谏别人接受我们旁人认为人家合适的爱情,难免会有看官者的怂恿心态,因为毕竟不是自己的婚姻,旁人满足的只是事情得出与自己意愿一致的结果,而过程的甜酸苦辣却是由当事人自己承担的,所以我们还是把更多的空间还给当事人自己好了!刚才你我都犯了同样的错误,但都没有意识到,直到对方拿同样的矛来刺自己时,才觉得这是痛的。”李春望像顿悟了似的,滔滔地讲了一大通。

“这么深奥,我不懂,”陈望娣似乎还不肯放过李春望,紧追着说,“我只知道春梅很喜欢你。”

“得了!得了!古班长也喜欢你!扯平了!扯平了!”李春望意识到陈望娣在拿他开心,也笑着说,“另外有一件事我要告诉你,明天我们就要开拔离开这里了,所以明天你就不用送菜了。”

“什么？明天就要走，这么快？”陈望娣露出惊讶和惋惜的表情。

“是的！谢谢你们这段时间来对我们工作的支持，本来是要上门向你们辞行的，但时间确实紧迫，所以麻烦你向大家问好，顺便代我们谢谢大家了！”李春望把不上门辞行归咎于时间的紧迫，其实是借口，真正的原因是怕尴尬——他和古大艮都有的尴尬。

回去后，陈望娣把李春望他们要走的事告诉了春梅。

“你不去看看李排长，跟他说声再见？”陈望娣问春梅。

春梅失神地玩弄着自己衣服上的纽扣，没有说话。

“怎么啦？难道你们之间发生了什么事？”陈望娣看出春梅有心事，而且是伤心的事，情不自禁地起了怜悯之心。

“能有什么事呢！人家是当官的，怎么会跟我们有事呢？”春梅一副自暴自弃的表情。

陈望娣听得出春梅话里有话。以往，春梅什么事都会跟她说，这一次却不愿意开口，大概真的是受打击了。

“唉！缘分这东西强求不了的，你这么年轻，好日子还没开始呢！以后大把机会，千万别一次就吊死在一棵树上！”陈望娣一副体贴的表情，既是安慰，也是试探。

“其实也没什么事，自己觉得委屈而已，觉得自己好贱，自作贱！”春梅神情呆滞却又恨铁不成钢地说。

“话又不能这么说，”陈望娣一边安慰着，却越听越觉得有问题，“你们到底发生了什么事了？”

“没事！真的没什么事！”春梅也觉得无从说起。说实在的，虽然事情在她个人心里很是一回事，但她并没有当面地向李春望表达什么，甚至连那个话题都没有正式谈过，她只是主动地给予了暗示，而对方也只是旁敲侧击地死了她的心。真要说，确实难以启齿，难道说她送了一包糖、辣椒、苦瓜和酸梅给李春望不成?！羞死人了！

“你没有向他表明你的意思吗？”陈望娣问。

“唉！算了，不要讲了！反正都过去了。”春梅站起来，懒散地走到桌子旁边，端起口盅一口气把口盅里的水喝完，靠在桌子上喘着气。

“啊，对了，李排长说向你问好，还说谢谢你！”陈望娣见她不愿意讲，也就不再问了，站起来要离开，顺便捎上李春望的话。

“谢我什么，有什么可谢的！”春梅冷笑着说。

第二天一早，学生上学时，发现学校后山的军营不见了，剩下一片践踏出来的平整的空地，地上散落着几根木柱、几堆马粪和几只破军鞋。李春望他们连夜开拔了。

五十九

夏日已去，秋日来临，但南方的秋天依然感觉不到半丝的凉意。

在祥兴家中的后院石榴树下，黑牯正在给祥兴剪头发。这是刚从外面传入来的一种时尚的理发方式。

以前村民无论是大人小孩，理发都要到镇上的理发铺，理发师也都是上了年纪的白净精瘦的老人。老师傅理发非常认真讲究，手持推剪，小心翼翼地推出一个个标准的军装短发，而且每次理发都要刮脸。先在面部涂上肥皂水，然后把本已非常锋利的剃刀在那条乌黑发亮的磨刀皮条上熟练地来回擦几下，弓着身，一只手轻轻地定住对方的脑袋，沿着额头、眉毛、脸和胡子一路刮下来。坐着的人屏住呼吸，一动不敢动，特别是刮眼睑的时候，紧张得都快憋不住了，生怕有什么闪失，但事实证明这种担心是多余。上了年纪的老人家理发时还要掏耳朵，看着那把锋利细长的小尖刀在耳朵眼里不停地转，旁人都替他们捏出一把汗。理完发，在脖子上涂上爽身粉，拍拍身上的毛发，解开围裙抖一抖，两毛钱。便宜实惠，清凉爽快。

现在的人见识多了，特别是年轻人，已不满足于千篇一律的军装款了，热衷上了港台明星的各种西式发型，有的男的甚至把头发留得跟女人一样长，认为头发越长就越有型。男人的长发可不能像女人的一样盘起来，所以长发除了给小伙子的劳动、个人卫生等带来诸多不便之外，就是满足他们个人虚荣心的需要了。即便是这样，他们仍乐此不疲，从过去的一个极端不假思索地唯恐落伍地走向今天的另一个极端。正如时下许多如衣着等时尚一样，似乎越极端就越能显露个人价值一样。人家的穿着暴露，我比他更暴露；你的喇叭裤脚大，我的比你的更大，恨不得大得像蚊帐一样。这与其说是一种赶时髦的心理，莫如说是对以往长期压抑的禁忌的反叛，哪怕这种反叛毫无意义甚至会让他们为此付出代价，他们也都义无反顾。

与各种花款发型一道流行的各种发型屋、发廊，如雨后春笋星罗棋布，只是不知道究竟是发廊推动了花款发型的流行，抑或是发型带动了发廊的兴起。新发型的流行以及新式发廊的兴起，毫无疑问地冲击了不紧不慢的老师傅们的老店铺，但老师傅们也只能是不紧不慢地焦虑着，他们不可能放弃他们认为是经典的传统的军装发型而改剪时下流行的西式发型，更不可能在他们那间古朴的理发铺内安置几个小妹替顾客洗头或干别的，并不是他们没这个能耐和手艺，而是根深蒂固的观念不允许他们自己那样做。

当然啰，对于某类人来讲，不管新式发廊装饰得多么堂皇，却始终取代不了老式理发店。比如说老人，他们就喜欢老理发店的那种质朴，喜欢那木制的、手动调教的可以躺下来的理发椅子的舒适，喜欢轻轻刮脸、掏耳朵的感觉。新式发廊的时尚与华美反而使他们望而却步。另外老理发店的那种用心的体贴，他们觉得，也是新式发廊的表面热情所无法媲美的。当地就曾闹过这样一个笑话，一个老人一时贪图方便进入了一间发廊理发，一进门，几个年轻女子就围了上来，不由分说地把他按倒，洗头捶背一下子全上来了，弄得老人满脸尴尬，有气发不得。折腾完毕，理发时，小伙子竟没征求他的意见，擅自将他长在一颗脸痣上的一缕长须给刮掉了。老人理完发，习惯地往脸上一摸，发现长须不见了，气得火冒三丈，二话没说，照着小伙子脸上就是一巴掌，骂道："我这几根须长了几十年，吃饭吃粥就指望它了，从来没有人敢剪我的，你这小王八蛋真是狗胆包了天！"把小伙子打得目瞪口呆，不知所措。

当地人迷信，把脸上长须的痣称为风水痣，据说是福气的象征，老理发师傅都知道这一点，所以刮须时特别留意，不会把它刮掉。年轻人不懂这些规矩，犯了忌讳，去了老猫的须，难怪老人家发这么大的火。

新式发廊剪头发一般不用推剪，只用一把小剪刀和一个小梳子。先把头发弄湿了，一撮撮地揪着剪，学起来比较容易，许多年轻人觉得易学好玩，所以都自己学着剪。祥兴和黑牯就是经常这样子你给我剪，我给你剪，闹着玩的同时，也想借此学会剪头发的手艺，以后开发廊谋生。

虽然知道方法，但力度和方向掌握得不好，刚开始时难免会将头发剪得像梯田一样，但慢慢地就好了。

黑牯给祥兴剪头时，春梅没事蹲在旁边看，看着看着，摸摸自己的头发，觉得挺长，也该修一修了，于是说："黑牯，等会帮我剪一下吧！"

黑牯对春梅早已垂涎三尺，巴不得找机会亲近她，连忙答应："行！行！行！"

祥兴剪完头发，自个到井边打水洗澡去了，剩下黑牯和春梅。春梅在椅子上坐下。黑牯还没来得及撩起春梅的乌发，下面那根春骨就不听使唤地提了起来,把裤衩顶得像小帐篷。尽管黑牯为了遮羞,快速地绕到了春梅身后,但春梅还是看到了他的雄风。春梅知道黑牯对自己有兴趣,不免有恃无恐地挑逗起对方来,把手伸在椅子的扶手外,有意无意地时不时碰碰黑牯短裤下结实的大腿,还以热为理由,故意将衣服的领口松开,隐隐约约地让人瞧见衣服里面的春光。当黑牯在她面前弯着腰给她修剪前额的发梢时,春梅伸手替他把沾在胸口的头发抹去。当春梅的手抚摸着黑牯结实宽阔的裸胸时,两人的心都紧张得快要窒息了。

黑牯被一阵热血冲涨了色胆,不顾一切地把春梅搂到自己身上,春梅也并不推让,顺势贴在黑牯的腹部和胯部上,任凭黑牯的春骨顶在自己胸口软绵绵的肉上。

“剪完头发,我在鱼塘边的甘蔗林里等你!”黑牯喘着气轻声说。

春梅没有说话,脸颊贴在黑牯的肚皮上。

这时外面传来祥兴喊凉爽舒服的声音,两人连忙分开,若无其事地继续剪头发。祥兴穿着裤衩,满身滴着水走了进来,见他们还在剪,说了一声“还没好?”就自个进屋换衣服去了。

黑牯以最快的速度把春梅的头发修好,完了,替她吹去落在身上的发梢。

“我先去那边等你!”黑牯在春梅耳边说,顺便轻轻咬了一下她的耳朵。

“我要洗头,”春梅面无表情地说。

“洗什么？回来再洗,啊?”黑牯哀求说。

春梅没有说话,抖了抖身上的衣服,进屋去了。

春梅虽然口头没有答应,但从她的表情里,黑牯看不到她拒绝的意思,心中狂喜,对着祥兴的房间喊道:

“祥兴,我有事先走啦!”

祥兴在房里答应道:“好!”

黑牯连走带跑来到鱼塘边,四处张望了一下,趁没人注意,迅速溜进了鱼塘边的甘蔗林里。他没有走得太深入,靠边埋伏在蔗地的垄沟里,透过甘蔗林往外张望,等候春梅。他的那根春骨倔强地顶着垄沟松软的泥土,既让他舒服,又使他焦躁。

他焦急地等了许久,一度以为春梅不会来了,直到看见春梅提着竹篮一晃一晃地出现。

春梅来到鱼塘边,放下篮子,洗了洗手,四周看了一圈,提起篮子,沿着塘堤朝蔗林走来,一边走一边不知采了什么东西放进篮子里。

等她靠近蔗林，黑牯轻轻地喊她：“春梅姐！春梅姐！”

也不知道她有没有听见，什么反应也没有，照旧一边走一边采东西放入篮子里，但方向却是对的，正向他走来。

春梅来到蔗林旁，警觉地回头望了一圈，进了蔗林。

她一进来，黑牯立即拉着她的手像老鼠一样迅速穿入到蔗林的中央，一句话不说，抱着她的腰把她放倒在垄沟里……

不知过了多久，春梅坐了起来，整理着蓬松的头发。

“死啰！流这么多血，”春梅擦着腿上的血迹说，“幸亏没搞到衣服裤子上，要不然死定了。”看看瘫软在垄沟里满身泥粉的黑牯，“你这么坏，勾引我，把我都带坏了。”

“谁说我勾引你啦？”黑牯躺在地上，猥琐地笑着说。

“还说不是！就你勾引我！”春梅瞪着眼睛说。

“好！好！好！我勾引你，我坏，行了吗？”黑牯连声说，生怕春梅生气，“下次还来这里啊？！”

“还有下次？谁跟你下次啊！”春梅好像生气的样子，站起来拍打着身上的泥粉，准备穿裤子。

“这样啊？那现在就赶紧再来一次啰！”说完，黑牯又扑了上去……

黑牯虽然被春梅惹火的身段折磨了无数个白天黑夜，对春梅做过无数枉费心机的幻想，但却万万没想到事情最终竟来得这么轻巧容易，直到完了第二次的事，他还不敢相信这是真的。

六十

祥兴和黑牯终于熬完了初中的课程，勉强毕了业，这意味着他们一生中读书生涯的彻底终结。对于他们来讲，这是期待已久的解脱。如果说读书时好歹还有个学校牵制他们，那么脱离学校后，他们就完全的无拘无束，彻底自由了！

祥兴、黑牯和几个特别臭味相投的同学，在校时就已拉帮结伙，毕业后更是称兄道弟，他们除了在农忙时节不得不被逼着帮忙农活外——毕竟他们还得向家里伸手要点零花钱，平时要么聚在一起沉迷于拳脚，要么成群结队，骑着自行车，自称为“敌后武工队”，到处闲逛。刚开始时，他们还略带学生义气，贪图玩乐，还没有什么作恶的念头。但在外面游逛，比如赶集、重阳登山等，难免会遇

上其他乡村的同样的人群，也就难免会发生口角、摩擦甚至打斗，但是其他乡村的人又怎么打得过他们这班经过专门打架训练的人呢？赢了几场架后，他们的自信心迅速膨胀，自以为已成了电视剧里面的武林高手了，慢慢地变得气焰嚣张，不可一世。在打斗过程中，祥兴和他的弟兄们的亲密关系得到进一步的巩固，只要一有空就聚集在一起，一聚集在一起就谈论打架的事，并且以能够或者曾经击伤对方的人为荣耀。大家经常通宵达旦地聚在一起吹牛、吸烟、玩牌、谈论女人。夜晚饿了，就想吃宵夜，要吃宵夜，惟有去偷，鸡、鸭、鱼、狗等等，反正想到什么就偷什么。这种不用干活，白天自以为八面威风，人见人怕，晚上吃啥有啥的生活，竟让这些涉世不深的年轻人迷恋上了。其他年轻人也对他们这群人的神秘潇洒深感向往和羡慕，甚至以能够亲近或加入他们为荣。没有人管得了他们，即使是他们的父母也都因觉得他们已无药可救而对他们放任自流，以至于他们沿着邪恶的道路越走越远。

翻过他们村头的山坳就是长途汽车站，那里有一个小百货和小咸杂店，店员都是县城或镇上派来的、吃国家粮的人。这天，村中刘滩家的独生子吉仔拿着一毛钱去咸杂店买糖吃。那种小颗粒的染得花花绿绿的小糖圆，本来是一毛钱两包的，但那个售货员小伙子只给了他一包。吉仔不服，跟他论理，结果被那售货员小伙打了一巴掌。吉仔哭着回家把事情告诉了他老子。他老子一听，火冒三丈，和几个兄弟操起锄头就去找那个售货员算账。那售货员见势不妙，慌忙从后门骑单车逃跑了。

然而事情并未就此结束。第二天，那个售货员纠集了三四十个青年，个个操着家伙堵在村口寻仇来了。原来，那个售货员曾经是县城里的一个流氓头目，以前犯了事，被判了两年的刑，刑满释放后，政府为了给他一个改过自新的机会，特意在这偏僻的地方给他安排了一个售货员的工作，让他远离复杂的县城。谁知两年的牢狱教育并没有能使他改过，更没有让他自新，远离县城也没能把他与县城以前的那班狐群狗党隔绝，依然和那班社会地痞纠缠不清，一边形式地上班，一边做他的“流氓司令”。这次，他被刘滩家几兄弟用锄头追打，虽然是由于自己的错引起的，但却怎么也咽不下这口恶气，誓言要报仇。纠集了一帮弟兄，要摆平胆敢在太岁头上动土的人。

当天适逢集市，男人们都赶集去了，剩下在家的妇女小孩，她们见村头突然聚集了这么多穿着古古怪怪衣服的凶神恶煞的人，吓得连忙关门躲避。

说来也巧，这天祥兴和他那几个兄弟正好在家中练拳，知道这件事后，他们立即分头去召集弟兄。没多久，连同村民等，纠集了上百人，他们手持锄头、铁铲、茅枪等家伙,包抄拦截了对方的退路,双方上演了一场真实的武打片。祥兴他们更是自持武艺,把铁棍舞得如风车般,把那伙人打得抱头鼠窜。眼看就要闹出人命了,县里和镇上的民警闻讯赶到,控制了场面,制止了械斗。

事后,那个售货员及当中的几个流氓中坚分子因聚众闹事,而且是重犯,被逮捕了。村民们虽然是自卫,但方式不当,遇上这种事情应该向派出所报案,而不能以暴易暴,所以也受到了警告和批评教育。

经历了这件事,乡里人见了祥兴他们都竖起大拇指夸赞他们好样的,虽然大多数人在口头称赞他们的同时,心里都在暗暗地鄙视他们,但祥兴他们却全然不觉、沾沾自喜。

在这件事上,镇上的派出所也注意到了祥兴这帮人,担心他们的势力会逐渐变大,危害乡里,于是对他们采取了一种管帮带的做法,聘请他们担任治安协管员,查查单车,维护一下集市的秩序等等,既是鼓励他们,也是为了达到管住他们的目的。但是这帮人却不知天高地厚,以为戴上了红袖章自己就是公安了,态度比真公安还要神气,动不动就对那些胆敢对他们的工作提出异议的人拳打脚踢,弄得派出所整日被群众投诉,最后惟有把他们打发回去了事。

六十一

经历了这么多的事,长了这么多的“见识”,闲着在家的祥兴他们已不再仅仅满足于吹吹牛,弄个鸡煮粥吃吃宵夜这么简单了,也不再满足于向家里伸手要1块几毛的零花钱了,他们要弄些大钱来花花,开始想些歪门邪道寻找发财的路子,他们首先想到的就是赌博。

当时,车站有人利用一种叫“买公子”的把戏进行赌博活动。三张经过裁剪的扑克,其中两张是1至10相同的牌,另一张是J、Q或是老K,称为“公仔”。在地上铺一张报纸之类的东西,把三张扑克在两个手之间来回倒腾,嘴巴不停地吆喝“买公仔!买公仔!买中公仔有钱赔!押1赔2!来啦啊!”在将要定牌给人押注之前,还特意将“公仔”亮一亮,让你瞧瞧“公仔”的位置。即使是这样,外行人还是看走了眼,无论怎样都押不中那张“公仔”,赢的永远都是庄家。外行人输得迷糊,但圈中人却明白其中的奥妙。因为即使你押中了公仔,他们还可以在开牌时做手脚,用其他两张普通牌中的一张扣住被押中了的“公仔”,然后甩手一翻,翻出来的是上面的那张普通牌,而下面的那张“公仔”却仍留在他手里。这样一来,押注的人能有不输的道理?!

设局者在车站茶楼门前的空地上铺一张废报纸,由一人坐庄,其他人假扮成赌客,在一旁吆喝押注,由于是做媒给别人看的,所以逢押必中,以此招来路人。这一招非常奏效,吸引了不少中途停车歇息、用餐的旅客。他们先是驻足观看,看着看着,诶!觉得简直是太容易了!就试着押一两元钱玩玩,没想到真的赢了!于是连本带利一起押,这一回被吃了,这样来回转了两趟,设局的人似乎没有赢什么大钱,但却把对方的瘾给钓上来了。他们中十有八九会重新掏钱押注,这样一来,赢的就不仅仅是一两元钱了。如果对方赢了第一回就想走,那么其他的帮手就会站出来把他拦住,连吓带劝地说:"怎么这么不讲道义!赢了就想走?"在这些凶神恶煞的人面前,对方只好把钱再押一回,自认倒霉,输掉走人了之。

这种赌博技法在当地慢慢传播开了,周围乡村那些吊儿郎当不务正业的人,把这当作是发财致富的捷径。黑牯和祥兴他们也由此加入了这一行当。

就这样,这个小小的山村车站,每天都有十多二十档这样的赌局,聚集了不少村民、过客、途经的生意人。他们当中有的是看热闹的、有的是同伙做媒的、有的是想浑水摸鱼弄点好处的。许多不知深浅的过客、生意人,看着那些做媒的人赢得那么得心应手,眼馋得以为是天上掉下来的馅饼,纷纷出手,却无一不成了贪婪与侥幸的牺牲品。看着就那么三张扑克,却怎么也押不中那个花!一次被吃了,两次被吃了,第三次自以为看出了道道,重金出击,想连本带利一把赢回来,结果却血本无归。一些骑着单车、揣着生意本钱的过路人,本来是要到和平、灯塔那边去贩些鸡鸭鹅之类的家禽回来做生意的,因为好奇停下来多看了几眼,却看出了蓝眼睛,昏了头,搭上了做生意的本钱不说,因为最终明白了输的原因,不服,与设局者争论起来,结果人和单车一起被捶得散了架!也有的输了点钱,虽然不服,却醒悟了过来,能忍痛抽身,但他挂包里的钱财已露了眼,犯了国人大忌,没走出几步,被人从后面一刀将挂包的带子断了,钱和挂包一起被抢得无影无踪!与此同时,设局者为了争夺地盘和赌客,相互间大打出手的事几乎每天都发生。就这样,设局者之间的打斗、设局者与赌客间的斗殴、赌客们的吵闹与号啕,使这个小站陷入了疯狂的混乱之中。一些在平静时若无其事地观望的人,借着混乱的场面壮胆,对过客狂偷豪抢,其猖狂程度简直就像是杀红了眼的鬼子,毫无顾虑,见人就抢,争先恐后。正是这种混乱,使这个小站出了名,更多的人从四面八方慕名而来"淘金",从而更增添了小站的热闹与混乱。

起初,这帮人中实力最强的是祥兴和黑牯他们,但后来来了一伙石门楼的人,为首的那个拳脚特别了得,尤其是他的凌空连环腿,速度之快,无人能躲,而且腿劲凌厉,一触即伤。他们的出现,对祥兴和黑牯他们构成了巨大的威胁。这伙人并不设局,而是以赌客的身份押注参赌,由于他们也是内行人,对坐庄倒牌的手法了如指掌,因而逢押必中。他们每天在各个赌档中押一圈,赢了钱就走,这叫黑吃黑。设局的人对他们是敢怒不敢言。曾经有庄家不让他们押,结果被他们砸了档,伤了人,从而知道了这伙人的厉害,不敢招惹他们,每天任凭他们押几注,权当纳点黑税。

石门楼这伙人对祥兴他们也早有所闻,因而有所顾忌,所以档档都押,惟独不敢押祥兴他们这一档。但正所谓一山不容二虎,这种"和平共处"的状态很快就被其中一方的愤懑与膨胀的逞强心态所打破。石门楼那伙人觉得自己每档都押,惟独不押祥兴那档,无形中就显示了对祥兴他们的畏惧,给人造成一种欺善怕恶的感觉,有损老大形象。

"不用给面子给他们的! 明天就是要押他们的牌!"石门楼这伙人赢了钱,在酒楼里喝酒时摩拳擦掌地说,"对! 押他们的,押大他,怕他们个甚!"他们这样的愤愤不平,已经不是第一回了,但这回显得尤为群情汹涌,看来是要动真格了。

第二天一早,他们果然首先来到祥兴他们这一档,不由分说就押了1000元。

当时,坐庄的黑牯看见他们朝自己走来,心已怦怦地跳,生怕他们过来搞事。结果确实如此,他们果然过来押注了,而且是重注,黑牯惟有强压内心的恐慌和愤怒,堆着笑脸说:"大哥,我们今天都还没有开张,你们这样搞,我们很难做的喔!"

"没开张就先垫住先啰!"

"是啰! 反正我们从来没押过你们的牌,没赢过你们一分钱!"

"怕什么? 谁赢都还说不定呢!"

石门楼那伙人七嘴八舌嚣张地说。

黑牯自己倒的牌,所以知道他们押中了。其他不知内情的赌客见有人押这么重的注,想着肯定必中无疑了,也纷纷跟着他们押同一张牌。已经没有了退路了,于是黑牯用另外一张普通牌扣住被押中了的"公仔",企图通过翻牌来一招偷梁换柱。但石门楼那伙人对黑牯这一招出千的把戏已了如指掌,所以不许他那样开牌,要他直接开。黑牯被逼得满头大汗,挠腮抓耳。

“快点开牌！要不然我们可要自己动手了！”石门楼那帮人要挟说。

没有办法了，惟有用最后一招了。黑牯偷偷地向站在对面的祥兴使了眼神，祥兴会意地点点头，拉拉身旁的两个同伙，几个人突然齐声大喊：“抢钱啦！抢钱啦！”

一边喊一边往人堆里挤。

一听见说抢钱，立即有无数只恐慌的手伸向押在上面的钱，当中有的是要拿回自己的钱的，而有的却是要拿别人的钱的，场面霎时乱作一团。

石门楼那伙人押出的1000元，结果只拿回了700元，而另外许多跟着押注的人却彷徨而焦急地摊着双手，瞪着惊恐的眼睛喊：“我的钱呢？我的钱！谁拿了我的钱？”

但喊又有什么用，祥兴他们已悄悄地把抢到手的钱揣入了自己的口袋里，袋袋平安了！

石门楼那伙人偷鸡不成反倒蚀把米，怒火中烧，扑上去就要打黑牯。

黑牯可不是吃素的，只见他双手一开，一蹲一跃，两个空中点踢，冲在前面的两个人已应声倒地。祥兴和其他同伙也汹涌而上，两伙人即时展开了一场恶斗。双方势均力敌，一时难分胜负！石门楼那个会使空中连环腿的青年，面对黑牯和祥兴，纵有再大的本事也无从施展，被打得只有招架之功而无还手之力，想跳都跳不起来，最后竟一脚踩空，被黑牯和祥兴同时起脚，踢出两丈多远，倒地后就再也爬不起来了。见自己的大哥被放倒了，其他同伙即时没了反抗的意志，抱着头，听凭对方拳脚交加。

黑牯冲上前去，对着那个倒地的人狠狠地补上两脚，然后踩住他的头，骂道：“你他妈的！想找死也得要看地方啊！我们你都敢惹，真是嫌命长！”

祥兴也上来踢了一脚。

“把刚才押的那1000元拿出来，否则我踩爆你的狗头！”黑牯再用力一踩，说。

那人哆嗦地从裤袋里摸出一叠钱，伸给黑牯。黑牯接过来数了数，发现只有700元，于是又狠狠地踢了脚。“要钱不要命啊？还敢留一手！都拿出来！”黑牯狠狠地骂道。

“没了，大哥！刚才被抢了，就剩这些了！”那人哀求说。

“不行，刚才你押了1000元，输了给我的，一分都不能少！否则休想活着离开这里！”

最后那青年只得乖乖地叫其他人凑齐了1000元给了黑牯。

黑牯收了钱，又在那人的屁股上补了一脚，说："滚！下回不要让我再见到你！否则打断你的狗腿！"

那人一拐一拐地爬起来，带着他的弟兄从此消失了。

六十二

小站的混乱惊动了省地各级公安部门，他们多次出动大批警力进行围捕，但每次均无获而回。原来，这帮赌徒非常机警，特意安排了专门把风的人，把守在小站两头的公路，一旦发现警车或特殊情况，立即通风报信。赌徒们一接到报信，立即疏散开来，若无其事地像看客一样操着手。警察来到后，只见满地的报纸和扑克，却不晓得谁是参与赌博的人，想抓人却不知道要抓谁。

后来警察想出了一个办法，租用了 4 台大客车，坐满了警察假扮成的男男女女的乘客，为了掩人耳目，还在客车前后挂上了"广州——汕头"、"广州——河源"等标志，分两头先后间隔着进了站。这一招果然见效，车进站时，不但没有引起怀疑，而且"乘客"还受到皮条客的热情拉扯。警察分散在各个赌档，假装成好奇的看客，观察并记下了参与赌博的人，等待行动的号令。各路人马都已到位，一切准备就绪，而且赌档也全都开齐了。这时突然一声枪响，假扮成乘客的警察闻声而动，立即采取行动，控制了现场，拘捕参与赌博的人。

黑牯和祥兴他们还没明白过来是怎么回事，黑压压的枪口已顶住了脑门，并被迅速地铐了起来，押上了车。就这样，小站的所有赌档被全部连根拔起。

由于事件曾经被国家重要媒体披露，影响非常的坏，所以祥兴、黑牯及所有参与了赌博的人全被押往了省公安厅进行审理，

在做问话笔录时，警察问黑牯他们知不知道赌博是犯法的？

黑牯和祥兴他们满脸茫然地反问警察："什么是法？"

警察朝着黑牯屁股踢了一脚："你装什么蒜？不知道法、不知道犯法，为什么以前每次见警察来了就跑？！"

"我跑是因为我怕警察！"黑牯被踢了一脚，咬着牙说。

"如果你觉得自己没做坏事为什么要怕警察？"

"警察不让我们赌啊！"

"警察不让你们赌，就是因为赌博是违法的！"

"我只知道是警察不让做，但不知道是违法的！"

"放屁！警察不让做的就是犯法的！懂吗！"

"那你直接问我知不知道是警察不让做的不就行了吗？干吗说一些让人听不懂的什么法什么饭呢?"

"你再嘴硬,看我把你关进黑牢里去!"

祥兴在旁边拉了拉黑牯的衣服,示意他别说了。

最后,经审理,祥兴和黑牯被判了一年有期徒刑,各罚款5000元。其他一道被抓的参与了赌博的人员也都受到了不同程度的刑罚。

六十三

牢改生活,使祥兴和黑牯的野性得到了驯服和收敛,他们甚至下定决心要革面洗心,做一个正正派派的人。

说快不快,说慢不慢,一年后,黑牯和祥兴刑满获得了释放。虽说是365天,但黑牯和祥兴他们却觉得仿佛过了365年。他们做梦也没想到,短短一年时间里,外面的世界竟发生了翻天覆地的变化。当他们踏入山村时,他们简直不敢相信这就是他们熟悉的村庄。往日的热闹全然不见了。村头大榕树下、那个像海一样清澈的湖,曾经都是最热闹的地方,无所事事的青年男女,围着榕树头打牌、下棋、剪头发,女孩子咬着线相互拔脸上和脖子上的汗毛;不管任何时候,湖水总是翻腾的,游泳的、捉鱼的、摸蚌的,到处人头涌动。可是眼前,湖面平静得就像榕树底下坐着的几个老人,微风吹不起多大的涟漪。

往日那些无所事事的人都到哪去了呢？往日整天吊儿郎当的,见着了就远远地招呼过来,点头哈腰地讨好的同龄人都到哪去了呢?

原来,他们都到一个叫春城的地方打工赚钱去了,包括祥兴的姐姐春梅。据说那里遍地都是黄金。那里是改革的前沿,有很多资本家进来开了很多的厂,需要很多的劳工,于是全国各地像山塘的水一样积压了许久的剩余劳动力,潮水般涌向了那里。

农村改革释放了农村的劳动力。农民挣脱了捆绑住自己的缰绳后,才发现自己可以做的远不止那一亩三分地。他们过剩的精力需要排泄,多余的劳动力如饥如渴地寻租,春城的大量招工及时解决了他们的出路。

农民兄弟高高兴兴地洗脚进城,充满了新鲜与好奇,充满了希望与憧憬。他们不会在乎条件的艰辛与苛刻,也不会在乎城市人会以一种怎样的眼光来看待他们。他们只知道与家乡相比那里简直是天堂,那里能赚钱,能圆他们很多的梦。他们终于也过一把当工人的瘾,尝一尝做城市人的滋味了。

当祥兴和黑牯他们怀着愧疚与兴奋的心情踏入家门时,迎接他们的是恨铁不成钢的,甚至是埋怨他们为家庭带来耻辱的冷漠的表情。

祥兴的弟弟见哥哥回来,高兴地上前替他解下背包。面无表情,蹲在凳子上抽着旱烟的父亲即刻斥责过来:"他没有手吗?要你多事!"

母亲一味地哭,歪着头揩着鼻涕,一言不发。

祥兴被当头一盆冷水,兴趣索然,拎着行李无精打采地回到仍为他留着的房间里,把行李往地上一扔,摊在床上。在狱中,他曾经后悔,曾经不止一次地思念家人,思念父母,思念弟弟妹妹,觉得对不起他们;他经常与其他囚犯讲起父母的慈祥和弟弟妹妹的可爱与聪明,内心充满温存,这种温存仿佛使他感觉到了亲人的关怀与期盼。他誓言,出来后一定要重新做人,好好孝敬父母,好好对待弟弟妹妹。在回家的路上,他是兴奋的,他想象着母亲为他准备了洗澡的柚树叶汤,为他洗去一路的灰尘与晦气;想象着父母为他准备了丰盛饭菜,庆祝他的归来;想象着向来崇拜他的弟弟笑着迎接他的行李;他甚至已经闻到了父亲最拿手的白切鸡的香味,还有那咸鱼陈皮酿豆腐和浓浓奶香的五指茅桃龙骨汤……但一踏入家门,父母冷淡的表情告诉他,所有的这一切都只不过是他情绪低落时寻求寄托的美好的幻觉而已。

他躺在床上,开始检讨自己曾经的反思,他甚至觉得自己洗心革面的决心与美好愿望是何等的幼稚,狱中的囚犯曾经是多么地羡慕他所讲的拥有一个温馨的家,而他也曾经是多么的自豪,但事实却是如此的失落。

他突然想起了以前练武的后院,于是跳了起来,急急来到了这个久违了的乐园。那里已今非昔比,沙袋不见了,刀枪棍棒也全都不见了。弟弟告诉他,自从他离开家后,爸爸说是那些东西误了他,所以将它们统统毁掉了。吊沙袋的苦楝树还在,但现在绑着的却是一大一小的两头黄牛;树丫上吊沙袋的位置留下的痕,虽表面已经愈合,但却留下一个厚厚的痂。

黑牯的境况并不比祥兴的好,他回到家时,只见大门紧闭,家中无人。他坐在青石门槛上抽了一根烟,等了一会,几个邻居的小孩好奇而胆怯地围着他看。黑牯对着他们笑了笑,并且喊出了他们每个人的名字,那些小孩也喊出了他的名字。于是他们大胆地靠拢了一些,怯怯地向他提了些问题,黑牯笑着回答了他们。

黑牯看看天,时候不早了,仍不见有人回来,于是他对那群小男孩说:"谁能从狗洞里爬进去，替我把门打开?”

“我！我！我!”那群小孩争先恐后地举着手嚷道。

黑牯指着一个身材较小的小男孩说:“你!”

那小男孩受宠若惊地答应了一声，迅速把外衣一脱，塞给另一个小男孩手，然后蹲下来，先用头在狗洞里试了试:“嗯，可以!”于是猫着身开始往里爬。他们对爬狗洞非常老道，只要头进得了，身体是绝对不成问题的。

其他没被叫到的小孩为失去一个表现的机会而感到失落和妒忌，纷纷把怨恨发泄在那个爬狗洞的小男孩身上。他们围在狗洞旁，揪住那同伴的衣服、腰、脚等，使劲地把他像树根一样往狗洞里塞，有的还趁机在他屁股上踢了几脚。爬狗洞的小孩上身已经进去了，下身还在外面挣扎，大概是被他的同伴弄痛了，在里面的头拼命地喊:“轻点！轻点！谁踢我？等我出来你就死!”

门开了，那小男孩出来后的第一件事就是要找人算账。

“刚才谁踢我?”他一边说一边朝着怀疑的对象冲过去。

但对方比他更凶:“你哪只眼看见我踢你了?”并且毫不客气地把他推得跌了回来。

本来就身材矮小，碰了几次钉子，斗不过别人，只好一边拍着身上的泥尘，一边骂:“要是给我知道是谁踢我，一定一石头砸爆他的头!”

黑牯进了屋。眼前的一切却是那么的陌生和冷清。他的房间已经成了杂物房，床的一头放着草席卷着的蚊帐和那个好像是枕头，另一头放着两个空箩筐，布满了灰尘;地上、床底下堆满了稻谷、番薯、犁耙。一进房门，黑牯就缠了一脑袋的蜘蛛网，他一边捻着光头上的蜘蛛网，一边心凉地环顾着眼前的一切。他叹了口气，把行李又提了出来，扔在堂屋的角落上，顺手提起桌子上的瓦壶，吮着壶嘴咕噜咕噜地喝了半壶水。

这时父亲刚好从外面回来，一进门看见黑牯，先是一愣，见他正吮着茶壶嘴喝水，满脸不高兴地说:“你怎么这样喝水！人家都喝你的口水了!”

现在的监狱都实行人性化管理了，每个犯人出狱前，监狱方面都会将具体的出狱日期尽可能地通知犯人的家属，让他们做好准备，该来接的来接，该腾房子的腾房子，确保每个犯人出来后能及时得到最需要的关心和安置，让他们能感受到家人与社会的关怀与温暖，希望通过这样做能对他们的改过自新有所帮助。但黑牯回家后所看到的一切，让他感觉不到家人对他的归来有丝毫的喜悦和接纳，他甚至觉得家人并不欢迎他的归来。这本来就让他非常的失落和伤感，如今父亲竟然为了以前习以为常的喝水方式来斥责他，就更让他心灰意冷了！

“我的房间怎么堆了这么多谷？”黑牯沉着气说。

“你的房间？哪间是你的房间？你都蹲监仓去了，还要房间来做什么？!”

“那，我睡哪里？”

“想睡哪就睡那，最好不要回来睡！人家一天到晚忙到得闲死不得闲病，你倒好，逍遥自在地吃皇粮去了！有本事就在里面蹲一辈子啊！还死回来丢人现眼干什么？”

黑牯再也忍受不了了，转身冲出了家门，没想到这就是他期盼着的日子，甚至还不如在狱中来得更有尊严。他可以置外人的侮辱于不顾，但却无法忍受来自家人的这种冷嘲热讽。

他出了门，沿着后山那条既熟悉又陌生的淹没于蚊惊树下的路，绕过山窝的那片坟地。小时候放牛时，他最害怕这片坟地了，牛跑进这片坟地里，是最棘手的事情，他根本就不敢进去驱牛，惟有用小石头远远地打过去，把牛赶出来。有时石头没打中牛，反而将人家放置先人骨头的“金塔”——骨灰缸——打破了，吓得天天做噩梦，梦见鬼魂来找他算账，要他赔“房子”。长大后，他变得天不怕，地不怕。为了显示自己的胆大，有一次他竟和同伴打赌，喝了两口“金塔”里泡着人骨头的雨天的积水。对方输了，从他裤裆下爬了过去，并喊了他三声“爷”！从此奠定了他在那帮狐群狗党中的大哥地位。

坟地中有两堆新鲜的黄土，是新坟，不知是谁家的。黑牯一边走一边烦躁地折着路边的蚊惊树枝，时而捡起石头狠狠地朝坟地的“金塔”打去，“金塔”没打中，反倒惊起一只鹧鸪。鹧鸪拍打着翅膀吃力地企图飞越山的另一边，却体力不支，挣扎着落在山臂。要是在平时，黑牯肯定会去追的，因为鹧鸪只能连续飞三次，而且每次都飞不远，之后要休息很长时间才能恢复体力。所以只要知道了它降落的位置，追赶上去，一连三次，第三次后，它再也飞不动了，把头埋入草丛里，屁股露在外面，束手就擒！有的鹧鸪长得像小母鸡一样大，用来熬汤，加几个红枣，很是滋补。

黑牯来到山腰，在一块被风雨吹打得乌黑干净的大石头上坐了下来，双手托着腮，凝望着山脚的村庄。此时的山庄是多么的祥和、宁静、悠然自得，而他却一身的麻烦，无法解脱。他真羡慕那些自由自在、无忧无虑的人，他真希望自己不是自己，以前的一切都不是以前的一切。他心烦意乱，觉得自己与这个世界格格不入。他不知道何时、何地、如何才能摆脱这种炼狱般的处境和感受。

他怨恨自己，恨自己以前做的错事，他真希望什么都没有发生过，能像其他人一样平静和正常地生活。他想痛改前非，但眼前的一切又让他对这一想法深感渺茫。连家人都不能原谅自己，更不用说外人了！所以即使他能改过自新，都不会得到原谅和接纳的，他这么想。而且越想越偏激，最后把自己完全摆放在与众为敌的位置。

他现在是有家回不了。

“不知祥兴那边的情况怎么样？”他想，“要不，先去他那边住几天再说吧！”

他连行李和衣服都没有拿，径直来到祥兴家。他仍惦记着春梅，在狱中他无时无刻不想着与她云雨的事，那种春一样的湿的感觉，总使他热血沸腾，柔情无限。但春梅已经走了，那煎熬着他的寄托竟成了泡影。他想，他一定会去找她的。

黑牯还没坐稳，祥兴他爹就把他骂得狗血淋头，说是他把祥兴给带坏的，叫他以后不要来找祥兴了，毫不客气地把他赶了出来。

黑牯离开了祥兴家，耻辱与绝望使他觉得走投无路，仿佛是到了人生的末日。他本想像以前一样在祥兴家住几天，让他爹瞧一瞧，没有家他照样可以过日子。但现在，他最可靠的后方竟然也容不下他了。他在后山那片相思树下躺了下来，嚼着草根，透过树叶的空隙凝望着天空。他不怪祥兴，也不怪祥兴他爹，自己的老子都不接纳自己，何况是别人的爹呢！他憎恨自己的老子，憎恨他的绝情，憎恨他的不理解自己，用老眼光看人，不给他改过自新的机会！得赶紧离开这个鬼地方，他想。那，离开了又能去哪呢？他想到了春城，那里谁也不认识自己，他可以毫无心理负担地重新开始生活，忘掉过去，忘掉一切不愉快的事情。对，就春城！他心里重燃了希望之火。他想着，有些许陶醉，不知不觉中睡着了。

他做了个梦，梦见自己杀了人，被公安追捕；他四处藏匿，却始终摆脱不了杀人的恐惧；他希望这是在梦中，这样的话一切都会过去的，但他发现这并不是梦，而是千真万确的事情；周围的人都用幸灾乐祸的异样的眼光看着他，躲着他，仿佛都知道他杀了人，盼望他早日被抓了枪毙；他茫然地提着刀，在河边、在林中、在山里没命地跑啊、跑啊……；他来到一处峭壁，峭壁下面布满了嶙峋的锋利的石头，他发现自己没有穿鞋，不敢往下跳，怕那些尖尖的石头会把他的脚刺穿；公安就要追上来了，他已经没有了去路；惶恐之际，公安莫名其妙地变成了许多同村的人，开着坦克向他包围过来；他要投降，但却没有人听见他的声音，坦克依然不停，直直地向他开过来；眼看他就要被逼下悬崖了，他突然发现原来是在拍电影，于是大喊：“停！停！停！好了！好了！”但坦克还是向他碾了过来……

他一下乍醒，发现果然是个梦。他满头大汗，长长地舒了一口气。等他回过神来后，却发现现实并不比梦中的感觉好。

他坐起来，依然在喘气，回味着现实与梦境的恐惧与失落。

他已无处可去，惟有厚着脸皮回家了。

他心情忐忑地朝家的方向走去，路上遇见几个同村的人，他们对他露出虚假的笑的样子，带着明显的鄙视。

来到自家门前，看着那个黑黑的门洞，仿佛是一个张开的大嘴巴，他心跳的厉害，几乎不敢进去。母亲正好端着一盘谷糠出来喂鸡，猛一抬头，见着他，整个人都定住了，红着眼睛，难过地望着他。黑牯没有说话，不敢看母亲的眼，挠着下垂的光头，从她旁边闪过。

他进了原本是自己的房间，用扫把把房里的灰尘、蜘蛛网打扫干净，把床上的箩筐放在墙角，找来一条烂内裤，洗湿了，把床板和草席擦了一遍，打算将就睡一晚再作打算。

母亲进来，默默地把地上散乱的番薯捡入箩筐里。弟弟也回来了，在母亲的吩咐下，找来几个蛇皮袋，把地上堆着的谷子装好，抗到堂屋的楼棚上，然后再把床底下的犁耙搬到了草屋。母亲把地扫干净，擦了擦桌子上的灰尘，立在屋中间四周看了一圈，出去了。不一会，她再回来时，怀里抱着干净的被子、枕头和草席。她把原来床上的脏草席和枕头撤了，换上了刚拿进来的干净的睡具。当她弯着腰吃力地铺草席时，看着她那满头凌乱的灰发，黑牯眼睛红了，不敢眨眼，生怕一眨眼，眼泪就会涌出。

此时黑牯的心情既激动又难过，母亲和弟弟所做的一切，使他重新感觉到了温暖与关怀，他甚至后悔自己刚才的胡思乱想，心中又燃起了希望。

六十四

祥兴和黑牯一起去找乡支书开证明办理边防证，准备到春城加入那里的打工行列，开始新的生活。

来到支书家，祥兴和黑牯胆怯地说明了来意。

乡支书一边抽着烟，一边冷漠地打量着他们，好像在思考什么问题。当烟只烧剩烟头时，他用力地吸完最后一口，果断地把烟头扔在地上，再狠狠地用脚把烟头搓碎，仿佛做出了什么重大决定。

“这证明我不能开!”他朝地上吐了口浓痰，咽着口水说。

“为什么?”黑牯问。

“为什么?!”支书反问说，“如果出证明，那么你们坐牢的事我写不写上去呢？如果写上去，你们甭想能办边防证；如果不写，那我就要担负起欺骗组织的罪名，而且，像你们这些蹲过大牢的人，即使给你们去到了春城，也不会有人请你们做工的，所以还是省了这份心吧！反正我是不会给你们出证明的了!”

祥兴绝望地看着黑牯。黑牯气得满脸通红，两个拳头捏得咯咯响，却找不到发火的理由！明知支书是有意刁难他们，不给他们开证明，但他的话又没留下什么把柄，而且听上去似乎开不得证明是他们自己的原因造成的，是为他们着想，他也有难处，让你奈何他不得。祥兴他们碰上这根软钉子，只能干生闷气。

出了支书的家，祥兴和黑牯沿着泥泞的马路沮丧地往回走，大家都不想说话，分别走在马路的两边，踢着路边溅满泥浆的草，默默地各走各的路。一辆手扶拖拉机突突地几乎挨着他们的衣服驶过，溅了他们一裤脚的泥水，黑牯正要发作，转念一想，却又冷静了下来。

“到后山去晒晒太阳吧!”将近到家，黑牯对祥兴说。

“好!”祥兴说。那是他们以前常去的地方。

后山山顶上有一个炮楼，据说是解放前一群劫富济贫的好汉留下的。炮楼用糯米饭、糖和石灰等浇注而成，坚固无比。“文革”时期，村民说这是土匪的遗物，多次想将它夷为平地，但都碍于它的坚固，而不得不放弃。后来大家干脆不理了，留下它和一段老人反复讲述的往事。就这样，这个被岁月和风雨染得如炭般的故事一样的炮楼，成了许多放牛娃嬉戏、幻想和挖弹壳的地方。

站在炮楼的围墙上，可以俯瞰整个村庄。郁郁葱葱的杂木林中，掩映着零落的黑顶瓦房；如小丘般的树冠，浸沉在缭绕的烟云之中；参差其中的高耸的灌木，散落地停着几只白鹤，当中有些是走了又来的，也有的是压根就从来都未曾离开过的。解放前，每个村庄后面都有一片绵延而茂密的林子，称为树山，长满了荆棘，阴森恐怖，走在里面就好像走在原始森林里一样，陌生人一般都不敢进入。因此树山成了村民躲避官府、土匪和后来的日本鬼子的天然庇护。

正是这个后山，解放那一年发生了一件神奇的事。茂密的林子一夜之间来了许多白鹤，村民早上推门一看，发现树上停满了白花花的白鹤，既惊喜又恐惧。由于白鹤又称为仙鹤，代表吉祥，白鹤如此大规模的突然光临，使村民相信这是神对本村的特别眷顾，他们深信不疑好运将要降临，大家奔走相告，传递神奇，纷纷燃香祈福。但同时他们又怕行为上有所闪失，无意中怠慢了神仙，因此诚惶诚恐，倍加小心谨慎。族中长老当天就把各家各户的代表召集在祠堂，讨论如何供奉仙鹤的事宜，定出了许多规矩，其中一条就是任何人不得驱赶、惊吓或捕杀仙鹤，违者将予以族谱除名的惩罚。于是白鹤和村民相安无事地相处了两三年。由于村民对待白鹤的友善，白鹤对村民也表现出少有的亲近。它们在树山里筑满了巢，由于有的巢筑得实在太矮，一些在树山觅食的母猪嗅到腥味，稍微一抬头，就可以将鹤巢拱翻，许多巢中的鹤蛋、雏鹤因此成了母猪的美食。但这并未对白鹤构成致命的威胁，真正的威胁最终还是来自供奉它们的村民。由于饥荒，一些小孩饿得实在受不了，冒着被发现的危险，偷偷地掏了鹤蛋煮吃，发现不仅可以充饥，而且味道比鸡蛋还美。慢慢地，跟风的人越来越多，后来发展到不仅掏蛋，甚至连正在孵蛋的母鹤也一并抓了剥了皮煮吃掉，虽然味道有点腥，但却据说很滋补。白鹤发现一向友善的村民，突然变得如此残忍，要吃它们和它们的蛋，既失望又恐惧，嗥叫着伤心地陆续离去了……

黑牯和祥兴并排地坐在炮楼的围墙上，默默地看着那一片传奇的林子。

“怎么办？”祥兴问黑牯。

“还能怎样？在人家眼里咱们可是一朝做贼、终生是贼啊！”

“不如我们合伙开一间发廊，反正我们会剪头。”

“开发廊？哪来的本钱？”

“咱们先向家里借吧！”

“你家里会不会给你钱，我不知道，但我家里是绝对不会给钱我的了。”

“都怪咱们当初大手大脚的，不会攒点钱以防后用。”祥兴叹了口气说。

“还是想办法离开这里吧！要不，以后连媳妇都讨不了！”

“能去哪里？”

“天大地大，只要咱们一条心，凭咱们的本事，肯定能找到我们的容身之地！”

“不如去逃港啰！”

“有个屁用，那边现在对逃港过去的人都不发身份证了，即使逃得过去还不是一样被遣送回来。”

“要么找一个不需要边防证的地方去打工去。”

“刚开始我也考虑过打工，但现在不了！”

“为什么？”

“是支书的话点醒了我！无论我们去到哪里，都洗脱不了我们蹲过监狱的事实，瞒得了一时，瞒不了一世，任何人，只要知道我们是曾经蹲过监狱的，哪怕我们会飞天，他们都不会请我们的，所以，还是死了这条心吧！”

“那咋办？”

两人默默地各怀心思，沉默了好长一阵。

“诶！那个老本瑞家好像一下子发达了一样的！又建楼房又买电单车。”老本瑞是他们村里的一个人。

“哎呀！这年头大把人发达啦！就咱没发达！”祥兴靠着墙伸了个懒腰，闭着眼睛喘着气。

“你说他家的钱哪来的呢？”

“管他呢！反正咱没钱！”祥兴仍靠着墙闭着眼睛说。

“听说他家的大儿子牛屎包在春城打工。”

“打什么工啊，能赚这么多钱？”

“牛屎包那个小贼子能干什么好事？除了捞偏行！”黑牯诡异地看着祥兴，“这年头靠卖力气是赚不了大钱的！要发达就得走偏门！”

“你又不是没捞过偏行，不见你发了达？反倒捞了一年的监仓！”

“那时经验不足，要换了现在，早发达了！”

“换了现在，我就不会那么傻走那样的路了！”

“事已至此，后悔也没用了！反正在别人的眼里咱们已经成了无可救药的烂仔了！”

祥兴无力地歪靠在墙上，如一团水分太多的面团，眼睛眯成浑浊的一线，张着嘴巴大口地吸气。一想到自己竟与烂仔这样的字眼挂上了钩，祥兴的心一阵揪痛。他从未想过会走到这一步，小时候纯粹出自贪玩，没有太多的是非曲直，但不知不觉中却掉进了深渊。他不甘心就此沦落，但事实却又让他觉得已无法回头！

“回头已经无路了，除非离开这个地方，到一个没人认识咱们，没人知道咱们的过去的地方！”

“唉！能去哪？人生路不熟，出门就要钱！连水脚都没有，能走多远？”祥兴叹了口气，无力地说。

“咱们先想办法弄点钱，筹够水脚，远走高飞！”

“说筹就筹，你以为喝水这么容易啊？上哪筹去？”

“诶，你有没有听说连胜偷鸡被打的事？”连胜也是他们村里的人。

“连胜？那个老实巴交的人会偷鸡？”

“你以为？知人知面不知心。看上去越是正儿八经的人就越多古怪事！反倒我们这些外表吊儿郎当的人，内心还有点人样！”

“他偷鸡是怎么回事？怎么可能？他以前可是大队里的民兵营长呢！”

“一开始大家都不敢相信，直到他被打得鼻肿脸青，才知道是真的！”

“啊！真的？说来听听，让咱也长长见识！”

“说起来还挺专业的！用单车载一个箩筐和竹匾，带上点谷子或米，骑着到处游逛，看到人家的母鸡带着小鸡在外头觅食，就把竹匾放在地上，在竹匾上撒些米，把鸡引到竹匾上，然后用箩筐一盖，母鸡、小鸡全罩在里面，神不知鬼不觉地一并端走！”

“哇！这样都行啊！没想到他会干这样的事！”

“你以为！但走得夜路多，终归撞见了鬼！他在八家祠偷鸡时被逮住了，被拉进了乡公所痛打了一顿，还要这边的人去领回来呢！”

“他妈的！干吗不给他判刑，让他也蹲一年半载的大牢！”

“就是啰！妈的！不公平！”

“不过话又说回来，那几个小鸡能值几个钱？什么时候偷得了发达?！没出息！”

“是，真没出息！要干就干大买卖！”黑牯瞟了祥兴一眼，“怎样？咱们哥俩弄点大买卖做做？”

“我现在什么都不想了，让我选的话，我还是希望做回一个正常的人。看到监狱里那些牢友，出了进，进了出，有的已经是三进宫了，一辈子就这样没了，多可怕！”

“谁不想做正常人？问题是人家容不下咱们！就拿你我现在的境遇来说，别说外人，就连咱们自己的父母都嫌弃我们，觉得我们连累了他们！还有，刚才那个支书的脸色，简直不把咱当人看，要是在以前，我早一拳打爆他的狗头了！”

祥兴无奈地叹了一口气。

“不要再天真了！我都已经想透、看透了！开始时，我也曾经有跟你一样的改邪归正的想法，甚至比你的还强烈！但从刚才支书不给我们出证明办边防证这一件事，再一次证明了社会是不会原谅和接纳我们的了，我们已经没有了退路了。还不如趁早想想法子，找个发财的门路，赚够了钱就上岸，带个女人，到一个无人认识我们的地方享福去！”

祥兴知道黑牯所说的发财门路指的是什么。一年的牢狱，使他在受到了来自监狱方面的改过自新的教育的同时，也受到了牢友的传授，用他的话来讲就是：简直是大开了眼界！五花八门的犯罪手法，让他觉得自己简直是井底之蛙，自己犯的那点事简直是不值一提！他见识了很多，学了很多，就好像是经过了培训一样，从犯罪心理和技术方面都成熟了许多。他现在的一些想法是他们以前所想都不敢去想的！有时他说的事情祥兴听了也都不寒而栗了。

“狗屎和豆腐出来后也一直在家，有空把他们一同找来，好好合计合计，”黑牯接着说。

狗屎和豆腐是当年和他们一道被抓入牢的两个同党。

“时候不早了，先回家吧！”祥兴对黑牯的话不置可否。他内心非常的矛盾，虽然很不愿意去认同黑牯的想法和说法，但他出来后的遭遇又处处印证了黑牯的说法。他找不到更好的出路，明知自己不愿意往那个深渊里踩，但既没有自拔的能力，也没有可以拉他一把的援手，有的只是黑牯不断的怂恿和煽动。他就好像是漂泊在茫茫大海中的一叶摇摆的孤舟，找不到方向，安静不了自己的情绪，惟有放任自流了。

他们下了山，回到公路上，准备回家。这时，身后传来了喊声：“祥兴。”祥兴回头一看，原来是婶子陈望娣。

“婶子。”祥兴停住了脚步，原地等着陈望娣。黑牯一见到陈望娣，像是老鼠见到猫似的，赶紧溜之大吉。

“你们在这里干什么？”来到跟前后，陈望娣问。

“我和黑牯去找乡支书开证明办边防证了。”祥兴说，伸手去提陈望娣手中的半袋化肥。

“开着了吗？”陈望娣把化肥袋交给祥兴，揩了揩额头的汗，问。

“没有。”祥兴沮丧地说。

“为什么？”陈望娣愕然道。

“唉！还能为什么？！还不是因为我们坐过牢的事。”祥兴叹了口气说。

陈望娣也无奈地摇摇头，问：“现在你有什么打算？”。

“想开个发廊。”祥兴说。

“这个想法很好呀！”陈望娣赞许道，“弄点儿正事干，不要老群着黑牯他们混！跟着他不会学好的，到时候后悔都来不及了！”

“哦！”祥兴不以为然地应道，接着说：“开发廊的事，就怕家里不肯给钱。”

“只要你走正道好好干，家人不会狠心不管的。放心，这事婶子也会帮你的。”陈望娣拍了拍祥兴的肩膀说。

“哦!”祥兴将信将疑地看了婶子一眼。

不知不觉地,两人已越过了山坳,回到了家。祥兴帮婶子把化肥拎进了屋,转身离去。

“在这里吃饭吧!”陈望娣说。

“不用了! 回家吃。”祥兴答道,人已出了院门。

再说黑牯离开祥兴他们后,抄了条岔路往家里走。走着走着,突然看见斜坡路旁停着一辆单车,单车上载着一笼鸡,却不见有人。

“是谁的车?”黑牯走上前去摸着那个鸡笼,想,“肯定是路过的鸡贩子的!只是怎么不见人?”这时,黑牯发现车头还挂着一个帆布挂包。他正想打开包看看里面装着的是什么,忽然听见一个恶狠狠的声音朝他吆喝过来:“你想干什么?”

随着喊声,一个戴着草帽的中年男子半提着裤子从路边的荆棘丛中站了起来。他正躲在荆棘丛后面拉屎呢!

听见喊声,黑牯心里一急,干脆把整个包都扯了下来,拔腿就跑。那个男人提着裤子跳出来破口大骂却无可奈何。

黑牯跑进了树林里,侧耳细听了一会,没发现有人追来,于是一头扎在地上,喘了好一阵子的气,然后坐起来,打开布包,一看,忍不住“哇”地叫了一声。包里面有很多的钱,一点算,整整三千四百元零八角六分。“这就是快钱!”黑牯兴奋地自言自语道。

六十五

黑牯在镇上最体面的一家酒楼里订了个包间,请祥兴、狗屎和豆腐三人吃饭喝酒。酒喝得差不多后,黑牯说要带大家干一番大事业。

祥兴知道黑牯所谓的大事业无非是偷抢之类的勾当,心里非常矛盾和害怕。他内心还是希望能开发廊,做点正事,而且婶子陈望娣答应可以帮他。但当着黑牯他们三人的面,以及在他们的一再怂恿下,并不好说什么。

借着酒兴,豆腐他们仿佛找到了新的出路,仿佛看到了自己美好的前景和随手可得的大把大把的钞票和漂亮的妞。他们为已经获得的和即将获得的新生疯狂地一杯接一杯地喝酒,喝得脸如鸡冠、语无伦次。他们尽情地炫耀,炫耀自己的无畏,炫耀自己的烂命一条,因此天不怕地不怕;炫耀自己对人生的领悟和参透，吹捧哥们义气、两肋插刀；吹捧功夫了得，无人能敌！酒精已使他们忘记了牢狱给他们自身及家人带来的痛苦——而且，关键是他们觉得自己并没有家。

“吃完这餐饭，我们马上去整单事情做做，大家有没有意见？”黑牯问。

“没意见！我们跟着你干！”狗屎说。

“来，黑牯哥，我再敬你一杯，以后你指到哪我们打到那！”豆腐站起来给黑牯敬酒。

“好兄弟！从今往后，咱们兄弟有福同享有难同当！”黑牯拍着胸口，将酒一饮而尽。

他们一直喝酒，直到烂醉如泥，倒在包厢里睡得不省人事。酒楼老板是当地人，都认识，也不驱赶，任凭他们睡。

陈望娣并没有忘记对祥兴的承诺。当晚饭桌上，她就跟家公刘父说起了祥兴想开发廊的事，希望刘父去劝祥兴的父母，帮帮祥兴。她知道，家公刘父肯定会出面的。果不其然，刘父听了之后，拍着桌子说：“好呀！他愿意学好为什么不支持他！”

但刘水根有不同的看法，他说：“已经是无药可救的人了，管他干嘛？！”

“如果我们自己人都不管他，谁会管他？！难道就这样让他坏下去？”陈望娣说，“他还是个孩子！以后还有好多日子要过！”

“过过过！最好被抓去打靶了，一了百了！”水根说。

“先把你给打靶了！”刘父用筷子点着水根的脑门说，“狗都比你懂事！亏你还是他堂叔呢？！说出这样话来？！”

水根被骂得端着碗低头离开了饭桌。

饭后，刘父折了根禾秆草，剔着牙来到哥哥家。本来是坐着抽烟的祥兴的父亲见了刘父就像是老鼠见了猫似的，赶紧起来给刘父让座沏茶。祥兴的母亲正在厅堂砍猪菜，随口叫了声“叔”。

“阿叔，坐，喝茶！”祥兴的父亲一副殷切的样子。

“来了，坐啰。”阴暗的角落里传来刘父的哥哥“大种狗”讨好却又虚弱的声音。他岁数大了，走不动了，扶着拐杖坐在一把竹椅上。

刘父也不坐，站着环顾了一圈，没见着祥兴，问道：“祥兴子呢？”

“别提那个打靶仔啦！已经无药可救了！”祥兴的父亲说。

“你们怎么一个两个都这么不懂事？！”刘父狠狠地训斥道，“你是他老子！他没学好，最该打靶的就是你们这些为人父母的！”

祥兴的父亲被刘父说得面红耳赤，不敢吭声。“大种狗”在角落里长长地叹了口气，也没有说话。祥兴的母亲放下手中的刀，撩起围裙擦拭着涌出的泪。

“听望娣说，祥兴子想开个发廊做生意，这是好事情！说明他还是想学好的，你们要支持他！”刘父缓了缓口气说。

“哪有钱呀?!”祥兴的父亲随口应道。

“你的钱留着来干嘛?!能带到棺材里去?!”刘父瞪着祥兴他爸斥问道，“你现在不帮他，以后就没机会了！你就真的没了这个儿子了！我告诉你！”

“他叔公说的对！既然他想学好，我们就想办法帮帮他吧！”祥兴的母亲又擦了一把泪说。

“帮帮帮！你说帮就帮呀?!他说开发廊就开发廊呀？你知道开发廊需要多少钱吗？哪来那么多钱给他开呀?!”祥兴的父亲说。

“不够的话，我那里有！反正这件事一定要帮他！”刘父不容分辩地说。

“我这里也有一点。”“大种狗”虚弱地咳了两声说。

见此，祥兴的父亲已无话可说了，啧了一下嘴巴，很不情愿地：“那就等他回来问问他怎么搞吧！”

“还等？赶紧去找了！他在外面和那些烂仔多待一天，就多靠近鬼门关一步！”刘父大声说道。

“是是是！”祥兴的母亲也说，迫不及待地站起来，“让他弟去找他回来。”

当黑牯他们从昏睡中醒来时，发现祥兴不见了，一问酒楼老板，才知道，是祥兴的弟弟找上来，把祥兴叫回家去了。

“说好了吃完饭一起去做事，怎么一声不吭就溜了呢？太不够兄弟了！”豆腐摇摇头说。

“看来，他不是我们一路的！”黑牯满脸不高兴地说。

“要么我去找他回来?”狗屎问。

“算了！喝酒时我就已看出他有二心了。”黑牯说。

“那现在我们该怎么办?”豆腐问。

“既然如此，那就别怪我们有好事不关照他啰！”黑牯说，看看窗外，已是大半夜了，“先让老板给我们弄些粥吃，然后按计划行事。”

“好！听你的。”豆腐和狗屎异口同声说。

黑牯心中早已盘算好要做什么了！他要偷乡支书家的牛，报复他不给他开证明办边防证。他的想法得到豆腐和狗屎的积极响应。

当夜，他们果真成功地把乡支书家一大一小的两头水牛偷了出来，并连夜将牛赶到40多公里外的灯塔镇卖掉。当乡支书发现牛不见了,发动了可以发动的人四处找牛时,他们的牛已化作1800元钱落入了黑牯他们口袋里,而且就在当天,牛就已被肉贩子宰掉卖掉了!黑牯私下还扬言,以后乡支书家换一次牛就偷一次,直到把他偷得倾家荡产为止。

当黑牯他们在偷乡支书家的牛时,祥兴已在家里安安稳稳地睡着了。父亲已经同意他开发廊,但有一条件:他必须远离黑牯他们。虽然感觉很难为情,但他清楚该作何抉择。

少了祥兴的参与,黑牯他们觉得很不习惯,多次试图找祥兴出来议事,但要么被祥兴的家人挡住了,要么被祥兴以忙着筹备发廊的事为由拒绝了。最后,黑牯几个也恼火了,发誓再也不找祥兴玩了。“有什么了不起?!”黑牯骂道。

在黑牯的带领下,豆腐几个越来越猖獗了。他们的行径很快就引起了公安部门的关注。

为逃避公安的监控,黑牯他们经常变换作案手法和地点。他们一会儿到市集上打荷包;一会儿在50多里外的一个叫杨知府的山林里打劫行人;再一会儿就在广汕公路上行劫过往的车辆。趁夜晚,在路上摆放石头木桩,或撒些铆钉,将过往车辆截停,进行抢劫。他们已成为了名副其实的惯犯团伙,给当地治安造成了恶劣的影响。公安、派出所多次进行围捕,都因为其手段狡猾、行踪诡异而无果。

六十六

在刘父的一再催促下,祥兴的父亲终于同意了他开发廊的事。于是,祥兴满心欢喜地着手筹备。

第一个问题,也是最重要的问题之一,就是选址问题。按当地的情况,发廊要想有生意也只有开设在镇上。近年来,受改革开放影响,当地民众市场意识已大大增强,镇上适合做生意的铺位基本上都已被人先拔头筹了,祥兴这样的后来者要想挤进去实在是太困难。因此,奔波了好长一段时间,祥兴都没能找到合适的店面。父亲本来就不看好他开发廊的事,见此更是趁机奚落。祥兴刚点燃的激情被当头浇了一盆冷水。

一个偶然的机会,陈望娣了解到妹夫家的一个亲戚在镇上有一间双层的房子要出租,于是一方面叫祥兴赶紧去实地勘察,看看是否适合做生意,一方面让妹夫与这个亲戚打招呼，让他把房子预留下来。祥兴看了房子后，觉得位置很适合开发廊，就是店面有点大，担心房租成本高，运营不过来。巧合的是，这个时候镇上另一个小伙——据说也是陈望娣妹夫家的亲戚——也看上了这个房子，他想开一个足浴店，不过，他也有与祥兴同样的顾虑。“既然如此，大家合伙开呗！”陈望娣说。也许是由于双方都没有从商的经历，都是摸着石头石过河的新人，都想找个生意上的伙伴，所以陈望娣这么随口一句话，没想到都得到了双方的积极响应，两个年轻人合作意愿非常强烈，一拍即合。

于是，祥兴的发廊变成了理发足浴城。说是城，实际上也就上下两间房，每层四十平方米左右，一层做理发，二层做足浴按摩。

为了给祥兴开这个理发足浴城，祥兴的父亲用尽了所有积蓄，连祥兴的爷爷也把自己的棺材本拿了出来，但还是不够。当祥兴挠着脑袋，害羞地站在刘父面前时，刘父笑呵呵地说：“差多少？”然后借给了他一大笔，并拍着他的肩膀说：“要争气！好好干！”陈望娣也拿了部分私房钱出来给祥兴，祥兴死活不肯要，陈望娣说：“你现在需要用钱，先拿着吧！等挣了钱再还给我就行了！”祥兴这才含泪收下。

就这样，祥兴与人合开的理发足浴城开张了。他们雇了十多个员工，自己当起了老板，一开始生意还不是很好，但慢慢地，名声传开了，顾客越来越多，生意越做越红火。

刘秋平开了一年多的车，搞运输，赚了一笔钱，在镇上买了一栋旧瓦房，他把旧房拆了，原地建起了一栋三间的双层洋房，房顶是水泥浇铸的，并且留有钢筋水泥的接口，日后有钱而且愿意的话，随时可以在上面加建第三层、第四层。

刘秋平一直希望能找一个城市的姑娘做老婆，这个愿望最终并没有实现。随着年龄的增大，自己却成了大龄青年，经不住父母的催促，最后找了一个长得和城市姑娘一样白净漂亮的外省打工小妹。结婚后，刘秋平继续他的运输业，媳妇却专门留守家中生儿育女、料理家务，生活过得比城里人还要悠闲，养得细皮嫩肉，不是城里人，却胜似城里人。每夜，刘秋平抱着水一样的娇妻，摸着滑软的肉，心想，城里人也不过如此吧?!

随着秋平的完婚，刘父、刘母如释重负地舒了一口气：总算功德圆满了。

刘秋平婚后搬了出去住，刘崇青虽然开了一个做家具的小铺，而且生意还挺不错，但在老婆软硬兼施的煽动下，已经很长时间没有向刘母缴纳伙食费，刘水根的老婆春兰也自己养起了鸡，搞起了小副业，所以，刘家实际上已面临分家的局面。以前刘秋平没有结婚，刘父、刘母一直撑着不让分家，是怕分家影响了刘秋平找对象,现在顾虑已经消除,两个老人也累了,觉得也该分家了。但正当他们酝酿着分家的事宜时,刘父却突然不行了。

是肝的问题——急性肝癌。一夜之间,人突然高烧不退,神志不清,无法排尿,腹部肿胀。送到医院,腹部插满了排泄的管子,拖了10多天,没有说一句话就走了。刘父的突然去世,悲痛之余,一家人都觉得太突然,很难接受!不过,其实自打从监狱出来后,刘父就已隐隐感觉到自己身体的毛病了。监狱里积压的思想和身体上的劳疾,特别是受到儿子刘青岚突然死去的消息的打击,整个人就好像被两艘万吨巨轮挤压过一样,身心受到了重创,那时没有死在监狱里已算是奇迹了。

刘父死后,刘家正式分了,三兄弟各自一家,陈望娣母女俩一家,田地分成四份,每家一份。按照风俗,刘母跟幼子刘秋平过。最大的问题是陈望娣两母女这一家,犁田、耙田这些只有男人才做得来的活,对于陈望娣一个女人家来讲,简直是一座无法跨越的山。在农村,对于只能靠种田过日子的农民来说,没有男人,就好像是车没了轱辘,寸步难行。

三兄弟中,刘秋平和刘崇青都有了自己赚钱的门路,在当时那种以能洗脚上田为能事的风气的影响下,他们都不准备种田了,只有刘水根没什么本事,只能依然种田,而且不仅种自己的那份,两个弟弟的田也说要给他种,他也乐意地接受了。弟弟们把田给他种并没有什么要求,只需要他每年替他们向国家缴纳土地定额的公粮,无需他们因为不种田没有粮食上缴而掏钱去顶公粮就可以了,至于能产多少粮食,一亩地能赚多少钱,就看水根自己的本事了。这正所谓一家便宜两家着数,大家都有好处,都乐意!

陈望娣没有别的谋生的门路,所以也只能种田。

正因为水根和陈望娣都种田,所以刘母她们建议刘水根和陈望娣两家分了田后,再凑在一起耕作,刘水根替陈望娣驶牛,陈望娣帮刘水根家插秧、割禾。

要自己的老公替陈望娣驶牛,水根的老婆春兰觉得很不是滋味,用她的话来讲就是“被人当牛使!”连累到自己都脸上无光!但既然刘母和两个小叔都这么说了,也就不好拒绝,毕竟日后难免有求于他们,事情也就这么定了。

陈望娣分得两间房子、两亩六分地,刘家原来那头大水牛及农具由水根和陈望娣两家共用。刘父生前留了点钱,原本要分给陈望娣的,但他突然过了身,又没交代清楚,所以就不了了之了。刘母只给了陈望娣5000元钱作为安家费!

站在陈望娣的角度,她并不想分家,虽然原来的家庭所给予她的也只是没完没了的劳作,但大家庭表面的热闹恰恰是她所需要的,驱除了她心底里的寂寞与苍凉。那个家就好比是一锅迷汤，长期浸泡其中的她，无论是精神还是肉体，都产生了慵懒的依赖。她已习惯了原来的生活，不想甚至害怕改变。她这艘本该可以远航的船，在错过了自以为的航行季节后，已把原来的平静当作自己永远的锚地因而害怕失去了。

她并不是因为担心应付不了新生活而害怕改变，而是受不了分家后的孤清。随着房产的划分，一切都变了，原来四通八达的门户都各自堵上，隔绝了。以前大家庭人多吃饭，热热闹闹的，体会不到残缺，如今这种感觉突然袭来。每当她进入那个只属于她自己的阴暗的厨房时，耳边就会响起寂寞的虚无缥缈的声音。不仅如此，最难受的是当她和冬玫两母女面对面坐在小桌子上默默地吃饭时，那种凄凉是任何健全家庭所无法体会的。触景生情，陈望娣经常吃着饭时就突然一阵心酸而潸然落泪。虽然丈夫已过世整整 14 年，但她仿佛今天才感觉到他遗下的孤独与凄凉。大家都说女儿早熟贴心，每当看见妈妈红着眼睛揩鼻涕，冬玫总是更加沉默地吃饭。女儿的沉默，显示出她对事情的洞察和感悟，并且心理上已开始承受和分担母亲和自己的悲凉与不幸，而这恰恰又是陈望娣所不愿意见到的。所以冬玫越表现得沉默，陈望娣的心就越是像刀绞一样。

六十七

从水稻的长势可以看出陈望娣是有能力挑起自己的小家庭的，除驶牛这件无论在体力或体面上都是男人的专利因而她无法克服外，几乎没有事情可以难倒她。她是这么想的，事实也确实如此。

眼看稻子就要收成了，却突然下起了连天的大雨，河水上涨，河道不仅没有起到本应的排洪作用，反而倒灌进来了水，淹没了稻田。两天后，河水退了，稻田的水也跟着退了。当陈望娣踩着洪水留下的满地的黄泥浆来到田边时，眼前的情景叫她惨不忍睹。本已半干半枯的稻秆经水浸泡，终于承受不了稻穗的重量，全都绵绵地倒下了，倒得是那样的整齐，仿佛人为地用竹竿有意地一片接一片地按顺序压出来的一样。稻秆、稻穗上积了厚厚的泥浆，田里到处散落了被洪水带来却又来不及随洪而退的塑料袋、干稻草和香蕉树。

陈望娣蹲下来，扶起一棵稻，用力轻轻一捏，一股霉味的积水从绵烂的稻秆沿着拳眼渗出，稻秆已开始发霉了。她在扶起的稻上捋了几粒谷子，用手搓去上面的泥浆，放入口中，还好！谷子仍硬硬的，还没发霉，得赶紧收割，迟了可要长芽了！一长芽可就废了！

村里的稻田基本都处于低洼盘地，洪水一来，几乎全都淹了，没有能够幸免的。因此陈望娣只是众多受灾家庭中的一个，洪水过后，家家户户都投入紧张的抢收工作之中，希望能抢在发芽前将稻子收归入仓，用大伙的话讲就是“能收多少就收多少了！”

这是陈望娣和刘水根家两家首次凑在一起收割稻子，由于刘水根田多，人也多，他是两公婆，两个劳力，而陈望娣只有一人，所以在时间安排上是刘水根家割两天，再轮到陈望娣家割一天，如此轮流着收割。刘母也从刘秋平那里赶回来，帮着他们两家晒谷子、做饭。

每天早上，陈望娣先到菜地把菜浇了，顺便摘些青菜和猪菜回家，喂了猪和鸡之后，和春兰一起把各自的谷子挑到水泥晒谷场，匆匆吃过早饭就下田割禾去了，剩下的事情就交给刘母了。刘母先用竹扫把禾场的露水扫开，等太阳把禾场晒干后，就将一箩一箩的谷子倒出来，用竹耙搪薄，晒开了，每隔一段时间就用脚将谷子拱翻一遍，再用竹扫打一遍草，如此反复。幸亏天公作美，洪涝过后，天天艳阳似火，谷子晒上一天，虽没干透，却也无发芽之忧了。晚上，日落西山，刘母将谷子收入筐中，摆在禾场上，等陈望娣她们放工后挑回家。

当陈望娣她们推拉着满载着谷子和打禾机的板车从田里回来时，已是伸手不见五指了，满身是泥。她们先把一袋袋湿湿的刚割回来的谷子倒在堂屋地板上摊开，以防谷子被袋焗着发热发芽。然后再到禾场里把谷子挑回来，有时还要将一些晒干了的谷子入袋，扛上阁楼。之后是湿着衣服喂猪、关鸡。忙完了，拖着疲惫的身体洗澡，吃饭。吃完饭，一边洗碗，一边迷迷糊糊地差不多要睡着了，但却还有明天的猪菜等着要斩要煮！

每天晚上，当她有气无力地要死了一样倒在床上时，她从来没有感觉到像现在那么疲惫，也从来没有感觉到像现在那样需要一个帮手和依靠！她甚至对眼前的日子感到厌倦，盼望着快点过去。但过去之后又是什么呢？她不禁恐惧和渺茫起来。

一个农忙下来，陈望娣瘦了很多、黑得厉害。农村有一句话，说农村人要过了农忙才能算是个人，用以形容农忙的辛苦，但这个农忙对陈望娣而言却并非一般的辛苦。

六十八

好不容易割完禾,又到了插秧的时候。比起割禾,插秧就没那么多的事了,不像收稻那样既要收割又要晒谷,还要清理稻草,同时又要准备下造的秧苗。刘水根把田犁了,粗略地耙了一遍,引水浸泡住。各自护理好秧苗,除虫、施肥。肥料用的是草灰和粪便混合发酵的有机肥,有时也用些化肥,如氨肥和钾肥等。秧苗怕虫害,特别是那些小蝗虫,嫩嫩的秧苗对于它们来讲简直是美味佳肴,一夜之间它们能把大片秧苗吃个精光,所以必须经常打药除虫。人们发现现在的虫害是越来越难对付了,除了数量多,虫的抗药性也特别的强,以往的乐果、敌敌畏之类的农药,现在都不管用了,必须要加大浓度,或是改用一些药力更强的药,如湖南丹等。湖南丹不仅毒性强烈,而且药效持久,对付虫害固然药到虫除,但对人和牲畜却危害很大,所以政府并不提倡使用这种药,但农民还是偷偷地用。不仅秧苗需要打药除虫,秧苗自插上到收割还要打几次虫,特别是稻子抽穗开花时,这时候的禾花虫特别多,对水稻的危害也特别大,处理不好甚至会导致失收。

以前集体时期,除禾虫不用药,而是人手除虫。一到禾花季节,各村各寨全员出动。夜间,每人端一盘水,点一盏马灯,沿着水田一字排开,禾虫等害虫喜欢灯光,见了光就飞过来绕着嬉戏,结果被拍进水里收拾了。就这样,除虫队伍从田的这头慢慢地走到另一头,一片田的虫也就除完了。当然啰,那时加入除虫行列的,除了人本身之外,还有遍地的青蛙。夜间,从那海洋般的蛙声中,你真难以想象,它们一夜之间能替人类吃掉多少害虫!

分田后,人们为了提高产量,更多地使用了化肥;为了快速除虫,盲目地使用农药。农药越用越浓,越用越烈,杀死了害虫的同时,也把田里鱼苗、青蛙、蛇等对人类有益的物种杀死了。但害虫并没有因为人类使用了灭绝性的药物而灭绝,反而免疫力不断增强,并以惊人的速度繁衍。人们只有不断地加强、加强、再加强农药的毒性及浓度,但这只给了人类本身及田里的鱼、蛙、蛇等带来了灭顶之灾。鱼、蛙、蛇这些本来生活于田间,以虫害为食的人类的朋友,在人们贪婪的食欲和利益驱动的不断捕杀下,日子已非常艰难而数量锐减,如今又遭受农药的毒害,很快就在田间销声匿迹了。昔日鱼游虾嬉的田间沟渠,常常是孩子们抓鱼的好地方,如今却变得死一样的宁静,连一个水蟑螂的影子都见不着；昔日夜间，稻浪中如交响乐团的大型合奏的蛙鸣，如今偃旗息鼓，只有蝗虫吱吱的得意的情话；本来是鼠害天敌的蛇，也因为吃了被农药毒死的鱼、蛙、鼠等的尸体，间接中毒而亡，即使没有间接中毒而亡的，只要一步出蛇洞，甚至无需步出蛇洞，也都被人抓了卖到酒楼里炖成了龙虎或龙凤会。当害虫的天敌一个个被人类灭绝后，那么在这场与虫害的战役中，就剩下人类自己孤军作战了，而人类可以使用的惟有农药这个不断增强对手削弱自己的武器——农药了。

将近插秧的前两天，陈望娣的妹妹和妹夫带着三个女儿“逃难”来了。她们是来逃避计划生育的，衣物等生活用品都带了不少，看样子是要长住了。

当时农村的计划生育工作抓得很紧，凡是生了两胎，只要有一胎是男孩，就要强行结扎；两胎都是女的，可以通融再生一胎，第三胎无论是男是女，一律强行结扎。有些头两胎都是男的，也就无所谓了，结扎就结扎吧！那些只有一胎是男的，觉得不保险，心里不踏实，总想再生一胎，希望能多生一个男的，两兄弟有个帮手；而一连三胎都是女的，就更不用说了，心里既焦急又惊慌，生怕绝了后，无人送终，无论如何也都要拼个男孩。但政策不允许，他们只好与计划生育的工作人员玩起了“孕躲躲”。每年政府计划生育的行动期，他们就躲到亲戚家，等行动结束，风头过去了，计划生育的工作组撤了，再挺着肚子回来。所以计划生育工作组每次下村，都扑了个空。为了完成计划生育的工作指标，刚开始工作组采取了强硬的手段，根据乡提供的超生户名单，凡是出逃不见人的，就拆瓦、封房、抄家。这种做法激发了很大的社会矛盾，引发了不少社会问题，乡村村民对计划生育工作组由开始的敬畏、惧怕转为反感，甚至是痛恨，有的因而采取了过激的对抗行为，如设置路障阻止工作组的车辆进村，唆使小孩用石头砸工作组的车辆，甚至是群起围攻工作组等。上级政府在获释了这样的情形后，对乡镇计生工作组的这种拆封房子、抄家的违规做法进行了严厉批评，并予以明令禁止。为了在不采取逼迫措施的情况下能逮住超生人员，工作组惟有改变下乡时间，不在农闲而在农忙时下来，因为农忙收割是农民的大事，谁都得回来收成，所以是最人齐的时候。这一招果然见效，许多不知情的超生妇在田里干着活，就被逮住送去结扎了。于是，其余的人又如惊弓之鸟，丢下田里的活，纷纷到别处躲避起来。

对于那些没生下儿子的夫妇，不要说田里的稻子，为了儿子他们可是什么都可以舍弃的。这一点也许是养尊处优的城里人觉得难以理解的。

有些人把农村人一定要生儿子的思想归咎于他们封建迷信的传宗接代的

观念，其实这是不全面的。农民生儿子的最大驱动力在于养老，生了一个儿子就相当于城市人买到了一份养老保险。对农村现状有所了解的人都知道，在农村，养老的惟一保障就是儿子，没有儿子，就注定了老来的孤独甚至是凄凉。老了，丧失了活动能力或是病卧孤榻时，女儿无论多么孝顺，都毕竟是别人家的人，她不可能抛开自己的丈夫、儿女及家当来早晚伺候床前，这不仅是风俗，更是实情。儿子，无论他是否乐意和真心，由于父母一般都跟他们一起住，或住得很近，是一家人，所以他们不仅有照顾老人的义务，而且还有这样的便利条件。

在农村养老方面，政府虽然出台了相关措施，但政府所能承担的与农村的实际需求简直是杯水车薪，远远满足不了农村养老的实际需要，解决不了农村的养老问题。举个例子，当时当地一个被政府列为五保户的老人——所谓的五保户就是无儿无女、无亲无故、无劳动能力而靠政府赡养的人，她一年从乡政府领取到的仅仅是50元钱和50斤大米，这点钱和大米你说能够她一年的开销和食用吗？而且当中还不包括老人生病时所需的使用。善良的老人在吃完用完了政府的那点远远不够的补助后，为了糊口，只好端着盘子向左邻右里借。说是借，实际上是讨。在城里，哪家要是因为单位下岗了，还有带上家小到领导家去要饭吃，要领导解决他们的生计的说法。在农村？不会的！他们把一切的困难与苦难都归结于自己的命，因而在困难面前他们想到的只有自己的双手，这是他们最值得也是惟一值得信赖和依靠的。

陈望娣的妹妹结婚后，三年抱两个，五年生了三个，都是女的，已严重超生，是计生工作的重点对象，为了能生一个儿子，他们东躲西逃，逃避计生工作组。政策规定，由于男人是农村的主要劳动力，结扎这个会影响劳力的手术只能拿女方来做，因此工作组来时，女方躲起来就可以了。工作组没找着女的，所能做的惟有搬家私，而不会对男的采取什么行动。又后来，没法了，工作组实在完成不了计生任务了，于是又改变了方法，找不到母的，就抓公的去结扎，此法一出，即时鸡飞狗走，争相逃避，陈望娣妹妹一家正是在这种情况下逃过来的。

他们过来需要长住一段时间，正好帮忙插秧。一下子多了两个劳力，水根的老婆春兰一直绷着的脸，终于稍微绽开了。

六十九

他们还是按照原来的做法，陈望娣与刘水根两家分别一天两天地轮着安排插秧时间，陈望娣家插一天，刘水根家就插两天。陈望娣妹妹和妹夫的帮忙，刘水根家占了不少的便宜。

春兰是个眼睛里揉不出沙的人，对利益看得特别重，当觉得自己占了对方的便宜时，也会以自己之心度别人之腹，总怕对方在意，于是没话找话说地试图用语言来加以补偿。

“你插秧好快哦！”春兰对陈望娣的妹说，这话她今天已经说了四遍了。

“哪里！”陈望娣的妹一边像鸡啄食一样快速地插着秧一边谦虚地说。

“跟你姐差不多，你姐也挺麻利的！”

“她？她就不用说了！她是机器来的！”

“谁是机器啦？嗯！你这毛头！”陈望娣听到她们在谈论自己，头也不抬，一边飞快地插秧一边答复过来。

妹妹和春兰笑着没有说话。

刘水根正在耙旁边那块田，飞着鞭打骂着那头热得张着大嘴喘气的水牛：“嚯！你这个焖咸菜！想偷懒，看我打死你！”

陈望娣的妹夫挑来两秧盘的秧苗，停在田埂上，揪住秧盘的竹耳，使劲把秧盘往田里一甩，驮着秧苗的秧盘贴着水面像船一样滑到了田中央。

陈望娣的妹妹瞟了丈夫一眼，愠斥道：“懒人使大力！还不赶紧下来帮忙插！”

丈夫把秧铲往田埂一插，摸出一包烟。

“等会，抽支烟先！整个上午都没抽烟了！”丈夫说。

“不抽烟会死啊?！这么大瘾！”妻子抛来不屑的目光，“没什么本事，就只会抽烟！”

“抽支烟都不行，活来干嘛！”丈夫一副死猪不怕热水烫的样子，你说你的，他抽他的烟。

“哎呀！是这样的啦！男人！”春兰在旁边打圆场说。

“你两个都是儿子啊?”沉静了一会，为了盘开了话题，陈望娣的妹妹明知故问道。

“嘿！嘿！”春兰笑了两声，以示回答。

“真命好！”陈望娣的妹妹说，“结扎了没有？”

“能不结吗？那些计生工作组的人一天到晚地来缠着你，烦都烦死了！”春兰说。

“结扎痛不痛？”

“手术时麻醉了，只听见刀切肉的声音，不感觉到痛。术后麻醉药过效了，才觉得痛。”

“手术时怕不怕？”

“开始有点怕，慢慢静下来不去想就不怕了！不过你以后做的时候最好在嘴里含点人参。”

“你那时含了吗？”

“含了！人参能吊住人的气息，含了就不怕手术中途会断了气，心就淡定了！”

这时传来刘水根声嘶力竭的喝骂声。水牛受不了热，想泡澡，拖着耙拼命地往田头的水塘里扯，刘水根拉都拉不住，对着牛打骂了一阵，就由它去了！水根卸下牛轭链耙，把耙插在塘边，把牛绳绑在塘边的草丛上，蹬蹬蹬地走到田边来，从水桶里舀了一口盅凉开水，咕噜咕噜地喝完，喘着气，看着几个插秧的女人，眼睛像贼似得，鬼祟地在陈望娣和她妹妹的宽松下垂的领口里来回移动。

陈望娣的妹夫走过来，给刘水根递上一根烟。

“来！抽支烟，歇歇再说。”

“诶！我有，”水根这才回过神来，一边说一边接过递来的烟。

“天气好热哦！”

“是啊，牛都受不了了！”

“这牛还可以啊！挺壮呀！”

“不行，耐不了苦，过了这造，把它换掉了。”

“你还愣在上面干吗？还不赶紧下来帮忙插秧！”陈望娣的妹妹又在说她的丈夫了。

“你看！又在催了！”丈夫摇摇头，装着无可奈何的样子。其实他正担心与水根没有话说呢，听见妻子的喊声，正好趁机下田插秧了。

“急什么！急什么！”刘水根连声说。因为这是帮他插秧，所以他要表现出无所谓的样子。

陈望娣的妹夫下了田，扔掉手中的烟头，左手托起一块秧苗，生硬地插了起来。

“姐姐插得比你们快多了，不见人家像你们俩这么多话!”妹夫一边插一边看着已经远远地抛离了他们的陈望娣说。

听见说她，陈望娣直起腰，看看自己插的秧，再看看他们的，笑了笑，没有说话，弯下腰继续干活。

“现在男的可以去做结扎啦，以后我不管啊！你自己去做结扎！孩子替你生了，到头来还要受那样的苦，”陈望娣的妹妹冲着丈夫说。

陈望娣听见妹妹的话，忍不住说了妹妹一句：“神经!”

丈夫知道妻子在说气话，于是“好！好！好!”地笑着答应，“只要你给我生个儿子，不要说结扎，你让我吊颈都没问题!”

春兰在旁边听见，大声对着立在田头的水根喊：“听见没有？当初早知道让你去结扎，不用害得我挨了一刀!”

“行啊！我也想啊！我结扎，你来驶牛啊!”水根没好声气地说。

日已当午，耙好的田都插上了秧，是收工吃午饭的时候了。

由于今天是替水根插秧，所以由水根家准备午饭。回得家来，大家都已饥肠辘辘，随便洗过手，就上桌吃饭了。

农村人在农忙时节都喜欢喝点米酒，可以去疲劳、舒筋骨。刘水根给陈望娣的妹夫倒了一大杯，也给自己倒了一大杯。大儿子——就是春兰肚子里带过来的那个——嚷着也要喝。

“小孩不能喝酒!”水根瞪着眼睛斥责说。

“那你又喝!”儿子顶嘴说。

“你跟我比？我生了你，不见你也生了我!”受了顶撞，水根的火一下子就上来了，把筷子往桌上一拍，狠狠地说，吓得儿子缩成一团。

“他是你生的咩？他是我生的!”春兰觉得水根犯不着生这么大的气，在旁边说了一句。

春兰所说的“生”的意思本来是指分娩这个动作。但刘水根听了却理解为春兰说儿子不是他的种。替别人养儿子，他本来就已觉得窝囊了，如今春兰又当着这么多人的面说这样的话，他就更来气了。

“那好，以后你让这小野种不要叫我爸!”水根气得满脸通红。

春兰话出了口，才意识到说错了，刚要后悔，却被刘水根的“小野种”三个字气得火冒三丈，这不仅是对小孩的侮辱，也是对她的侮辱，是揭她的老底，算她的旧账，而且是当着这么多人的面，真是又气又羞，顺手将喝着的那碗菜干汤照着刘水根的头就泼了过去，嚷道：

“不是因为他我会嫁给你这个窝囊废的傻瓜！”

春兰气得双手叉腰，脖子青筋隆起，上气不接下气。

刘水根正要发作，却被陈望娣的妹夫按住了。

“大家少声一句！大家少声一句！”陈望娣的妹夫按着水根说。

为了息事宁人，刘母也在骂自己的儿子。陈望娣和妹妹就在一旁劝着春兰，叫她想开点，刘水根不是那个意思，不要生气，还说刘水根不让儿子喝酒是为他好，等等，该说的话都说了。

刘水根被浇了一头的汤，虽然不是很烫，却很多猪骨头的油，大家不但没有半点同情，反而一致说他的不是，憋得他那张黑脸像死人般可怕。他用手掌使劲地拨了两下湿漉漉的头发，端起酒杯，像喝水一样，一口气将酒喝完，再满满地倒上一杯……

春兰还在生气，快速地吃过午饭，招呼也不打一声，就自个洗了澡睡午觉去了，下午也没有和大家一起下田插秧。

晚上还是刘母准备的晚饭。大家从田里回来，默默地吃过晚饭，陈望娣他们就回到自己屋忙自己的事情了。

七十

由于条件有限，夜里陈望娣的妹夫自己睡在堂屋，陈望娣和妹妹以及孩子们睡在里屋的两张床上。

经过一天的忙碌，人疲倦得一动不想动，静静地躺在床上，仿佛感觉到山村共鸣的气息和心跳。

孩子们都睡着了，发出均匀的气息。

四周万籁俱静，只有杂乱的虫鸣。月亮透过窗户和屋顶的玻璃明镜投射进数道银色的光。

陈望娣轻轻地摇着葵扇，借着月色，看着旁边床上的妹妹，思绪万千，年幼时的生活片段如电影般历历在目，仿佛就在昨天。许多年没和妹妹同屋共眠了，眨眼间，大家都已为人母亲了。历尽沧桑，人情世故，彼此都变了，都在为各自的生活奔波忙碌，不再年轻，不再烂漫，有的只是那份大家都不愿意失落却又无法淋漓尽致的永远都觉得不够的姐妹情宜。

“姐?”妹妹也还没睡着,试探着和姐姐说话。

“还没睡啊?”陈望娣问。

“没有。”

陈望娣继续摇着扇,静静地看着蚊帐顶部,没有答话。

“水根的老婆好厉害哦!”静了一会,妹妹又说。明显是在找话题,试图打开话匣子。

陈望娣微微笑了两声,没有接着妹妹的话题讲。

“景源对你怎么样?”陈望娣问妹妹。景源是妹夫的名字。

“人虽然懒了一点,但总算没坏心眼,没什么脾气。”妹妹说。

“那就可以了。他懒,家头细末的你就多检点些啰!”

“也只能这样啰!”妹妹说。

“爸妈的身体怎么样?”陈望娣问。由于妹妹嫁的是本村,对父母家中的情况比较了解。

“还是那样!”妹妹说,顿了顿,“其实,现在妈妈最担心的是你!”妹妹语气中带着伤感。

“有什么好担心的? 这么多年都过来了。”陈望娣叹了口气说。

“分家后,怕你一个人应付不来。”

“是有点分不开身,不过慢慢会习惯的。”

“干脆再找一个算了!”妹妹说。

“要找早就找了,何必等到现在?!”

“你真打算就这样过一辈子吗?”

“再说吧!”

“我真不知道你是怎么想的,这么多年了,冬玫也这么大了,还有什么放不下的呢?”

陈望娣再又叹了口气,没有回答。她不想谈论这个问题,也不想解释什么,更不愿意别人向她兜售所谓的道理。他们所说的,她不仅懂,而且早已考虑透彻了。相反她内心的苦处却无人能懂。每逢别人劝她,力图说服她、改变她时,她都有一种莫名的烦躁和反感。她不愿意接受,更不愿意解释,甚至连回答“不”都不愿意,因为只要“不”字一出口,就会招致连串的责问和质疑,从而需要更多的永远也无法解释清楚的解释。

“睡吧!”陈望娣像叹气似的说道。

妹妹的到来,不仅在农活上帮了陈望娣的忙,在精神上也给了她些许的安慰。虽然她不愿意就自己的未来作更多的回答和解释,因为那事连她自己都觉得不可思议,更别说与外人道了!但许多埋藏的平时无以倾诉的心郁,终于得以释放。经过这段时间推心置腹、无微不至的聆听与倾诉,陈望娣的心感觉宽松了许多。妹妹变得更加善解人意了,与她在一起,让陈望娣找回了年轻时的姐妹情谊,体会和享受到了短暂的温情。她真希望妹妹能多留些日子。

但很可惜,农忙过后,妹夫打听到计生工作组已撤了,于是就迫不及待地赶着回去了,毕竟家里还有许多事情等着他们去做。

陈望娣把他们送到村头,看着妹妹和妹夫载着女儿,上了单车离去的背影。她竟然同情起妹妹来,心里有说不出的难受,担心着他们,不知道他们这种为了生儿子而流离的生活还要持续多久。

七十一

小学换了个火头,个子矮小,人称添发仔。添发仔虽已老大不小,甚至比陈望娣还长几岁,却不知为何,仍是单身。据说在数年前,那场冲决了堤坝、淹没了方圆数村的洪水将一个装满了钱的皮夹子冲进了他家,他因而发了横财。但这仅是谣传而已,每当人们问起这件事,他总是予以否定,不过,过分夸张的表情却明显有意地让人觉得确有其事。人们也曾经怀疑事情的真假,因为从他家的摆设、衣着、房子等方面,怎看都不像是发了财的人。但这种怀疑马上又遭到了另一种所谓财不露眼的观点的批驳,认为他家的强烈否认正好说明了确有其事。添发仔似乎也知道人们的这种猜测与好奇,人们越是强烈地想知道事情的原委,就越是故弄玄虚,享受着人们的恭维、羡慕与猜测。但事情的真相究竟如何?河神对他家是否真的眷顾过,那就只有河神知道了!

凭着大龄寡男对异姓特有的、敏锐的、一厢情愿的嗅觉,他很快就把目标锁定了陈望娣,并且自以为可以手到擒来。

和其他人一样,开始时,他对万一与陈望娣好上了,是有所顾虑的,这种顾虑来自对外界舆论和世俗观念的猜测和担心。他不知道外界会如何评论他将与陈望娣之间的关系——虽然一切都仍仅在他一厢情愿的想象之中而已。他担心人们会嘲笑他找一个带着孩子的寡妇,从而影响了他的名声。

但在经过仔细的打听和试探后,添发仔发现陈望娣在别的男人心目中还是挺受垂青的,如果能得到她还是会受到羡慕甚至嫉妒的!在经过分析和权衡,经历内心矛盾的争斗后，他终于打消了顾虑，决定对她发起攻势。买陈望娣的菜，成了他通往陈望娣心窝的桥梁。

这天，见陈望娣独自在地里忙活，他又如猫嗅到腥味般摸了过来。要菜时，添发仔一般都会自己跑到地里来，这既是为了讨好陈望娣，也是便于在地里与陈望娣多聊一会，多亲近一点，而且，万一陈望娣愿意的话，他们还可以到旁边的甘蔗林里那个呢……

这回，他要10斤白菜。

菜地里的白菜所剩不多了，陈望娣割下了最后一棵递给添发仔，说："可能不太够。"添发仔接过白菜，把它和先前割下的一起放入菜篮子，"没事，也差不多了！"他讨好地说。

陈望娣用手背撩了撩额前的头发，回头看着那块空地，若有所思地咂了一下嘴唇。

"这块地接下来打算种什么？"添发仔站起来，用脚撩着土里的一个菜头，眼睛斜斜地看着陈望娣问。

"种萝卜，现在正是种萝卜的时候，"陈望娣说。添发仔对她已蠢蠢欲动了，她却全无觉察。

"地谁帮你犁？"添发仔问，"不如我来替你犁吧！"

"你？"陈望娣惊诧地说，不是对他的能力的惊诧，而是对他的建议的惊诧。陈望娣以为他在开玩笑，刚想回敬他几句，但当她看见他情深的眼神时，立即就正经起来，客气地推却了，"不用麻烦你了！冬玫她大伯会犁了。"

"客气啥？回头我借了耕具来帮你犁了！"添发仔说。

陈望娣以为他只是嘴巴讲讲而已，就不再说什么了，称了菜，收了钱，由他去了。没想到添发仔真的借了牛和犁，趁中午时间帮她把那7分菜地给犁了。

春兰最先发现了此事，她的第一反应就是："勾搭上了！"

春兰把看到的和自己的猜测讲给了水根听。

"她敢?!"刘水根听了春兰的话后，暴跳起来。

"你生什么气？关你屁事啊?!"春兰轻蔑地看着水根说。

"怎么不关我的事？她敢败坏我刘家的名声，看我怎么收拾他们！"刘水根在讲"收拾"这两个字时，显得有点底气不足。

"怎么'你们'的刘家，都分家了，你管得着人家的事？"春兰扭歪着嘴，眯着眼睛说。

"分了家也还是我们刘家的媳妇，以前我们养了她母女这么多年，现在她住的、用的，可都是我们刘家的！”刘水根振振有词地说，“不行！我得去警告她，让她给我检点一点，岂容他们乱搞！”

“怪不得人家说你是傻根！她陈望娣找到一个可以帮她驶牛的，有什么不好？难道你想替她驶一辈子的牛？”春兰指着刘水根的鼻子，恨铁不成钢地骂到。

刘水根平日最受不得别人说他傻根了，当即就火冒三丈，右手食指直直地像刺刀一样瞄准春兰的额头捅过去。

春兰被捅了一下，自然不甘示弱，又使出她那招铁头功，猫着腰，咬着牙，像推土机一样对着刘水根的胸口拱过去！拱过去！

刘水根被她经常这样拱，吃了不少败仗，早就暗地里想出了破解的招数，等着报仇了。当春兰的头拱过来时，他迅速向左一闪，用右手叉住她的后脖子，手掌扣牢她的玉枕，用力向前向下按压，直到把春兰按得趴在地上。其实这只是其中一招，他还有另一招更狠的没有使出来，就是揪住头发，按住往墙上或是水桶什么地方使劲撞。

春兰被卡住脖子按倒在地，挣扎了一阵，起不来，于是干脆一动不动地趴在地上。刘水根见她不动，以为已将她收服，松了手。谁知他的手还没撤，春兰立即挣扎着跳了起来，举起旁边的凳子照头就砸过来。刘水根连忙躲闪，退到门角，顺手操起一根扁担，招架着。两个人就这样一人使凳，一人使扁担，叮叮当当地打了起来。

陈望娣听见声音，连忙赶过来劝架，但两人打得正酣，陈望娣想拆架却无从下手。刘崇青也正好在家，听见热闹，跑过来，见两个人凳来棍往的，像上演港台武打片似得打得热闹，不知好笑还是好气，大喝一声。两人听见雷一样的声音，即时惊呆了，收住家伙，停止了打斗。

刘崇青不问青红皂白，冲上前，举起手照着刘水根就要打下去的样子。吓得刘水根连忙缩着脖子躲闪。

“没点鬼用！真是神经捣乱！”刘崇青咬牙切齿地骂道。

每次与老婆吵架、打架，不论对或错，父母兄弟肯定都是帮着春兰的，他因此每次都少不了挨骂。他已被骂惯了，他们也骂得顺理成章了，这一点他更像是弟弟而不是兄长。他们都说他傻，其实他觉得自己一点都不傻！是他们自以为是而已。

刘水根被弟弟刘崇青斥责了一顿，还遭了打的恐吓，心理极不平衡，怨气自然发到了陈望娣身上。他瞟了陈望娣一眼，趁刘崇青不再瞪着自己时，骂了一句:“这么贱！真是发饿痨,连添发仔这样的人也勾搭!”刘水根讲这话时,眼睛瞪着地板,仿佛是对地板说,但却明显是指陈望娣。

陈望娣被他这么突然无端指责,顿时目瞪口呆,羞涩、委屈一起涌上胸口,憋得脸红耳赤。

刘崇青开始还以为刘水根说的是春兰,愣了愣,一转身,看见陈望娣的表情,才知道刘水根指的是她。

“你这个懵佬胡说什么!”刘崇青冲上前去,用拳头顶住刘水根的太阳穴使劲往墙上挤,“信不信我拍碎你的狗头?!”水根被挤在墙上动弹不得,大气都不敢喘一口。

陈望娣刚才还觉得恼羞难堪,现在却被委屈填满了胸膛。她噙着泪,一句话也没有说,奔回家里,趴在床上痛哭起来。

刘崇青教训完刘水根后,跟着来到陈望娣家,站在房门对着里面哭泣的陈望娣说了几句安慰的话。陈望娣没有搭理他。刘崇青把该说的话都说了,又安慰了几句,之后就离开了。路过刘水根门口时,又故意提着嗓子把刘水根再骂了几句。

第二天一早,懵然不知的添发仔像往常一样,兴高采烈地提着洗米水和剩饭剩菜过来给陈望娣喂猪。他站在围墙的栏门外喊了半天,明知里面有动静,却始终没有人出来应门,最后他只好将木桶放在栏门旁,离开了。

陈望娣一直在屋里,添发仔的喊声她也听到了,只是为了避嫌,所以不敢搭理。后来她发现了添发仔留下的盛满了剩饭菜的木桶,本想置之不理,但考虑了一会后,还是提了进去。

陈望娣叫冬玫把空木桶提回去还给添发仔,并交代冬玫,叫添发叔叔以后不要再送洗米水过来了,妈妈说不要了。

添发仔很愕然,连声问为什么?

冬玫说不知道,反正妈妈说以后都不要了。

添发仔昨天替陈望娣犁了地,本以为陈望娣对他会感激不尽,热情招待他,甚至会发生让他意想不到的事,却没想到一早就吃了闭门羹,现在冬玫还来传达了她冷冰冰的旨意。添发仔感觉很不是滋味,他把这看成是陈望娣对他的爱意的拒绝,他再次感受到了挫折,很失落,甚至自卑起来,觉得这是对他的一无是处的事实的再一次证明。当他快要沉沦、绝望时,他又想起了人们对他家发了横财的猜测和恭维,于是马上又恢复了自信和尊严。“呸!有什么了不起?!寡妇!”他自言自语骂道。

陈望娣伤心透了。虽然类似的指责以前也曾经不止一次地发生过，但这次她感觉到的伤害却尤为深刻。从心底里，以前的她确曾有过想法，因此受到指责后，首先想到的就是自己错了，只会一味地检讨和自责。而且以前毕竟还是一家人，什么事都是家务事，早晚相处，什么嫌疑、恩怨、矛盾、意见，统统都随时间的消逝而淡忘。而今，她的心早已死去，什么情欲、肉欲都已尘封而麻木，添发仔的事更是她想都不曾想过的，就是这样的心境，都无法确保其净身其外，还是受到了无端的猜测和指责。更何况现在已分了家，刘水根的做法无疑是以外人的身份干涉她的私事。她是既气愤又伤心、委屈。

因为这件事，陈望娣已无法面对刘水根了，甚至有时路上遇见了，也会远远地绕着走，这种情况下，两家再凑在一起耕作已是不可能的事了。

当造秋收，陈望娣没有和刘水根家合在一起收成，她回到娘家，先帮弟弟把稻子收了，然后弟弟再带着媳妇一起过来替她收割。弟弟已成了家，生了两个儿子，种田之余又在村头开了个小店，卖点油盐咸杂，夫唱妇随，勤勤恳恳，日子过得还蛮滋润的。两个姐姐出嫁后，父母就跟他过了，小两口对老人都挺孝顺。老人趁现在还动得了，帮忙里外打点，闲来逗逗孙儿，也算是安享了！

七十二

陈望娣决定不种田了，秋收完了之后，她把田让给了同村的一户人家耕种。刘家有两个表兄弟叫大成、小成，他们在村里开了家做糕饼的私人作坊，雇了好些员工，陈望娣趁此去给他们做帮工，每月挣 200 元的人工，算下来比种田还合算，而且没有种田那么辛苦。

大成、小成的饼屋制作烘烤各式点心、糕饼，中秋、春节还做一些应节的如月饼、年点等，然后分销到附近乡镇、乡村的小卖部和学校饭堂，从生产、送货、甚至是退货一条龙服务，生意还算可以，尤其在头几年，特别红火，赚了不少钱。

当时，乡镇农村，像大成、小成这样的家庭作坊式的、以手工业为主的小型经济体非常多。人们在经历了分田到户初期的迷茫和闲散后，终于看清了潮流，于是各显神通，追逐致富之梦，这些家庭式小作坊正是他们圆梦的手段之一。

和陈望娣一同嫁过来的陈雪梅的丈夫刘冠华也开了一个豆浆饮料厂。他在姐夫的资助下，买了一台大型豆浆机，做起了瓶装豆浆饮料，从打浆、混合加工到装瓶，整套工序一台机器搞定，而装豆浆用的瓶子也是在别的个体工场订购回来的。饮料的成份主要是极少量的黄豆浆（有时甚至用米浆来代替黄豆浆）、糖精、色素、防腐剂和自来水，装上瓶子后，美其名曰“美冠特级豆浆”。就这样，一间简陋的，满布灰尘的，以前曾用作碾米房的大屋，挂上一个“美冠豆浆厂”的牌子，没有任何消毒卫生措施，大量生产“特级美冠豆浆”，产品源源不断地销往一样或是更偏僻落后的农村。

严格说，这样的条件是不符合食品生产条件的，但当地管理部门的工作人员大部分也都是来自农村的，对农村恶劣的卫生条件已经麻木，他们的卫生意识和要求并不比刘冠华高多少，因此许多不符合国家标准的，却符合了他们的标准。从这点上看，并非他们有意放纵劣质生产，而是他们本身的标准就这么高。

曾经有一次，镇上有两个工作人员下来检查生产，刘冠华不在，一个管工接待了他们。管工对镇上来的同志毕恭毕敬，拿了两瓶豆浆饮料招待他们。刘冠华回来时，两位同志正津津有味地喝着豆浆。刘冠华一眼就看到他们喝着的豆浆有许多沉淀，明显已经变质，赶紧叫管工换两瓶新鲜的过来，但那两位同志却满不在乎地连连摆手，口里还不住地说：“没事！没事！”

所以说，这些东西，负责监督的他们都能喝，生产出售给别人喝当然也就不成问题了。

这个豆浆饮料厂让刘冠华赚了不少钱。赚了钱的刘冠华并没有忘记扩大再生产，他利用手头上的资金，购买了一套简陋的设施，生产起了洗洁精。用洗衣粉、水，再加点凝固剂混合而成，从其他个体作坊订购包装罐，打上“超强洗洁精”的字号。于是在同一间简陋的瓦房里，同时进行着“美冠特级豆浆”及“超强洗洁精”的生产。这两个产品很快就给刘冠华带来了巨额财富。

以前曾因为妒忌、生活中的小事而对陈望娣耿耿于怀，尔后又对陈望娣的遭遇幸灾乐祸的陈雪梅，突然富裕了起来，嚣张的她更是不可一世了。她一直把陈望娣当作死对头，当作竞争对手，什么都要比，如今发了财了，已远远抛离了陈望娣了。看着眼前的良辰美景，她心满意足地吐了口气，一如既往地相信命运之神对她的特别眷顾。

七十三

不过,陈雪梅的风光并没能持续太久!

刘冠华厂里有一个跟着他跑业务的外省女子,叫小曼。小曼20出头,不仅生得皮光肉嫩,身段诱人,而且能说会道,酒量惊人,每次在与客户谈生意的酒宴上,小曼都非常卖力,使出浑身解数,又是喝酒,又是坐大腿,哥长哥短的,把那群好色之徒弄得昏头转向,为刘冠华拉了不少的生意,因而深得刘冠华的喜欢,无论去到哪里,都会把她带在身边。两人在一起的时间长了,男奸女狈,无需太多的暗示,就干上了苟且之事。刘冠华并不满足于间或地仓促行事,他让人把厂里一间杂物房清理干净,粉刷一新,弄成一间小睡房,以便他与小曼成云雨之欢。从此,刘冠华以留夜看厂为由,晚上就再也不回家睡了。

纸是包不住火的,更何况刘冠华连包都没有包,陈雪梅对丈夫与那个小妖精的拉拉扯扯早就看在眼里了,心里酸溜溜的觉得很不对劲,多次要把她撵走。但刘冠华威胁说,她是厂里的主力,没了她,生意就做不了了。投鼠忌器,陈雪梅只好不了了之。见陈雪梅奈何不了自己,小曼更加肆无忌惮,经常在众目睽睽之下对刘冠华又搂又抱。有一次,小曼牵着刘冠华的手在路上走,被陈雪梅看见了,怒气冲冲的陈雪梅冲上前去对着小曼举掌就打,谁知不但没打着,反而被小曼推倒在地,还加上了一脚。

刘冠华一直在旁边看着她们厮打,只是在小曼还要踢第二脚时,才制止道:“好了！好了!”轻轻把她挡开。

陈雪梅被推倒在地,爬了两下没爬起来,又恼又羞,指着刘冠华骂道:“你再敢留她,我跟你离婚!”说完就号啕大哭起来。

刘冠华示意小曼先回去,然后对着坐在地上又哭又闹的陈雪梅斥责道:“看你像什么样子?！傻婆一样,人家以为你是懵的!”

“是,我是懵的！你才精!”陈雪梅哭着说,“你不马上把那个小妖精赶跑,我跟你离婚!”

刘冠华见劝不住她,环顾四周,趁还没有人围观,抛下不屑的一瞟,转身走了。

陈雪梅坐在地上闹了一阵,见没人理会,最终爬了起来,揩着鼻涕回家了。回到家后,陈雪梅一把鼻涕一把泪地向家婆诉苦。

刘冠华可是他老娘的心肝宝贝，老娘一直以生了这么一个会赚钱的儿子感到骄傲，在她眼里，儿子是完美的，儿子永远都是对的。如今陈雪梅竟敢诋毁自己的儿子，她满脸不高兴地瞟了陈雪梅一眼，说：

"我儿子不会干那样的事的，你不要捕风捉影！坏了他的名声！"

"都亲眼看见了，还有假?!"陈雪梅见家婆护着刘冠华，更加气恼了。

"看见什么了？哈？你看见什么了？"

"那个小妖精牵着那死鬼的手！"

"牵手……"刘冠华他娘本想说"牵手又怎样了"，话到嘴边又收住了，咕囔着固执地把脸侧了过去，理都不理她。

陈雪梅本想让家婆出面管管刘冠华的，没想到她却护犊子！陈雪梅是既窝囊又气愤，既害怕又担心，心乱如麻，不知如何是好。说离婚，那是气话，人家还真巴不得你提出离婚呢！这个要挟早就不管用了。你这头前脚离婚，人家后脚马上就结婚，这不就等于成全了人家吗?!而对于她这样一个过了中年的有三个小孩的农村妇女来讲，离婚就意味着失去了一切，变得一无所有。但除此之外，她手上可是一张牌也没有了。孩子们虽然都明白事理地站在她这边，但也仅仅是背后帮一个鬼脸和白眼而已，干涉不了他爹的事情，毕竟他们还小，毕竟他是他们的衣食之源。难道就这样听之任之吗？一想到这，陈雪梅就更加的伤心难过，仿佛是世界末日的来临。

憋来憋去，陈雪梅最后使出了惯用的一招，回娘家。以前没有发财的时候，每逢夫妻吵架，她捡几件衣服立马就回娘家，扔下小孩、牲畜、田地统统不管。这是她的杀手锏。没有了她，小孩、牲畜没人打理，饿得嗷嗷叫。不出两天，刘冠华准会骑着单车嬉皮笑脸地来求她回去。但现在，小孩长大了，而且裤兜里有了不少的零花钱，她不在，没人管着，他们过得更自在；而且自从有了钱之后，她家已经不种田、不养牲畜了，已经没有需要她打理的东西，她在这个家已经无事可做，因此她的离开除了使别人觉得清静了许多之外，对这个家没有丝毫的影响，仿佛她是一个多余的人了。

陈雪梅明知道这一招不会有什么效果，但她还是硬着头皮这样做，她必须有所行动，否则就显得太懦弱了。

陈雪梅回到娘家，哭哭啼啼地向老母诉了苦。父母虽然同情她，但除了安慰她几句，叫她想开点，说孩子都这么大了，有什么好吵的？等等，等等之外，也束手无策，只平添了几分担忧。

"夫妻没有隔夜仇！"他们如是说，脸上明显地刻着忧虑。

以前她每次吵架后回娘家都是刘冠华追着来央求她回去的,如今?她自己身在娘家,却如坐针毡,心乱如麻,没过两天,就忍不住自个灰溜溜地回来了。

正如她的离开,她的回来也并没有引起大家大多的关心和注意,只有小儿子放学回家时,见了她,意外地喊了一声"妈妈回来了"之外,所有的人都仿佛什么事也没发生过似的,该干吗的干吗!

陈雪梅揪住小儿子,偷偷地问:"这几天你爸爸有没有找我?"

儿子瞪着迷惑的眼睛,思考了一阵子,答道:"不知道啊!这几天我都没看见过他!"

听了儿子的回答,陈雪梅本来因时间而稍微平伏了的心突然一下子又翻滚了起来。

"还不是整天跟那个小妖精在一起鬼混!"她狠狠地骂道,"老虎不发威当是病猫!别以为我真是那么好欺负的!看我怎么收拾那个小妖精!"

陈雪梅冲进厨房,取了一把菜刀,直奔厂房而去。

儿子目瞪口呆地看着她,半天才回过神来,追在后面喊:"妈妈!妈妈!你干什么?"

其实连她自己也不清楚要去干什么,是砍杀,抑或恐吓?不过,不管怎样,目标都是小曼。

陈雪梅手握菜刀,怒气冲冲地杀向厂房。一路上不断地遇见熟人,投来好奇的目光和询问。开始时陈雪梅只觉得浑身热血沸腾,一味地往前冲!往前冲!什么也没有理会。但暴怒过后,稍稍冷静,随着路上越来越多好奇的目光,她突然感觉到自己的唐突和莫名其妙,还没走完一半的路,她就已失去了握刀的勇气和理由了!

趁没人,陈雪梅如小偷般把刀塞进了路旁的蚊惊树丛里,鬼祟地前后张望了一会,幸好没人瞧见,拍拍手掌,继续前行,不过速度已明显放缓,而且越走越觉得心怯。她不知道将会发生什么事,她甚至害怕遇见小曼,希望她不在场,这样她就可以毫无对手地要多凶骂多凶了。万一遇见了小曼,那么她就不得不被迫与之对决,这是她所惧怕的,因为她自知在武功上自己并不占优势,弄不好又会被推跌了,而且还要加上一脚,众目睽睽下,以后是如何做人!但如果不在气势上压倒对方,她以后肯定会更加猖狂,不仅她不把她陈雪梅放在眼里,旁人也定会耻笑她。为了维护自己的地位和颜面,她必须让大家都知道,她陈雪梅并不是好惹的。那么,在既想显露自己的雌威,又没有必胜的把握的情况下,最理想的状态就是对手缺席,这样她就可以因为没有对手而大获全胜,功成名就了!

陈雪梅一边走，一边想象着将会出现的各种可能，并且都试图做好应对的准备，将每种情况下要说的话、如何开始、如何骂、骂些什么等等，在心里一遍又一遍地演练。可惜她的记忆和语言组织能力差得可怜，尽管重复了许多遍，但每次都无法完全重复前一次的内容，始终觉得言不达意。

不知不觉间，陈雪梅已来到了厂房，当她忐忑不安地走进大门时，远远就看见小曼正站在刘冠华身边，另外还有几个夹着皮包的陌生客户。小曼眉飞色舞地不知道在说些什么，不时掩嘴捧腹笑得前仰后合，一身骚样。不仅如此，她还一边笑一边不住地拍打着刘冠华的臂膀。

真是仇人见面，分外眼红。一见到小曼，陈雪梅立即又热血沸腾，激动得嘴唇打颤，快步上前，正要显露河东的雌威，却发现刘冠华他们正在谈生意，准备下订单。做生意可是件大事，一吵就坏了。陈雪梅强压心头怒火，静静地站在一边，等候时机。

刘冠华看到陈雪梅进来，瞟了她一眼，若无其事地对她不理不睬。小曼看见陈雪梅，反而更加嚣张地仰起了脖子，肆无忌惮地更大声嬉笑。

陈雪梅郁闷地站在一边，满肚子的火，却不敢冒着毁了生意的危险在客户面前发作，盘算着等客人一离开，就立即跟那个小妖精拼命。但等了老半天，结果却是刘冠华和小曼邀请客户一道出去吃饭了。他们从她身边擦肩而过，全然没有理会她，仿佛她是一个无关要紧的佣人。这给她的心理造成了极大的触动。

看着他们潇洒地从自己面前翩翩走过，俨然是时尚的老板，那个小妖精身上还散发出一股花露水的香味，像电视上的明星；再看看自己寒碜的农妇模样和粗糙的手脚，刚才还怒气冲冲的陈雪梅一下子像泄了气的皮球，怒气与勇气被一股自卑所吞没，霎时烟消云散，失去了斗志，无力地垂下了头。她再也没有勇气和自信去面对即将到来的厮杀了，如一只可怜巴巴的斗败了的母狗，夹着尾巴，退缩到墙的角落，舔着自己身上凌乱蓬松而又枯黄干燥的毛发，惊恐地注视着入侵者，祈求对方不要赶尽杀绝，容她栖身的一隅，哪怕只是屋檐下的一角。

也许是突然意识到自己的可怜，意识到可能失去的一切，因而对眼前的一切显得尤为珍惜和眷恋。陈雪梅沮丧而又小心翼翼地捡起院内散落的空瓶子，敲去上面沾着的或干或湿的泥土，再一个个整齐地摆放在屋廊的水泥地上。

一个工人快步过来，恭恭敬敬地喊她“老板娘”，诚惶诚恐地抢过她手里的活，“这事怎么能让老板娘您来做呢！”他说。

要是在平时，陈雪梅早就拉起了岸然的脸了。但今天，她从未感觉到如此失势，摆不起半点架子，仿佛自己已不是老板娘了，甚至觉得他的恭维是对她的抬举。如果他，他们这班工人都知道了她在家庭中已地位旁落了，不知会怎样想？会暗地里耻笑她吗？会像以前一样对她毕恭毕敬吗？她内心充满了失落，就像是一个失去了权势的领导却还得到不知情的人的奉承一样。她虽然看不起这班打工仔，但心底里却又需要他们的尊重，非常在乎他们对她的看法。

陈雪梅的心态彻底改变了。为了减轻自己内心的痛苦，使自己有足够厚的颜面在看客面前装得若无其事，她把自己对丈夫无奈的听之任之当作是自己的宽厚仁慈，把自己的之所以能忍辱负重归功于父母的谆谆教导、归功于自己对家庭对子女的责任和不舍。

日子就这么过着。陈雪梅不去招惹丈夫，丈夫也没有怎么处置她，钱随她花，家还是她的家，孩子还是她的孩子，老公却是别人的了。刘冠华需要的就是这样的“平静”的日子。每次与小曼像狗一样交配后，带着满身黏糊糊的腥臊，偶尔也会像迷路的鬼一样回家转一转。听见孩子们吃吃地喊“爸”，他才仿佛从梦中回过神来，奇怪地注视着他们，怎看怎不敢相信眼前惶恐地站着的是自己的孩儿。不知是对他们的陌生，还是因为自己做了那些脏事而自感愧为人父！

七十四

有了钱的刘冠华沾上了赌瘾。由于钱来得太容易，赌局上的刘冠华出手特别阔绰，他坐庄时，其他人想参赌，每注必须在千元以上，否则滚蛋！他因此在当地赢得了“赌王大哥华”的称号，他对这个代表着财富和地位的光荣称号深感满意，陶醉其中。

在一些不怀好意的吹溜拍马者的怂恿下，受膨胀的虚荣心的驱使，刘冠华也觉得像他这样的豪客应该找个大的地方舒展舒展拳脚，于是他决定去澳门走一趟。

花了不少钱，办了两张证，和小曼一起，提着 30 万现金人民币，避过了海关的检查，来到了澳门赌场。

他们先兑换了两万元赌币，由于没有经验，赌得过急，结果一眨眼就输完了。于是再兑换了 3 万元。这回刘冠华赌得较为谨慎，有了刚才的经验，不出半个小时，竟赢了 11 万多元。胜利冲昏了刘冠华的头脑，使他确信自己真有赌命。他搂着身边的小曼亲了一个。

“你真旺我!”刘冠华在小曼的耳边轻声说。

小曼也搂着他那个因以前种田时过分暴晒而脏黑的脖子亲了一个,眼睛却色迷迷地盯着对面那个雍容阔绰、悠然淡定的中年赌客。

刘冠华越赌越放,越赌越狠,当他赢了16万元时,他热情空前高涨,忘记了一切。但也正是此时,他遭遇了运气的分水岭,牌运急转直下,连本带利19万元转眼间化为乌有。至此,连同先前的两万元,经他手的已经输掉了21万元。

眼看着已经到手的票子又飞了,此时的刘冠华就像斗牛场上一只受了刺激的公牛,眼睛都红了,他把手提包塞给小曼:“去!统统兑换成赌币!”他喘着气,边说,边掏出了香烟。

小曼接过袋子,掂了掂,里面可是25万元人民币啊!她一声不吭,拎着钱袋转身去了。

刘冠华抽完一支烟,再抽完一支烟,仍不见小曼回来。

“怎么这么久?”他有点不耐烦了,站起来,走到前台,却不见小曼的影子,“小姐,请问刚才有没有一个小姐来换币?”他问柜台换钱的职员。

“请问先生是换多少的呢?”那小姐站起来彬彬有礼地问。

“25万元人民币。”

“对不起先生,没有,”那小姐仍彬彬有礼地回答。

“这人!叫她换点钱这么小的事情都办不好!”由于心情不好,刘冠华对小曼显出少有的气恼,“等她回来一定要好好教育她!”他心里暗暗责怪着说。他坐在大堂的会客厅上,一边抽着闷烟一边等。但差不多一个小时过去了,依旧不见人影。他开始紧张起来了,一种不祥的预感笼罩着他,但此时此刻他担心最多的只是她会否遇上了贼人。

刘冠华惶恐地向赌场的工作人员四处打听小曼的下落。最后,一个看门的保安根据刘冠华的描述,说大概一个小时前看见她急匆匆地走出赌场,上了一辆的士朝拱北关口方向走了!

“她走下门前的石阶时,由于走得过快,穿的高跟鞋几乎使她摔倒,是我把她扶住的,她当时还冲我笑了笑,所以有点印象。”保安回忆说。

如果保安没有说错,那么小曼肯定是拿着他的钱跑了。事虽至此,刘冠华仍不肯相信小曼会做出背叛他的事,心中仍抱温存与幻想,心里隐隐地觉得她会回来的。但不管他刘冠华如何的不愿接受,事实终归事实,小曼自此再也没有在他眼前出现过。后来,刘冠华每次想起这件事,都心如刀绞,他不是因为钱而伤心,而是因为小曼对他的背叛。多少的海誓山盟,原来却经不起那点小钱的诱惑,他想。

厄运之神似乎对刘冠华仍不肯就此罢休。当他坐在赌场的会客厅痴痴发呆之际,两名中年男子主动上前跟他搭话。

“兄弟,怎么不玩了?”其中一个堆着满脸横肉的笑,用纯正的粤语问他。

“输了!没钱了!”刘冠华双手抱着脑袋,眼都不抬,沮丧地说。

“钱是身外物,最主要是玩得开心!”那人拍着刘冠华的肩膀说。

“来!抽支烟先!”另外一个把一支“555”香烟递到刘冠华手里。

刘冠华这时才愕然抬头看看来者,犹疑地接过香烟。那人为他打着了火机。刘冠华前倾着上身,凑近了,吸着了嘴里的烟,拍拍对方的手臂,说了声:“谢谢!”

“是啰!烟酒不分家,朋友满天下嘛!”满脸横肉的人说,“一看你就知道是个做大生意的人,怎么会没钱玩呢?!是自己不想玩吧?”那人嘴巴这么说,心里却嘲笑道:“一看就知道是大陆来的阿灿!”

“唉!别说了,输的输……”刘冠华本来想说“输的输,跑的跑”的,但话到嘴边,只说了一半就收住了。

“哦!输赢乃兵家常事!我们这里先输后赢的事天天都有发生!”那人开导刘冠华说,“就在昨天,有一个内地来的客人,开始时输掉了50万,后来不到一个小时却赢回了100万。看你今天印堂发亮,不像是走霉运的人,玩下去肯定大有作为,而且按照输赢的规律,你刚才输了,现在再上,必赢无疑!”

“玩个鬼咩!钱都没了!带来的几十万都输完了!”刘冠华被捧得有点飘飘然,不禁想起了家中的两个造假厂。

“这好办,如果你信得过我,愿意交我这个朋友的话,我借钱给你玩!”满脸横肉的人拍着刘冠华的肩膀,豪爽地说。

“这哪行!”刘冠华看着那人,心想:“与你三不识两,这么好死,借钱给我玩?也不知想搞什么鬼!”

那人仿佛看透了刘冠华的心事,笑着说:“别担心,我们借钱给你没有别的意思,一来想和你交个朋友,二来也希望借你好运,赢点喝茶钱而已!”

“就是啰!你以为我们大哥的钱乱借的,看得起你,觉得你有身份、有赌运才借给你的!”另外那人说。他这话倒是道出了一半的事实,刚才刘冠华在赌局上,他们已在一旁偷偷地看得清清楚楚,从他的出手看出他并不是普通过过手瘾的游客,因而才把目标锁定了他。

“唉！客气啥！出门靠朋友，谁都有需要帮助的时候！”横肉说，“而且我们也不是白借的，赢了可要请我们喝茶的哦！”横肉装出诚心诚意想喝茶的样子。

“这……”刘冠华觉得他说得很实在，而且关键是他现在已身无分文，连路费都没有了。

“哪来这么多的这呀、那呀的？是兄弟就别客气！说！要多少？”横肉不等刘冠华说完就打断了他，“十粒够不够？”行话十粒即十万。

“那，哪好意思啊？”对方的豪爽把刘冠华感动得都快要流出眼泪了，心想，这回遇上贵人了！

“有什么不好意思的？又不是不用还的，赢了还我不就行了吗！”横肉边说边向另外那人使了个眼色。那人即刻从腰包掏出几捆千元票面的港币，横肉夺过其中一捆，塞到刘冠华手里说，“拿着，十粒！数一数！”

刘冠华呆呆地看看手里的钱，又看看眼前这两位素昧平生的古道热肠，感动得说不出话来，恨不得跪下抱住对方的大腿痛哭一场。

横肉扶着刘冠华的背，用充满信任和必胜的鼓励的目光看着他说：“去吧！别想那么多了，把刚才输掉的赢回来！”

刘冠华感激的目光噙满了泪水，咬着牙，对着横肉由衷地点点头，转身再度投向那可吞没一切的漩涡里。

又是大喜大悲、惊心动魄的半小时。随着刘冠华沮丧地将手中最后一个塑料币押了出去，眼睁睁地看着服务生将他的连同别人的钱币一道扫了过去时，十万元就这样又打了水漂了。

他本想利用借的这10万元赢点回家的路费的，没想到却血本无归。虽然10万元他完全有能力偿还，但身处异地，在澳门这个江湖涌动的地方，欠下别人10万元，还不知道对方会如何处置他呢？刘冠华心乱如麻，胸口如有十五个吊桶在打水，七上八落。正当他呆坐在那里，一筹莫展之际，横肉他们走了过来。一见到他们，刘冠华像触电一样弹了起来，试图用僵硬的笑来掩饰内心的恐惧。横肉却好像什么都已知晓了似的，没等他开口，就已摆摆手，示意他坐下。

“怎么样？运气还是没上来？”横肉微笑着问。刚才他们一直远远地监视着他的举动，对他的输赢了如指掌。

“唉！我……”刘冠华结结巴巴地不知如何开口。

“不要紧！不要紧！”横肉安慰地说，“怎么样？有没有胆量再博一把？我这里还有钱！”

“不博了吧？”见对方如此宽容，刘冠华绷紧的心终于舒缓了些许，内心充满感激,“你看,都把借你的 10 万元给输掉了!我得回家后才有钱还你了!”

“诶!急什么?放着先!”横肉对刘冠华提钱的事深感不快,仿佛这会破坏了他们之间的情谊似的,“急就不是兄弟了!”

“不!不!不!回家后我马上从银行里支了还你!”刘冠华受宠若惊地说,“我最不习惯欠人家的钱了,在家做生意时客户的钱我是一定按时付清的,所以大家都喜欢和我做生意,”刘冠华故意说出自己做生意的事,意思是要让对方放心,自己是做生意的,是有钱还债的。

“唉!……不过你就打算这样罢休?不想再搏一把?输了这多久,也该到赢的时候了!”横肉说。

“不玩了吧?”刘冠华嘴里坚决,心却是痒痒的。

“就这样走了,你是什么机会都没了,再搏一把,说不定还能扭转乾坤!”横肉说,“已经洗湿了头了!男子汉大丈夫,一不做二不休,何不再痛快一把?”

刘冠华本来就有这样的意愿,经对方这么一怂恿,内心摇摆得更加厉害了。他算计了一下,其实到目前为止,如果不算被小曼拿走的那 25 万元,也只是输了 15 万元而已,不算多啊!自己来的时候就带了 30 万元,现在才正好一半,离自己预设的底线差远了!完全可以再博一博!于是他一咬牙:“好!承你贵言,再博一把!”

刘冠华又从横肉手里接过 10 万元港币。这一次他换了一张桌,希望能转转运气,心里默默祈祷:“上天保佑!上天保佑!”

但是这回输得更快,几轮牌下来,他几乎没有赢过一手,10 万元就这样又没了!

如果说开始那两次他输得还有点慌张和心痛的话,那么这一次他却输得恼火了。以前曾有算命先生说他是富贵之人,那时他还没有发达,每次在老婆陈雪梅面前炫耀算命先生对他的预测时,陈雪梅总会嗤之以鼻,叫他赶紧去驶牛。后来他果真发了达,他在感激算命先生为他指了路的同时,也感激上天对他的偏爱,认为自己正如算命先生所言的是天贵星下凡,命中注定大富大贵,凡事都有神灵护身,逢凶化吉!正是这种对自己命运的过于自信,使他对今天接二连三的失手怒不可遏,不顾一切地要与厄运较量!

“他妈的!我就不信这个邪!”刘冠华咬着牙骂道。他霍地站起来,四处张望,寻找那两个热情帮助他的人。其实刚才那两人一直站在他身后。

“大哥,再借我 10 万!”看到那两人,刘冠华像见了救星似得,喘着气,把手伸了过去。

横肉依然笑着，不过这回他却出乎意料地劝刘冠华别玩了。

刘冠华已经成了一头赌疯了的牛，又怎么听得进劝阻呢?！况且那两人也并非真心要劝。推搪了两句，那横肉见时机已到，挠着腮帮说："再借就是30万元了，我们……"

横肉面露难色。

"哎呀！难道你怕我没钱还不成？我家里有的是钱！放心好了！"刘冠华急得挠头挤眼，恨不得把心都掏出来证明给他们看。

"不是这个意思，只是数额太大，有点……"横肉假装吞吞吐吐地说。

"这样吧，我给你们立个借据，行了吧?"刘冠华看出了对方的意思，抢先说。

"不是这个意思！不是这个意思！"横肉嬉皮笑脸地说。但旁边那人已把事先准备好了的纸和笔取出交给刘冠华了。

刘冠华歪歪扭扭地立下了30万元的借据，按上指模。横肉笑着接过借据，仔细地看了两遍，面带微笑地摇摇头，表示立借据并不是他的意思，然后把10万元交给刘冠华："祝你好运！"

刘冠华接过钱，迫不及待地跑去统统换了赌币，再气喘吁吁地回到赌桌上。

"回头是岸"这句话也许是说的太多了，以至于有些人充耳不闻，故而引不起人们太多的警戒。但不管人们是否愿意引以为戒，它终究不失为千古名训！

刘冠华很快又把手上的10万元输了个精光。这时的刘冠华脑袋像炸开了一个声震炸弹，嗡嗡直响，一片混乱。他由开始的对厄运的仇恨与愤怒演变成后来的自暴自弃，恨不得用炸弹把自己的脑袋轰个粉碎！他已无法控制自我了，咬着牙，诅咒着，要置自己于死地地把自己往毁灭的边缘推，以满胸的怒火，体会那粉身碎骨的歇斯底里的快感！

接下来，他不断地向横肉借钱，不断地把借来钱投入那无底的深渊。他越是输得厉害，就越是痛恨自己，脑袋嗡嗡的响，如狂奔于穷途末路，仿佛看到了自己的死期。

当借第50万元时，他迷迷糊糊地意识到，已经到了他所能承受的极限了！但正因如此，更使他孤注一掷地把所有的希望都寄托在赌局上。

横肉看到刘冠华沮丧潦倒的样子，知道已差不多了。所以当刘冠华输掉了第60万元后，就再也不肯借钱给他了。

刘冠华的体力和精力都已消耗殆尽，神志也随着躯体与精神的疲倦而渐趋清醒。但清醒之后的他所面对的自己疯狂时所造下的孽，又使他陷入撕心裂肺的懊悔，甚至是生不如死的痛苦之中。几年的打拼换来的风光，竟为了不知所为的鬼使神差，不到一天工夫，统统输了个精光，命运再又把他带回到一贫如洗的境地。他痛恨自己，痛恨自己没能控制住自己，不知悬崖勒马；他更痛恨自己，痛恨自己千不该万不该染上了赌博的恶习，他不知道刚才那样的不停地摸牌、押注再重复地摸牌、押注究竟是为了什么，以至于他要用整副身家性命来换取。他无力地抬起头茫然地看着横肉他们，可怜得就像是一只长期遭受饥饿和疾病的煎熬的瘦骨嶙峋的狗，满眼都是乞求。

"怎么办?"横肉他们脸上已没有了微笑，冷冷地问。

"我回去取钱来还给你们，"刘冠华有气无力地说。横肉的表情使他明白，他必须面对现实，必须承担一切后果。无论他多么的后悔，多么的希望时光逆转，这都是他无法改变的事实。因此他惟有心如死灰地面对。

"叫你的家人带钱来这里吧!"横肉说。他的意思是要刘冠华留下，让其家人取钱来赎他。

"他们没有证件，来不了这里的，"刘冠华说，"放心吧！你们跟我一起回去取，反正也不是很远，而且也可以让我好好招待你们，尽一尽地主之情。"刘冠华强作欢颜。

"那也行。"横肉想了想说，"不过今天太晚了，你先去我们那里住一夜，明天一早我们跟你回去取钱。"

"行啊！听你们的!"刘冠华说，"反正现在回到家银行也关门了，取不出钱了。"

"不过有些话我们可要说在前头，我们的利息是按日计算的!"横肉说。

"利息?"刘冠华睁着大大的眼睛，愕然地问，不过他很快就改口并连声说到:"应该的！应该的!"刘冠华心想，按银行的利率，60 万元两天的利息能有多少呢！一个零头都不到，而且付点利息也是应该的，总不能让人白借吧！而且这也正好说明了他们借钱的目的。这么想，刘冠华反倒感觉踏实了。

"一看你就知道是个爽快之人。那好！按我们这里的规矩，借钱的利息是日息 30%，"横肉说，"60 万元一天的利息就是 18 万。"

"什么？30%?"刘冠华被吓得差点从椅子上掉了下来。他简直不敢相信自己的耳朵。

"坐好！坐好!"横肉拍拍刘冠华的肩膀，示意他坐下，"我们不会收贵你的！不信的话你可以到旁边打听打听，都是这个息口。咱们虽然投缘，但总不能坏了规矩啊。要知道，谁要是坏了规矩，低息贷款的话，就会被当作恶性竞争，是要被扔到冷丁海里喂鱼的呀！你也不想我们冒这个险吧?"

刘冠华这时才意识到自己遇上了高利贷，就是俗称的“大耳隆”，之前他也曾经听人说过，但却不知道他们的利息高得如此惊人。都怪自己事先过于轻率地相信他们，同时也是由于自己过于自信和虚荣，以为可以应付得了借钱遗下的问题，觉得多问细节会损害了自己的面子和尊严，所以没有弄清楚了再借钱，以至于闯下弥天大祸！

“你们事先怎么不讲清楚息率呢？”刘冠华又气又怕，声颤颤地说。

“这要讲的咩？大家都知道的事！”和横肉一起的那人不客气地说。

“你们这是欺诈，我要报警！”刘冠华说。

“报警也没用！是你求我们借钱的，你也立了借据了的，而且这是公开的生意，警察是管不了的！”横肉脸上的微笑和伪善一旦撤去，显得是那样的狰狞恐怖。

这时从旁边围了几个人上来，他们和横肉明显是一伙的，个个凶神恶煞：“龙哥，别跟他废话，他要是不认账，把他扔到海里喂鱼算了！”

其中一个麻黄头发满嘴酒气的男子冲上前揪住刘冠华的胸口，做出要打的样子。

“算了！算了！他没说不认帐，只是不知道息口，有点误会而已！”横肉圆场说。

刘冠华畏缩的眼睛在那群如狼的人的狰狞的脸上惊恐地来回移动，犹如一只被猫群包围着的老鼠，哼都不敢哼一声，只有贴近地面的嘴簌簌地嗅着。他内心充满了恐惧，这种恐惧来自于陌生地方的对陌生的人的陌生的处事方式上，他不敢反抗，不知道一旦反抗，招致的将会是什么！

刘冠华顺从地跟着那伙人上了一辆面包车。

车驶过一条马路，过了几个灯位，进了一条林荫蔽日的小巷。刘冠华完全失去了方向，只感觉到车在斑驳的林荫下兜兜转转，路旁的景物，士多店的红红绿绿招牌和店前椅子上的穿着白色短衬衫的悠闲的老人，如一副副图案在窗前迅速掠过。最后，车在一栋破旧的五层民居楼前停了下来。刘冠华被带上了三楼一个狼藉的单位里。

已经是下午 6 点多了，横肉掏了钱让其中一人下去买饭。在他撩起外衣时，刘冠华看见他腰间别着一支手枪，吓得直打哆嗦。

横肉打开冰箱，搜寻了一会，拿了一罐啤酒，擦擦罐口，打开喝了一口，顺手取了一罐可乐扔给刘冠华。

刘冠华没有接稳，可乐掉在地上，罐子摔得凹了进去。刘冠华慌忙把可乐捡起，拍拍上面的灰尘。已经大半天没有喝水了，虽然忐忑不安，但刘冠华还是把可乐打开了。由于刚才的摔跌震动产生了大量的气体,可乐在打开时发出清脆的"啪"的巨响,如枪声。屋里的其他人被吓了一跳,惊恐地朝声音的方向骤然望来。横肉更是将手扶在腰间,做出拔枪的动作。刘冠华不仅溅了一脸的可乐,更被横肉他们的紧张举动吓得手足无措。

不一会儿,买饭的回来了,提着买回来的盒饭,那伙人争先恐后地取了自己喜欢的饭:烧鹅、叉烧、切鸡或叉鸡。横肉把他们挑剩的一盒叉烧饭递给刘冠华,示意他吃。

此时的刘冠华哪有心情吃饭,把叉烧、青菜以及捞了菜汁的那部分软饭吃了,就再也咽不下去了。

吃罢饭,横肉拿来纸笔,叫刘冠华把刚才写的那几张借据写在一起,并注明愿意支付30%的日息的字句。已经毫无商量的余地了,不管刘冠华愿意与否都得写。写好了,按了指模,横肉对着借据吹了吹,将印油吹干,收好。

夜幕已经降临,看样子横肉那伙人好像要出去了。果然,他们轮流上了厕所后,横肉拿着一副手铐走到刘冠华跟前。

"对不起,刘先生,我们要出去一下,为了避免不必要的麻烦,只好委屈你了!"横肉说着,用手铐把刘冠华的右手铐在一个钉牢在墙上的铁环上,留下一个黄毛看管着,其余的跟着他高高兴兴地出去了。

随着他们关铁闸的"砰"的一声震响,刘冠华的心被重重地撞了一下。廊外因他们而喧嚣起来,刘冠华提心吊胆地听着他们远去的声音。当脚步与喧哗声消失,周围再度恢复了死般的宁静,只有那个看管他的黄毛翻阅《龙虎豹》的声音。

刘冠华吊着右手,正好能躺在就近的沙发上,看来这是他们为刘冠华之流专门设计的,被锁在这里的,看来刘冠华不是第一个,也可能不会是最后一个。

刘冠华从来没有如此恐惧和绝望过,他做梦也没想到自己会沦落到今天这个地步,使自己陷入不能自已的绝境之中。以前经历了许多事,历了许多险,无论是人身或是名誉的,但每次都是有惊无险地大步跨过,安然无损。但这次却无路可退,老天爷似乎成心要置他于死地了。他是个虔诚的迷信者,深信因果报应,他也知道自己与小曼的事情有背伦常,所以自然地把这次灾劫归根于自己生活上的放纵。他相信这是上天对他与小曼的违反常伦的罪孽的惩罚。虽然以前对不属于自己的财物和美色也存在着心魔,但都因为只是想想而已,没有付诸现实,所以上天对自己的惩罚也没有付诸实现,对他网开一面。但现在,他与小曼是确确实实地搞上了,而且是如此的明目张胆,放荡不羁,正是这触怒了上天,以至于把悬挂铡刀的绳索切断,任其无情地铡下。其实每次与小曼鬼混后，随着裆部那股促成心魔的毒液的排空，随之而来的都是深深的内疚与空虚。他知道，和小曼在一起无非就是为了图那么一下子，之后留下的除了疲劳与肮脏的腥臊外，就是家庭的不和以及周围嘲笑的目光和议论，但他还是控制不了自己，随手可得的肉体的满足每次都淹没了他的良知。现在，该他为这种不该有的欲念的满足付出代价了，而且是沉重的！

他盘算着如何才能跨过这道坎。虽然他答应明天回家提钱还债，但他知道自己根本就没有这么多的钱。如果不算利息还可能勉强应付得了，但算上两天30万的利息，他是无论如何也筹不齐这笔钱的！怎么办呢？他想跟横肉说明自己没这么多钱，但又怕讲了之后横肉会把他扣下来当人质，那就更糟了。想来想去，觉得还是先瞒着，待回去再见一步走一步吧。但回去之后又怎样向家里的人交待呢？钱可以谁都不告诉，偷偷地支付，但小曼呢？人们肯定会问的。究竟怎样说才不会引起人们的猜疑呢？此时，他脑海里突然闪过一个念头，小曼会不会因为不想他赌下去，所以偷偷地把钱带了回去，而此时正在厂里等他呢？他明知这是不可能的，但对于他这样一个溺水者来讲，这个想法也不失为一根稻草。

他不愿意再往下想了，闭着眼睛，拼命地喘气。

由于刚才喝了的可乐利尿，刘冠华早已尿涨得难受，憋了许久，终于受不了了，声颤颤地对那个黄毛说："兄弟，能不能放我去小个便？"

黄毛瞟了他一眼，说："哎呀！不好意思哦，手铐的钥匙在龙哥那里，我打不开那手铐。"

"求求你啦，我实在受不了了！"刘冠华痛苦地说。

"这样啊？拿个垃圾桶给你拉吧！"黄毛说着站了起来，把茶几下面那个倒废水的垃圾桶踢到刘冠华跟前，"拉吧！"

刘冠华别扭地对着那个垃圾桶，但无论他怎么使劲，尿却像害羞一样死都不肯出来，憋得他都快要爆裂了。

黄毛半天没听见声音，扭头看见刘冠华痛苦使劲的样子，哈哈大笑说："肾亏啊？拉不出！"

刘冠华痛苦地笑了笑，难堪地说："你在旁边，我拉不出。"

"有没有搞错？是不是男人啊，你？"黄毛扔下手中的《龙虎豹》，进了厕所关上门，在里面像抽水机一样拉尿。

黄毛一离开，刘冠华顿时浑身轻松，尿像开闸的水一样喷涌而出，差点没把他那根东西给挤爆了。完了，刘冠华晃了几下那玩意，舒舒服服的，差点忘记了自己的处境。

黄毛拉着裤链从厕所出来，看见桶旁边地上湿湿的，一边埋怨刘冠华准头太差，一边把桶踢进厕所，拿了拖把胡乱把地上的尿液抹了一下，又倒在沙发上看他的《龙虎豹》了。

紧接的又是死一样的寂静。刘冠华躺在沙发上，透过窗台的玻璃，看着远处一栋高楼楼顶上一闪一闪的像星星一样的不知是什么灯；高楼后面是海湾，沿岸建筑的灯，水上的船灯，星星点点，与天空连成一片，分不清陆地、海水与天空？海面上有许多快速移动的亮点，那是船在行驶。一阵清风从窗户吹进，带着海水似曾相识的日晒的气味，使他暂时忘记了自己身处的险境，仿佛觉得正置身于秋夜家中门前的水泥地板上。于是他想起了鸡拉在地板上面的干硬的鸡粪，是多么的亲切；还有孩子们在地板上用粉笔的图画，那时为了制止他们乱涂乱画弄脏地板，他还狠狠地抽打了他们。此时，他对此表现出从来没有过的后悔，因为，此时此刻，想念自己的恐怕只有他们了，除了他们，没人会为他牵挂、没有会人为他担心。那个曾经是同甘共苦的枕边人，由于他自己造的孽，现在恐怕他死在了路边她都不会正眼瞧他一眼了。想到这，一股凄凉涌上了心头，不禁潸然泪下。

“真失败啊！”他长长地吐了口气，哀声道。

不知过了多久，传来了敲门声，黄毛开了门，进来他们的另一名同党，那人满脸酒气的一进来就冲进了厕所，门也不关地就像开了水龙头似得拉尿，一边拉一边使劲地喘着气。

“龙哥叫我回来换你，让你去喝酒！”那人一出来就大声说。

黄毛又上了一回厕所，问了地方，就出去了。黄毛一出门，刚进来的这位过来瞧了瞧刘冠华。刘冠华赶紧闭上眼睛，假装睡着了。那人说了一声：“亏你现在还睡得着?!”就关了灯，倒在沙发上呼呼大睡了。

刘冠华其实非常的累，只是心乱如麻，不想、不能入睡而已。

他静静地躺在床上，看着窗外。就这样看着，看着，什么也不想，就像死了一样。慢慢地，在不知不觉中，迷迷糊糊地最终完全失去了知觉。

他在短暂的入睡中反复梦见了小曼。她还是穿着那条粉红的连衣裙，什么事也没发生，跟往常一样，对他依然含情脉脉，百依百顺。当他沉浸在梦中的绵绵幸福之中时，被不知什么声音惊醒了。

忽然惊醒的刘冠华竟一时忘了自己身在何处，他使劲地让自己恢复记忆，当他试图举起麻痹的被锁住了的右手时，才从梦中的幸福感觉中清醒过来，才记起昨天发生的事，才意识到自己欠下了连本带利90万元的债务而已经倾家荡产了。

夜深人静，那种悔恨的折磨由于要独自承受而显得尤为揪心。他再也不能入睡了，大脑疲惫由于短暂的睡眠而得到了恢复，重新又变得疯狂起来，就像一台失控的高速转动的机器，无法控制。他担心这样下去自己会疯掉，他极力想使自己平静下来，但却怎么也做不到。悔恨、绝望、痛心、幻想，像是高能燃料，又像是病毒，源源不断地灌输到脑颅里，使脑袋在疯狂中乱了码，仿佛已不属于他，但却分明地折磨着他。

天空泛着黎明的白光，身体早已承受不了了，脑袋最后也因过度疲劳而放慢了节奏，与虚弱的身体渐趋一致了。刘冠华正是需要这样的状态，只有这样才能稍微平静，使脑袋得到休息，不至于崩溃——他不想崩溃，因为他有两家造假厂，那是他的青山。当他可以入睡而非常渴望地正要入睡时，门外传来了嘈杂的脚步和开门的声音，横肉他们回来了。

横肉一伙在外面消遣了整整一个通宵，拎着两盒皮蛋瘦肉粥和几个面包回来给留守的那人和刘冠华做早餐。

七点来钟，横肉带着两名同伙押送刘冠华回家取钱。出门时，横肉拿出他的黑星手枪在刘冠华眼前晃了几下，说："刘先生，咱们可把丑话说在前头，如果你敢耍花招，可别怪我们心狠手辣。虽然我们只有 3 个人跟你去，但我的兄弟可是遍布粤港澳，假如我们有什么闪失，他们是不会放过你和你的家人的，他们的手段你是知道的，所以希望你好好配合，知道吗？"

刘冠华脸色惨白，本来就瘦凸的脸，愈发显得憔悴，如死人般。他神志不清地点点头，行尸走肉般领着横肉他们回家。

回到家，为了掩人耳目，刘冠华说横肉他们是自己的朋友，并偷偷地到银行把所有的储蓄都取了出来，但总数仅有 62 万元，只够偿还本金，36 万元利息无从着落。刘冠华恳求横肉宽容他两个月的时间，说两个月后一定能筹够钱送到澳门还给他们。

那可是夜长梦多的事情，他们怎么会让到嘴的肥肉从嘴边溜走呢？况且他们也看到了刘冠华的造假厂，不相信他没钱，所以不管刘冠华怎么苦苦哀求，横肉都一定要刘冠华把连本带利的 96 万元一次性偿清。但刘冠华上哪去找将近 40 万元的现金呢？死也满足不了横肉的要求。横肉以为刘冠华是有意抵赖，故意有钱不还，终于恶相毕露，收了 62 万元后，掳走了刘冠华的大儿子，限其在一天内把余下的钱筹够，不仅如此，还要额外多加 10 万元精神补偿费，否则叫刘冠华等着为儿子收尸。

事情至此，已掩盖不了了，陈雪梅知道了事情的真相后，呼天抢地，捶胸顿足，哭得死去活来。她既痛心那些钱，又担心儿子的性命，更痛恨刘冠华的败家，恨不得把他剁成肉泥喂了猪。

事件惊动了全村，村长惊慌失措地向乡委作了汇报。乡委书记意识到这是一起严重的绑架勒索案，刻不容缓地向镇派出所报了案。镇派出所对这起从来没遇见过的案件也束手无策，赶紧上呈县公安局。由于这是一起跨境的重大刑事案件，而且罪犯还携带了武器，县公安局最后也只能请示省公安厅。公安厅对此高度重视，成立了专案小组，派出百名刑警对罪犯进行围捕，营救人质。

刑警将横肉他们围困在一个小山包上，试图劝他们释放人质，但遭到拒绝，最终爆发了枪战。横肉和其中一名罪犯被击毙，另一名罪犯由于先行将62万元带回澳门，侥幸逃脱。枪战中，刘冠华的儿子不幸被流弹击中身亡。

刘冠华和他的造假厂因此出了名，厂子很快就被政府查封了。就这样，刘冠华在当地以造假创造的神话，最终以人财两空收场。

由于刘冠华人品和口碑的原因，在他得意时，勉强有些谄媚奉承的人围在身边，如今落到这地步，就再也没有人搭理他了，见了他就像是见了瘟神似的远远躲开。陈雪梅遭受的痛苦和打击是最大的，钱没了不要紧，儿子没了让她的精神完全崩溃了！她风光时不可一世的骄横、势利，现在得到了报应，也尝到了她曾经施与别人的冷漠与嘲讽。她得了精神分裂，经常形单影只地坐在村头的榕树底下，可怜地看着过往的行人，眼睛饱含着安慰的乞求。

这天黄昏，陈望娣回家路过村头，看见了榕树下蓬头垢面的陈雪梅。一见到陈望娣，陈雪梅立即双手捂脸转过了头去。陈望娣迟疑了一会，慢慢走向陈雪梅，挨着她在她身边的石条坐下。陈雪梅依然固执地扭着头，但眼泪已流下了她的双颊。陈望娣轻轻握住她的手，她没有抗拒，回头看着陈望娣的脸，此时的陈望娣也已泪流满面。陈雪梅突然“哇”的一声，扑在陈望娣的身上，放声痛哭。

七十五

当初刘冠华的生意做得红红火火，赚了不少昧心钱，富得流油，这对于当地同样做生意，却迟迟发不了大财的人来讲，简直就是一个威胁，他们早把他视为眼中钉、肉中刺了。虽然刘冠华赚的是昧心钱，但村民们还并未高尚到去区分、鉴别钱的来历正当与否。在他们看来，只要你手中拥有了比别人多的可以支配的钞票，你就是老大，哪怕是偷的、抢的或是杀人放火得来的！钞票成了人们衡量一个人成功与否的标志。这就是所谓的“笑贫不笑娼”。

大、小成做的是小本生意，当然不可能像刘冠华一样一夜致富，所以这几年来他们两兄弟可以说是吃尽了郁闷。这种郁闷一方面来源于自己的心魔，另一方面来自外界将他们与刘冠华的比较。

看到刘冠华终于倒霉了，大、小成兄弟像是除去了心头的一块巨石，松了口气，暗自清点着村里在身家上能与他们抗衡的人家。没了！没有人能比得过他们了！他们是这样认为的。人们可以从他们近来的眉飞色舞里看到他们对目前境况的心满意足。

“我早就说过他那人早晚要栽的了！”这天大家围在大桌上做饼时，大成兴致勃勃地扫着地上的粉尘，又在讲刘冠华的事了。

“你怎么知道人家要栽？”一个受雇的小女孩顺女，觉得大成是马后炮，不服地说。这帮人跟大、小成他们多多少少都有点亲戚关系，所以平时也就随便惯了，说话没有太多的拘束。

“妹妹仔，阿叔教会你看人，你就不要顶心顶肺！”大成受到顶撞满脸不高兴，“看他的样子像是好人吗？嫖、赌、饮、吹四大症状皆齐！这种人天都不帮他了！”

顺女见大成生气了，伸了伸舌头，做了个鬼脸，想讨好一下大成，说道：“你很快就可以学他了！”顺女的原意是大成很快就可以像刘冠华一样发大财的了，但却言不达意。

“你要学会看人！咱们像是会做那种事的人吗？”大成露出僵硬、难堪的笑的脸色，瞟了顺女一眼。

顺女知道又说错了话，赶紧用手捂着嘴巴偷笑，弄了一脸的面粉。

大成教训了顺女，捡回了个彩，心情舒畅了些许，把半个身子探入台底下扫地上的粉，看见陈望娣黑色花裙裹着的雪白的脚，不禁一阵心动，有意无意地用手捋了捋那脚趾。嘴里说着：“到处都是粉尘！”

这已经不是第一次了。

“这个咸湿成！”陈望娣心里想，却不动声色。毕竟这是关系到对方声誉的事。

“听说胜叔过了身哦！”顺女为了缓和一下气氛，一边捏着饼胚，心不在焉地说。

“是吗？”陈望娣昨天已听说了此事，但为了向大成显示自己对他刚才的毛手毛脚的不在意，所以用一种平静的语气说，“看他身体挺好的，怎么突然就没了呢？”

“据说是被气死的！”另一个中年妇女林婶说。

“哦？究竟是怎么回事？”陈望娣假装惊讶地问。

“他孙子跟桥方的儿子调皮华打架，被调皮华打破了头，”林婶捏了一个饼胚，放好，随手再取了一团面，边捏边说，“他就这么一个男孙，命根子一样，哪容得别人欺负，于是气鼓鼓地找桥方评理。那桥方也真是太过分了，不但不认错，还跟胜叔吵了起来，骂胜叔是三代麻风。胜叔平时最忌讳别人这么说他了，即时暴跳如雷，扇了桥方一个耳光。桥方被打得恼羞成怒，取了一条茅枪想捅胜叔，胜叔闪身躲过，顺手再又扇了他一个耳光。桥方还想还手，被人拆开了。但胜叔回家后就卧床不起了，据说是什么脑溢血。”

“那桥方真没点人性，你说论年纪，胜叔都能做他爷了，亏他还下得了手，跟老人动手！”陈望娣说。

“桥方虽然年轻，但他哪打得赢胜叔？！”林婶说。

“诶！你说他家是不是真的有麻风病？”顺女问林婶。

“谁知道？”林婶回答。

“好像不是这回事，”陈望娣说，“那时我听我家公提起过，他说不是麻风，只是有一次他在地里干活，土太咸了，把手脚都腌烂了，很长时间都不见好，由于麻风病是从手脚趾的糜烂开始的，所以有人从中恶意散播说他得了麻风病，许多人以讹传讹，传得跟真的似的，害得他从此背上了麻风的罪名，而且一背就是三代。”

“他很怕别人说他是麻风的喔！”顺女说。

“当然啦！本来没这回事，却被说成真的一样，谁不气啊！而且麻风这病是会传给子孙的，他就是担心人家说他是麻风，害得他的子孙娶不上媳妇。”林婶说，

“听我爷爷说胜叔年轻时功夫很厉害的喔，舞狮子，凭着一手藤牌砍刀走南闯北，未逢对手！”顺女说。

“这算什么！我爸那时候更厉害，还抗过日呢！”大成从台底下爬出来，说。

大家以为大成在开玩笑，都笑了。

“笑什么？不信啊？真的！”大成一本正经地说。

“信！信！信！”大家异口同声笑道。

其实大成所言不虚。他的父亲解放前是土匪帮子，人称贼仔添。有一次，一伙日本兵在山外河滩安营，贼仔添对日本兵的几匹枣红大马垂涎三尺，想把它们弄到手。于是，当天夜里，贼仔添纠集了一伙弟兄摸进了日本兵的军营，投了几个土制手雷，趁乱骑走了日本兵的马。日本兵以为遇上了曾生的东江纵队，胡乱放了一通枪，星夜拔营走了。第二天，人们发现日本兵不见了，孩子们在日本兵遗下的营地里捡了不少弹壳，有的还捡到了日本小军刀和马靴。从

此，贼仔添骑着日本大红马，耀武扬威，逢人就炫耀说他率领的弟兄打败了日本鬼子。解放后，贼仔添被以土匪的名义抓了起来，准备枪决。在交代情况时，贼仔添说自己曾经抗过日，打死过日本鬼子，求政府从宽处置。办案人员经过调查，查实确有这么一回事，于是呈报上级，准其将功赎过，由死刑改判为10年有期徒刑。大成所说的就是这件事。

大成眉飞色舞地将父亲的威风史炫耀一番，当然坐牢的事是不能说的。还没讲完，外面就传来了摩托车的声音，是弟弟小成送饼回来了，他每天一早就出门，一个客户一个客户地送货。小成是一个憨厚率直的小伙，在村里的名声不错。

“老表！老表呢？”他刚放下装饼的木笼，就迫不及待地问。

“老表，找我什么关照啊？”一个叫伙钦的中年男子从烤房里不紧不慢地出来。

“哼！哼！”一见面，小成就用一种半开玩笑的审视的目光看着伙钦，“昨晚你做开口梦了，知道吗？”

“是吗？不会吧？”伙钦假装努力地搜寻记忆的样子。

“是，我也听到了！”烤房里出来另一个小伙水秋说。

“你知道你自己说了什么吗？”小成说。

“哪知道？”伙钦不以为然地说。

“你好坏啊！”小成说。

“怎么了？”经他这么一说，伙钦显得有点紧张。

“你竟然在梦里叫水秋不要替我们干活！”小成笑着说，“老表，我们可没亏待你哦，干吗对我们这么大意见？”

大家都被小成的话逗笑了。

“有这事吗？不可能！”伙钦一脸尴尬的样子。

“是，你说‘水秋不要吊他两兄弟！他们两兄弟太抠门了！’”水秋说。

大家又报以一阵笑声。

“老表，不好啊！在梦里都这么恨我们，亲亲戚戚，我们没有亏待你的地方啊！”大成说。

“哪里？哪里？梦里的话不能说明什么，而且我也不是那个意思啊！”伙钦赶紧辩护说。

“哎呀！你心里怎么想我们不知道，反正你梦里是这么说的！”大成说。

伙钦正不知如何下台之时，他的姑姑，也就是大、小成的母亲进来了，见儿子把外甥逼成一副狼狈的模样，赶紧喝止。伙钦趁机溜进烤房烘饼去了。

七十六

“春兰！春兰！赶紧割15斤白菜过来！”添发仔站在水根家围墙外喊。自从陈望娣不种地后，学校改由向春兰家买菜了。

春兰穿着睡觉的衣服，睡眼朦忪地答应着从屋里走出来。

“早上不是送过菜给你了吗？怎么下午还要啊？”她驱赶着正在偷吃晒在围墙上的豆子的鸡，问。随着手臂的挥动，宽松睡衣下的乳房一起一伏，依稀可见。

“学校下午来了一批外校的老师，说是什么教学交流，晚上学校加菜请他们吃饭，你看，我们刚刚才圈了鱼！”添发仔指着满身的湿衣说，眼睛却饥渴地盯着春兰浮凸的胸。

“行啊！”春兰瞟了添发仔一眼，见他发呆的样子，知道他心里在想什么，不禁“扑哧”一笑，故意弯腰捡起刚才赶鸡时踢倒的竹竿，一对嫩滑的奶子无遮无掩地掉了出来。

添发仔心中一惊，看得目瞪口呆。

“要快啊！晚了怕来不及了！”他嘴里木木地说，眼睛却走火入魔似的贪婪地盯着那倒挂的玉峰，欲火沸腾，那根东西“嗖”的一声把裤子顶了起来。

“马上就去！”春兰悄悄瞅了自己一眼，很满意自己外泄的春光，慢慢地直起身来，对着添发仔挑逗一笑。

添发仔触电似的，欲火膨胀到了极点，如一只过分充气的皮球，几乎要胀破皮囊。他激动得说话的声音都变了，恨不得扑将上去。

“我在学校厨房等你，”添发仔用手中的草帽遮住自己那不听使唤的地方，心像打鼓似地离开了春兰。一路上，添发心潮澎湃地做着他的春梦。

回到学校，添发仔蹲在厨房天井里，赤裸着上身刮洗刚从鱼塘里圈回来的鱼，脑袋怎么也摆脱不了刚才见到东西，这是他有生以来见到的最深入完整的异性。他一边弄鱼，一边揣测着春兰的意图，细细地回味着刚才的各个细节，试图弄清楚春兰是否有意向他暴露私处，如果是，说明春兰对他有意思，那他就要好好把握这个机会了。他越想越兴奋，越想越迫不及待，仿佛是一只嗅到了发情的异性的公狗。他满脑子都是那些事情，连手中的血淋淋软绵绵的剖腹的鱼都使他联想到了性的快感。

正当他焚身如火地胡思乱想时，春兰出现在厨房门口，手提着一篮子的菜。看见春兰，添发仔想迎上去，却又不好意思站起来，局促地蹲在原地向春兰打招呼。

“你把菜称一下吧！”春兰笑眯眯地看着添发仔说。

“你称过没有？”添发仔结结巴巴地说。

“称了，17 斤半。”春兰说。

“你称过就行了，我就不用再称了。”添发仔心中有鬼，头也不敢抬。

“你信得过我咩？”春兰走过来，蹲在添发仔旁边，看他刮鱼。

“信得过！信得过！”添发仔连声说。

“要不要我帮忙刮鱼呀？”春兰问。

“不用了，快弄完了！”添发仔说，“待会你把这些鱼鳃拿回去喂猫，顺便拿两条鱼回去给小孩吃。”添发仔抬头四周看了看，确保没有别人听见。

“不好吧？”春兰轻声说。

“怕什么？不让人看见就行了。”添发仔一副自家人的表情，“你把菜简单洗一下，顺便挑几片菜叶出来把鱼盖住，提走就行了！”

“好！好！”春兰兴奋地说，挑逗地拍了一下添发仔裸露的肩膀，把菜提到水池边去洗。

看着她转过去的蛇一样扭动的腰，添发仔刚才因谈话而短暂冷却的欲念忽又燃烧了起来。他把最后一条鱼刮好，走到春兰旁边去洗手。他把手浸入水中，摸了一下春兰洗菜的手掌。见春兰没有反应，于是大胆地捏着她的前臂说：“这么多肉！”他因过度紧张而显得有点激动颤抖。春兰依旧没有躲闪，只是一味地笑。添发仔心跳加剧，做出更大胆的动作，摸往春兰的臂膀，春兰还是一味地笑。添发的手沿着臂膀、脖子像蚂蚁一样一直摸往耳垂，把耳垂掂在手指间轻轻地揉着。春兰则一直侧着脖子咯咯地笑。在摸清了春兰的意思后，添发顿时失去了控制，一脚把厨房的门踹上，连抱带推地把春兰推到灶台边的草堆里……

从此，添发仔成了水根家最亲密的常客，几乎每天都提着剩菜剩饭来给春兰喂猪，有时还带上点他偷出来的鱼啊、肉啊等的。春兰也经常把菜送到学校的伙房里。每次见着水根，添发仔总是根哥前根哥后，把水根喊得美滋滋的。吃着添发拿过来的鱼肉，水根对添发仔赞不绝口，夸他人好，说有机会一定要好好谢他。春兰却依旧用筷子撩着盘里的菜，一副漠然的样子。

到了年底，水根把两头大猪杀了准备过年。水根对孩子们说这猪是吃添发叔叔给的洗米水长大的，所以要好好答谢添发叔叔。于是，就在杀猪的当天隆重地请添发仔吃了一餐饭，两个人称兄道弟地喝了一瓶五瓜皮。

七十七

春节,出外打工的人都回来过节了,最风光的要数春梅了,带回来了一台大彩电、一辆漂亮的自行车和一大袋衣物,像从香港回来的似得,据说她在春城打工当上了经理。这消息一下子传开了,而且越传越玄乎,甚至有人绘声绘色地描述她坐着专用小汽车回来时的气派场面。虽然事实上她只是坐客运汽车回来的。

春梅回来后,第一个想见的就是陈望娣了,迫不及待地让妹妹把她给叫来,与其说是倾诉,莫如说是炫耀。

“那地方简直是天堂,”春梅玩弄着挂在脖子上的金项链说,“到处干干净净,见不到一片树叶和纸屑……”

陈望娣笑眯眯地,带着羡慕的眼光静静地看着春梅,听她讲述那令人向往的地方。

“……出入坐的士,那的士坐下去,软绵绵,舒服的不得了。在那里,肥猪肉是绝对没有人吃的,只用来榨油,便宜得很,不像我们这里,当宝贝。”

“听说那里吃东西很贵,是吗?”陈望娣问。

“那是,一碟青菜都要十多元钱!”

“十多元?哇!我们这里能买30斤了!”陈望娣露出惊讶的样子。

“怎么能和我们这里比?人家城里人怕肥,不吃肉,爱吃青菜,所以青菜比猪肉还要贵。”

“吃东西这么贵,如果去到那边,饭都不敢吃了!”陈望娣忧虑地说。

“你以为!诶,前段时间听说有一对男女,身上带了100多块钱去春城玩,饿了,进了一家饭馆吃饭,觉得人家的狗肉好吃,一连吃了几碟,结账时一算,整整200多块钱,没钱付账,吓得那女的使命哭。”

“后来呢?”陈望娣好奇地问。

“后来啊?我也不是很清楚,好像是店主觉得他们可怜,没有怎么难为他们,让他们走了。”春梅以前跟人讲这故事时,从未有人问后来的事,所以没什么准备,这次差点被陈望娣问住了。

“据说在城里解手特别麻烦,找不着厕所,想到都怕!”

“怕啥!其实厕所到处都有,只是建得很漂亮,比人住的还要干净,刚进城的人不会找,找不着而已!再说了,即使在街上找不着厕所,许多大商店、饭店都有厕所,直接进去拉就行了!”

“我才不敢呢?”陈望娣为难地说。

“有什么不敢?那些服务员以为你要进去吃饭、买东西,对你点头哈腰的,可客气了!”

沉默了一阵子,陈望娣思考着,希望能记起想知道却还没问的事情,突然留意到春梅脖子上的金项链,伸手过去捋了捋。

“真漂亮!多少钱?”陈望娣问。

“三千来块嗟!”春梅不以为然地答道。

“三千多?”陈望娣眼睛都大了。

“三千多,算便宜的了!”春梅轻轻甩了一下手说。

“你真舍得!”

“我自己才不会去买这东西来戴呢!累赘的很!男朋友送的,我说不戴,他说不戴就是不爱他,每天都盯着我的脖子和手上看,没办法!”春梅一边说,一边伸出左手的戒指,“这也是三千多!戴这东西真累赘!”

“男朋友是做什么的?干吗不带回来给大家见见?”陈望娣笑着问。

“他死都想跟我回来,我不让他来,”春梅得意地说。

“为什么不让人家来?”陈望娣不解地问。

“我都还没决定是不是真的跟他呢,怎么能这么快让他来我家?”

“不要错过了缘分哦!”

“怕什么?像我这样条件的,追求的人多着呢!难道怕找不着老公?”春梅自信地说。

“听说你做了经理,是吗?真厉害哦!”

“嗨!小小经理算什么?我从来没当一回事!”春梅再又甩甩手说,“不过,小权是有一点的,哪天你来春城,我给你安排工作!”

“冬玫在家,我走不开?”

“让她住校嘛!”

冬玫已读初中,初中可以住校。

“她不肯?而且即使住校,周末也要回家呀!”

“要么让她住水根叔家!要知道,在春城做一个月,收入比你在这做半年还要多,只要能赚到钱给她花,什么都无所谓了!”

陈望娣笑了笑,没有回答。

“就这么定了吧!过了年和我一起去春城打工!”春梅不容置疑地说。

“明年，等冬玫初中毕业再说吧！”

“你这人！啊，对了，我给你买了一条围巾！”春梅说着走到床头打开蛇皮袋，翻了一阵子，取出一团东西，展开了，是一条粉红色的尼龙丝巾，“这是蚕丝做的，我专门上街给你买的！”

陈望娣接过丝巾揉了揉，说：“这东西哪适合我用！给冬玫差不多！”

“爱给谁给谁，反正我是给了你的！”

这时春梅的母亲进来叫春梅去洗澡。一边收拾着春梅床上乱糟糟的刚从身上拆下来的带着汗臊的文胸内衣，一边说：“这人，还像小孩似的，也不学着照顾自己，”看着春梅走出房门的背影，春梅的母亲假装无奈地摇摇头，再看看陈望娣，说：“回来一趟，买这么多东西，浪费钱！回来前我就已嘱咐她不用买什么回来的，就是不听！”

“过年嘛，应该的。”陈望娣笑着说。

春梅的母亲突然凑到陈望娣的耳边像是掏人短处似的轻声说：“你看到她脖子上的项链和手上的戒指没有？她说要将近七千块钱，这么贵的东西都买来戴！难道戴了会升天咩?!”

“有钱怕什么？而且是男朋友送的！”陈望娣笑眯眯地说。

“你想去春城打工吗？要去让春梅给你介绍工作。”春梅的母亲看看四周，再一次把头凑近陈望娣的耳根，怕人听见似的说，“她现在是经理！”

“听说了，好能干啊！”陈望娣说，“我走不开啊，冬玫在家！”

“嗨！让她奶奶给照顾一下嘛！总不能为了她，钱都不赚吧！”春梅的母亲温和中略带责怪地说。

“再说吧！”陈望娣一副无奈的样子说。

当春梅擦着头发从房外进来时，陈望娣简直不敢相信自己的眼睛。春梅那张脸洗澡卸妆后与洗澡前简直判若两人。刚才还滑滑的白里透红，现在却鬼一样的苍白，而且满布雀斑。春梅脸上本来就有一粒粒的小黄点，像苍蝇的屎，因此村里人给她取了一个“乌蝇屎”的外号，她也知道这带侮辱性的外号，因而忌讳莫深。但以前的“乌蝇屎”并没有现在这么严重。

见女儿进来，春梅的母亲赶紧抱着她那堆换洗的衣物匆匆出去了。

春梅一边擦头，一边走到床边，打开床上的一个小包，再从里面取出一个更小的包。

“忘记拿化妆盒了，”她向陈望娣晃了晃手中的小包说，“麻烦你把桌面上的镜子给我。”

陈望娣把镜子递给她。春梅取了东西又回到澡房里去了。

差不多半小时,春梅再出来时,又恢复了先前白里透着红的滑滑的脸色。

春梅对着陈望娣甜甜地笑了笑,好像在问:“漂亮吗?”

看着她得意的样子,陈望娣突然想起了李春望。

“有没有跟李春望通信?”陈望娣问。

“李春望?李春望是谁?”春梅的脸色顿时变了。

陈望娣知道她是明知故问。

“前段时间听你妈说他来过信呢!”陈望娣没有理会她的假装糊涂,继续说。

“别提这个人啦!那时年轻不懂事,差点做错事,现在想起来是多么的幼稚,”春梅冷笑着说,“不就一个排长吗?扮晒耶!真不知那时喜欢他什么?”

春梅对着镜子左右侧面照了照,噘噘嘴,换了一副口吻问:

“你那个古班长呢?有没有跟你联系?”

“开什么玩笑?你!”陈望娣红着脸说。

“唉!别装了。不过现在想起来,我还是觉得古大艮这人不错,老实、直率,不像那个李春望古古怪怪、自以为是!”与李春望不同,春梅对古大艮没有因为爱不成而生的恨,所以能心平气和地讲几句好话。

“够了!够了!不跟你讲了,回家了,明天还要去做饼呢!”陈望娣替大、小成打工,由于离家近,晚上都回自己家住。

“BYE - BYE,有空记得来坐呀!”春梅对着陈望娣的背说。

“好!”陈望娣头也不回地应道。

七十八

黑牯知道祥兴的姐姐春梅回来了,心里一直盘算着怎样与她再续以前的关系——那种纯粹是肉体上的关系。那天中午,他趁没有其他人在,偷偷溜进了祥兴家,见到了春梅,但春梅对他非常冷漠,眼里没有丝毫眷顾。黑牯从口袋里掏出一条上次打劫一辆长途客车时得来的金项链,双手捧到春梅眼前,说那是他专门为她留下的,已经保存很久了。春梅看着那条头发丝一样细的项链,冷冷地将它扔在一边。黑牯趁着站起来靠近的机会,一把搂住春梅的脖子,要吻她头发,春梅却死活不从,挣扎中狠狠地咬了他一口。

“你快给我滚!就拿这头发丝一样的玩意也想搞我,见你的鬼去吧!”春梅恶狠狠地说。

黑牯如当头遭了一盆冷水，目瞪口呆地站着。

“你变了，你以前不是这样的！”他不知说什么好，慌乱中套用了一句电视上的台词。

“你少跟我讲以前，我没告你强奸，算你走运，以后再提以前的事我对你不客气！”春梅一副冷酷的样子说。

这时屋外传来祥兴他爹的声音，黑牯赶紧躲躲闪闪地逃跑了。

离开祥兴家后，黑牯会同狗屎和豆腐，操了家伙来到了他们经常犯案的地方——杨知府，打算年前干件大事，弄点钱过年。他们钻进了路旁的一片甘蔗林里，伺机作案。

黑牯躺在甘蔗林的垄沟里，心事重重地用小刀剁着肥脆的甘蔗，偶尔放一两块蔗肉进嘴里，若有所思地嚼着。

豆腐在一旁用电工刀刨着垄上的老鼠洞，一边刨一边说："看这些甘蔗被老鼠啃成这样子，这个洞里肯定有大老鼠！"

黑牯没有理会他，今天春梅的事对他刺激很大！上次他们拦劫了一辆长途大巴，劫了些财物，包括那条被春梅讥讽为头发丝一样细的金项链。当时他千方百计地把项链据为己有，目的就是要留着来送给春梅，讨她的欢心，没想到却被当头浇了一盘狗血。春梅那句“这么一根头发一样的东西也想搞我”，使他觉得春梅是嫌项链太小，配不上她，换言之，就是嫌他黑牯穷。这伤害了他的自尊。

“我要证明给她看，总有一天我会发达的！”黑牯咬着牙暗暗地想。

“哇！”正在挖老鼠洞的豆腐突然惨叫一声，惊恐地向后一扑，跌倒在地。

黑牯和狗屎被这突如其来的惊叫吓得从地上弹了起来，紧紧握住手中的刀。

“蛇！”豆腐脸色铁青，上气不接下气地指着前面说，“金环蛇！”

黑牯和狗屎顺着豆腐的手指望过去，只见一条一米多长，像甘蔗一样粗的金环蛇沿着蔗垄嗞嗞地迅速潜入蔗丛。豆腐跌坐在原地，双手支撑着身子，心有余悸地喘着气。刚才他挖着那个以为是老鼠洞，没想到里面突然蹦出那条金环蛇，从他脸颊一擦而过，差点没把他咬着，吓得他魂不附体。

这时，远处传来摩托车突突的声音，“水鱼来了！”黑牯轻声说。他们探头往外张望，只见远处驶来一辆载着一大笼鸡的摩托车。由于路面坑洼不平，加上是上坡路，摩托车行驶得非常缓慢。“准备干活！”黑牯说，紧握着手中的刀。等摩托车驶到面前时，黑牯带头跳出甘蔗林，冲上前揪住摩托司机的手臂，豆腐和狗屎紧随其后，一人一边地揪住车把和司机，把摩托车逼停。

黑牯把刀对准司机的喉咙，凶狠狠地喝道：“别动！打劫！”

司机吓得直打哆嗦，连话都不敢说。

“把钱袋拿来！”狗屎说着，伸手扯下司机身上的帆布袋，豆腐则迅速脱下司机手腕上的表。狗屎拿了袋，打开看了看，对着黑牯满意地点点头，然后不放心地在司机的身上、口袋摸了个遍，最后在右边裤袋掏出了一把零钱，一起放入帆布袋。末了，黑牯用刀把摩托车前后两个车轮刺破，这是为了防止他在他们逃跑前搬来救兵或报案。最后，黑牯拍拍司机的肩膀说：“走吧！不许报案！否则砍死你！”

“是是是！”司机赶紧推着车逃离现场。黑牯他们目送着摩托车走出一段距离后，转身正要回到甘蔗林里。突闻“嘣”的一声枪响，没等他们反应过来，十多个黑乎乎的枪口已冷冷地对着他们。警察如天兵天将般突然出现在了他们面前。

黑牯他们在这一带的屡屡犯案，早已引起了省公安部门的高度重视，派出专案组负责调查，多次派人在此埋伏守候，只是黑牯团伙相当狡猾，犯案游移不定，给侦破工作带来了许多困难。但无论多么狡猾的狐狸，始终逃不出猎人的掌心。今天，守株待兔已不再成为笑话。

在黑乎乎的枪口面前，黑牯一伙只能束手就擒。就在公安人员上前给他们逐个戴上手铐的时，黑牯见警察有所松懈，枪口不再指着他们，突然发难，抽出腰间匕首刺穿了正要给他戴手铐的干警的心窝，然后迅速转身企图遁入蔗林。旁边警察一边扶住受伤的干警，一边朝他连开两枪，喊道：“站住！”第一枪是警告，没打中。但狗屎不但没有停下来，反而将匕首掷向警察。于是随着第二声枪响，黑牯踉跄几步，跌入甘蔗地与公路之间的水沟里，挣扎了几下，就再也不动了。子弹不偏不倚正好打碎了他的心脏。

狗屎和豆腐被抓获归案，受到了而应有的审判，被判处了10年有期徒刑。黑牯的尸体由于无人认领，在火葬场冰冻了两个月后，由于冷藏效果不好，尸体开始腐烂，像发臭的死鱼，最后被当作无主尸烧掉了。至此，以黑牯为首的这个作恶多时的偷盗抢犯罪团伙终于以黑牯的毙命而毁灭。

听到黑牯和狗屎他们的下场，祥兴吓得魂不附体，瘫倒在椅子上，半天没回过神来。如果不是婶婶促成了他开发廊，走上正道，现在死的那个也许就是他刘祥兴了！春梅也惊出了一身冷汗，整个春节都不得安生，假期还没过完，年初六刚过，就匆匆回了春城。

七十九

冬玫终于初中毕业了，而且考取了省卫生学校，修读护士专业。学校每月有补助，生活费基本可以解决。终于熬出头了！陈望娣如释重负地长长地松了一口气。

送走了冬玫，对着空空的家，陈望娣突然感到一种前所未有的失落和凄凉，仿佛一下子变得无所事事、无所寄托。她一夜之间憔悴了许多，被一种颓废的情绪笼罩着。她想找个人说说话，却发现身边连个说话的人都没有了。为了逃避这种郁结的情绪，她决定回娘家住几天。

回到家，见着了父母亲人，但陈望娣的心情却并未因此有所好转。父母明显苍老了许多，特别是父亲，生活已不能自理，靠母亲和弟弟床前床后地伺候着。看着父亲枯柴一样萎缩的躯体，而她却帮不上任何的忙，一股辛酸涌上心头，不禁潸然落泪。

见姐姐流泪，弟弟心里也很难受，安慰道："人总是要老的，爸爸的情况已经算不错的！不要难过了！这边有我在，你大可放心，你有事就忙你的，有空就回来看看。"

躺在床上的老人感觉到了安慰和温暖的同时，又为自己成了别人的负累而内疚，不停地用手背擦着眼睛里的泪水。

母亲用怜悯的眼睛看着女儿。这世上没有什么比亲眼看见自己的女儿未能过上幸福正常的生活更让人揪心的了。她撩起衣服揉了揉眼角，分明是在擦泪，却装出剔眼屎的动作。

陈望娣本想在娘家多住几天，但娘家人却当她是客人，处处小心谨慎、客客气气地招待她，让她感觉像外人似的，不仅帮不上什么忙，反而影响了大家的正常生活，给大家添了麻烦，于是就提前回了家。

大、小成家的糕饼厂是不想再去做了，陈望娣感觉那个大成对她总是毛手毛脚的，大家都是亲戚，她不便说他什么，不说他吧，他又以为她默许了，从而越来越过分，她担心发展下去事情会闹大，那样一来，又不知道人们会怎么议论她陈望娣。所以，她决定趁早离开，免得招惹是非。

不做活，老待在家里也不是办法，得弄点事做做。她想到了春梅，想到了春城。虽然，春梅所描述的春城让她有点惧怕，而且，她也不太认可春梅到春城后在性格等方面的变化，但从目前而言，去春城仍不失为较好的选择。经过几天的思量，陈望娣终于下定了决心，“去看看，不行的话，大不了再回来呗！”她心想。

陈望娣很快办好了边防证，到邮局打通春梅留下的电话，跟她约定好出发时间，再次核实行走路线。出发前，她到镇上买了几件新衣——毕竟是进城，不能丢人。

一切准备好之后第二天，祥兴用摩托车送陈望娣去坐车。到了车站，祥兴拿出一个信封塞到陈望娣的包里，说：“婶子，你在外面需要花钱，这是你当初借给我开发廊的钱，你带在身边备用吧！”

陈望娣捏了捏那个厚厚的信封，说：“我当初没借给你这么多呀！”

“唉！多点少点就别去计较了！反正我现在能挣到钱！”祥兴说。

陈望娣想了想，说：“我带这么多钱在身上也不安全，这样吧，钱你还是先放着，哪天如果婶子真需要钱了，再跟你说，你看行不？”

祥兴咬了咬嘴唇，点点头：“嗯！你在外面如果有什么事，随时打电话到发廊找我。”

陈望娣点点头，把钱交还给了祥兴。

车来了，陈望娣上了车，站在车门向依依不舍的祥兴挥挥手：“回去吧！生性些！好好干！”

“嗯！”祥兴点点头，“我走了，婶子一路平安。”说完，启动摩托车，摇摇晃晃地回去了。

陈望娣在靠窗的位子坐下，忐忑地开始了人生的新的旅程……